Solo queda silencio

TXEMI PARRA

Solo queda silencio

Grijalbo

Papel certificado por el Forest Stewardship Council®

MIXTO
Papel | Apoyando la
silvicultura responsable
FSC
www.fsc.org   FSC® C117695

Penguin
Random House
Grupo Editorial

Primera edición: octubre de 2024

© 2024, Txemi Parra
Los derechos de esta obra han sido cedidos a través de Bookbank Agencia Literaria
© 2024, Penguin Random House Grupo Editorial, S. A. U.
Travessera de Gràcia, 47-49. 08021 Barcelona

Printed in Spain – Impreso en España

ISBN: 978-84-253-6878-3
Depósito legal: B-12.658-2024

Compuesto en Llibresimes, S. L.

Impreso en Black Print CPI Ibérica
Sant Andreu de la Barca (Barcelona)

GR 6 8 7 8 3

A mis aitas

1

Lo primero que ve nada más despertarse es su rostro. Duerme tranquilo, como un niño, incluso le parece adivinar una leve sonrisa en la comisura de los labios.

—Buenos días, maridito —susurra para sí misma.

A partir de ahora tendré que acostumbrarme, piensa Elvira. Se casaron anoche, un 31 de diciembre. Así lo quiso ella y así lo hicieron.

Elvira Araguás se levanta con cuidado, no quiere alterar el sueño de su marido. Se viste con unos vaqueros y un jersey de lana que recoge del suelo, busca el abrigo, se calza las botas de nieve y sale de la habitación. Al cerrar pone el cartel de «No molestar» en el pomo de la puerta.

Baja las escaleras andando, no le gustan los ascensores. Todavía quedan restos de confeti y serpentinas por los pasillos. El *hall* del hotel está tranquilo, la chica de recepción tiene cara de haber dormido poco, la saluda con una sonrisa cansada y ambas se desean feliz año.

Nada más salir a la calle siente un golpe de frío. Son las ocho y media de la mañana y hay menos cinco grados. Le hace ilusión desayunar con Martín, el primer desayuno del año y su primer desayuno como casados, pero antes tiene que ocuparse de algo y prefiere hacerlo sola.

Media hora después cruza la verja de hierro del camposanto. Está sola, no exactamente, la acompañan cientos de almas; a veces puede sentirlas, solo a algunas. Siente su energía flotando en el aire. Siente su gratitud, en el fondo todos quieren lo mismo, sentirse recordados, amados, no caer en el olvido.

Teniendo en cuenta el día que es, lo más probable es que cuando vuelva sobre sus pasos continúe siendo la única visitante. Le gusta esa sensación. Hoy el mundo despierta tarde, no hay prisa, es un amanecer perezoso, poblado de resacas, cargado de nuevos propósitos que rara vez se cumplen.

Elvira recorre el sendero disfrutando del silencio, del aire puro, del placer de pisar la nieve virgen. Sabe que él la espera, seguramente tan ansioso como ella.

Atraviesa una hilera de cipreses, el mismo camino que ha hecho tantas veces. Al llegar a la altura de la señora Castán, gira a la derecha y sonríe ante la ostentación de la familia Peñarrubia, incluso en el más allá nos empeñamos en marcar las diferencias sociales. El mármol blanco y la ornamentación en forja conviven con un manto de césped cubierto de humildes lápidas. Panteones góticos junto a fosas comunes. Así es la vida... y la muerte.

Elvira se detiene en un recodo del camino. Su tumba es sencilla. Una lápida de granito con vistas a la peña Oroel, sin epitafio ni camafeo, tan solo una breve inscripción con su nombre y las fechas que recuerdan su paso por este mundo: «1961-2007».

Se acuclilla, retira la nieve acumulada y deja una rosa blanca al lado de la sepultura.

—Feliz año, papá.

Elvira sonríe. Las pecas se expanden por su rostro. Es de piel extremadamente blanquecina, cabello rubio, casi plateado, le gusta peinar trenzas, tiene los ojos azules verdosos y la mirada intensa. «Mi pequeña valquiria», así la llamaba él cuando era niña. Candela, aunque melliza, siempre fue muy diferente, tenía el mismo aire nórdico, pero carecía del espíritu guerrero. A ella le decía «Mi princesita».

—Es la rosa que llevé ayer —continúa diciendo mientras aparta la nieve—, un vestido sencillo, una estola y la rosa. Hacía frío, pero ni me enteré. Estaba tan emocionada... Te eché muchísimo de menos. Me habría gustado que me hubieras acompañado al altar. Fue todo muy íntimo, ¿sabes?, vinieron los padres de Martín, Candela y mi amiga Olvido. Te acuerdas de ella, ¿verdad? Y Martín, claro. Hoy he preferido venir sola, ya lo conocerás. Pronto, te lo prometo. Lo gracioso es que queríamos casarnos por lo civil, esa era la idea, pero el alcalde dijo que en Nochevieja no trabajaba, que faltaría más, que bastantes horas metía, que él por la tarde ya había quedado con los de la colla para irse de vinos, que cómo se nos ocurría casarnos ese día, que estábamos pirados, todo eso nos dijo, así, literalmente. Entonces fuimos a hablar con don Faustino, sí, sí, don Faustino, ahí sigue, se ve que no tiene prisa para reunirse con el jefe. El caso es que no puso ningún problema. Al revés. Parece que andan faltos de clientela. Nos ofreció oficiar la ceremonia en la capilla de Santa Orosia. Ya ves, papá, he acabado casándome en la catedral, quién nos lo iba a decir, ¿verdad?

Comienza a nevar un poco. Elvira mira el cielo complacida. Le gusta sentir los copos resbalando por su cara. Se arrodilla y posa las manos sobre la losa, es su manera de conectar con él. Quiere contarle muchas cosas, le habla del viaje de novios, irán a Chile. Hoy come con sus suegros, le hace gracia llamarlos así, y con Candela en un asador de la parte vieja, y por la tarde se van a Madrid, duermen en la capital y al día siguiente vuelan a Santiago de Chile, casi trece horas de vuelo. Y de Santiago rumbo al norte por carretera, hasta Atacama, el desierto más árido del planeta. Es su viaje soñado, contemplar las estrellas desde el valle de la Luna. También le habla de sus planes a corto plazo, de momento piensan seguir como hasta ahora, o sea, ella en Jaca y él en Bilbao. Cada uno tiene su trabajo, están a gusto y ninguno de los dos quiere renunciar a su carrera. Se verán los fines de semana como han hecho estos últimos meses. Por lo general, es Martín quien va a Jaca, siempre lo ha hecho, es su hogar, visita a sus padres, va a los partidos de hockey, sube a la montaña... A ella no le importaría empezar en otro lugar, elegiría Barcelona. Le motiva la idea de vivir frente al Mediterráneo, una ciudad vibrante, cosmopolita, seguro que no le iban a faltar pacientes, además podría vender sus piezas de artesanía, con la de turistas que hay.

Una inmensa nube negra baja desde las montañas. Ha comenzado a nevar con más intensidad. Elvira se incorpora, tiene los músculos entumecidos por el frío.

—Cuando vuelva del desierto vendré a contarte el viaje. Te quiero, papá.

En vez de regresar por la carretera elige el sendero de tierra que rodea la ciudad, es parte del Camino de Santiago, está flanqueado por árboles frondosos donde, si uno se fija bien, pueden verse ardillas correteando por sus ramas. Aunque es ligeramente más largo, lo prefiere por las vistas. Por el camino pueden verse los picos nevados y el corte del valle deslizándose pendiente abajo atravesado por el río Aragón.

Sube directa a su habitación. El cartel de no molestar sigue colgado en la puerta. Martín quería haberse alojado en un hotelazo de cinco estrellas, en una suite con jacuzzi, albornoces superalmidonados, botella de champán, fresas, velas y pétalos de rosa cubriendo el lecho nupcial, «el kit completo», decía entre risas. Pero a ella no le hacía ninguna gracia pagar un dineral por dormir unas pocas horas, y más teniendo su propia casa, así que al final habían optado por un establecimiento más modesto en el mismo centro, a pocos metros de la catedral.

Candela se ha alojado en el mismo hotel, ni ella le ha ofrecido su casa, ni su hermana se la ha pedido. Al parecer, por fin le están yendo bien las cosas por Madrid, ya era hora.

Martín no está en la habitación. A ella le extraña que no haya quitado el cartel. Igual ha salido a correr, piensa. Conociéndolo no le extrañaría nada. Ha dejado la cama hecha, tiene la maleta sobre el portaequipajes y la ropa ordenada a la perfección en el armario. La suya está tirada por el suelo de cualquier manera: el vestido, la estola, los zapatos... También en eso son muy diferentes.

Elvira entra en el baño, abre el grifo y se desnuda frente al espejo. Necesita una ducha caliente. Se lleva la mano al vientre y contempla su desnudez. Con el tiempo le gustaría engendrar una vida, ahora sí, ahora sí está preparada. Le vienen a la memoria recuerdos dolorosos, no puede evitarlo, siempre la perseguirán, lo sabe. El vaho cubre el espejo del baño y oculta su imagen, tan solo es una sombra al otro lado.

Abre la puerta corredera cuando suena una notificación en su móvil. No tiene pensado abrirlo, pero al ver que es un wasap de Martín, recula, coge el teléfono y clica sobre la pantalla. Hay una sola palabra escrita.

Tan solo una palabra es suficiente para que se le revuelva el estómago. Una sola palabra basta para que cierre el grifo y se siente sobre la taza del váter, pensativa, con la mirada absorta en la pantalla.

Una simple palabra: «Perdón».

2

—¿Cuándo coño tocan *La marcha Radetzky?* —refunfuña para sí.

La teniente Gloria Maldonado está repanchingada en el sofá de su casa en pijama, con los pies apoyados en la mesa de centro, una bandeja de polvorones sobre el reposabrazos y un tazón de chocolate caliente en la mano. En el televisor, el Concierto de Año Nuevo. Es la única tradición navideña que sigue. No celebra la Nochebuena, ni la Nochevieja, a su casa no van los Reyes Magos, está sola. Absurdamente sola. Y este año ha sido aún peor, antes estaba su primo Simón, no mucho, pero al menos se veían, cenaban juntos de vez en cuando, hablaban por teléfono, pero desde que se fue siente su ausencia como algo físico. La consciencia de su soledad se ha convertido en una carga invisible que arrastra con pesadumbre cada mañana.

—Puta Navidad —masculla.

Gloria desenvuelve otro polvorón, tira el papel al suelo, lo engulle de un solo bocado y ayuda a bajarlo con un trago de chocolate caliente. En la última revisión le dijeron que estaba casi quince kilos por encima de su peso. Le da igual. A estas alturas... Están tocando una polca. Las cámaras enfocan al público que abarrota la Sala Dorada, llena a reventar. Todos tan elegantes, ellas tan peinadas, tan finas, tan orgullosas; ellos tan solemnes, tan satisfechos, parece que tengan un palo metido en el culo, piensa la teniente. Rondan su edad, maduros, pasados los cincuenta, unos más, otros menos, pero a todos se les ve sanos, cabellos brillantes, pieles tersas, cuerpos armoniosos. Igualitos que yo, dice para sí misma. No le vendría mal hacer algo de ejercicio, pasar por la peluquería y, ya puestos, arreglarse las uñas, que tiene unas manos...

Cuando acabe el concierto cogerán sus coches de lujo y se irán a sus casoplones o a los mejores restaurantes de la ciudad a comer sopa de calabaza, pavo asado y brindar con vino caliente. No les envidia por su dinero ni por vivir en Viena y tener la suerte de ver el concierto en directo, lo que le jode es que entre el público no hay ni una persona sola. Se ha fijado bien, cada vez que enfocan la platea trata de buscar a alguien solo, a un *single*, como dicen ahora. Nada. Todos están felizmente acompañados: matrimonios, novios, amantes, amigos, familia... El mensaje es claro, no hay sitio para gente como ella.

Apura el tazón, rebaña los grumos de chocolate con el dedo y enciende un cigarro. Dejar de fumar no está entre los propósitos para el nuevo año. Comer un poco más sano sí y, de vez en cuando, ir andando al cuartel. Pero no ahora, desde luego; en verano, como mucho en primavera. ¿Cuántos polvorones me habré zampado?, se pregunta. Intenta contar los envoltorios tirados por el suelo. Al menos cuatro. No tiene prisa, de hecho no ha preparado nada para almorzar, no le apetece moverse del sofá, igual ni come, así que puede permitirse un par de mantecados más. Un día es un día.

Ahora suena un vals, no sabe si de Strauss padre o Strauss hijo, de uno de los dos. Le parece curioso que ambos compartieran el mismo talento. Si hubiese tenido una hija, ¿qué habría heredado de mí? A veces se pregunta ese tipo de cosas. Pobre niña, mejor no pensarlo. La cámara ofrece un primer plano de las manos del director, son robustas, carnosas, podrían ser las de un campesino. Christian Thielemann se llama, alemán, sesenta y pocos años. Fortote, con cara de buena gente. Le gusta. No como el del año pasado, el austriaco, que era un estirado. No le importaría invitar a Christian a comerse un polvorón. Trata de imaginarse la escena. En el cuartel muchos piensan que es lesbiana, Bermúdez el primero, ella lo sabe y le da igual. Los deja cotillear. Ni lo afirma ni lo desmiente, y eso es para muchos motivo suficiente para apostarse veinte euros a que lo es.

Ahora sí, por fin suena *La marcha Radetzky*, ya era hora. Gloria deja el tazón sobre la mesa, se incorpora con dificultad, le pesan los años y los kilos, se sacude las migas del pijama y se prepara para dar palmas como una más. Le encanta este momento. Suena la percusión, entran los instrumentos de cuerda a la vez que los de viento, violines, chelos, violas, trompetas, flautas traveseras... Retumban los platillos, se oyen los primeros aplausos, tímidos al principio, el director aún no ha dado permiso para la explosión de júbilo que está por venir. De repente una melodía anodina rompe la magia. Es su móvil. Reconoce el número de la pantalla. Maldice todo lo que puede y más.

—¿Qué coño pasa, Bermúdez?

—Feliz año, teniente —responde el sargento Jaime Bermúdez con un soniquete guasón.

—¿Ahora somos de esos? —Le ha molestado el tonillo de su subalterno—. ¿Me vas a contar también la carta que has escrito a los Reyes Magos?

—Perdona, solo estaba siendo...

—Al grano, Bermúdez, al grano —replica la teniente con brusquedad—, que estoy muy liada.

—Hemos encontrado un cadáver flotando en el río.

—¿Dónde?

—En el puente de los Peregrinos. Pensamos que puede tratarse de…

—Estoy ahí en veinte minutos.

En la pantalla del televisor las dos mil personas que llenan el Musikverein de Viena baten palmas alegremente, felices, plenas, privilegiadas, sabiéndose observadas por los espectadores de medio mundo, exultantes, despreocupadas, ajenas a las miserias y desgracias que ocurren más allá de esos muros dorados.

3

Elvira cierra el grifo y se cubre con una toalla. La ducha puede esperar. Vuelve a leer el mensaje: «Perdón».

Perdón, ¿por qué? ¿Qué ha pasado? ¿Qué ha hecho? ¿Qué quiere decir? Marca su número. «Teléfono apagado o fuera de cobertura». Vuelve a llamar. El mismo resultado. Así hasta cuatro veces seguidas. Es un comportamiento muy humano. Sabemos qué va a ocurrir: si la primera vez que has llamado, el teléfono estaba apagado, ¿por qué crees que un segundo después las cosas serán de otra manera? ¿Tienes alguna esperanza de que vaya a contestar? ¿De verdad esperas oír su voz diciendo que todo está bien, que no hay nada que perdonar? No, claro que no. Y, aun así, no podemos evitar volver a marcar una y otra vez de manera compulsiva.

Responde a su mensaje: «Te estoy llamando». «No me contestas». «¿Qué pasa?». «¿Dónde estás?». Comprueba las rayitas, en cada wasap solo aparece un *check*, una sola raya gris. Definitivamente tiene el teléfono apagado.

Le pasa una idea por la cabeza. Entra en la habitación y mira detrás de las cortinas. Abre las puertas del armario, escudriña debajo de la cama. Por un momento ha pensado que todo era una broma, que lo iba a encontrar escondido, con una sonrisa pícara: *Perdona por estropearte la ducha, cariño.*

Ven aquí. Que la iba a tumbar sobre la cama cubriéndola de besos, que le quitaría la toalla muy despacio y le haría el amor con pasión. Una idea estúpida, una ilusión. No está.

Respira. Intenta pensar de manera lógica, no dejarse llevar, no caer en la paranoia, ser positiva. Igual ha bajado a desayunar. Qué tonta. *Perdona, me he despertado, no estabas y he bajado a desayunar. Te espero en la cafetería.* Podría ser. ¿Por qué no? Se viste con rapidez con la misma ropa que había dejado sobre la taza del váter. La cafetería está en el segundo piso. Al pisar la moqueta se da cuenta de que va descalza. Da igual. Sigue bajando los escalones dando saltos, de dos en dos.

Abre la puerta. El salón está vacío. Una mujer de mediana edad recoge las mesas. La mujer, Araceli se llama, le felicita el año y le dice que han cerrado, pero que si quiere puede tomarse un cafecito rápido. Elvira le pregunta por su chico, aún no se acostumbra a llamarle marido. Es un hombre alto, metro ochenta más o menos, cabello castaño, ojos claros, nariz aguileña, le dice. ¿Lo has visto? ¿Sabes si ha bajado a desayunar? La mujer duda, son muchas habitaciones, varios clientes podrían responder a esa descripción, además no ha estado sola, sus dos compañeras también han trabajado en el turno de mañana. Si usted quiere les pregunto, le ofrece Araceli. Elvira niega con la cabeza y da media vuelta. No está en la cafetería y con eso le vale.

Regresa a la habitación e instintivamente vuelve a llamar. Apagado o fuera de cobertura. ¿Qué esperaba? Se asoma a la ventana. Sigue nevando un poco. Se ve algo de movimiento, un hombre paseando a un perro, un par de familias, una pareja mayor. La vida sigue. Se gira hacia el armario. El traje de Martín está perfectamente colgado. Pantalón y chaqueta azules, y camisa blanca. ¿Y el abrigo? No ve el abrigo por ningún lado. Su maleta está revuelta. Se ha puesto cualquier cosa y ha salido a dar un paseo. Eso es. *Perdona, te he estado esperando, no volvías y he salido a buscarte.* Igual ha ido a ver a sus padres. Claro, ¿cómo no se le había ocurrido antes? Marca el número fijo, el de casa. Responde Sagrario. Se felicitan el año. Su suegra, ella misma se etiquetó así a las primeras de cambio, la saluda contenta. «Qué alegría que llames a tu suegra, bonita». Le dice que estaba en la cocina preparando rancho para la semana y que Santiago está a lo suyo, haciendo crucigramas. La deja hablar. Es incontinente. Sagrario le dice lo maravillosa que fue la ceremonia, sencilla pero emotiva, le cuenta el discurso del cura, lo guapo que estaba su hijo…, le da todo tipo de detalles. Es como si hubiese olvidado que ella también estuvo allí. Quedan en verse a las dos en el restaurante. No le pregunta por Martín, no hace falta, es obvio que ni los ha llamado ni se ha pasado por su casa.

Camina por la habitación como un familiar nervioso en la sala de espera de un hospital, intentando visualizar imágenes esperanzadoras. Tiene que haber alguna explicación para ese mensaje, alguna explicación lógica. Y puestos a mal pensar, ¿qué es lo peor que ha podido pasar? ¿Que se ha arrepentido? ¿Que no se ve casado? ¿Que quiere el divorcio? Entonces repara en algo. La mesilla de noche. Las mesillas tienen uno de esos huecos rectangulares donde dejar los objetos personales. Nada más entrar en la habitación él lanzó allí su reloj, justo después de empezar a desnudarla. Allí estaban también las llaves del coche. Martín había viajado desde Bilbao el mismo 31 y había ido directo al hotel. Ella había preferido vestirse en su casa y acudir a la iglesia directamente. Después de la boda quiso pasarse por la habitación para dejar una mochila con sus efectos personales y de paso aprovechar para quitarse los zapatos y ponerse un calzado más cómodo. Martín había insistido en acompañarla. No hace falta, le dijo ella, estoy al lado, ve con tus padres, no tardo nada. Pero no hubo manera, la acompañó. Ese fue el primer polvo de la noche. Las llaves del coche estaban ahí, lo recuerda muy bien, en el mismo hueco vacío que tiene ahora delante de sus ojos.

Se calza y baja al garaje. No sabe cuál es su plaza, no se le ha ocurrido preguntarlo en recepción, pero hay una sola planta de aparcamiento y el coche de Martín (ahora también su coche) es muy reconocible, un Mini Cooper amarillo. Ni rastro del Mini. *Perdona, he cogido el coche y he subido a la montaña, nos vemos luego.* Eso es. A Martín le encanta la montaña, de hecho, quería posponer el viaje a Chile y pasar unos días más en Jaca esquiando, pero ella fue inflexible. Salida el 2 de enero. Innegociable.

Vuelve a la habitación, se tumba y pone las manos en el lado de la cama donde ha dormido él en busca de su energía. No recibe nada. Cierra los ojos. Recuerda el beso que se dieron nada más terminar de dar las campanadas, todavía tenía uvas en la boca. Qué cerdo. Bueno, pues oficialmente ya llevamos un año casados, rubia. Se me ha pasado el tiempo volando, le dijo entre risas. Martín es divertido en sus ratos buenos, cuando no le coge la nube. Lo imagina en la cima de la peña Oroel. Podría ser que él estuviera allí mientras ella hablaba con su padre. Quizá habían cruzado sus miradas en la distancia, aunque no se viesen. Le gusta pensarlo.

Mira el reloj, todavía falta un rato para la cita en el restaurante. Continúa nevando, le da igual, necesita salir. En el fondo está intranquila, tiene que tomar el aire. Podría ir a buscar a su hermana, tal vez esté en su habitación, solo dos pisos más abajo, ni siquiera se lo plantea. Se pone el anorak. Antes de salir coge una de las hojas con el logo del hotel que hay sobre la mesa y escribe una nota a Martín: «Nos vemos en el restaurante. No te retrases».

Entonces se fija en la papelera. Estaba a punto de salir, si no hubiera sido por la nota que acaba de escribir no se habría dado cuenta. Se habría ido, la mujer de la limpieza habría hecho la habitación, habría vaciado la papelera y ella jamás habría visto lo que está a punto de descubrir.

En el fondo de la papelera, junto al envoltorio de una chocolatina, una lata de Coca-Cola y varios clínex usados, hay un sobre arrugado. Es un sobre blanco rectangular, un sobre común, a su lado, varios trozos de papel rasgados. No sabe por qué lo hace, qué raro instinto la lleva a agacharse, vaciar la papelera, recuperar los papeles y reconstruirlos como si fuese un puzle, pero lo hace. Son doce pedazos de papel. Los extiende sobre la cama y los observa minuciosamente antes de comenzar a unirlos. Toma como base las formas del corte y las pocas líneas escritas a mano en tinta roja. No le lleva mucho tiempo. Cuando termina lee extrañada el mensaje. Se lleva la mano al pecho, el corazón le late con fuerza, le cuesta respirar. Vuelve a leer el texto: «¿De verdad creías que no iba a enterarme? Aún estás a tiempo».

4

A menos de un kilómetro de Canfranc pueblo toma un desvío a la derecha y llega al puente de los Peregrinos. La carretera está cubierta de una fina capa de nieve y llegar le ha costado más de lo esperado. Aparcados en un lateral están el Patrol de la Guardia Civil, la ambulancia y el coche del forense, parece ser que la jueza no se ha presentado aún. Lo primero que hace nada más salir a la intemperie es encenderse un cigarrillo. La teniente Gloria Maldonado fuma en silencio, necesita unos segundos de paz antes de enfrentarse a la muerte. A lo lejos, en un recodo del río, ve a Bermúdez y al resto de sus compañeros haciendo un corrillo. Al verla, el sargento deja el grupo y acude a su encuentro en semicarrera.

Gloria tiene las manos en los bolsillos del plumas y sostiene el cigarrillo entre los labios con la mirada perdida. Está ante un paisaje de postal navideña, el bosque teñido de blanco, picos nevados y el sonido del agua bajando con fuerza. ¿Qué coño pinta un muerto en este sitio?, piensa con un deje de tristeza. El puente, también conocido como puente del Cementerio, puente de Abajo o antiguamente como Pon Nou, está vinculado al Camino de Santiago, es de origen medieval, arco de medio punto, pavimento adoquinado, pretil de piedra y desde hace unos años Patrimonio de la Humanidad. Es una zona concurrida por senderistas y peregrinos que siguen el Camino Francés, pero en estas fechas, y más con este clima, rara vez se ve gente por la zona.

Jaime Bermúdez llega jadeante. Afeitado perfecto, mirada limpia y cuerpo esculpido en el gimnasio. Suelta una bocanada de vaho y saluda a su jefa llevándose la mano derecha a la frente.

—¿Cómo se te ocurre subir así? —dice el sargento echando un vistazo a las ruedas del destartalado Seat Panda de su superiora—. Deberías haber puesto las cadenas.

—¿Me vas a multar, Bermúdez? —responde la teniente, socarrona.

—No será necesario, mujer. Estoy convencido de que las llevas en el maletero, junto con los triángulos de señalización y el chaleco reflectante.

—Coño, cómo me conoces, Bermúdez…, ni que estuviésemos casados.

El sargento ignora el comentario, con los años ha aprendido a convivir con las bromas y los chascarrillos fuera de tono de la teniente. Al principio se sonrojaba, trataba de justificarse o se enredaba con explicaciones absurdas, ahora sencillamente no entra al trapo. A veces se permite devolvérselas y hasta le suelta alguna pullita, pero nunca más allá de unos límites. A la teniente le gusta el cachondeo siempre que le haga gracia a ella, cuando no es así, la cosa cambia, tiene la piel muy fina.

—De todas formas —replica el sargento—, no hacía falta que subieras.

—Qué quieres que te diga, chico, te echaba de menos.

—No, si lo entiendo, a mí me pasa lo mismo, pero lo tenemos todo controlado y siendo Año Nuevo…

—Bermúdez, cómo sigas insistiendo voy a pensar que me quieres quitar el puesto.

—Es por aquí… —El sargento indica el terraplén que conduce a la orilla del río y echa a andar en primer lugar.

Jaime Bermúdez sabe que la jefa ha hecho el comentario sin mala intención. No es su puesto lo que anhela, ella lo sabe muy bien. Lo que de verdad desearía es salir de Jaca e incorporarse a un cuartel con más actividad o, soñando más alto, entrar en una unidad especializada: delincuencia organizada, antidroga..., algo por el estilo. Pero no lo hace. Lleva años con la misma cantinela y nunca se decide a pedir traslado. Es joven, veintiocho años, tiene un buen expediente, sin pareja ni exigencias familiares que le aten, es ambicioso, está bien preparado y pese a eso no se atreve a dar al salto. ¿Miedo al cambio, a no estar a la altura? ¿Síndrome del impostor? ¿Simple pereza? Quizá un poco de todo.

—Coño, Bermúdez, no vayas tan deprisa, que me voy a hostiar —dice quejosa la teniente mientras hace esfuerzos por mantener el equilibrio.

El sargento se gira y ve a su superiora bajando en escorzo, con el culo salido a lo pato y las piernas flexionadas. La pendiente que lleva a la orilla es pronunciada, las piedras resbalan, la nieve se confunde con el barro y el suelo está completamente encharcado. Por si fuera poco, a Gloria no se le ha ocurrido otra cosa que ir con deportivas.

El sargento no sabe qué hacer, debería ayudarla a bajar, pero le da vergüenza ofrecerle la mano, se siente ridículo, además igual hasta se ofende. Con esa mujer nunca se sabe. Finalmente retrocede unos pasos y estira los brazos ofreciéndole ayuda. Para su sorpresa, la teniente le coge las manos y descienden con lentitud, en silencio.

En la orilla, el sendero se vuelve más accesible. Recorren unos treinta metros río abajo dejando el puente a sus espaldas, hasta llegar a una zona rocosa donde yace varado el cadáver. Secundino Ribagorza, el forense, está acuclillado examinando el cuerpo. Ronda la edad de jubilación, pelo ralo, barba descuidada y barriga prominente. Tras él, el resto de la comitiva, dos miembros de la UVI, un hombre y una mujer, y Marcial Sotillo, uno de sus guardias.

—¿Qué tenemos? —pregunta autoritaria la teniente.

—Ya ves —responde el forense sin levantar la mirada—, nos ha tocado el gordo de Navidad.

—Recibimos el aviso hace cuarenta minutos —explica Bermúdez—, una mujer de aquí del pueblo estaba paseando al perro, al cruzar el puente le pareció ver algo raro, bajó y encontró el cuerpo.

—¿Nos ha contado algo interesante? —pregunta la teniente.

—Nada —continúa Bermúdez—, no vio a nadie por los alrededores, ni vio, ni oyó nada raro, todo normal. Estaba muy nerviosa, la hemos mandado a casa. Vive a diez minutos de aquí.

—¿Estaba identificado? —pregunta con la vista fija en el cadáver. Es un chico joven, lleva puesto un abrigo de paño marrón, vaqueros y zapatos de marca.

El sargento saca su libreta y consulta los apuntes.

—Llevaba la cartera con el DNI: Martín Blasco, treinta y tres años, natural de Jaca, aunque reside en Bilbao. No tiene antecedentes ni causas pendientes. Su coche, un Mini Cooper amarillo, está aparcado a unos metros del puente, junto a la puerta del antiguo cementerio. Hemos hablado con tráfico. Seguro pagado, ITV, catorce puntos, todo en orden.

—¿El móvil?

—No lo llevaba encima, puede que esté en el coche.

Gloria Bermúdez se agacha torpemente, le duelen las rodillas y la espalda, tiene que apoyar las manos en el suelo para no caerse. Por un momento el sargento está tentando de ayudarla, pero se contiene, no le parece procedente. La teniente observa las facciones del chico, siente lástima. Era un joven atractivo, no debería estar ahí. Alza la mirada y busca los ojos del forense.

—Cuéntame, Secun, ¿alguna sorpresa?

—En principio todo es lo que parece —responde el forense en su tono apático habitual—. Cayó del puente, traumatismo craneoencefálico, fractura de fémur, hemorragia interna y síntomas de hipotermia. Falleció hace hora y media, dos como mucho. Cuando hagamos la autopsia lo sabremos, pero o bien murió enseguida a causa del golpe en la cabeza, o quedó inconsciente y sufrió una insuficiencia cardiaca a causa del frío.

Oyen el ruido de un motor acercándose, todos los ojos viran hacia la explanada. La jueza Muñiz sale de un todoterreno. Viste ropa de esquí, peto blanco, chaqueta de plumas rosa con capucha de piel y gorro de lana con pompón. Está hablando por el móvil, cuelga, echa un vistazo a la zona, localiza al grupo y baja la pendiente con premura, estilosa, sorteando el terreno con habilidad mediante pequeños brincos.

—Vengo directa de Astún —dice a modo de saludo—. Menuda forma de empezar el año. ¿Qué ha pasado?

Gloria le resume con brevedad los hechos. La jueza intercambia unas palabras con Secundino, quien procede a certificar la muerte, pide los datos de contacto de la testigo que dio el aviso, estampa su firma y, finalizado el protocolo, ordena el levantamiento del cadáver.

Antes de subir el terraplén, es la última en llegar y la primera en irse, la jueza Muñiz coge a Gloria del brazo, le dice que queda a la espera del atestado y le felicita el año antes de volver a las pistas. Se conocen desde hace años y nunca han tenido una conversación extraprofesional. Gloria sabía que su señoría estaba casada y tenía tres niños, y ahora acaba de descubrir que le gusta esquiar en familia, poco más. También comprueba que, a pesar de su edad, no le faltará mucho para los cincuenta, está en plena forma.

No se lo ha dicho de un modo directo, Muñiz es muy prudente, pero ambas saben lo que piensa al respecto: suicidio.

Secun tampoco ha dicho ni mu, pero piensa lo mismo. En estas fechas siempre aumentan los casos, es una realidad a la que tristemente se han acostumbrado. Hay mucha gente sola, piensa, puta Navidad.

Subir se le hace un poco más fácil. La teniente ha rechazado la ayuda de Bermúdez y decide tomárselo con calma, no tiene prisa y tampoco quiere que el resto del equipo la vea como una vieja patosa. Quince minutos después alcanza la explanada, tan solo quedan su Seat Panda cochambroso y el Patrol de la Guardia Civil, con Marcial Sotillo al volante. Nada más llegar se enciende un cigarrillo a modo recompensa por el esfuerzo realizado. Bermúdez, que la estaba esperando, se dirige a ella.

—¿Qué pasa, no te fiabas de que llegase sola? —pregunta la teniente de malas maneras—. No necesito ninguna niñera, Bermúdez. Coño, que estoy mayor pero no tanto, puedo subir yo solita.

—He hablado con el conductor de la ambulancia —responde el sargento haciendo caso omiso del comentario de la jefa.

—¿Y?

—Resulta que conoce al padre de la víctima, Santiago Blasco, es el panadero de su barrio. Ayer estuvo con él, el hombre estaba feliz porque se casaba su único hijo. En Nochevieja. Original, ¿verdad?

Se miran. No hace falta decir más, los dos están pensando lo mismo. Por mucha Navidad que sea, nadie se suicida el día siguiente de su boda.

5

Elvira Araguás observa a los padres de Martín. Están sentados frente a ella, abrazados, compartiendo un dolor por el que jamás habrían imaginado que tendrían que pasar. Los cuerpos combados, hundidos en un llanto que no cesa. Les han caído veinte años encima. No queda ni rastro del matrimonio que ayer mismo bailaba la conga en el cotillón del hotel. Nunca volverán a ser los mismos.

Elvira no ha derramado ni una sola lágrima, no ha podido. Cierra los ojos y recuerda la vuelta a la habitación, de madrugada, aún no había amanecido. Recuerda que Martín la cogió en brazos, hay que mantener las tradiciones, dijo, y cómo, tras atravesar el umbral, la había lanzado sobre la cama. Recuerda sus besos, la manera torpe y apasionada de desnudarla. Estaba borracho. Fue el segundo polvo de la noche.

Hace unos minutos han reconocido el cuerpo de Martín. Les han explicado que tienen que trasladar el cadáver al anatómico forense de Huesca para realizar la autopsia. En cuarenta y ocho horas, les han prometido que intentarán que sea antes, lo traerán de vuelta y podrán darle sepultura.

Un guardia civil acompaña a los padres hasta la puerta. No se despiden de ella, han olvidado que estaba allí, frente a ellos. No se lo tiene en cuenta. Los ve marchar, Sagrario no puede tenerse en pie. Camina agarrada del brazo de su marido. Santiago procura ser fuerte. No lo consigue.

Elvira aguarda en su sitio. No ha querido volver al hotel. Se ha prestado a declarar. Saca su móvil y abre la aplicación de WhatsApp, el icono con la foto de Martín aparece en primer lugar, clica y vuelve a leer el último mensaje: «Perdón». Mira la hora de entrada. Las 11.20. Pulsa sobre el mensaje y lo elimina del historial.

El mismo guardia civil que escoltó a sus suegros regresa y la conduce a una sala de reuniones. Acto seguido entran otros dos agentes y se presentan con rango y nombre: teniente Gloria Maldonado y sargento Jaime Bermúdez. Toman asiento. Él, joven, con rostro serio, deja un ordenador portátil sobre la mesa y abre una pequeña libreta. Ella, mucho mayor que él, de aspecto descuidado, juguetea con una cajetilla de tabaco entre las manos. Se estudian en silencio. Es el oficial joven quien inicia la conversación.

—Señora Araguás, sentimos mucho su pérdida y queremos agradecerle que haya aceptado colaborar en estos momentos tan difíciles. Procuraremos ser lo más breves posible para dejarla descansar.

Sin mediar palabra, Elvira rebusca en el bolsillo interior de su anorak, saca una hoja de papel con tiras de celo y lo extiende en el centro de la mesa. Se trata de un folio hecho pedazos que alguien se ha tomado la molestia de reconstruir. A pesar de la mala calidad de la cirugía puede leerse el mensaje escrito en color rojo: «¿De verdad creías que no iba a enterarme? Aún estás a tiempo».

—¿Qué es esto? —pregunta el sargento.

—Lo he encontrado esta mañana. En la papelera de la habitación. También había un sobre arrugado, no tenía sello, ni había nada escrito.

—¿Lo ha traído? —pregunta Bermúdez mostrando ansiedad.

Elvira niega con la cabeza.

Los guardias civiles cruzan sus miradas. Esa nota lo cambia todo. En la cabeza de ambos se activa una alerta.

—Tuvo que recibirlo ayer —dice Elvira casi para sí, como si estuviese pensando en voz alta—. Martín fue directo al hotel, vino desde Bilbao. Yo vivo aquí y solo fui al hotel a dormir después de la fiesta. Tuvieron que dárselo anoche antes de la boda, igual lo dejaron en recepción, o lo colaron por debajo de la puerta o ya estaba en la habitación cuando él llegó.

—También se lo pudieron dar en mano —suelta Gloria a bocajarro con los ojos puestos en la cajetilla de tabaco que no deja de manosear.

Elvira la mira extrañada, es una posibilidad que no se había planteado.

—¿Sabe quién podría haber escrito esa nota? —pregunta la teniente.

Elvira se encoge de hombros y sacude la cabeza. Gloria vuelve a leer el papel.

—¿A qué cree que se refiere? —pregunta otra vez.

—Ni idea —responde Elvira de manera seca.

—¿Recuerda si tenía, o ha tenido recientemente algún problema con alguien en particular, trabajo, amigos, conocidos...?

La mujer vuelve a negar.

—Entiendo. —Gloria Maldonado se incorpora, deja la cajetilla de tabaco arrugada sobre la mesa, desplaza la hoja con el mensaje a un extremo, apoya los brazos con las manos cruzadas y mira directamente a los ojos a la viuda—. ¿Notó algún comportamiento extraño en los últimos días? ¿Algo fuera de lo normal?

—Durante la semana no nos vemos, él trabaja en Bilbao. Pero claro que no fueron días normales, por supuesto, ni para él ni para mí. —Elvira le sostiene la mirada—. Nos casamos ayer, ¿qué esperaba?

—Entiendo —responde la teniente sin perder la compostura—. ¿Sabe si su marido tenía algún tipo de problema: financiero, de salud…, cualquier cosa?

Elvira Araguás se incorpora, extiende los brazos, los apoya en la mesa y cruza las manos adoptando la misma postura que Gloria Maldonado.

—Si lo que está preguntando es si Martín pudo quitarse la vida —dice despacio, masticando cada palabra—, la respuesta es no. Rotundamente no.

Se hace un silencio incómodo. Gloria recupera la cajetilla y vuelve juguetear con ella entre las manos como si fuese uno de esos cubos Rubik de su infancia. Elvira continúa imperturbable con la misma postura y la mirada fija en la teniente. Es el sargento Bermúdez quien rompe el hielo y retoma la conversación con un tono amable y conciliador.

—Bien… No queremos robarle más tiempo, señora Araguás. ¿Podría decirnos, para terminar, cuándo vio por última vez a su marido?

—Esta mañana, sobre las ocho y media más o menos. Me he levantado y he ido a dar un paseo, no he querido despertarlo. Cuando he vuelto ya no estaba.

—¿Sabe si ha dejado el teléfono móvil en la habitación?

—No lo he visto —responde Elvira sin dudar.

—Muchas gracias. La iremos informando según avance la investigación. Una última cosa antes de que se vaya. —Bermúdez abre el portátil y desliza el dedo por el cursor hasta encontrar el archivo que busca—. Sabemos que su marido ha abandonado el hotel en su coche a las diez cuarenta y cinco. Tenemos las imágenes de la salida del parking. También hemos pedido las de la cafetería, hay un solo plano general, pero lo hemos localizado, ha bajado sobre las diez de la mañana y hemos visto que ha desayunado con una mujer.

El sargento gira la pantalla del ordenador de tal manera

que queda frente a Elvira y acciona el *play*. El archivo solo dura diez segundos y en las imágenes, aunque de poca calidad, se ve a Martín Blasco sentado a una de las mesas frente a una mujer de cabello rubio; los gestos de ambos indican que mantienen una conversación airada, parece que están discutiendo. De repente Martín se levanta, tira la servilleta sobre la mesa y se va visiblemente enfadado. Su acompañante lo sigue con la mirada y continúa desayunando. El sargento pausa la imagen sobre el rostro de la mujer.

—Esta es la mejor resolución que hemos podido conseguir —dice Bermúdez señalando con el dedo índice la pantalla—. ¿Reconoce a esta mujer?

Elvira Araguás se queda petrificada mirando la pantalla.

—Señora Araguás —insiste Bermúdez—, ¿conoce a esa mujer?

La teniente hace un gesto con la mano a Bermúdez para que no siga insistiendo. Aguardan en silencio hasta que Elvira sale de su ensimismamiento y les habla sin quitar los ojos de la imagen.

—Se llama Candela —responde sin un atisbo de duda—. Candela Araguás. Es mi hermana.

6

María Elizalde aparca su BMW Serie 1 en el garaje. Saca las botas, los esquís y los guarda en el trastero, sube las escalerillas, entra directamente por la puerta trasera de la cocina, deja la maleta en el cuarto de la lavadora y abre una botella de vino. Vino submarino, criado y envejecido bajo el mar, el único que se consume en su casa. Sale a la terraza, hay sirimiri, pero da igual, necesita sentir el aire.

Apoya los brazos en la barandilla, cierra los ojos y trata de no pensar. Aguza el oído y distingue las olas rompiendo en la playa de Ereaga; al fondo se ven las luces del puerto de Bilbao.

María es hija única, responsable, perfeccionista, buena conversadora y con don de gentes. Morena, melena cuidada y ojos verdes algo achinados. Ha hecho deporte desde niña, tiene un cuerpo atlético y proporcionado, poco pecho y es estrecha de caderas. María creció en Neguri, al igual que Hugo. Se conocieron en el instituto, fue su primer amor. Después, la vida los llevó por caminos diferentes. En la universidad tuvo su primera relación seria, con Iñigo Duque; salieron durante siete años, pensaba que sería «él», que lo había encontrado. No era la única, todos lo pensaban, amigos, familia, compañeros, pero se equivocaban. Tras la ruptura, lo pasó mal. Se centró en su trabajo, aburrido, bien pagado y con horario flexible —ventajas de que tu jefe sea también tu padre—, mientras veía cómo las amigas de su cuadrilla iban pasando por el altar. Tuvo algunos rollos, nada importante, hasta que la vida la llevó de nuevo junto a Hugo Markínez, su primer amor.

Al principio no lo reconoció. Fue durante una visita de trabajo a las bodegas submarinas de Plentzia. Le hizo ilusión volver a verlo. Su antiguo novio, además de dirigir el departamento de marketing, era uno de los socios fundadores de un proyecto innovador, la primera bodega submarina en arrecife artificial del mundo. Había cambiado. Más maduro y sobre todo más interesante, llevaba barba cuidada, zapatos de diseño y ropa casual pero elegante.

Un noviazgo estándar, dos años y medio, boda a lo grande en el Club Marítimo, más de quinientos invitados y la casa de sus sueños. Un chalet adosado con vistas al mar encima de Tamarises. Espacio, seguridad, zonas verdes, buenos colegios y a veinte minutos de Bilbao. El lugar ideal para formar una familia.

Vuelve a servirse, lleva ya tres copas y tiene el estómago vacío. No ha querido parar a comer durante el viaje y nota cómo el alcohol se le sube a la cabeza. Se deja mecer en el balancín, capricho de Hugo. A ella no le gustaba nada, le parecía una horterada, el colmo del mal gusto. Lo sigue pensando, pero la verdad es que, aunque le cueste reconocerlo, se sienta en él a menudo, le gusta salir y columpiarse frente al mar, la relaja. Está agotada. No tarda en dormirse.

La despierta un beso. Abre los ojos, Hugo está observándola con una sonrisa infantil. Ojos verdes, frente ancha y rizos castaños, algunos de ellos rebeldes. Ligeramente despeinado. Viste ropa de deporte y huele a sudor.

—No te he oído llegar —dice María frotándose los ojos y llevándose las manos a las mejillas—. Me he quedado dormida.

—*Urte berri on*, cariño. —Hugo le retira el pelo detrás de la oreja y la ayuda a levantarse—. Entremos, anda, que te vas a enfriar.

Pasan al salón. Lo primero que hace María es coger la manta del sofá y echársela sobre los hombros. Hugo va directo al mostrador de la cocina americana, saca un par de tazas y enciende su De'Longhi de barista semiautomática con vaporizador orientable, molinillo de muelas cónicas de acero y control de temperatura digital.

—¿Café? —pregunta mientras vierte con cuidado los granos en el molinillo.

—Gracias. A ver si me despejo —dice ella acurrucándose en una esquina del sofá—. Estoy hecha polvo, tengo agujetas hasta en los dientes.

—Pensaba que llegabas mañana.

—El mío largo, porfa, lo necesito. —María se descalza y pone los pies sobre el sofá—. ¿Dónde estabas?

—He salido a correr. Tenía que sudar las copas de anoche.

Hugo coloca con cuidado la bandeja con las tazas sobre la mesita de centro y se sienta junto a su mujer.

—¿Cómo es que has vuelto antes? —pregunta mientras sorbe la espuma de su capuchino—. ¿No había buena nieve?

—Al revés, nieve sobraba, estaba perfecta, pero había demasiada gente. Ya me conoces, no me gustan las aglomeraciones. Además, te echaba de menos.

María se acerca a él, le retira una nube de espuma de la comisura de los labios y lo besa.

—Has hecho bien —responde Hugo mostrando la mejor de sus sonrisas—. ¿Has comido? —María niega con la cabeza—. Ya somos dos, quédate ahí y descansa, yo me ocupo de todo.

Hugo regresa a la cocina, se pone el delantal y comienza a trastear en los armarios. Se suponía que en Año Nuevo iba a comer solo y había pensado tirar de congelados. Unos días atrás, su mujer le dijo que subiría a esquiar con Bego, una amiga de Pilates. El plan de las chicas era viajar el 28, esquiar unos días, celebrar la Nochevieja juntas y volver a primeros de enero. Al principio le resultó extraño, lo normal era que pasaran la Navidad juntos, como siempre, pero a ella le hacía ilusión la excursión y no le quiso dar demasiada importancia. Tenía mucho trabajo y además los amigos habían organizado una quedada para el 31. Cena con la cuadrilla, restaurante chino en Bilbao, ver los fuegos que, aunque ilegales, siempre cubren el cielo del Botxo, y de copas hasta que el cuerpo aguante. Al día siguiente, un par de ibuprofenos, resacón, sofá y Netflix. Ese era el plan.

Sin embargo, y muy a su pesar, las cosas no salieron como había pensado.

—Tortellini con salsa de brócoli, piñones y queso parmesano —informa Hugo mientras pone los platos sobre la mesa—. Fácil, rico y efectivo. Los hidratos de carbono, no fallan, van tan bien para tus agujetas como para mi resaca.

—Gracias, amor. —María se sienta a la mesa—. Y, ya que estás, abre una botella de vino, anda.

A Hugo no se le ha escapado el detalle. No ha querido comentarlo, pero cuando ha llegado a casa y ha salido a la terraza para saludar a su mujer se ha fijado en la botella de vino que había junto al balancín. Estaba por la mitad. Ella es muy cuidadosa con su dieta, nunca bebe más de una copa, «Cari, el alcohol engorda», repite una y otra vez.

—¡Oído cocina! —bromea Hugo dirigiéndose a la vinoteca climatizada, la nevera exclusiva para vino con capacidad para más de cincuenta botellas—. Sea Legend número diez, gran reserva especial —dice mientras descorcha una botella azul oscuro decorada con motivos marineros—. Lo mejor del mercado, un lujo para paladares exclusivos.

Hugo se despoja del delantal, sirve el vino de manera generosa y alza su copa a modo de brindis.

—¡Por nosotros, por un año lleno de amor y felicidad!

Entrechocan sus copas y beben mirándose a los ojos. Hugo saborea el vino, sonríe, desvía la mirada hacia el mar y piensa en lo difícil que resulta a veces que se cumplan los deseos.

7

—Tienes visita —anuncia la cuidadora.

Candela Araguás mira extrañada a la mujer de bata blanca que se asoma desde la puerta y con un gesto de la mano le indica que la necesita un minuto. Candela acaricia el cabello de la anciana, deja el cepillo sobre la mesita de noche y se calza las botas de nieve que había dejado junto al radiador.

—Ahora vuelvo, mamá —susurra con voz dulce.

La anciana, sentada en una silla de ruedas frente a la ventana, no responde. Una manta de cuadros le cubre las piernas. Tiene el cabello cano, el rostro surcado de arrugas y la tristeza de la decadencia. Candela se levanta y le da un beso en la frente. La anciana recibe el beso en silencio, ausente, y mantiene la mirada fija en las montañas nevadas.

Candela siente curiosidad, nadie visita a su madre y menos aún a ella, debe de tratarse de un error. Sale de la habitación y se sorprende al ver a una pareja esperando en el pasillo, una mujer entrada en carnes y un hombre joven con pinta de Geyperman.

—¿Candela Araguás? —pregunta educadamente el sargento Bermúdez.

Candela asiente con un gesto de la cabeza. Los guardias se presentan y le piden unos minutos para hablar con ella.

—¿Ha pasado algo? —Candela los mira con un gesto de preocupación.

—¿Podemos charlar en un lugar más tranquilo? —responde el sargento con calma.

—Hay una cafetería en el primer piso —responde ella. Su cabeza da vueltas a toda velocidad como una centrifugadora imaginando qué demonios ha podido ocurrir. Desde luego, nada bueno.

La residencia de mayores que eligió para su madre es una casona blanca con tejado de pizarra a los pies del fuerte Rapitán. El edificio está situado en la parte alta de la ciudad, rodeado de abetos y con unas vistas espectaculares al valle. No fue fácil conseguir la plaza, tuvieron que vender la casa familiar y, gracias al dinero que le sacaron, su mamá podrá vivir tranquila y con los mejores cuidados unos cuantos años más. Lleva ya cinco. La buena mujer no dice nada, dejó de hablar, ya ni siquiera la reconoce, pero se la ve bien. Aseada y bien alimentada, no pide más. El problema es que la cuenta corriente va bajando. Candela no se plantea qué ocurrirá el día que se queden sin dinero, no quiere pensar en ello. Cuando llegue ese momento es posible que su suerte haya cambiado, que se haya lanzado su carrera, quién sabe, pueden pasar tantas cosas.

Se sientan los tres a la mesa más alejada, frente a un ventanal. No piden nada. Es tarde, apenas hay gente.

—¿Ha pasado algo? —vuelve a preguntar Candela.

Los guardias se miran. Es el sargento quien arranca a hablar y le cuenta lo sucedido. No se extiende demasiado. Su lenguaje es claro y conciso. Esta mañana han encontrado el cuerpo de Martín flotando en un río. Tanto su hermana como los padres de su cuñado están avisados. Cuando terminen la autopsia el cadáver volverá a Jaca y podrán enterrarlo. Candela está en shock. Tarda varios segundos en reaccionar. Los guardias estudian su reacción sin disimulo alguno.

—¿Cómo ha ocurrido? —pregunta Candela cuando recupera el control de sus emociones.

—Lo estamos investigando —responde lacónico el sargento.

Candela gira la cabeza y recorre el espacio con la mirada. Un camarero limpia la barra con desgana y un par de cuidadoras charlan animadamente en una mesa. Piensa en su madre, siente el impulso de volver junto a ella. Echa de menos a la mujer que fue, no al cuerpo consumido por el alzhéimer. Su mente vaga muy lejos, a su infancia. Recuerda los domingos en el campo, las comidas junto al río con papá, mamá y Elvira, cuando todavía eran una familia.

Bermúdez la observa. Es una mujer hermosa, tanto o más que su hermana. Larga melena rubia, nariz pequeña cubierta de pecas, labios finos, facciones simétricas, ojos azules. A pesar de la tristeza, hay belleza en su expresión.

Candela aleja sus recuerdos, regresa al mundo y se vuelve hacia los guardias. El sargento ha sacado una libreta y la mira fijamente, su compañera juguetea con un mechero, parece despreocupada.

—Ayer estuvo en la boda de su hermana, ¿verdad? —retoma la palabra Bermúdez.

—Fue una ceremonia sencilla —responde Candela asintiendo con la cabeza—, los padres de Martín, Olvido y yo.

—¿Quién es Olvido?

—Es la mejor amiga de Elvira. Se conocen desde crías, fuimos al colegio juntas.

—Ya. —Bermúdez anota en su libreta—. Un día muy original para casarse.

—Mi hermana es así.

—¿Qué relación tenía usted con Martín Blasco? ¿Eran amigos, lo trataba con frecuencia?

—Apenas lo conocía —dice Candela—. Lo había visto un

par de veces antes de la boda, tres como mucho. Siempre aquí, en Jaca.

—Corríjame si me equivoco —el sargento anota algo en su libreta sin dejar de hablar—, tengo entendido que usted no vive aquí.

—No, vivo en Madrid.

—¿A qué se dedica?

—Soy actriz —dice con orgullo.

—¡Actriz! Qué interesante... Yo veo muchas series españolas, ¿ha trabajado usted en alguna?

—Por ahora hago mucho teatro, infantil, clásico y sobre todo contemporáneo, es lo que más me gusta. También he hecho anuncios y un par de papeles pequeños en la tele. Este año tengo cerradas un par de sesiones en una peli. Es un papel pequeñito. Poco a poco. Nuestra profesión es una carrera de fondo.

—Claro, claro. ¿Y cuánto tiempo lleva en Madrid?

—Va para diez años.

—Entiendo. —Vuelve a anotar en su libreta—. ¿Sube mucho a Jaca?

—Lo que puedo. Me gusta visitar a mi madre. Me necesita, está muy sola.

La teniente Gloria Maldonado golpea la mesa con el mechero, toquecitos cortos y repetitivos como si fuesen un mensaje en morse. El sargento repara en el gesto, consulta la libreta y continúa con las preguntas.

—¿Qué hicieron anoche después de la boda?

—Fuimos a los bares de la parte vieja a tomar un par de vinos, después volvimos al hotel, cenamos, comimos las uvas y estuvimos un rato en el cotillón. Cuando los padres de Martín se fueron a casa, nos dirigimos al centro a tomar unas copas.

—¿Cuándo fue eso aproximadamente?

—Sobre las dos, dos y media, algo así.

—¿Quiénes fueron?

—Elvira, Martín, Olvido y yo. No éramos más.

—Claro. —Bermúdez vuelve anotar en su libreta—. ¿Notó algo extraño en Martín, dijo o hizo algo que le llamase la atención?

Candela niega con la cabeza, baja la mirada y se queda pensativa. Bermúdez respeta su silencio.

—¿Cuándo fue la última vez que vio a Martín Blasco? —pregunta el sargento al cabo de unos segundos.

—Esta mañana. En la cafetería del hotel, en el desayuno.

Bermúdez va a hacer otra pregunta, pero la teniente extendiendo la mano le indica que se calle.

—Señora Araguás —dice Gloria Maldonado abriendo la boca por primera vez—, voy a hacerle una pregunta y quiero que piense bien la respuesta antes de responder, ¿está claro?

Candela clava los ojos en la teniente. Se nota que esa mujer es quien manda y, además, disfruta con ello. Gloria enciende el mechero, durante unos segundos contempla la llama, suelta el pulsador, y, cuando aquella se extingue, alza la vista y trata de esbozar una sonrisa amable.

—¿De qué habló con Martín Blasco durante el desayuno?

—De muchas cosas.

—¿Podría ser más específica? —pregunta la teniente sin perder la sonrisa.

—De la boda, de mi hermana, de los cruasanes...

—¿Discutieron?

Candela se revuelve en la silla. Está incómoda. La teniente vuelve a golpear la mesa con el mechero, golpes secos y cadenciosos. Golpes que la ponen de los nervios.

—Dije algo que no le gustó, ya está. Yo no lo llamaría discutir —responde despacio haciendo un esfuerzo por controlarse.

—¿Qué le dijo? —pregunta Gloria ensanchando su sonri-

43

sa—. Y, por favor, no me venga con que es algo personal. Estamos investigando la muerte de un hombre, su cuñado.

—Le dije que me habría gustado que mi madre estuviese en la boda. No me pareció bien que tuviera que pasar la Nochevieja sola. Eso fue lo que le dije. ¡¿Contenta?!

Candela aprieta los puños y desvía la mirada.

—Claro, la entiendo perfectamente. —Gloria habla con calma, sin acusar el tono agresivo de la última respuesta—. Una última curiosidad...

Candela sigue con la vista en la pared

—¿Tiene usted coche?

Al oírlo, se gira sorprendida.

—No, no tengo coche. ¿Hemos terminado?

Es Bermúdez, como de costumbre, quien trata de quitar tensión al momento y reconducir la situación.

—No la molestamos más —dice en un tono conciliador mientras se levanta—, muchas gracias por su tiempo. No sé cuándo tenía previsto regresar a Madrid, pero tenemos que pedirle que se quede al menos un par de días en Jaca, si es posible. Hasta que aclaremos lo sucedido y puedan enterrarlo.

Nada más subirse al Patrol, Gloria arranca el motor y enciende un cigarro. Bermúdez, sentado en el asiento del copiloto, le afea el gesto bajando la ventanilla mientras cabecea resignado.

—Llama a Sotillo —ordena la teniente—. La gasolinera de Villanúa tiene una cámara de seguridad que apunta a la carretera. La calidad no es buena, no podremos distinguir las matrículas ni a los ocupantes, pero sí los modelos de los coches. Algo es algo. Dile que vaya, que pida las imágenes y que haga una lista de todos los vehículos que han subido dirección Canfranc hoy entre las nueve y las doce. Le dices también que llame a todas las agencias de alquiler de coches de Madrid y de

Jaca, y que te haga otra lista de los clientes que hayan alquilado uno esta última semana.

El sargento toma nota en la libreta y saca su teléfono.

—¿Qué te ha parecido la chica? —pregunta Gloria volviendo la mirada hacia la residencia de mayores.

—¿Qué quieres que me parezca? —responde mientras marca el número de Sotillo.

La barrera se alza. Gloria resopla como signo de fatiga, sostiene el pitillo entre los dedos y acelera. Conducir la ayuda a pensar. Le ha llamado la atención la reacción de la mujer, ha asimilado lo ocurrido sin aspavientos y no ha querido saber más de la cuenta. Como si de alguna manera lo esperase. Sin embargo, la duda que se le ha incrustado en la cabeza es otra. En caso de ser cierto lo que les ha contado Candela, ¿por qué el novio no quiso que la suegra asistiese a la boda de su hija? ¿Fue realmente este el motivo de la discusión o hubo algo más? La teniente deja madurar la pregunta en su interior mientras enfila una recta superando en mucho el límite de velocidad.

8

María lleva varios minutos hipnotizada viendo el resplandor de las llamas. A su lado está Hugo, con las piernas extendidas sobre el reposapiés del sofá, completamente dormido. Siente su respiración pesada, no llega a ronquido. Está cansada, pero a pesar de la hora y el vino no logra conciliar el sueño. En la pantalla del televisor, ultrafina, cincuenta y cinco pulgadas, y con barra de sonido, Marilyn Monroe y Jack Lemmon disfrazado de mujer beben whisky subidos a una de las literas del tren que los lleva a Florida. Marilyn, Sugar en la película, se ha colado en la cama de Daphne, la bajista del grupo que en realidad es un hombre. Las risas de la litera de arriba despiertan a una de las chicas de la orquesta que se apunta con rapidez a la fiesta. Poco a poco el resto de las integrantes de la banda se van sumando al guateque improvisado. La secuencia es divertida, pero María no sonríe. Está seria, impasible, ajena a todo. Sus ojos se pierden de nuevo en los reflejos del fuego que emana de la chimenea de diseño bajo la pantalla.

Les había costado elegir qué ver. Cuando terminaron de comer Hugo le había guiñado el ojo y había propuesto subir directos al cuarto y hacer bueno ese refrán italiano que aprendió durante su Erasmus en Roma y que tanto le gusta repetir en estas fechas: *Chi scopa a capodanno scopa tutto l'anno.*

Hay tiempo para todo, le había respondido ella, primero la película y luego ya...

Tenían claro dos cosas: querían un clásico, una de esas pelis míticas que recuerdas con cariño y no te importa volver a ver una y otra vez, y, sobre todo, querían que fuese algo alegre, a ninguno de los dos le apetecía un dramón. Él había apostado directamente por *La vida de Brian*, de los Monty Python. Una obra de arte, jamás me he reído tanto en la vida, había afirmado con rotundidad. Ella, sin embargo, se decantaba por alguna comedia más ligera y proponía distintas opciones, curiosamente todas tenían una cosa en común, estaban protagonizadas por Cary Grant: *La fiera de mi niña*, *Luna nueva*, *Arsénico por compasión*. Al final, tras un debate sobre los distintos tipos de comedias, las estrellas americanas y el cine de Hollywood en general, llegaron a una solución que dejaba contentos a ambos: *Con faldas y a lo loco*, de Billy Wilder.

María se incorpora sin hacer ruido y coge su móvil. Abre el navegador y comienza a buscar en internet los diarios digitales que cubren la zona del Pirineo: *Diario del Alto Aragón*, *Jacetania Express*, *Pirinews*... En todos ellos se recoge la noticia de forma escueta, el cuerpo sin vida de un hombre de treinta y tres años, cuyas iniciales responden a M. B., ha sido hallado en el río Aragón a la altura del puente de los Peregrinos. No dicen mucho más, solo que la policía investiga el trágico suceso y que las primeras hipótesis indican que pudo tratarse de un suicidio. Nada nuevo. La misma información que ya ha escuchado por la radio mientras conducía camino a casa.

Es Martín. Lo sabe muy bien. Ha visto a sus padres salir destrozados del cuartel de la Guardia Civil. No puede creer que esté muerto. ¿Suicidio? Martín era especial, tenía sus problemas, sus zonas oscuras, pero no lo cree capaz de hacer algo así. ¿Un accidente? Ni siquiera comentan la posibilidad. La prensa lo tiene claro. Si apuntan al suicidio por algo será. Se siente culpable, terriblemente culpable. No puede ser. Todavía no acaba de creérselo. No puede ser, no puede estar muerto.

María se arrepiente de muchas cosas, si pudiera volver atrás las haría de otra manera, pero ya es tarde. Le vienen a la cabeza imágenes de Martín. Ojalá que no le hubiese conocido nunca. Sabe que no va a poder dormir ni esta noche, ni mañana ni en las próximas semanas. Se levanta del sofá con cuidado, no quiere despertar a Hugo, y se dirige al cuarto de baño de la planta baja.

El espejo le devuelve la imagen de una mujer triste, torturada; una imagen que no se corresponde en nada con la de una persona que viene de pasar unos días de vacaciones esquiando con una amiga. Necesita descansar, dormir, evadirse, olvidar. Hugo no puede enterarse de nada. Rebusca en el último cajón del armarito que hay debajo del lavabo. Todas sus cosas están arriba, ese es el baño de los invitados, por eso decidió guardar ahí aquel neceser, lo más alejado posible de miradas indiscretas, en especial la de Hugo. Enseguida encuentra lo que busca, un estuche infantil con dibujos de Hello Kitty y cremalleras laterales. Lo abre, saca una pequeña caja de cartón de uno de los bolsillos interiores, se mete un par de pastillas a la boca, abre el grifo y traga.

María había escondido la última caja de Orfidal en aquel neceser por si acaso. Es una especie de comodín. No lo había vuelto a abrir en semanas, desde finales del verano había estado visitando a una psicóloga por su cuenta. No le dijo nada a Hugo. Sufría ansiedad, le devoraba la culpa, no podía dormir... Llegó un momento en que la terapia no parecía suficiente y le recetaron ansiolíticos. Afortunadamente, todo aquello había pasado. María seguía visitando a la psicóloga, pero desde hacía tiempo no había vuelto a abrir el neceser de Hello Kitty. No lo había necesitado. Hasta ahora.

Al salir al pasillo comprueba que Hugo sigue durmiendo,

ni siquiera se ha movido, sigue en la misma postura. Va a la cocina, abre la vinoteca y saca una botella al azar, la primera que pilla. La descorcha tratando de no hacer ruido y se sirve una copa generosa. Bebe de un trago. Está cansada, cansada de mentir, cansada de vivir.

Marilyn Monroe está cantando «I Wanna Be Loved by You», Jack Lemmon y Tony Curtis, vestidos como unas chicas más de la orquesta, tocan el bajo y el saxo mientras discuten por lo bajini sobre la mejor manera de seguir con su farsa y pasar desapercibidos. María se hace un ovillo, se cubre con la manta, reclina la cabeza sobre el hombro de su marido y se concentra en la pantalla esperando que el Orfidal le haga efecto. Quiero ser amada por ti, susurra Marilyn de manera sexy. ¿No es lo que queremos todas?, piensa.

Hugo siente la cabeza de María sobre su hombro. Sabe que está intranquila, aunque está tratando de disimular, algo le pasa. La conoce muy bien. La acaba de ver en la cocina, ha visto cómo abría una botella y bebía otra copa más. No es propio de ella. También la ha oído trastear en el baño pequeño, toma nota mental de revisar entre los cajones. Lo hará mañana mismo, en cuanto se despierte.

9

Candela Araguás regresa a la habitación y, con los rojos enrojecidos, contempla a su madre. Traga saliva y hace esfuerzos por no llorar. La anciana sigue en el mismo sitio, con la silla de ruedas frente a la ventana y la mirada fija en las montañas. Coloca una silla a su lado, se sienta, le coge la mano y la mira con una sonrisa tierna.

—Está todo bien, mamá, no tienes que preocuparte por nada.

Candela se concentra en la imagen de los picos nevados y se deja llevar por sus pensamientos. Todo le parece extraño, irreal.

Al cabo de unos minutos saca el móvil de su bolsillo, busca en la galería, selecciona un vídeo y clica sobre el archivo. En la pantalla aparece gente bailando, bebiendo, conversaciones cruzadas, música alta, la cámara se dirige a la barra y, al fondo, en una esquina, se ve a un hombre hablando con una mujer. Parece que discuten. En un momento, el hombre coge a la mujer por el brazo y la arrastra de forma violenta hacia la puerta de salida. La mujer intenta zafarse de él y le pega una bofetada, el hombre le dice algo al oído y sigue arrastrándola. La pareja se confunde entre el gentío y el vídeo se corta. Candela retrocede las imágenes hasta volver al inicio, pausa la imagen, hace zoom sobre el rostro del hombre y lo observa en silencio. Al levantar la vista se da cuenta de que su madre ha girado la cabeza y está mirando con atención la pantalla del móvil.

—¿Lo reconoces, mamá?

La anciana no responde, tiene los ojos puestos en el teléfono, pero es como si no viese, Candela lo sabe, es una mirada vacía.

—Es Martín, mamá, tu yerno.

10

Olvido San José apura la taza de café, es la cuarta, lleva horas consultando textos y tratando de tomar notas, pero no avanza, no logra concentrarse. Tiene los ojos rojos, el pelo, estilo *garçon*, revuelto, lleva un pijama de franela granate, un forro polar y zapatillas de andar por casa recubiertas de piel. Está sentada a la mesa del salón rodeada de libros y apuntes; frente a ella, el ordenador portátil. Trabaja en su tesis sobre los viajeros medievales. Ya ni recuerda los años que lleva investigando sobre el tema. Cuanto más indaga, más le apasionan aquellos misioneros, comerciantes y aventureros que recorrieron Europa durante la Edad Media. El problema es que no acaba de encontrar la línea vehicular y con el tiempo ha ido cambiando el enfoque de su investigación. Últimamente está obsesionada con la figura de Aymeric Picaud, un religioso francés que viajó a Compostela a principios del siglo XII y es autor del *Liber Sancti Jacobi*, en el que relata sus experiencias por la Ruta Jacobea. El monje, además de hablar de santuarios, monasterios y aspectos gastronómicos, reflexiona sobre el carácter de los habitantes y las costumbres de los pueblos. Todavía no sabe qué hará con todo ese material, pero le interesa contemplar su tierra y su pasado a través de los ojos de un extraño.

Olvido mira la hora. Son más de las once, está agotada. La noche anterior le está pasando factura. No le gusta salir, ni siquiera en Nochevieja, si lo hizo fue por Elvira. Tampoco es que llegase muy tarde, lo suficiente para alterarle el biorritmo. Le gustaría acostarse, pero sabe que no podrá pegar ojo. Piensa en su amiga, en lo que estará pasando. Apaga el ordenador y fija la vista en la pared, no hace ademán de levantarse, prefiere esperar a que suba su hermano. Virgilio es menor que ella. Viven juntos. Siempre lo han hecho. Este año va a cumplir treinta años y no tiene ninguna intención de buscar piso. Ninguno de los dos la tiene. Cuando su madre murió hablaron del tema. Ambos tenían trabajo, él en la construcción y ella con su plaza fija en la biblioteca. En aquel momento habrían podido vender la casa e irse a vivir cada uno por su lado, pero ambos quisieron continuar como estaban, cuidarse uno a otro, hacerse compañía.

Siguen viviendo en el hogar en el que crecieron, una casa unifamiliar de una sola planta a tan solo unos metros de la plaza Biscós. Un inmueble antiguo pero muy céntrico. La decoración, los muebles, los objetos no han cambiado nada, todo está tal cual como lo dejó su madre. Del techo del salón cuelga una lámpara de araña, en él hay un sofá de escay marrón, librerías repletas de libros y enciclopedias, fotografías enmarcadas en plata, muebles de caoba de color oscuro, un viejo televisor de tubo y cortinas de raso con flecos.

Suena el timbre de la puerta. Olvido se levanta extrañada, rara vez tienen visita, y menos a esas horas. Al abrir se encuentra con la mirada de Elvira, vacía, perdida, una mirada en busca de consuelo. Las dos amigas se funden en un largo abrazo.

—¿Qué tal estás? —pregunta Olvido con un nudo en la garganta.

Elvira contiene las lágrimas. Pasan a la cocina. Olvido pone un cazo de agua al fuego y se sientan a la mesa de plástico. Después de unos minutos de silencio, Elvira se arranca a hablar y le cuenta lo sucedido. La ausencia de Martín, la nota que encontró en la papelera, la llamada de la Guardia Civil, el trago de reconocer el cuerpo. Todavía no se lo explica. Le cuesta asimilarlo. Olvido ya estaba al corriente, en Jaca las noticias vuelan. Nada más enterarse la ha estado llamando, pero ella tenía el móvil apagado. Ha ido a buscarla al hotel y a su buhardilla. Estaba preocupada. Elvira le dice que lleva horas deambulando por las calles, que no se ha atrevido a pasar por el hotel a recoger sus cosas, que no se siente con fuerzas de volver a casa.

—Esta noche duermes aquí, puedes quedarte todo el tiempo que necesites, estás en tu casa, ya lo sabes —dice Olvido mientras sirve las infusiones.

Elvira asiente agradecida, coge la taza con ambas manos y se la lleva a la cara buscando el calor en la piel.

—¿Tú también crees que se ha suicidado? —Elvira mira a su amiga directamente a los ojos.

Olvido no responde.

—Es lo que piensan todos. No lo dicen, pero lo piensan.

Hace frío. La cocina está en un extremo de la casa, da a un patio exterior, está orientada al norte y, por si fuera poco, no cuenta con calefacción.

—¿Qué crees que ha podido pasar? —pregunta Olvido mientras enciende el brasero de butano situado en un rincón.

—No lo sé, pero estoy segura de que tiene algo que ver con la nota: «¿De verdad creías que no iba a enterarme? Aún estás a tiempo» —susurra de manera automática perdida en sus propios pensamientos. No puede quitarse ese mensaje de la cabeza.

—¿Enterarse de qué? —pregunta Olvido.

—Lo he estado pensando mucho y lo único que se me ocurre es que tenga relación con nosotros.

—¿Con vosotros?

—Le dejaron la nota el mismo día de nuestra boda. «Aún estás a tiempo...» —repite para sí—. Tiene que ser eso.

—¿Una mujer?

—Martín nunca me habló de sus relaciones, yo tampoco le pregunté por ellas, ya me conoces. Lo nuestro fue muy rápido, vivíamos el presente y de repente empezamos a planear el futuro. Nunca me preocupé por su pasado.

—Pero algo sabrías.

—No mucho. En las vacaciones conocí a su círculo de aquí, a sus padres y sus tíos de Zaragoza, en Jaca ya no le quedaban amigos.

—¿Y en Bilbao?

—Normalmente siempre subía él. Yo solo fui una vez, se pasó todo el finde lloviendo y ni salimos de casa. No conocí a nadie. Tampoco tenía mucha vida social, no te creas. Le costaba confiar en la gente. Si tuvo novias, rollos o lo que sea, a mí nunca me dijo nada.

—¿Y su trabajo? Martín es... —Olvido se corrige de inmediato—, era abogado. Puede que tenga que ver con algún caso, con algo en lo que estuviera trabajando.

—No le iba mal, pero tampoco llevaba cosas muy gordas. Herencias, disputas familiares, peleas... No sé, tendría que investigar.

—¿Y problemas de dinero, deudas de juego o cosas así?

—No, eso sí que no. Me habría dado cuenta, aunque... vete tú a saber. —Elvira se levanta y se asoma al ventanuco que da al patio—. Solo conocía una parte de él, la parte que quise ver.

—Igual la policía descubre algo —dice Olvido acercándose y pasándole el brazo por los hombros para infundirle ánimo.

—¿Tú crees?

Elvira se separa, se lleva las manos a la cara y se frota los ojos.

—¿Has comido algo? —pregunta Olvido y abre el cajón de las sartenes sin esperar la respuesta.

—No tengo hambre.

—Te hago una tortilla francesa y una ensalada, no me cuesta nada. ¿Dos huevos o uno?

Antes de que le dé tiempo a contestar Elvira ve cómo su amiga saca dos huevos de la nevera y pone la sartén en el fuego.

—¿Y Virgilio?

—Está en el sótano haciendo pesas —responde Olvido batiendo los huevos—, se pasa más tiempo bajo tierra que en casa, ya sabes cómo es...

Además de la tortilla y la ensalada ilustrada, Olvido ha sacado una hogaza de pan, una tabla con distintas cuñas de queso, una cinta de lomo adobado y una ristra de chorizo. También ha dejado sobre la mesa un bol de arroz con leche casero y una bandeja con galletas. Elvira come en silencio tratando de controlar su ansiedad. En ese momento se da cuenta de que no ha probado bocado en todo el día.

En cuanto comprueba que su amiga ha empezado a comer, Olvido va a la habitación de su madre, quita el polvo, pone sábanas limpias y saca un par de mantas. Busca un calientacamas, lo enchufa con la ayuda de un alargador y lo coloca bajo las sábanas. No le puede ofrecer las comodidades del hotel ni de su casa, pero va a hacer todo lo posible para que su amiga esté a gusto. Ella es así, no puede evitarlo, se desvive por la gente que quiere. Lo hizo con su madre y lo hace ahora con su hermano. En el fondo puede que sea un acto egoísta, alguna vez lo ha pensado. Ayudar a los demás es una manera de dar sentido a su existencia, de sentirse útil, porque fuera de eso no tiene nada. Su mundo se reduce a los libros, siempre le ha gustado leer, y a una tesis en la que lleva años trabajando y no está segura de si algún día la terminará.

Elvira recorre el angosto pasillo a oscuras. Sabe dónde está el baño, conoce bien la casa. Al pasar por la habitación de Virgilio ve la puerta entornada y la luz encendida.

—Hola, Virgilio. Soy yo, Elvira.

Toca con los nudillos, aunque sabe que es muy probable que él no oiga los golpes.

—Solo quería saludarte, ¿estás ahí? —dice ella levantando el tono de voz.

Ha crecido con Virgilio. Lo conoce desde niña. A los cinco años tuvo meningitis, lo detectaron tarde, por fortuna sobrevivió, pero la bacteria le dejó secuelas de por vida. Pérdida total de la audición en un oído y un escaso treinta por ciento en el otro. Aparentemente no sufrió daños cerebrales, pero siempre arrastró problemas de aprendizaje. Estudió en el mismo colegio que los demás niños, en aquella época no había atención especial, y su familia no podía permitirse otra cosa. Si ya de por sí era un crío introvertido, con la sordera se refugió aún más en sí mismo. Nunca tuvo amigos ni los buscó.

—¡Holaaa!

Ella golpea de nuevo con los nudillos y la puerta se abre un poco. Elvira se queda en el pasillo sin atreverse a entrar. En la pared justo a su izquierda hay un tablero de corcho del que cuelgan fotos y recuerdos. Su mirada va directa a las fotografías. En una de ellas se ve a la señora Angelines, la madre de su amiga, está en el parque con Virgilio en brazos y la pequeña Olvido, ahí tendría unos tres años, cogida de la mano. La siguiente es una foto de grupo de los Quebrantahuesos, el equipo de hockey amateur de Jaca. El retrato está hecho en la pista de hielo. Llevan la camiseta roja y blanca del club, y en el centro de los cascos puede verse la silueta del quebrantahuesos serigrafiada. Es fácil reconocer a Virgilio, viste con la equipación de portero y les saca a todos un par de cabezas. Otra es una selfi en la que aparecen Olvido, Virgilio y ella misma. Elvira recuerda bien esa foto. La hicieron el año pasado, celebraban el cumpleaños de Olvido. Ellas dos sonríen y Virgilio, incómodo, mira al objetivo con expresión seria. La última es una fotografía en blanco y negro en la que se ve un hombre con look setentero sentado en la terraza de un bar sosteniendo una cerveza en una mano y un cigarrillo en la otra.

—¿Qué haces? —dice una voz ronca.

Elvira pega un pequeño salto, gira sobre sí misma llevándose la mano al corazón y se encuentra a Virgilio en el pasillo. Alza la vista para mirarle a los ojos, mide casi dos metros. Tiene la cabeza rapada al cero. Nariz pequeña, facciones duras y un halo de tristeza. Viste pantalones de chándal desgastados y una camiseta básica pegada al cuerpo. Está sudando. Los brazos y el cuello están cubiertos de tatuajes.

—Me has asustado. —Elvira le dedica una sonrisa.

Aguardan en silencio. Sin moverse. Virgilio baja la mirada. Elvira no acierta a decir nada, está demasiado cansada. Entonces sucede: Virgilio se adelanta y de repente la estrecha entre sus brazos. A Elvira le cuesta reaccionar. Sabe que él rehúye el contacto físico. No le gusta tocar a las personas, ni que lo toquen. La única excepción son su hermana y los animales. Siempre le han gustado. Siente los brazos musculados de ese hombretón rodeando su cuerpo. Siente su calor, el sudor que desprende. Está aturdida, jamás habría pensado que algo así pudiera pasar. Tampoco le da tiempo a pensar mucho más sobre ello. Acto seguido, no han pasado ni tres segundos, Virgilio se separa de ella, entra en su habitación, cierra la puerta y corre el pestillo.

11

La calle del Obispo está completamente desierta. Santiago Blasco, enfundado en una vieja parka de paño, arrastra los pies con
la mirada clavada en el pavimento. La luz de las farolas se refle-
ja sobre los adoquines bañados en escarcha. Es noche cerrada.
En unas horas tiene que ir a la panadería, en cuarenta años no
ha faltado ni una sola vez y no piensa hacerlo hoy. Camina despacio, con las manos en los bolsillos, una bufanda cubriéndole
el rostro y, en la cabeza, un grueso gorro de lana.

Ha salido sin decirle nada a su mujer. Sagrario se ha atrin-
cherado en la habitación y no ha salido ni siquiera para coci-
nar. Santiago ha cenado un mendrugo de pan mojado en leche.
Tampoco tenía hambre. Antes de calzarse las botas ha aguza-
do el oído. La casa estaba en silencio, Sagrario por fin había
dejado de llorar, o eso creía él. Quizá dormía. No ha querido
comprobarlo. Ha llamado a don Faustino para anunciarle su
visita, se ha anudado los cordones y ha bajado a la calle.

Santiago no puede quitarse de la cabeza la imagen del cuerpo sin vida de su hijo. Recuerda la última conversación con
Martín, esta misma mañana, poco antes de morir. No ha debido hablarle de esa manera. No tenía que haber sido tan duro.
Se detiene en medio de la calle. Rebusca en sus bolsillos y saca
un mechero, un Zippo plateado, lo enciende y mira la llama

obnubilado. No tenía que haberle dicho las cosas que le ha dicho. Jamás se lo perdonará.

Dobla a la derecha, entra en los soportales y accede a la fachada sur de la catedral, con la Lonja Chica abierta a la plaza del mercado. La puerta en arco de medio punto conserva el tímpano románico donde puede verse el escudo pontificio: la tiara y las llaves de san Pedro flanqueados por dos de los animales simbólicos de los evangelistas inscritos en un óvalo. El toro representa a san Lucas y el león a san Marcos. A su izquierda aparece cincelada la «vara jaquesa», la unidad de medida usada en el Reino de Aragón en la época medieval. Setenta y siete centímetros.

Santiago recorre el muro sur en dirección al ábside central. No tarda en verle. Al otro lado de la verja metálica lo espera don Faustino. El cura saluda con expresión seria y le hace un gesto con la mano para que lo siga.

—Pasa, anda, que me estoy congelando. —Don Faustino cierra la verja y camina bordeando el ábside hacia la parte trasera de la catedral.

El cura ronda los ochenta años, calza zapatillas deportivas, pantalón de pana y plumífero oscuro con capucha diablo. Atraviesan una puerta, suben unas escaleras de madera y entran en la casa parroquial. Nada más cruzar el umbral sienten el calor. Don Faustino lo invita a pasar a un pequeño recibidor amueblado con un par de raídos sillones y una mesa de centro. Es una dependencia austera, la única decoración consiste en un crucifijo colgado en la pared.

—Tú dirás, Santiago —dice el cura despojándose del plumífero.

—Quiero confesarme padre.

—¿A estas horas?

—¿Acaso hay un horario para expiar nuestros pecados ante el Señor? —responde Santiago con dureza.

—Entiendo por lo que estás pasando y voy a atenderte con gusto, pero no puedes levantarme de la cama diciendo que es una urgencia solo porque te quieras confesar. Así no se hacen las cosas.

Don Faustino toma asiento, cruza las piernas, coloca las manos sobre las rodillas y con la cabeza hace un gesto al hombre para que ocupe el otro sillón.

—Aquí no. En la iglesia. —El panadero, todavía en pie, lo mira directamente a los ojos.

—A ver, Santiago, al Señor no le importa donde...

—He dicho que en la iglesia —insiste el hombre con dureza.

—Como quieras.

—Y póngase la sotana.

Santiago sigue a don Faustino a lo largo de un pasillo oscuro. El cura ilumina el camino con una pequeña linterna de mano. En completo silencio atraviesan el claustro, llegan a la sacristía y acceden al templo a través de la capilla de San Jerónimo. Hace frío. Un olor a incienso invade el espacio. Cruzan la reja románica y acceden al sepulcro donde descansa el obispo Pedro Baguer. El monumento consiste en una cama fúnebre sobre la que reposa la imagen del difunto de cuerpo entero esculpida en alabastro. Se adentran en una de las naves laterales guiados por la escasa luz que se filtra por las vidrieras y se detienen en el confesionario, un habitáculo de madera con dos puertas laterales coronado por una cruz en la parte superior. Don Faustino ocupa su lugar e invita al penitente a que haga lo propio.

—Ave María purísima —dice el hombre santiguándose.

—Sin pecado concebida —responde el cura.

Quince minutos después los dos hombres abandonan el cubículo.

—Gracias, padre —dice Santiago con voz serena. Su expresión ha cambiado—. ¿Por dónde salgo ahora?

El cura le señala el extremo opuesto. Cruzan la nave central sorteando los bancos, se dirigen a la puerta meridional. Llegan al exterior. Un resquicio de luna se deja ver entre las nubes e ilumina tenuemente la plaza del mercado. Don Faustino abre la verja de metal, se gira hacia Santiago, le coge la mano derecha y la sostiene entre las suyas.

—Santiago, hijo, ¿esto lo sabe alguien más? —El hombre niega con la cabeza—. Entiendo. Y... ¿no has pensado hablar de ello a la Guardia Civil?

—No, padre —responde el hombre clavándole la mirada—, lo que le he contado se irá a la tumba conmigo. Conmigo y con usted.

El sacerdote ve a Santiago Blasco perderse en las calles. Hasta ahora lo tenía por un buen hombre, honrado, trabajador, padre de familia, pero ya nunca lo verá con los mismos ojos. Cierra el portón. Ya no siente el frío. Se arrodilla ante el altar mayor. Sobre su cabeza la *Apoteosis de san Pedro*. Se santigua, baja la mirada y reza en silencio.

12

Jaime Bermúdez entra en el despacho de su teniente, lleva un vaso de café en cada mano, un archivador de anillas rojo bajo la axila y una bufanda de lana atada al cuello.

—Buenos días, jefa. ¿Café?

—Cierra la puerta, anda —dice Gloria sin levantar la vista del ordenador.

El sargento cierra la puerta con el pie y se detiene extrañado.

—¿Funciona la calefacción, aquí?

—Es una avería general, Bermúdez, la caldera no entiende de jerarquías.

—Pues ya te digo que en tu despacho hace como diez grados más que ahí fuera. La gente está que trina.

Bermúdez camina hacia la teniente, deja los cafés y el archivador sobre la mesa, toma asiento y entonces repara en el radiador eléctrico que hay debajo del escritorio.

—Ya decía yo... —dice el sargento mirando el calefactor mientras aprovecha para arrimar las manos a él y entrar en calor.

—Se supone que la van a arreglar a lo largo del día, pero no me fío ni un pelo. —Gloria pega un sorbo a su café y pone mala cara—. Coño, Bermúdez, ¿tanto te cuesta comprarlo donde Genaro? Ya sabes que no soporto el de la máquina.

—No, si he pasado, pero estaba hasta arriba de gente y el hombre no daba abasto. No sé por qué no se jubila, la verdad.

—Pues porque no le sale de los cojones.

—¿Ha llegado la autopsia? —pregunta el sargento obviando la salida de tono de la jefa.

Gloria niega con la cabeza, saca un cigarro de la cajetilla, se lo pone en la boca y busca el encendedor por la mesa, entre los papeles dispersos. Bermúdez contempla pacientemente cómo los levanta una y otra vez, rebusca en sus bolsillos y abre y cierra cajones con violencia. Cuando por fin encuentra el mechero, se reclina en su silla, enciende el pitillo y da una larga calada.

—¿Qué me traes? —dice la teniente mirando el archivador rojo.

—Sotillo ha hecho los deberes. —El sargento saca un par de carpetillas y las deja sobre la mesa—. El listado de vehículos, color y modelo, que ayer pasaron por Villanúa. Más de doscientos. Era hora punta, la mayoría subía a esquiar. Hemos reconocido el Mini Cooper de Blasco. Pasó por la gasolinera a las once y cinco. Y ahí —señala otra carpeta—, los clientes que alquilaron coches en Madrid y en Jaca. La lista es para aburrir y Candela Araguás no aparece en ella.

La teniente sonríe para sí y apila las carpetas sobre un montículo de documentos.

—¿Algo más?

—He hablado con la compañía telefónica. —Bermúdez rebusca dentro del archivador y saca unos papeles—. En la mañana de ayer Martín Blasco tuvo dos llamadas. A las diez treinta recibió una llamada desde un número desconocido y tres minutos más tarde llamó a este número —dice señalando un número subrayado en amarillo en el registro telefónico—, lo he comprobado, es el móvil de su padre, Santiago Blasco. Después, lo que ya sabemos, cogió el coche y salió del hotel a las once menos cuarto.

—¿Podemos averiguar cuál es el número desconocido?

—Me temo que no —responde el sargento—. Pertenece a una tarjeta de prepago. No he podido rastrearla. En teoría, para comprar estas tarjetas necesitas presentar el DNI o el pasaporte, pero la realidad es que hay muchas maneras de conseguirlas sin documentación. En algunos locutorios y comercios las venden, es una práctica común entre inmigrantes sin papeles temerosos de ser identificados y detenidos, y al igual que las compran ellos lo puede hacer cualquiera sin dejar rastro.

—Vamos, que no hace falta ser un lumbreras... —comenta Gloria con desgana. No le gusta la tecnología, no la entiende, tampoco quiere aprender, pero a la vez la frustra estar alejada del mundo, hace que se sienta mayor—. Tendremos que hablar con el padre. ¿Algo más?

—Hemos pedido la triangulación del móvil de Martín y la última actividad se registra en el área del puente de los Peregrinos, lo que significa que lo llevaba consigo. O sea, que o se le cayó al río o alguien se lo quitó.

—¿Quién haría eso, sargento? —pregunta Gloria mientras apaga el cigarrillo en un cenicero repleto de colillas—. ¿Estás sugiriendo que pudo ser un robo?

—No, no estoy diciendo eso, y lo sabes. —Bermúdez trata de contenerse. No le ha gustado el tonillo de la pregunta. Tampoco la actitud condescendiente de su jefa—. Lo único que digo es que tenemos que contemplar todo tipo de posibilidades, a estas alturas estaremos de acuerdo en que no podemos centrarnos en la tesis del suicidio, ¿no? Hay muchas cosas que no cuadran.

—¿Qué cosas?

—Lo primero, la viuda. Elvira Araguás.

Gloria no reacciona, continúa en su silla mirándolo con expresión incrédula. Bermúdez, nervioso, se desenrosca la bufanda y la lanza sobre la mesa de cualquier manera.

—¿No te pareció rara su reacción? —dice—. Estaba muy entera, como si no le hubiese afectado nada. Ni una lágrima, ni un lamento, nada.

—Vamos, Bermúdez, cada uno reacciona al dolor a su manera, no tengo que contártelo yo. La hermanita tampoco es que fuese un valle de lágrimas, igual es algo de familia.

—Su melliza apenas conocía al difunto. Elvira era su mujer. La he estado investigando… —El sargento abre de nuevo el archivador, saca varios folios y los extiende frente a su superiora—. Es una especie de artista local, trabaja el cuero, hace bolsos, sandalias, carteras…, cosas por el estilo —dice mostrando fotocopias con algunos de sus diseños—. Todo cien por cien artesanal, sostenible, diseños personalizados… Vende sus productos a distintas tiendas de Jaca y en los mercadillos artesanales de los pueblos. Tiene el taller en su casa, una buhardilla en el centro. —Enseña el artículo de un periódico local que habla del trabajo de Elvira, en el que aparecen fotos de su casa—. Y, además, también se gana la vida como…, a ver cómo te lo explico, como «terapeuta» de Reiki.

—¿Qué coño es eso? —suelta Gloria.

A pesar de que la teniente ha hecho caso omiso de la documentación que el sargento ha ido dejando sobre la mesa, Bermúdez rebusca en el archivador, saca varios papeles con información sobre el tema y los coloca junto al resto.

—Es una especie de medicina natural, un rollo japonés que se practica mediante la energía. O sea, que te curan sin tocarte, ¿vale? Con la «energía» —repite con sorna—. Te ponen las manos encima —continúa Bermúdez levantándose de la silla y extendiendo las manos con las palmas abiertas hacia Gloria—, la energía fluye y ya está, curada. Y adivina dónde tiene su consulta, en su buhardilla, cómo no. Vamos, que lo mismo te hace un bolso, que te cura el reúma, un chollo.

Gloria Maldonado sonríe. Le divierte ver cómo el sargento pierde la compostura y se expresa con pasión. Un buen policía tiene que ser analítico, no dejarse llevar por los sentimientos, ella lo sabe muy bien, nunca se harta de repetirlo, pero Bermúdez es todo lo contrario. Ella no piensa que sea un mal poli, simplemente es joven, le queda mucho por aprender.

—¿Adónde quieres ir a parar, Bermúdez? Porque, digo yo, que todo esto será para algo, ¿no?

—Piénsalo, Gloria. ¿Qué hace una mujer así, la típica hippy del Pirineo, porque más perro flauta no se puede ser, no me jodas, casándose con un abogado de Bilbao, y además por la iglesia? ¿De verdad no te parece extraño?

La teniente Maldonado va cogiendo de uno en uno, de forma ceremoniosa, todos los papeles que Bermúdez ha ido colocando frente a ella. Forma un taco con ellos, abre el archivador rojo y los guarda con cuidado en su interior.

—Todo eso no son más que prejuicios, sargento.

Jaime acusa el golpe. Sabe que en el fondo tiene razón, no tiene ninguna evidencia, pero, al contrario que su jefa, él cree en la intuición. Intuición, corazonada, presentimiento…, da igual como quieras llamarlo. Y hay algo en esa mujer que no le gusta, que le hace estar alerta. Está claro que la teniente no le compra el discurso, pero todavía tiene una bala más en la recámara.

—¿Y la nota? —pregunta de forma impulsiva

—¿Qué le pasa a la nota? —Gloria resopla mostrando impaciencia.

Bermúdez, ante la desesperación de la teniente, revisa los papeles, saca una copia del papel pegado con celo que les mostró la viuda y lo lee en voz alta.

—«¿De verdad creías que no iba a enterarme? Aún estás a tiempo». Elvira nos trae la nota, nos dice que estaba en la papelera y nos lo creemos. Bien, en un principio no tenemos por qué dudar. Pero ¿por qué damos por cierta su versión y nos creemos que el destinatario era su marido? La nota no está personalizada, no nombra a Martín en ningún momento. La habitación era de los dos. ¿Y si iba dirigida a ella?

Se hace un silencio. Gloria lo mira directamente a los ojos, él le sostiene la mirada. Tras unos segundos que a Bermúdez se le hacen interminables, la teniente echa mano a la cajetilla, saca un cigarrillo con la boca y comienza a buscar el mechero. Vuelve a repetirse la escena de antes, la búsqueda infructuosa, la desesperación de la jefa, pero esta vez el sargento lo localiza en una esquina de la mesa, lo desentierra de entre las carpetas y se lo alcanza sin mediar palabra.

—Es verdad —dice Gloria mientras enciende el cigarro. Bermúdez no esperaba esta respuesta, no está acostumbrado a que la teniente le dé la razón—. No veo qué nos aporta al caso, pero es cierto. Podría estar dirigida a ella.

Bermúdez calla y disfruta de su pequeña victoria en silencio. Él tiene sus teorías al respecto, pero son solo eso, teorías, y por ahora prefiere no tensar la cuerda demasiado.

—Nos queda pendiente visitar al padre para consultarle lo de la llamada —comenta Gloria para sí. A continuación se dirige a su sargento con la mano derecha en alto y comienza a enumerar una serie de tareas—: Mientras tanto, pregunta por la zona de Canfranc por si alguien vio algo, su coche estaba aparcado en el antiguo cementerio del puente, hace años que cerró, aun así, comprueba si tenía por casualidad a algún ser querido enterrado allí. Aprovecharemos para peinar la zona río abajo por si aparece el móvil. Hay que revisar también las imágenes de la recepción del hotel del día treinta y uno y las del uno por la mañana, buscamos a alguien que deje una nota en el mostrador, o que entre en el hotel, pase la nota por debajo de la puerta y se marche. Pregunta al personal y averigua si Martín recibió alguna visita en su habitación. Eso es todo —el sargento Jaime Bermúdez se pone en pie—, puedes llevarte tu archivador. Ah, y no te olvides de la bufanda, no quiero ni una baja en el equipo por la mierda esta de la caldera.

13

Abre los ojos. Todo está oscuro. No sabe dónde está. Siente un escalofrío. Ya no es solo por la falta de ubicación, también por la sensación de irrealidad. ¿Estoy soñando?, se pregunta. Elvira tarda unos segundos en reaccionar. Entonces recuerda. Está en la habitación de Angelines, la madre de Olvido. Ha pasado la noche en casa de su amiga. Hace frío. Trata de adaptarse a la oscuridad. Busca su móvil sobre la mesilla, no tiene batería. ¿Qué hora es? Las cortinas no dejan pasar ni un rayo de luz. ¿Será aún de noche? La única claridad llega a través de la rendija inferior de la puerta. El suelo, de baldosas, está congelado, le duelen las plantas de los pies. Avanza despacio tanteando las paredes con las manos. El frío se le mete en el cuerpo. Localiza el pomo y abre la puerta, la luz natural proveniente del pasillo le indica que ya ha amanecido. Lo primero que hace es calzarse las botas. Su amiga le ha dejado una bata de terciopelo verde colgada de una silla. Se cubre con ella. Apesta a naftalina. Da igual. Mira su reloj de pulsera. Las nueve y cuarto. Normalmente nunca duerme hasta tan tarde, pero anoche le costó conciliar el sueño. Oyó las campanas hasta bien entrada la madrugada.

Elvira recorre el pasillo en silencio y entra en el baño. Se siente extraña, terriblemente sola, descolocada. Lo más probable es que Olvido y Virgilio hayan ido al trabajo. Aun así comprueba que no están llamando a las puertas de sus respectivas habitaciones y abriéndolas un poco. Se refugia en la cocina. Su amiga le ha dejado una cafetera llena. Se sirve una taza hasta arriba, la calienta en el microondas y deambula por la casa con el café humeante entre sus manos.

No ha cambiado nada, reconoce cada cuadro que cuelga de la pared, cada adorno, cada mueble, cada alfombra. Recuerda las meriendas en ese mismo salón al salir de clase. Los bocadillos de chorizo viendo los dibujos animados con su amiga. Todo está exactamente igual. Un viaje a la nostalgia. Virgilio nunca se sentaba con ellas, se quedaba en el umbral de la puerta, de pie, con los ojos clavados en la pantalla del televisor. Se acuerda de los tazones de chocolate caliente que les preparaba Angelines en invierno. Los juegos infantiles, las tardes de estudio, las primeras confidencias amorosas. Es como si el tiempo se hubiese congelado. Añora los tiempos felices, cuando en la vida no había sufrimiento, cuando ni siquiera tenía consciencia del dolor, de la pérdida, de la muerte. Aquel vivir ajena a la realidad, anestesiada ante las miserias de la existencia. ¿Quién podría imaginar durante aquellas meriendas pegadas al televisor que las cosas iban a cambiar tan rápido?

Primero fue el abandono del padre de Olvido: un día hizo las maletas y se fue de Jaca. Según su amiga ni siquiera se despidió. Unos decían que vivía en Pamplona, otros en Zaragoza. Nadie lo sabía. A veces subía a verlos los fines de semana, nunca les dio una explicación, ni ellos preguntaron, pero con el tiempo las visitas se fueron espaciando hasta que llegó un momento en que desapareció de sus vidas. Virgilio fue el que peor lo pasó. Nunca lo aceptó. La tristeza se coló por todos los rincones, entró por los resquicios de las ventanas, por las rendijas de las puertas, por las humedades de los techos; aquella casa ya no volvió a ser la misma, las meriendas nunca supieron igual. Años más tarde la desgracia vino a visitar a Elvira, y lo hizo de un modo muy cruel. El hecho de haber presenciado el padecimiento de su amiga no la ayudó en nada a sobrellevar la tragedia que iba a cambiar su vida. Recuerda aquella tarde perfectamente. Al volver del instituto su madre las sentó a Candela y a ella en la cocina y les contó lo sucedido: papá había muerto en un accidente de tráfico. En aquel momento Elvira envidió a su amiga Olvido, ojalá que su padre se hubiese ido de casa, ojalá que las hubiese abandonado, daba igual lo mucho o lo poco que las visitara, lo importante era que pudiera hacerlo, que estuviese en este mundo.

Al salir de nuevo al pasillo le llama la atención la puerta que baja al sótano. Antiguamente era una especie de trastero. A veces se colaban en él para investigar qué secretos encerraba, pero Angelines las abroncaba; recuerda que nunca las dejaba jugar allí. Ahora parece que es el gimnasio de Virgilio. Baja las escaleras de madera. Huele a sudor y a humedad. No hay ventanas. La única luz proviene de una bombilla solitaria que pende del techo. Hay una bici estática y un banco de ejercicios, y el suelo está lleno de pesas y mancuernas de diferentes tamaños tiradas de cualquier manera. En una esquina ve un armario con hojas de metal. Le llaman la atención las paredes, cubiertas de puzles enmarcados a modo de cuadros. Hay al menos doce, todos con diferentes motivos: un paisaje suizo, un circo, el *skyline* de Nueva York, un perro lobo, una pecera con peces de colores... Son puzles complicados, de esos de miles de piezas. El espacio se le hace claustrofóbico, no tendrá más de cinco metros cuadrados. Abre el armario. En la barra hay colgada ropa de deporte usada, sobre la repisa un *stick*, una comba, guantes, una toalla y un par de tiras elásticas. En la parte inferior hay tres líneas de cajones, uno de ellos, el último, tiene un candado. Abre los dos primeros. En uno hay un par de camisetas del equipo de hockey con el logo del quebrantahuesos, dobladas; en el otro, una máscara facial de portero. El grueso candado de combinación numérica del tercero está sujeto mediante una hebilla de mariposa. Elvira se agacha e intenta abrirlo.

Ding, dong. La taza de café cae al suelo y se rompe en pedazos. ¡Mierda!, suelta Elvira llevándose la mano al pecho. Ding, dong. El timbre de la puerta vuelve a sonar. Mira la mancha de café y los restos de loza esparcidos por el suelo. ¡Mierda!, repite.

14

—Esto sí que es un café como Dios manda, Genaro —dice Gloria acodada en una esquina del bar.

Genaro es uno de los pocos locales de Jaca que todavía mantiene su esencia genuina. Techos altos, barra de mármol, taburetes de madera oscura, máquina tragaperras, la tele siempre encendida y baldas cubiertas con todo tipo de licores. Ahora la mayoría de las cafeterías son de diseño, tonos cálidos, música de jazz y ambientes personalizados para disfrutar de una experiencia relajante. Todo muy acorde con los gustos actuales. A Gloria le gusta el bar de toda la vida, desayunar un pincho de tortilla, hablar del tiempo, poner a parir al Real Zaragoza, lo que se ha hecho toda la vida.

—¿Seguro que no quieres un chorrito de coñac? —Genaro se acerca con una botella.

Es un hombre alto, delgado, que ronda los setenta años, tiene la cara surcada de arrugas, los dientes amarillos y una sonrisa pícara.

—Estoy de servicio.

—¿Y cuándo te ha importado a ti eso? —responde el hombre guiñándole un ojo.

—Además, el alcohol engorda, y estoy a régimen.

—¿Y tú te lo crees? Primero nos quitaron el tabaco, ahora

están dando la matraca con la bebida y si solo fuera eso... Que si nos quitemos el pan, que si comer carne roja es malo, que si cenar no es bueno... Mentira, y lo peor es que la gente se lo cree. Todos como borregos.

—Desde luego, hay que ver lo retorcidos que son los médicos, ¿eh? —dice Gloria mientras hojea un periódico deportivo—. No saben qué hacer para jodernos la vida.

—Los matasanos no tienen nada que ver con esto, mujer. Los de siempre son los que están detrás, los peces gordos, la CIA, los de *gugel*... —Genaro saca un taco de participaciones de lotería y lo pone sobre la mesa—. ¿Quieres para el Niño? Este año toca.

—A ver, Genaro, mira que eres cansino. ¿Cuántas veces te tengo que decir que yo no juego a esas cosas? Mi religión me lo impide.

Genaro sirve una porción generosa de coñac en una taza vacía. A continuación amaga con echarle un chorrito al café de la teniente, pero ella lo para con un gesto. El viejo camarero se encoge de hombros como diciendo «Tú te lo pierdes», y pega un trago.

—La ilusión de mi vida ha sido que me tocase la lotería. —Genaro apoya los brazos en la barra y se inclina hacia la teniente en actitud confidente—. La de Navidad, la del Niño, la quiniela, el Euromillón..., lo que fuese. El caso era hacerme rico, cerrar el bar y no dar golpe. Pegarme la vida padre. Comprarme un chalet, un cochazo, irme de vacaciones al Caribe..., ya sabes. ¿Seguro que no quieres un poco de elixir? —dice cogiendo la botella. Gloria vuelve a negar, el hombre sirve un poco más en su taza y bebe—. Ahora, a estas alturas, si me tocase el gordo lo tengo muy claro. Se lo regalaba todo a mis dos hijos, que falta les hace. Como mucho me daba un buen homenaje para celebrarlo, un chuletón, la mejor botella de vino y poco más. Ya ves, Gloria, a mi edad la vida padre es poder abrir el bar cada mañana, charlar con mis clientes, echar unas partidicas al guiñote y para de contar.

—Y date con un canto en los dientes, Genaro, que yo a tu edad, si es que llego, no creo que esté para esos trotes.

Suena el teléfono móvil de Gloria, lo saca de la chaqueta, mira la pantalla y se levanta con torpeza. La teniente hace un gesto con la mano a Genaro para que le ponga otro café y sale a la calle. Siente el golpe de frío en la cara. Rebusca en los pantalones mientras sujeta el móvil entre el hombro y la oreja, saca un cigarrillo y lo enciende.

—¿Qué me cuentas, Secun? —dice sujetando el teléfono ahora con la mano.

—Poca cosa —responde el forense con desgana.

—¿Tienes la autopsia?

—Os la acabo de enviar.

—¿Titulares? —pregunta Gloria.

—Lo que ya imaginábamos. Hora del deceso, entre las once y media y las doce de la mañana. Causa, traumatismo craneoencefálico, se golpeó con una roca al caer, fue inmediato. El resto de las lesiones está en el informe, nada fuera de lo normal, pero hay algo que me ha llamado la atención.

Se hace un silencio al otro lado de la línea. Gloria, paciente, da una larga calada y contempla cómo el humo se pierde en el cielo. Sabe que a Secundino le gustan esas pausas dramáticas y ha aprendido a no perder los nervios. Si el hombre disfruta con esos tres segundos de atención, pues que le aprovechen.

—He encontrado algo inusual —retoma el forense en el mismo tono taciturno—, restos farmacológicos de ISRS en sangre.

—En cristiano, Secundino.

—Inhibidores selectivos de la recaptación de serotonina.

—¿Antidepresivos?

76

—Antidepresivos cíclicos: doxepina, nortriptilina... y también ansiolíticos.

—El kit completo —responde Gloria, pensativa.

—También quedaban restos de alcohol en sangre.

—Un buen popurrí. Gracias, Secun.

Gloria regresa a su taburete. Genaro está en la otra esquina de la barra discutiendo de fútbol con un cliente. La botella de coñac sigue donde la dejó. La mira con deseo, finalmente desiste y se conforma con otro chute de cafeína.

Los hechos hablan por sí solos: un puente solitario, Año Nuevo y un hombre con diagnóstico psiquiátrico. Hasta ahí, blanco y en botella. Pero luego están la nota (aunque no tengan claro a quién se dirigía), la llamada desde un número desconocido y sobre todo la boda. ¿Por qué iba a suicidarse el novio? Esos también son hechos y no puede pasarlos por alto. En la mayoría de los casos de suicidio hay una serie de síntomas previos, por regla general ha habido una planificación, no es una decisión espontánea. En ocasiones se dan intentos fallidos con anterioridad a la consumación, unas veces son errores, quitarse la vida no es tan fácil, y otras, actos desesperados para llamar la atención.

La teniente apunta mentalmente comprobar si Martín tuvo algún intento frustrado en el pasado. Si fue un suicidio, a Gloria le cuesta imaginar por qué decidió hacerlo después de la boda. Si lo había planificado así, no puede ser algo casual. ¿Por qué justo después? Tiene que haber una razón. Lo primero que se le ocurre es que hubiera un motivo económico, dejarle a la viuda su patrimonio, por ejemplo. Hay otras posibilidades: que la esposa estuviese embarazada, que quisiera incluirla en una futura herencia, que necesitase los papeles... También podría ser una cuestión sentimental. Un acto de amor: te casas para expresarle a alguien lo mucho que le quieres. Como aquellos soldados que contraían matrimonio antes de ir a la guerra aun sabiendo que quizá jamás volverían del frente. Aunque, siguiendo esa línea de pensamiento, también podría ser todo lo contrario, que estés castigando a esa persona, por las razones que sean, y elijas quitarte de en medio nada más unirte con ella de por vida.

A Gloria le cuesta comprender este tipo de motivaciones. Por su trabajo está acostumbrada a ver todo tipo de actos delictivos cometidos en nombre del amor. Los persigue, los castiga, pero nunca acaba de entenderlos. ¿Qué sabe ella del amor?

De todas formas, cuando se trata de una muerte por caída al vacío hay muchas más opciones sobre la mesa: un simple accidente, un homicidio involuntario o, ¿por qué no?, voluntario, un asesinato. La teniente sabe que ahora mismo no tiene nada a qué agarrarse para sopesar esas posibilidades, pero tampoco puede obviarlas. Por ahora prefiere ser prudente. Conoce a la jueza, no puede venderle humo.

Además, le está dando vueltas a otra idea. Dentro de la opción suicidio, hay una figura más extraña pero que tampoco puede descartar y que está tipificada en el Código Penal. Es la del suicidio inducido. En esos casos, una tercera persona instiga a la víctima para que se quite la vida, o directamente la ayuda a cometer el acto.

A Gloria no le gusta dejarse influir por las ideas de otros, sabe que su trabajo consiste en investigar, reunir pruebas, y solo se permite establecer teorías basándose estrictamente en las evidencias. Pero las sospechas de Bermúdez se han quedado grabadas en su corteza cerebral. Está claro que el amor no se puede categorizar, y lo mismo que hay parejas con gustos e intereses comunes, se dan casos en que es justo todo lo contrario. ¿No se ha dicho siempre eso de que los polos opuestos se atraen? Que él fuese abogado y ella sea una persona menos convencional, por decirlo de alguna manera, no supone ningún problema. Que eligiesen el día de Nochevieja para casarse, que la ceremonia fuese íntima y por la iglesia, por muy alternativa que sea ella, tampoco le genera conflicto. Hoy en día se ven todo tipo de bodas, desde las más clásicas hasta las más originales. No es eso. Pero hay algo en esa mujer que le resulta discordante.

Por el momento cree que es algo tan sencillo como que no la puede catalogar. Después de tantos años de profesión, Gloria sabe que a la mayoría de las personas las puede meter en un cajón nada más conocerlas. No quiere decir que sepa si son culpables o inocentes, si mienten o dicen la verdad, no es eso. Pero hay unos perfiles, unos rasgos de personalidad, unas pautas de comportamiento por medio de los cuales se puede etiquetar a las personas. Al menos en una valoración inicial. Es una cuestión de psicología, de capacidad de observación y de tener el culo pelado en interrogatorios. Todos nos creemos únicos, excepcionales, nos gusta pensar que tenemos algo especial, pero en el fondo, salvo contadas excepciones, son más las cosas que nos unen que las que nos distinguen, somos más parecidos de lo que nos gustaría admitir.

Y el caso es que a Elvira no la ubica en el radar, no por ahora. Es una cuestión de tiempo, se dice a sí misma, mientras apura el tercer café del día.

15

Ding, dong… El timbre de la puerta sigue sonando.

Elvira ha apagado rápidamente la luz del sótano y ha subido corriendo las escaleras. Podían ser Olvido o incluso Virgilio quienes estuviesen llamando a la puerta como cortesía antes de entrar con sus propias llaves, y si es así no quiere que la pillen husmeando. No sabe por qué ha bajado, por qué ha intentado abrir ese cajón, pero lo ha hecho y no le apetece verse en la obligación de dar unas explicaciones que no tiene.

Permanece en el pasillo inmóvil, a la escucha. Pasan unos segundos y no entra nadie. Así que tras descartar que sea uno de sus anfitriones quien está llamando, va a la cocina, coge una escoba, un recogedor, un par de trapos y baja de nuevo al sótano para limpiarlo. Al terminar lo pone todo en su sitio, mete los restos de la taza en una bolsa aparte, no quiere contar lo sucedido, y se queda en pie esperando.

Después de varios minutos el timbre sigue sonando. Elvira resopla, se seca el sudor de la frente, se anuda la bata, regresa al pasillo y abre la puerta.

—¿Te he despertado? —pregunta Candela disculpándose. Como su hermana melliza asiente con la cabeza, añade—: Perdona.

—¿Qué haces aquí? —responde Elvira con voz susurrante.

—He hablado con Olvido. Ayer te estuve buscando, te llamé mil veces.

—Me quedé sin batería.

—¿Cómo estás?

—Necesitaba estar sola. —Elvira fija la mirada en el suelo.

—¿Puedo pasar? —Candela se frota las manos y se abraza a sí misma para entrar en calor—. Llevo aquí un rato y me he quedado helada.

Elvira le hace un gesto para que entre, cierra la puerta y se quedan en el vestíbulo mirándose en un silencio incómodo. Tras unos segundos, Candela da el paso, se acerca a su hermana y la abraza.

—Lo siento, lo siento mucho —dice Candela tras deshacer el abrazo.

—Gracias.

—¿Has comido algo? —Candela sujeta la cara de su hermana entre sus manos. Elvira no responde—. Conozco un sitio aquí al lado que no está mal, te invito a desayunar—. Elvira hace una mueca de disgusto y niega con la cabeza—. Vamos, te sentará bien un café. Es solo un minuto. Cámbiate, venga, te espero aquí.

Ya en el bar, se sientan a una mesa situada frente a un gran ventanal. Al otro lado hay un parque. Un grupo de madres observan cómo sus hijos juegan en los columpios. Elvira se fija en que no hay ni un solo hombre. Ella no habría querido ser una de esas mujeres. En un futuro quería tener hijos, sí, pero no a ese precio. La única condición que se había impuesto a sí misma es que no tendría familia a no ser que tanto ella como su marido estuviesen dispuestos a ceder en sus carreras y compartir los cuidados a partes iguales. Tampoco lo habían hablado mucho, a Martín no le gustaba discutir del tema. Elvira nunca le oyó decir abiertamente que no quisiese tener hijos, pero lo sospechaba y no se sentía cómoda con ello. Era un comportamiento cobarde. ¿Y no era acaso también una forma de mentir? Ella prefería no presionar, ese era su estilo. A veces, después de un mal día en el trabajo, o simplemente en sus momentos melancólicos, le había dicho que traer niños al mundo era un acto de egoísmo. Que la sociedad que habíamos construido entre todos se bastaba por sí sola para corromper y destruir la bondad de los seres humanos. Nunca llegaron a abordar el tema de un modo directo, y ahora se arrepiente. Le habría gustado saber qué pensaba, comprenderlo. Le habría gustado llegar a conocerlo de verdad.

Sumida en sus pensamientos, Elvira bebe un sorbo de su expreso con la mirada fija en una niña de cabellos rizados que juega sentada en un cuadrado de arena. Candela disfruta del desayuno: café con leche, zumo natural y cruasán a la plancha con mantequilla y mermelada. Apenas han hablado desde que han salido de la casa de Olvido. El frío, las posibles nevadas y poco más.

—¿Cuándo vas a volver a tu casa? —pregunta Candela.

—No lo sé…, no lo he pensado. —Elvira sigue con la mirada perdida en el parque infantil.

—¿Y tus pacientes?

—Puedo atenderlos en mi apartamento y luego dormir donde Olvido. Ya veré… Ahora mismo no…

—Tranquila, lo entiendo.

Callan. Candela se concentra en cortar el cruasán sin que se le resbale la mermelada por los extremos. Elvira de repente cae en algo, deja de mirar por el ventanal y se dirige a su hermana.

—¿Quieres ir tú, mientras tanto?

—¿Qué? —Candela la mira sin entender.

—A mi casa —explica Elvira—. Si quieres puedes usar la buhardilla, perdona, no…

—Ah, no, no gracias —se apresura a responder Candela—,

he hablado con el hotel, les he explicado la situación y… al final me han dejado un buen precio por unos días más.

—Candela, si tienes que volver a Madrid, por mí no lo hagas, estoy bien.

—No hay ningún problema. Esta semana no tengo nada, así que… me quedó para el entierro y… ya bajaré después de Reyes.

—Como quieras. —Elvira esboza una ligera sonrisa y desvía la mirada.

—Si hay algo que pueda hacer…, lo que sea, ya sabes.

Candela estira el brazo, coge la mano de su hermana y la aprieta con fuerza en una muestra de cariño. Elvira no reacciona.

—¿Sabes algo más? ¿Te han dicho algo? —Candela mira a su hermana expectante. Elvira niega con la cabeza—. Es todo muy raro. ¿Qué crees que le pudo pasar?

Elvira se zafa y aparta la mano para coger su taza de café. Candela se retira discretamente sin afearle el gesto. Elvira pasea la mirada entre la clientela del local y se dirige a su hermana de forma distraída, mientras fija su atención en una pareja de novios que hacen manitas bajo el mantel.

—Tú lo viste antes de que fuese al puente, ¿verdad?

—Coincidimos en el desayuno —confirma Candela un tanto sorprendida.

—¿Te dijo algo? ¿Lo notaste raro?

—No. Estaba normal.

—¿Por qué discutisteis? —pregunta Elvira girando la cabeza y mirándola directamente a los ojos.

—¿Hablaste con Martín? —pregunta Candela y Elvira niega—. ¿Entonces?

—Llámalo intuición.

—Has hablado con la Guardia Civil, ¿verdad?

—¿Qué pasó?

—No sé qué te han dicho, pero no pasó nada. Tienes que creerme.

—Vamos, Candela, yo misma lo vi. Me enseñaron las imágenes de la cámara de seguridad.

—Le saqué el tema de mamá y se enfadó —responde Candela abruptamente tratando de zanjar la conversación—. Eso fue todo.

Elvira pega un puñetazo en la mesa. Candela, que obviamente no esperaba esa reacción, se echa hacia atrás y trata de apaciguar los ánimos de su hermana mostrándole las palmas de las manos en señal de calma. Algunos comensales se giran hacia ellas y las observan con disimulo.

—¿En serio? —Elvira hace un esfuerzo por controlarse, baja la voz, pero mira con dureza a su hermana—. ¿Por qué no me dejas en paz de una vez? ¡Respétame! ¿Tan difícil es de entender? Vete a la mierda, Candela.

—Elvira yo...

Elvira se levanta. Echa la mano a su bolsillo. Deja una moneda de dos euros sobre la mesa y sale del café de forma airada.

16

El míster hace sonar el silbato enérgicamente y da por finalizada la sesión de entrenamiento.

—¡Buen trabajo, señores, a la ducha! —grita el entrenador.

Los jugadores enfilan la bocana que da acceso a los vestuarios desde la propia pista de hielo y se pierden en el interior del
pasillo.

Hace dos años Virgilio San José entró a formar parte de los
Quebrantahuesos, el equipo de hockey hielo amateur de la
ciudad, y en aquel momento cambió su vida. Recuerda haber
ido de niño a los partidos con su padre, entonces se jugaba en
la antigua pista de hielo. Soñaba con llegar algún día al primer
equipo y defender los colores del Club Hielo de Jaca, el club
más laureado de Aragón. La meningitis hizo que se recluyese
en sí mismo, pero no le impidió crecer. Siempre fue el más alto
de la clase, con bastante diferencia, además era ancho de espaldas y corpulento. A pesar de su envergadura se desenvolvía
con agilidad y patinaba con destreza, el perfil idóneo para jugar de defensa. Con siete años hizo las pruebas y entró en el
equipo prebenjamín. Cuando su padre se fue de casa todo
cambió. Perdió el interés, seguía jugando, en aquella época
había subido a cadete, era bueno, si no el mejor, pero dejó de
ir al pabellón, no le apetecía ver los partidos si no iba con su

padre. Años después ocurrió la desgracia. Su padre apareció muerto. Fue durante la Navidad de 2007. Ese mismo año se había inaugurado el nuevo Pabellón de Hielo, toda una efeméride en Jaca, un estadio espectacular, moderno y dotado de la última tecnología. Virgilio tardó mucho tiempo en ir allí.

Aunque las visitas se habían espaciado y apenas lo veía, a la muerte de su padre se encerró muchísimo más en sí mismo. Dejó el equipo, no volvió a jugar al hockey ni fue a ver ningún partido durante años.

Fue Olvido quien compró entradas para ir a ver un partido de semifinales de Copa del Rey contra el Txuri Urdin. Resultó ser apoteósico, además aquel año la final se disputaba en casa. El Club Hielo Jaca superó al equipo guipuzcoano y más tarde ganó la Copa contra el Barcelona en un partido muy disputado que se saldó con un dos a uno a favor de los locales. Virgilio y Olvido estuvieron apoyándolos desde las gradas. De nuevo, fue Olvido quien poco tiempo después habló con el entrenador del equipo amateur y, tras mucho esfuerzo, logró convencer a su hermano para que volviese a jugar. Virgilio aceptó, pero con una condición: solo jugaría de portero. Quería minimizar cuanto pudiese el choque con el rival, tener el mínimo contacto físico con los demás jugadores, y la portería era la mejor posición para ello.

Cuando está sobre la pista, Virgilio se aísla de la realidad y entra en un mundo distinto. En el hielo no es consciente de su sordera, ni le pesa su falta de habilidad social; es uno más, toda su atención está puesta en las cuchillas de los patines, en los *sticks* y en no perder de vista el disco en ningún momento. Mientras dura el partido o el entrenamiento se encuentra en un lugar seguro. La vida se reduce a una serie de reglas fáciles de entender y de seguir. En el hielo no hay espacio para el dolor ni para la tristeza.

Antes de adentrarse en el pasillo que lleva a los vestuarios,

Virgilio alza la vista y se fija en que hay una luz encendida en el piso superior, el área noble del pabellón. Es el último en salir de la ducha. Despojarse de todas las protecciones de portero le lleva un tiempo y hoy, además, se lo ha tomado con más calma que de costumbre. Termina de vestirse y guarda toda la equipación y el material en su taquilla. Está solo, el resto de sus compañeros ha salido corriendo hacia sus trabajos y sus respectivas obligaciones. Accede a la zona de la tribuna baja. La pista está vacía, a esa hora solo entrenan ellos, los equipos inferiores y el profesional se reparten el horario a partir de las cinco de la tarde. Sube las escaleras y llega al último piso, donde están las cabinas de prensa y la zona destinada a los despachos.

La luz de la oficina del director del área deportiva está encendida. Acher Lanuza, además de ejercer ese cargo desde hace años, es jugador del primer equipo, capitán, máximo goleador y toda una institución en el club. A día de hoy ha ganado cuatro ligas y cinco Copas del Rey. Virgilio, al igual que el resto de los Quebrantahuesos, lo admira y respeta. Esa es la primera vez que sube a su despacho. Han compartido pista, incluso ha llegado a jugar contra él en algún partidillo amistoso, pero nunca ha cruzado una palabra con el capitán. No piensa molestarlo mucho tiempo. Solo tiene una pregunta que hacerle.

Virgilio toca con los nudillos, espera unos segundos y abre.

—He dicho que estoy ocupado, ¿no me has oído? —dice Acher levantando la voz en cuanto se abre la puerta.

—Perdón —responde Virgilio.

Al reconocerlo, Acher Lanuza cambia por completo su actitud. El capitán tiene treinta y pocos años, moreno, con el pelo corto y barba cerrada, es bajito, no llega al metro setenta, y fibroso.

—No pasa nada, tranquilo —ahora es el propio Acher quien se excusa.

El capitán no recuerda haber hablado con él, pero sabe que es el portero del equipo amateur. Ese grandullón no pasa desapercibido. No es solo por su cuerpo y por los tatuajes, en general, es diferente. Parte de su trabajo como responsable de las categorías inferiores consiste en hacer un seguimiento de los chavales, incluidos los del equipo amateur. Por eso sabe que el portero es especial, que tiene una discapacidad y que le cuesta relacionarse con los demás.

—Disculpa, es que tengo visita —dice Acher esbozando una sonrisa—. ¿Qué querías?

—Perdón —vuelve a decir Virgilio.

—Ahora estoy contigo. Dame cinco minutos, ¿vale?

Virgilio sin disimulo alguno clava la vista en la persona que está sentada frente al capitán. Lo conoce. Es el panadero, el padre de Martín. El hombre no se gira, tiene las piernas cruzadas y una mano en el regazo, en la otra sostiene un mechero de color plata con el que juguetea de manera inconsciente.

—Enseguida te atiendo —insiste Lanuza.

Virgilio no reacciona. Ni siquiera contesta. Da media vuelta, cierra la puerta, baja las escaleras a zancadas y sale a la calle. Le sienta bien el frío en la cara. Mira su reloj. Todavía tiene treinta minutos antes de volver a la obra.

Echa a andar calle arriba y antes de llegar a la rotonda que circunvala la entrada sur, gira a la izquierda y coge la bajada de la fuente de Baños, un camino de piedras estrecho que conduce al antiguo lavadero. A Virgilio le gusta perderse en ese rincón, da igual la estación del año, llueva, nieva o haga sol. Es un lugar tranquilo, está cerca de la pista de hielo y rara vez pasa nadie por ahí.

Deja atrás una zona arbolada y se sienta en uno de los muretes de piedra que rodean el lavadero. Una arquería de ladrillo semiderruida atraviesa las dos piletas, que se comunican entre sí. Una de ellas, la más grande, es cuadrangular; la otra, la pequeña, tiene la forma y las dimensiones de una bañera. Una capa de escarcha cubre de blanco el agua estancada. Durante la Edad Media los peregrinos que hacían el Camino de Santiago utilizaban aquellos baños públicos para lavarse, tanto física como espiritualmente, ya que se decía que, además de asearse, también lavaban sus pecados. Más tarde, los viejos baños se convirtieron en un lavadero donde las jacetanas se reunían, hacían la colada y aprovechaban para ponerse al día de los asuntos locales.

Virgilio abre la bolsa de deporte y saca el bocadillo que le ha preparado su hermana. Tortilla de patata con pimientos rojos, como todos los miércoles. Está hambriento. Pega un mordisco, mastica con la mirada perdida en el agua solidificada y se queda pensando en el padre de Martín y en que es la primera vez que lo ve en el pabellón.

17

María Elizalde ocupa una mesa de madera con vistas al mar, cierra los ojos y siente el calor del sol en la cara. Hoy ha entrado viento del sur, han subido las temperaturas y el cielo está despejado. Desde luego, no parece invierno. Al menos no los inviernos que recuerda de su infancia. En su cabeza están los días grises, el frío, la lluvia, la mar picada.

Al despertar tenía un terrible dolor de cabeza. Se había levantado más tarde de lo habitual. Ni siquiera oyó a Hugo cuando se fue de casa. Lo primero que hizo fue tomarse un ibuprofeno y relajarse bajo el agua caliente en una de esas duchas interminables. Después del café no le entraba nada más, llamó a su padre, le dijo que no se encontraba bien y que trabajaría desde casa. Pasó el resto de la mañana en pijama, sentada en el balancín de la terraza envuelta en una manta, meciéndose al sol.

Cuando sintió las primeras punzadas de hambre se vistió con unos vaqueros cómodos, blusa, jersey de lino y una blazer naranja, y se echó a la calle. Bajó las escaleras que bajan a la playa y caminó sin prisa a lo largo del paseo marítimo, en dirección al puerto viejo. En mitad del camino se cruzó con una pareja de *ertzainas*. Bajó la mirada y pasó de largo intranquila. Pensó en lo que había hecho, en las repercusiones que podía tener. No le extrañaría nada que en cualquier momento la policía se presentase en su casa. ¿Qué le iba a decir a Hugo? ¿Cómo se lo iba a tomar si descubriese la verdad? Intenta alejar esos pensamientos de su cabeza. La táctica del avestruz, esconder la cabeza y esperar a que todo pase.

Un camarero le lleva la carta en papel. María, que agradece no tener que escanear el menú y leerlo en el móvil, pide una botella de agua y se concentra en los platos. Está sentada en la plazoleta del Arrantzale, un bar de toda la vida en el corazón del puerto viejo. Le encanta ese rincón. La taberna, decorada con motivos marineros, ocupa uno de los viejos *baserris* de la zona. Al igual que el resto de los caseríos que lo rodean, tiene el tejado a dos aguas techado con tejas, vigas de madera, paredes blancas; las puertas y ventanas están pintadas de colores azules y verdes en su mayoría, y los balcones, sin excepción, adornados con geranios y ristras de pimientos secándose al sol.

Suena el móvil. María mira la pantalla. Es Hugo. Duda unos instantes, al final contesta.

—Hola, cariño —responde María.

—Esta mañana se te han pegado las sábanas, ¿eh?

—Estaba muy cansada.

—Normal… Oye, pensaba que si quieres podemos comer juntos. ¿Estás en la ofi?

—Qué va, me he quedado a trabajar en casa y ahora mismo me pillas en el Arrantzale.

—Menudo planazo, con el día que hace… Deja que mire la agenda. —Se hace un silencio y segundos después se oye nuevamente la voz de Hugo—. Puedo apañármelas, espérame, ¿vale? Cojo el coche y en quince minutos estoy ahí.

—Uf, va a tener que ser otro día, cari. Acabo de tomar el segundo plato e iba a tomar el café ahora mismo.

—Qué lástima. No pasa nada. Ya como por aquí cualquier cosa y nos vemos en casa. Chao, amor.

Hugo, en pie, con el hombro apoyado en la pared, se arregla el peinado con las manos y mira en dirección a la plaza. Desde su posición puede ver perfectamente la mesa en la que está sentada María, los separan tan solo unos diez metros. Ella está de espaldas, mirando al mar. El camarero que la ha atendido hace unos minutos se acerca a su mesa con una botella de agua y una cesta de pan. Hugo observa cómo su mujer pide la comida, el camarero toma nota y vuelve sobre sus pasos. Enfoca, amplía el zoom y hace una foto.

Hugo Markínez comprueba su reloj, guarda el iPhone en su americana y desaparece calle arriba.

18

El domicilio de los Blasco está en la zona norte de la ciudad, detrás de la escuela militar de montaña, a unos quince minutos andando desde el cuartel, máximo veinte. Bermúdez propone acercarse andando, Gloria suelta una carcajada, lo mira incrédula, como si hubiese sugerido una excentricidad, y se dirige directamente al aparcamiento. Circulan en silencio. Es un día gris, amenaza lluvia y en la mente de los dos está el mal trago que les espera. A nadie le gusta visitar a los familiares de un fallecido. Además, el sargento sabe que le va a tocar a él llevar el peso de la conversación. Es una norma no escrita. A la teniente ni le gusta ni se le da bien tratar con la gente, no tiene tacto, así que en este tipo de situaciones siempre es él quien acaba comiéndose el marrón.

Aparcan el Patrol en una calle anodina, no hay comercios, la acera es estrecha, está mal iluminada y no se ve ni un alma.

—¿Has visto lo fácil que es aparcar aquí? Como para subir a pata, anda que... —Gloria baja del coche y mira los portales—. ¿Qué número era?

—El doce.

Sagrario les abre la puerta y los conduce al salón. Aún tiene los ojos enrojecidos y la mirada ausente. La mujer avanza por el pasillo despacio, con pasos torpes e inseguros. La decoración es austera, y los muebles, viejos y tradicionales. Un sofá, dos butacones, una estantería con libros, una estufa de acero, un par de fotografías con marcos de plata, y, en la mesa de centro, un juego de café para cuatro y una bandeja con pastas. Santiago Blasco los recibe sentado en el butacón junto a la ventana, estaba leyendo el periódico. Al verlos llegar, el panadero dobla el diario y saluda con un leve movimiento de la cabeza. La mujer indica a los guardias civiles que ocupen el sofá, les ofrece café y lo va sirviendo ajustándose a los gustos de cada cual en cuanto a la cantidad de leche y azúcar. Tras un breve intercambio de sonrisas forzadas y gestos de cortesía, el sargento Jaime Bermúdez toma la palabra.

—Señor y señora Blasco, queremos informales personalmente de que, tal como les dijimos, el cuerpo de su hijo está viajando ahora mismo hacia el tanatorio, en una hora más o menos llegará a Jaca. Por nuestra parte hemos terminado, así que en cuanto lo deseen pueden proceder a celebrar el entierro—. El sargento se aclara la garganta y continúa en el mismo tono burocrático—. También nos vemos en el deber de trasladarles a grandes rasgos los resultados de la autopsia: la muerte se produjo a consecuencia de un golpe en la cabeza, fue inmediata, no hemos detectado signos de violencia, por lo que...

—Agente, ya sabemos lo que le pasó a nuestro hijo —dice Santiago, serio, mirando directamente al sargento—, no necesitamos conocer los detalles.

—Claro, lo entendemos a la perfección —responde Bermúdez, educado—. Solo debemos aclarar un par de puntos para poder continuar con la investigación.

—¡¿Qué investigación?! —esta vez el panadero interrumpe levantando la voz—. Mi hijo se quitó la vida.

—Señor Blasco, nuestro trabajo consiste en esclarecer los hechos —responde Bermúdez manteniendo la calma.

—¡Pues hagan su mierda de trabajo y déjennos en paz! —Blasco coge el periódico con violencia y lo sacude contra el butacón con un gesto lleno de rabia.

—Santiago, por favor —media Sagrario tratando de rebajar la tensión—. Estamos muy nerviosos —dice mirando a los agentes a modo de disculpa—, compréndanlo.

—Desde luego, un par de preguntas rápidas y los dejamos descansar. —El sargento evita el contacto visual con el hombre y se dirige directamente a Sagrario—. En la autopsia hemos visto que Martín tomaba medicación bajo prescripción psiquiátrica. ¿Estaban ustedes al corriente de ello? —Sagrario asiente con un movimiento de la cabeza—. ¿Saben desde cuándo estaba en tratamiento?

—Vamos a ver, digo yo —interviene el padre levantando de nuevo el tono— que todo eso se lo tendrían que preguntar a su doctor, ¿no?

Jaime Bermúdez traga saliva, carraspea para ganar tiempo y mira de reojo a la teniente en busca de ayuda. Gloria no se da por aludida. El sargento saca su libreta, comprueba las notas y se dirige directamente al hombre.

—Señor Blasco, ayer a las diez treinta y tres de la mañana su hijo le llamó por teléfono. ¿Podría decirnos, por favor, el motivo de la llamada?

—Felicitarnos el año.

—¿Habló también con usted? —Bermúdez pregunta a Sagrario, que niega con la cabeza—. Ya veo —dice el sargento. A continuación anota algo en su libreta y vuelve a dirigirse al padre—: ¿Recuerda la conversación, le dijo algo que le llamase la atención, algún comentario, cualquier cosa?

—Ya se lo he dicho. Me felicitó el año.

Santiago Blasco mira retador al sargento. Bermúdez cierra la libreta y hace ademán de dar por concluida la conversación. En ese momento la teniente Gloria Maldonado se incorpora ligeramente, coge la taza de café y se dirige al hombre con voz pausada.

—¿Durante ocho minutos? —pregunta Gloria mientras bebe un sorbo de café.

—¿Qué? —Santiago la mira con recelo.

—La conversación telefónica duró ocho minutos —responde Gloria sosteniéndole la mirada—. ¿Le llevó todo ese tiempo felicitarle el año?

—¿Tiene hijos, teniente?

—No.

Santiago Blasco se pone en pie, estira el brazo y les señala con la mano la puerta de salida.

—Váyanse de mi casa —dice con dureza—, y no nos molesten más.

Sagrario va a decir algo, pero su marido le indica con un gesto que calle. Bermúdez se revuelve, incómodo, en el sofá esperando a que su jefa reaccione. Gloria posa con cuidado la taza sobre la mesa y sonríe a la mujer.

—Gracias por el café, señora —dice. A continuación se levanta del sofá muy despacio ayudándose con ambas manos, le cuesta maniobrar y poner su cuerpo de nuevo en circulación—. Si hay cualquier novedad, les mantendremos informados —añade.

Gloria se estira la chaqueta y echa a andar en dirección a la salida. Sagrario acompaña a los guardias en silencio. Mientras recorren el pasillo oyen cómo el hombre sale del salón y se encierra en una habitación dando un portazo.

—Disculpen a mi marido —dice la mujer abriendo la puerta de la calle—. Él y Martín estaban muy unidos.

—No se preocupe, señora, lo entendemos perfectamente —responde Bermúdez con una sonrisa amable.

Los guardias civiles se giran para echar a andar hacia el coche cuando ven que Sagrario cruza el umbral, sale a la calle y entorna la puerta con cuidado para evitar que la oigan.

—Todo empezó en el último año de instituto —arranca a decir la mujer hablando en voz baja—. Martín estaba muy nervioso, quería estudiar Derecho y no sabía si le iba a dar la nota para poder entrar. Nuestra ilusión de toda la vida era que nuestro hijo fuese a la universidad y estábamos dispuestos a hacer cualquier esfuerzo para conseguirlo, pero la situación era la que era: la panadería da para lo que da, y Martín sabía que, si no lo aceptaban en la pública y en Zaragoza, que es donde vivía mi hermana y tenía casa, nos iba a costar mucho pagarle los estudios. Estuvo muy nerviosico ese año, ya les digo, dejó incluso el equipo de hockey, con lo que le gustaba. Casi ni salía con los amigos, se pasaba el día en casa estudiando, no dormía, estaba hecho un guiñapo. Un día nos vino con que quería ir a un psicólogo de esos, a ver si se calmaba un poco. Yo lo habría llevado, el chico lo estaba pasando mal, pero Santiago dijo que de ninguna manera. Que esas cosas valían un dineral, le dijo que sacase buenas notas que es lo que tenía que hacer y que se dejase de tonterías, que ya bastante gasto íbamos a tener con él cuando fuese a la universidad.

Sagrario suspira, se lleva las manos a la cara, se frota los ojos y retoma el hilo de la conversación.

—Sacó el curso y lo cogieron en Derecho, no saben la alegría que se llevó. Se fue a Zaragoza, parecía que el chico estaba contento, eso era lo que nos decía mi hermana. Pero yo sabía que no estaba bien. Una madre nota estas cosas. Casi nunca subía a vernos, siempre decía que tenía mucha tarea, además se había buscado un trabajito los fines de semana, así que... lo veíamos en Navidad, en verano y poco más. Cuando subía estaba mohíno, no salía, se encerraba en su cuarto, se pasaba los días estudiando... Al final lo sacó todo y con muy buena nota. Cuando consiguió el trabajo en Bilbao nos invitó a pasar allí un fin de semana, quería que conociésemos el apartamento, la oficina..., que viésemos la ciudad. Nosotros nunca hemos ido a ningún lado, la panadería es muy esclava, ya saben. Fueron como unas vacaciones, las únicas que hemos tenido en años. Lo pasamos estupendamente, comimos de bien…, allí se come bien en cualquier sitio. Yo lo vi sereno, tranquilo, contento. Entonces me dijo que estaba viendo a un psiquiatra, que ahora que tenía un buen sueldo se lo podía permitir y que le estaba ayudando mucho.

»A mí me pareció bien, el dinero está para eso y, además, que no hay nada de que avergonzarse, ¿no?, pero no lo entendía. Hijo, ahora que te va todo bien, que tienes tu trabajo, tu casica… Entonces me explicó que desde hacía años tenía ansiedad, cambios de humor, cosas así. Me dijo que con las medicinas iba mucho mejor y que no le dijese nada a papá. No dije ni mu, buena soy yo, pero Santiago no es tonto y no sé cómo, pero el caso es que acabó enterándose. Una Navidad los oí discutir.

»Mi marido es un buen hombre y quiere lo mejor para su hijo, pero para algunas cosas es muy antiguo y tiene que ser todo como él diga, todo a su manera. No se volvió a hablar más del asunto. Yo veía bien a Martín, y con eso me bastaba. Luego conoció a esa chica, de Jaca, además. Se pasó todo el verano con nosotros. Yo estaba encantadica. Empezó a subir todos los fines de semana. Un día nos dijo que se casaba. Imagínense, ¿qué más quiere una madre? Y de repente…

Sagrario se echa las manos a la cara y comienza a llorar. Gloria le pasa una mano por el hombro y le alcanza un pañuelo de papel.

—No entiendo qué pudo pasar —dice la mujer intentando controlar el llanto—. No lo entiendo, estaba tan contento. ¿Cómo pudo hace algo así? ¿Por qué, por qué? No lo entiendo, no puedo entenderlo.

Gloria y Bermúdez callan y contemplan el dolor de Sagrario en silencio. Ninguno de los dos sabe qué decir.

19

En la radio suena Shakira. Olvido y Elvira están en la cocina, llevan delantales manchados de harina. El mostrador está cubierto de cuencos, unos contienen mantequilla, y otros, levadura; hay cáscaras de huevo, un bote con varillas de canela, envases vacíos de yogures, un par de limones y moldes de repostería de distintos tamaños. Elvira ha llegado a casa alterada, estaba nerviosa, venía del tanatorio y se la notaba de mal humor. Olvido ha dejado a un lado la tesis —estaba enfrascada en los viajeros medievales— y le ha propuesto hacer un bizcocho y hornear galletas caseras, como cuando eran niñas. A veces, los fines de semana, cuando terminaba la película de después de comer, Angelines las metía en la cocina y se pasaban la tarde haciendo postres caseros. Siempre había música, rancheras, flamenco, salsa y sobre todo boleros, a la madre de Olvido le encantaban los boleros. La recuerda cantando «Contigo aprendí», entregada, con los ojos cerrados, acompañando a Armando Manzanero cada vez que el mexicano se colaba en la cocina.

Elvira le cuenta la conversación con los padres de Martín. La ha llamado Sagrario para que fuese al tanatorio, habían traído de vuelta el cuerpo de su hijo. Cuando ha llegado, se ha enterado de que los padres ya habían hecho todos los trámites y habían organizado el entierro de su marido sin contar con ella. Ya estaba todo preparado, mañana a las doce habrá una breve ceremonia y a continuación irán al cementerio, enterrarán el cuerpo en un nicho familiar que tienen en propiedad. No solo no le han consultado sus planes, sino que además el padre le ha dejado caer que está todo pagado y que ella no tiene que ocuparse de nada. Elvira no ha querido mostrar su malestar por respeto a ellos y a los pocos familiares que se habían juntado, una tía de Zaragoza y un par de primos, pero estaba furiosa. La referencia al dinero le ha escocido. En los próximos días tendrán que encargarse de todo el papeleo y de arreglar los asuntos de Bilbao, vaciar la casa, por suerte es un apartamento de alquiler, vender el coche, cerrar la cuenta... Solo de pensarlo se pone enferma, y si encima tiene que pelearse con esos señores, la situación se volverá insostenible. No se ve capaz de afrontarla. Se habían casado por gananciales, en teoría, y a no ser que hubiese un testamento que ella desconociese, le pertenece todo a ella, ahorros, posesiones..., pero está dispuesta a dárselo todo a los padres. No quiere tener que aguantar sus miradas de reproche o los comentarios insidiosos que pudiesen hacer entre los vecinos. Ahí se conocen todos, le importa una mierda lo que piensen de ella, sabe lo que la gente decía a sus espaldas: la rarita, la loquita de las energías, la devorahombres, la que abandonó a su madre en la residencia... Le da igual, pero no quiere verse involucrada en miserias familiares con los padres de Martín, bastante tiene ella con lo suyo.

Mientras bate huevos en un bol, Elvira le habla a su amiga de los resultados de la autopsia, el golpe en la cabeza, la muerte inmediata y los antidepresivos encontrados en sangre.

—¿Sabías que se medicaba? —pregunta Olvido.

—Ahora me doy cuenta de que hay tantas cosas que no sabía... —Elvira se concentra en el movimiento rítmico del tenedor y observa cómo las claras y las yemas se mezclan hasta unirse en una única forma.

—No te tortures, mujer.

—Sabía que iba a terapia —continúa diciendo Elvira—, sabía que tomaba pastillas para dormir. A Martín no le gustaba hablar de ello. Yo quería saber, me intrigaba, quería comprenderlo, ayudarlo, pero respetaba su espacio, sus tiempos. Pensaba que poco a poco se iría abriendo. No lo quería forzar. Lo hice todo mal, todo. No tenía que haberme casado con él, no lo conocía, en el fondo no sabía nada de él. Es muy triste, pero es así. Fui una estúpida. Una egoísta.

—No digas eso, Elvira. Estabais enamorados, os queríais.

—Fue un error. Mi hermana me lo advirtió. No me lo dijo directamente, pero alguna vez lo dejó caer. Tú también, Olvido, acuérdate. Más de una vez bromeaste con que íbamos muy deprisa, ¿te acuerdas? Incluso me llegaste a preguntar si estaba embarazada.

—Es verdad que lo de la boda al principio me sorprendió, sí, pero se os veía tan felices...

—¿Por qué me casé con él? —Elvira deja el bol sobre la encimera y se lleva la mano derecha a los ojos para secarse una lágrima—. No lo conocía. —Traga saliva—. Lo que me jode es que dan por hecho lo peor y no quieren saber más, solo quieren olvidar. Santiago, su padre, asume directamente que se quitó la vida. ¡Es increíble! Aunque lo pienses, aunque tengas dudas, cállate. ¡¿Cómo puedes decirlo así, con tanta seguridad?! —Elvira levanta la voz. Está indignada. Elvira respira hondo, se concentra en bajar las pulsaciones y cuando logra calmarse retoma el discurso en un tono no tan elevado, pero igual de apasionado—. Hubo una llamada, ¿sabes? Me he enterado de que alguien le llamó al hotel justo antes de subir al puente. Ahí podría estar la clave. Alguien le dijo algo, le pidió que subiese, lo citó ahí arriba... No puede ser casualidad. Tuvo que pasar algo, él nunca lo habría hecho..., él nunca se habría quitado la vida...

Oyen un ruido a sus espaldas. Las dos mujeres se giran y ven a Virgilio en la puerta de la cocina. Calza botas de monte, lleva unos vaqueros viejos salpicados de pintura y una sudadera gris cubierta de manchas de pintura; en la mano sostiene una bolsa de deporte. Olvido le dirige una sonrisa y le habla mirándole directamente a la cara para que pueda leer sus labios.

—Hola, no te habíamos oído. ¿Llevas mucho tiempo ahí?

—Un rato —contesta el hombretón.

—Hola, Virgilio. —Elvira lo saluda con la mano.

El gigante no reacciona, ni siquiera la mira.

—Estamos haciendo bizcocho y galletas —dice Olvido.

—Hoy es miércoles.

Virgilio baja la cabeza y clava la mirada en el suelo, su hermana se acerca muy despacio a la puerta y le habla con dulzura.

—Ya lo sé, cariño. No me he olvidado. —Olvido se detiene a un par de metros, no quiere invadir su espacio—. Ahora estoy ocupada. Estamos siguiendo la receta de mamá —dice señalando la masa—. ¿Te acuerdas? —Él no contesta—. Ve al salón y lo vas preparando todo, empieza sin mí y en cuanto termine voy contigo, ¿vale?

Virgilio se gira sin decir nada y desaparece por el pasillo.

—¿Pasa algo? —pregunta Elvira, preocupada.

—Nada, tranquila —dice Olvido sonriendo, sin darle la menor importancia—. Desde hace años tenemos una tradición: los miércoles pedimos pizza y cenamos en el salón haciendo un puzle. Nos tiramos horas. Cada vez los hacemos más complicados. El que estamos haciendo ahora tiene cinco mil piezas. Llevamos meses con él, ¡y lo que nos queda aún!

Elvira recuerda los cuadros colgados en el sótano. Sonríe y

echa la vista atrás. Nunca ha hecho puzles ni jugado a juegos de mesa con su hermana. Ellas eran más de acción. De correr, saltar, montar en bici… Luego, más mayores, de arreglarse juntas antes de salir de fiesta, hablar de chicos, bailar, tomar copas. Nunca habían sido de juntarse en torno a una mesa, hacían otras cosas, se habían llevado bien a su manera. Hasta que pasó lo de papá y se estropeó todo.

Olvido termina de preparar la masa mientras Elvira se ocupa de las ralladuras de limón y de separar las varillas de canela. Meten los recipientes con el molde del bizcocho y las galletas en el horno, y se dedican a fregar los cacharros y limpiar la cocina mientras escuchan la música y hablan de cualquier cosa. Ninguna de las dos vuelve a sacar el tema de Martín.

Veinte minutos después Olvido se dirige al salón. Virgilio tiene las manos en su regazo y sobre la mesa, apoyada en una maceta, está la tapa de la caja del puzle con la imagen que hay que reconstruir: una típica calle de París. En primer plano, un pequeño bistró y una Vespa de color rosa; al fondo, la torre Eiffel; a un lado, un pequeño grupo de imágenes ya ensambladas, y, al otro, apiladas en un gran círculo, el resto de las piezas. Olvido se sienta junto a su hermano.

—Quiero que todo vuelva a ser como antes —susurra Virgilio con la mirada puesta en la imagen de la caja.

—No tienes que preocuparte por nada —responde Olvido obligándolo a girar la cara y mirándolo directamente a los ojos.

—¿Me lo prometes?

—Tú y yo siempre vamos a estar juntos, siempre. —Olvido mira su reloj—. Ya he pedido las pizzas. No creo que tarden mucho.

Virgilio se levanta.

—No tengo hambre. Voy a entrenar.

Olvido ve a su hermano alejarse por el pasillo en dirección al sótano. La espalda ancha, la cabeza rapada, el andar decidido. Sabe que está molesto, le gusta mantener sus rutinas. Se gira y contempla el dibujo que forman las piezas unidas, no ha puesto ni una sola, está tal cual lo dejaron el miércoles pasado.

20

Al caer el sol, la temperatura ha bajado varios grados. Uno de los termómetros de la calle marca menos tres. A pesar del frío, Candela baja al centro andando desde la residencia de mayores, necesita despejarse. No puede quitarse de la cabeza el enfado de su hermana. Ha preferido no decir nada en la cafetería por no empeorar las cosas y porque no era el momento. ¿Cómo puede ser tan egoísta?, se pregunta una y otra vez. Sabe que lleva meses sin visitar a su madre, meses, ¿y todavía tiene el valor de pedir respeto? También sabe que parte de la culpa la tiene ella por no haber afrontado nunca la situación. Por un lado, se siente culpable, ella se fue muy joven, las dejó solas con lo que había pasado. No se arrepiente, es su vida, su sueño, volvería a hacerlo, pero es verdad que no se ve capacitada para aleccionar a nadie sobre sus decisiones. Le falta autoridad moral. Ante una hipotética conversación sobre el tema, lo primero que oiría es: «¿Cómo te atreves a opinar si fuiste la primera en saltar del barco?». Y no le faltaría razón a su hermana. Además, con ella no se puede discutir. Es así desde niña. Siempre ha tenido las cosas muy claras, está cargada de razones, sus razones, enarbola la bandera de la coherencia, los principios, la fidelidad hacía uno mismo y no hay quien la baje del burro. Siempre tan independiente, tan segura de sí misma y luego no tiene ni idea. Como con Martín. Si ella supiera…

No le ha dicho nada a su madre, se supone que da lo mismo, la pobre no se entera de nada, pero no le gusta intoxicarla con esos temas. Prefiere hablarle de cosas agradables, leerle revistas, ver la tele… En el fondo piensa que su madre sí que entiende, a su manera, quizá de forma diferente a como lo hacía antes. Puede que sea una ilusa, es posible que se esté autoengañando, es consciente de ello, sin embargo, pensar que entre ellas hay un vínculo emocional que las ayuda a comunicarse la impulsa a seguir visitándola, mantener la esperanza. Lo necesita.

Al llegar a la parte vieja, Candela se plantea ir directa al hotel, comprar comida basura y encerrarse en su habitación, en cambio, se dirige a la zona de bares. Quiere sentirse menos sola. Un grupo de chicos jóvenes, al menos más jóvenes que ella, intentan ligar y la invitan a una cerveza. Van vestidos con ropa de esquí, modelos caros, a la moda. Están bronceados, son atractivos, pijos vascos, piensa. Se deja invitar a dos cervezas y cuando uno de ellos comienza a envalentonarse les dice que su marido la está esperando fuera con los niños y se va dejándolos con cara de circunstancias.

Los restaurantes de la parte vieja están a rebosar, así que echa a andar hacia la pista de hielo. Según se va alejando del centro, las calles van volviéndose más oscuras y silenciosas. Aparece la ciudad que ella recordaba, fría, aburrida, una prisión rodeada de montañas.

Después de callejear sin rumbo fijo, llega al mirador de la peña Oroel, baja las escaleras de piedra, cruza la carretera, rodea las piscinas municipales y encuentra un restaurante iluminado con un triste neón. La recibe un hombre de unos cincuenta años, de tez oscura y acento extranjero, vestido totalmente de blanco. La decoración es excesiva, cuadros de gran formato con colores chillones, lámparas en forma de farolillos, celosías de madera y manteles granates. El local está vacío a excepción de una mesa. Nada más verlo lo reconoce al instante.

—No sabía que a la Guardia Civil le gustaba la comida india —dice Candela con una sonrisa acercándose a su mesa.

—Buenas noches —responde Bermúdez.

—Uy, qué serio. No estarás de servicio, ¿no?

—¿A estas horas?

—Quién sabe, igual ahora mismo estás en una operación secreta.

—Me has pillado. Estaba espiando a los clientes de esa mesa. —Bermúdez hace un barrido visual y señala con el dedo el salón vacío.

—Anda, pero si tienes sentido del humor. ¡Qué sorpresa! ¿Puedo sentarme? —Bermúdez, descolocado, la mira sin saber qué decir—. A ver, estas solo, ¿no? No estás esperando a nadie, no hay ninguna chica en el baño, ¿o sí? —El sargento niega con la cabeza—. Pues entonces no seas tan estirado, chico. Me iba a sentar ahí al lado y nos habríamos pasado toda la cena cruzando miraditas incómodas. Pues, para eso, cenamos juntos y nos evitamos el marrón, ¿no te parece?

Piden *samosas* de verduras y *paneer pakora*, un queso indio rebozado en harina de garbanzos, para compartir. Luego, pollo *tikka masala* para él. Un plato compuesto de pollo al horno en salsa de cebolla, tomate y pimiento.

—Eres un clásico, sargento —comenta Candela con una sonrisa pícara.

Ella pide cordero *vindaloo*, cocinado con salsa de curri picante, jengibre, ajo y especias. Todo ello con sus correspondientes raciones de arroz *basmati*. A la hora de encargar la bebida tienen un pequeño debate. Ambos están de acuerdo en pedir una botella de vino. Candela quiere probar un vino de Mumbai y él se niega con rotundidad. Vino español, por ahí no piensa ceder. Y preferiblemente Somontano, de la tierra. Al final ella acepta y en el momento en que Bermúdez ordena un Enate crianza, aprovecha y le pide al camarero que traiga también un par latas de Coca-Cola. Jaime Bermúdez la mira atónito. Para hacer *kalimotxo*, dice ella con total naturalidad. Todavía está pensando qué decir para no resultar muy borde cuando Candela se echa a reír. Una risa limpia, espontánea, luminosa.

Durante la cena hablan de Madrid, de cine, de series, de teatro. En realidad, habla ella. Jaime la escucha fascinado. Le gusta físicamente, el cabello rubio, la mirada intensa, la piel blanquecina, casi transparente. Tiene una belleza sensual, es dulce, y a la vez una mujer llena de fuerza. Le recuerda a la Madre de los Dragones de *Juego de Tronos*, Daenerys Targaryen. Pero por encima de todo le fascina su pasión; la pasión con la que habla de las cosas que le gustan. Se nota que está llena de vida. De ilusión. Admira su valentía. Lo peor que se puede hacer en esta vida es pasar de puntillas, no atreverse, él lo sabe muy bien.

También hablan de Jaca, de su relación amor-odio con los turistas y esquiadores, del carácter de la montaña, de la gente; buscan amigos comunes sin encontrarlos y finalmente acaban hablando de la familia. Bermúdez tiene una hermana mayor que emigró a Bélgica hace muchos años, a la que apenas ve. Está casada con un belga flamenco y viven en Gante. Sus padres siguen en Jaca, están bien de salud y los domingos, no todos, suele comer con ellos. Candela le habla de su madre, del alzhéimer, de lo triste que es ver, y sobre todo aceptar, que tu propia madre apenas te conoce. Le habla de la muerte de su padre, del accidente, del vacío que dejó en su casa. No le habla de Elvira. Él tampoco pregunta.

Después del café y los postres, helado de pistacho con frutos secos y batido de mango con leche y yogurt, Candela llama al camarero y le pide un vodka con naranja. El hombre se excusa, no tiene bebidas destiladas, y les ofrece una infusión de hierbas en su lugar. Candela niega, pide la cuenta y se dirige a Bermúdez muy seria.

—Pues yo esta noche me tengo que tomar una copa. ¿Tienes vodka en casa? —Bermúdez tarda en reaccionar—. Si tienes ron también me vale —dice ella mirándolo a los ojos.

21

Aún no ha amanecido cuando Santiago se levanta de la cama. Lleva despierto varias horas. Su mujer no dice nada, pero intuye que tampoco duerme. Se prepara un café en silencio. Normalmente siempre enciende la radio, le hace compañía. En cuanto llega a la panadería igual, lo primero es encender el transistor. Hoy no. Necesita silencio. No quiere más ruidos en su cabeza. Se asoma a la ventana y contempla los picos nevados. Le gustaría estar ahí arriba, solo, rodeado de nieve. En lo más alto de una cima vería el mundo de otra manera. Lejano, indoloro. ¿Saltaría al vacío? Igual es lo que sintió Martín. Pobre Martín.

Se bebe todo el café, sale a la calle y se pone al volante de su vieja Renault Kangoo. Ha decidido subir a verlo, necesita hablar con él. Quizá pueda ayudarle a comprender qué pudo pasar, qué sintió su hijo. Quién mejor que él para saberlo.

Deja atrás la Ciudadela, desciende por la carretera de Jaca, cruza el río Aragón y se dirige al oeste. A escasos cinco kilómetros está Guasillo, un pequeño pueblo de no más de sesenta habitantes; en algunas de las viviendas hay luces encendidas. La gente de campo madruga, lo sabe muy bien. Dobla por la iglesia de San Andrés y toma una pista de tierra que se adentra hacia el barranco Catella. Conduce varios kilómetros por un camino de cabras, hace tiempo que no va por allí, pero conoce el terreno. Hubo una época en la que subía con frecuencia. Veinte minutos después llega a su destino. Una antigua borda rodeada de bosque. Sale del coche, abre la verja de madera, avanza despacio por el sendero de entrada y aparca frente al portón principal. Gretzky, un mastín del Pirineo de pelaje marrón, lo recibe con un ladrido afónico y se le acerca con andar pesado arrastrando la cadena de hierro que lo sujeta al muro. Es un animal robusto, ronda los ochenta kilos y, sin embargo, parece famélico. Cuando llega a la altura del visitante vuelve a ladrar débilmente y se tumba frente a él.

—Tranquilo, no pasa nada, tranquilo.

Santiago espera unos segundos, lo observa paciente y se va aproximando a él con cautela. Muy despacio. El animal sigue postrado, apático, no responde. El panadero sabe que lo ha reconocido. Se acuclilla, arrima la mano para que lo huela y le acaricia el lomo. Gretzky le dirige una mirada tristona y hunde el hocico en la tierra. Algo no va bien. No es normal que el mastín reaccione de esta manera. Santiago olfatea a su alrededor. Apesta. El mal olor proviene del establo adyacente a la borda, una construcción de piedra con techado de madera. Echa a andar hacía allí y abre la portezuela metálica. Un grupo de vacas yacen en sus parcelas, cubiertas de moscas, moribundas. Huele a estiércol. El establo está oscuro, húmedo. Apenas se ve nada, pero el hombre percibe la suciedad acumulada, la dejadez. Sale de allí cubriéndose la nariz.

No ve la moto de Fito. Recuerda que tiene una Ducati roja, se pasa horas metiéndole mano al motor, haciendo arreglos y pequeñas chapuzas. Su única afición. Le extraña que no esté. ¿Habrá salido? ¿A estas horas? No ve luz en el interior de la borda. Llama a la puerta con los nudillos. Nadie contesta. El perro sigue tumbado, no reacciona. La habitación de Fito está en el piso de arriba, así que, si todavía está durmiendo, no cree que pueda oír los golpes. Prueba a girar el pomo, la puerta se abre. No le sorprende, él es así. Vive solo, perdido en mitad del monte, nunca ha tenido la necesidad de cerrar con llave. Está Gretzky. Además, si a alguien se le ocurriese alguna vez entrar a robar, se llevaría una gran decepción.

—Hola —dice levantando la voz nada más cruzar el umbral.

Siente el frío. Hace más dentro de la casa que fuera. Una corriente de aire recorre la planta. Debe de haber una ventana abierta.

—Hola —vuelve a decir mirando hacia el piso de arriba.

Los primeros rayos de sol se cuelan por las ranuras. Recorre el espacio en silencio. La planta baja está compuesta por un comedor austero: una mesa de roble, cuatro sillas, un aparador rústico con escasa vajilla y un sillón de tela. Al fondo está la cocina. Oye un ruido y se gira asustado. Un gato negro sale de un rincón y echa a correr hacia el piso superior.

—Hola, ¿Fito?

Recorre el tramo de escaleras con andar pesado, a cada paso la madera cruje a sus pies. Se detiene en el rellano, la puerta del cuarto está abierta. Siente una ráfaga de aire gélido.

—Fito, ¿estás ahí? Soy Santiago —dice entrando en la habitación.

Hace muchísimo frío. El ventanal que da acceso a una pequeña terraza con vistas al bosque está abierto de par en par. La pieza es espaciosa, ocupa la mayor parte de la planta, y, al igual que en el resto de la casa, el mobiliario es escaso: una cama desecha, una tabla de madera con caballetes a modo de escritorio, una silla con respaldo de mimbre trenzado, un arcón de goznes oxidados y un armario ropero blanco envejecido. Hay ropa tirada en el suelo y sobre la mesa ve una cuartilla. Coge el papel. Tiene una palabra escrita a lápiz en letras mayúsculas: «PERDÓN».

No le gusta. Querría marcharse, salir de ahí ahora mismo. ¿Dónde está Fito? ¿Qué está pasando? Está paralizado. No reacciona. La puerta del baño está entreabierta.

—Hola, Fito. ¿Estás ahí? ¿Hola?

Camina despacio, muy despacio, como si algo tirase de él y le impidiese avanzar. Se asoma e instintivamente retrocede sobre sus pasos. Siente los latidos de su corazón. Le duele el pecho, le cuesta respirar. La muerte vuelve a mirarlo a la cara.

Al asomarse encuentra a Fito dentro de la bañera. Tiene la cabeza apoyada en el borde mirando el techo, la boca y los ojos abiertos. El resto del cuerpo, a excepción de las rodillas, ligeramente flexionadas, está congelado en un compacto bloque de hielo. El cuerpo de Garcés atrapado dentro de un gigantesco bloque de hielo es una escena que no olvidará nunca. Cierra los ojos, no quiere verlo, quiere quitarse esta imagen de su cabeza.

Retrocede con la vista clavada en el suelo, se deja caer sobre la silla de mimbre y se cubre el rostro con las manos. ¿Cómo es posible? ¿Qué ha sucedido? ¿Por qué él? ¿Por qué? Trata de calmarse. Intenta pensar, no puede. La mirada de Fito se le aparece una y otra vez. Serena, ausente, indolora.

Recuerda a Martín, recuerda la última vez que lo vio, postrado sobre una mesa metálica. Sostiene la nota que hay sobre el tablero con pulso tembloroso y fija la mirada en la única palabra escrita: «PERDÓN».

22

El móvil vibra sobre la mesilla. Bermúdez se gira y responde sin mirar la pantalla, no lo necesita, a esas horas solo puede ser una persona.

—¿Sí?

—Tenemos un muerto —dice la teniente Gloria Maldonado—. Nos vemos en el cuartel en diez minutos. No me hagas esperar.

Mira a su izquierda. Candela duerme. Siente su respiración acompasada. La larga melena rubia cae sobre su espalda desnuda. Le habría gustado despertarse junto a ella, darle un beso de buenos días. La habría apretado entre sus brazos. Le habría dicho lo bien que había dormido. Seguramente habrían hecho otra vez el amor y después le habría preparado el desayuno: café, zumo de naranja, tostadas con tomate y aguacate, uvas, fresas, algo de chocolate. Entonces habrían recordado la noche anterior, lo bien que lo habían pasado, lo mucho que se habían reído juntos. Habrían hablado del sexo, de los dos polvos espectaculares que habían echado. Los mejores de su vida, eso no se lo diría. Mejor callar ciertas cosas, no desvelar todas las cartas. Se habrían mirado a los ojos, él le habría dicho que tenía que ir a trabajar, que le gustaría volver a verla y la habría invitado a cenar. En cambio, se levanta sin hacer ruido, se viste y sale de casa de forma furtiva sin dejar siquiera una nota. Ha pensado en hacerlo, pero no ha encontrado las palabras, no se le ha ocurrido qué decir. Ya le mandaría un wasap.

Al llegar al cuartel, tanto Gloria como los compañeros de la Científica lo están esperando. Montan en dos coches y parten en dirección a Guasillo. Son los primeros en llegar a la borda. Aparcan frente al portón principal junto al Renault Kangoo del panadero. Minutos después llega el forense. La jueza Muñiz es la última en aparecer. Santiago Blasco aguarda sentado en el bordillo del portón principal. No se levanta al verlos llegar. Simplemente los mira. Inexpresivo. Fatigado. Un mastín de gran tamaño descansa a su lado. La comitiva, encabezada por la teniente Maldonado, acude a su encuentro.

—Está arriba —dice el panadero señalando el interior de la casa.

—¿Qué ha pasado? —pregunta Gloria.

Santiago les cuenta que la borda pertenece a Fito Garcés, ganadero, de treinta y pocos, se conocen desde hace años. Es una persona muy solitaria, les dice, se ocupa de las vacas, rara vez baja al pueblo, y menos a Jaca. Cada cierto tiempo, cuando se le acumula el pan duro en la trastienda, sube y le trae un par de sacos. Lo usa para los animales, a cambio el ganadero le da unas tinajas de leche fresca. Esta mañana ha subido a verlo. Estaba amaneciendo. Normalmente Fito ya está en plena faena a esas horas. Le ha extrañado no verlo trabajando. Les habla del establo, de lo descuidado que está, de que ha entrado en la casa, ha subido a la habitación y de cómo lo ha encontrado en la bañera.

—¿Puedo irme a casa? —pregunta Blasco.

—Primero tenemos que ver el cuerpo y luego nos gustaría hacerle unas preguntas —responde Gloria.

—Me da igual lo que estéis obligados a hacer —dice el hombre con dureza—. Tengo un hijo al que enterrar.

Gloria se gira y busca a la jueza con la mirada. Virginia Muñiz asiente con un gesto de la cabeza. Antes ha ordenado al forense y a los agentes de la Científica que entren y comiencen a trabajar.

—Está bien. Solo un par de cosas antes de que se vaya. —Gloria enciende un cigarrillo. Necesita centrarse—. ¿Está seguro de que es Fito Garcés? —El panadero asiente sin molestarse en devolverle la mirada. Sigue concentrado en acariciar la cabeza del mastín—. ¿Cuándo fue la última vez que lo vio?

—No sé. En otoño. No me acuerdo.

—¿Ha hablado con él esta mañana, le ha llamado para avisarle de que venía?

Santiago Blasco niega con la cabeza y permanece en silencio. Gloria da una larga calada.

—¿Hemos terminado ya? —dice el hombre alzando la vista.

La teniente se muerde el labio inferior. Está rabiosa, no le gustan las maneras de ese hombre. Ni siquiera se ha levantado, es insolente, no los mira a la cara. Ella es consciente de la situación por la que atraviesa, ha perdido a un hijo y acaba de ser testigo de otra muerte, pero eso no le impide guardar las formas. Sabe que tiene que controlarse, no puede y no debe apretarlo, además está la jueza presente, motivo suficiente para ceñirse al manual y mostrarse estrictamente profesional. Se refugia en la nicotina para bajar las pulsaciones y poder pensar con claridad antes de responder. Se produce un silencio incómodo que Bermúdez aprovecha para intervenir. Conoce muy bien a su superiora y sabe cuándo tiene que mediar.

—Gracias por su colaboración, señor Blasco —dice el sargento en tono amable—, le dejamos descansar y atender sus asuntos personales. Más adelante lo citaremos en el cuartel para completar su declaración. ¿Necesita que le acompañemos? —El hombre niega con la cabeza—. En ese caso, conduzca con cuidado y gracias de nuevo.

El hombre se pone en pie con cierta dificultad y echa a andar hacia su coche sin despedirse. El mastín lo sigue hasta donde le alcanza la cadena. Cuando ya no puede avanzar más se tumba en el suelo y mira cómo se marcha.

—Los espero arriba —dice la jueza entrando en la borda.

El coche atraviesa la verja de madera y desaparece por la pista de tierra camino abajo. Gloria observa paciente cómo se diluye la nube de polvo, apura el cigarrillo y tira al suelo la colilla.

—Has hecho bien, Gloria. No merecía la pena —comenta el sargento conciliador.

—¿Te has fijado en el maletero? —pregunta Gloria.

—¿Qué?

—No tenía la bandeja puesta. ¿No te ha llamado la atención? ¿No has visto lo que había dentro?

—No me he dado cuenta, ¿qué había? —responde Bermúdez, intrigado.

—Nada. No había nada. —Gloria lo mira inquisitiva—. ¿Dónde están los sacos de pan duro?

23

Nada más entrar en la habitación sienten el frío, los ventanales de la terraza siguen abiertos. Un compañero de la Científica toma fotos, el otro recoge muestras. Los guardias civiles pasan al cuarto de baño. En una de las paredes hay un ventanuco rectangular que da al exterior, también está abierto. La jueza Muñiz habla por teléfono, hace aspavientos y gesticula con las manos. Secun, el forense, está arrodillado en el suelo examinando el cuero cabelludo del cadáver. Tal como les ha explicado el panadero, el cuerpo de Fito Garcés está sumergido en la bañera incrustado en un bloque de hielo del que solamente sobresalen la cabeza y las rodillas.

Bermúdez siente cómo se le revuelve el estómago. No puede apartar la vista del rostro sin vida del ganadero. Un rostro tensionado, rígido, envuelto en un color irreal, rosáceo, de apariencia fantasmal. La cabeza está ligeramente inclinada. Tiene la boca abierta, como buscando un último aliento, y la mirada, vacía, apunta al techo. Quizá eso fue lo último que vio: una viga carcomida y una mancha de humedad moteada de negro del tamaño de un balón de fútbol. ¡Qué triste visión! El pelo moreno, greñudo y de rizos imposibles, da la sensación de que está acartonado. El sargento trata de averiguar la forma del cuerpo bajo el agua, busca alguna evidencia, una marca, un signo de violencia. En balde. El hielo ha cristalizado en tonos grises y no permite ver nada.

—¿Cómo murió? —Bermúdez se dirige al forense buscando respuestas, pero sobre todo salir de la espiral de imágenes truculentas que se han colado en su cerebro.

—¿Qué quieres que te diga, sargento? —replica lacónico el forense—. De viejo ya te digo yo que no. Es lo único que tengo claro.

—¿Podemos saber aproximadamente cuándo falleció? —insiste Bermúdez—. No la hora exacta, eso ya sé que no, pero...

—¿Cuánto crees que puede tardar en congelarse una bañera como esta? —Bermúdez se encoge de hombros—. ¿Seis horas?, ¿siete?, ¿ocho?, ponle diez —sentencia el forense—. Pues a partir de ahí, puedes tirar hacia atrás todo lo que quieras. Las únicas partes sin congelar están tan cerca del hielo que no aportan ninguna información. Es lo que hay. Es imposible hacer una predicción.

El forense se incorpora, se aleja unos pasos y mira la escena desde otra perspectiva. Lo hace con total naturalidad, como un turista que visita un museo y busca captar la belleza de un cuadro desde diferentes ángulos.

—Lo único que sabemos con certeza —interviene Gloria— es que el establo está desatendido y en mal estado.

—¿O sea, que no ha sido esta noche? —Aunque Bermúdez lo haya expresado en voz alta, era más bien una pregunta dirigida a sí mismo.

La jueza Muñiz, que había salido al pasillo a hablar por teléfono, entra en el cuarto de baño blandiendo el móvil en la mano.

—Ya está solucionado —dice la jueza tirando el teléfono al fondo de su bolso de marca—, nos lo llevamos. El secretario judicial está subiendo ahora mismo con un camión. Trae operarios y material. Vamos a arrancar la bañera y nos lo llevaremos todo. Mejor curarnos en salud y hacer las cosas como Dios manda—. La jueza se gira hacia los guardias—. ¿Han visto la nota?

Gloria y Bermúdez se miran sin entender y niegan con la cabeza a la vez que se encogen de hombros.

—Miren esto. —Muñiz les hace un gesto para que la sigan y pasan a la habitación.

La jueza intercambia unas palabras con uno de los técnicos de la Científica que abre uno de los maletines plateados donde guardan las pruebas, saca una bolsa transparente cerrada herméticamente y se la da la jueza. Dentro de la bolsa hay un papel donde puede leerse la palabra «PERDÓN». Está escrita a mano, a lápiz y en mayúsculas.

—Estaba sobre la mesa. —La jueza señala con la mano la tabla de madera sujeta con caballetes que hace las veces de escritorio—. ¿Qué le parece, teniente?

—Es muy pronto para barajar cualquier hipótesis —contesta Gloria—, primero debemos...

—Ya, ya, ya... Ya sé que ninguno de nosotros quiere pillarse los dedos, pero ¿qué se supone que es? «Perdón». ¿Una nota de suicidio?, no me cuadra. ¿Nos está enviando un mensaje? ¿Es la marca del asesino? ¿Qué narices significa esto?

La teniente y Bermúdez permanecen en silencio.

—Dos muertos seguidos —retoma la palabra Muñiz—. ¿Qué está pasando, me lo pueden explicar? Y da la casualidad de que el padre de la primera víctima es quien encuentra el cadáver. No me gusta nada. Quiero que busquen cualquier tipo de conexión, quiero que...

Suena el timbre de un teléfono. La jueza rebusca en el interior de su bolso, saca el móvil, mira la pantalla, hace una mueca de disgusto y sale al pasillo a hablar.

—Parece que la jueza ya no compra que lo de Martín fuese un suicidio —dice Bermúdez en voz baja.

—Ya veremos… —murmura Gloria.

Virginia Muñiz regresa a la habitación con andar apresurado y sigue hablando en el mismo tono agitado.

—Tengo que bajar al juzgado —dice la jueza—, por algo importante. No he visto ningún coche. ¿No se han fijado? Viviendo aquí aislado debía tener algún medio de transporte. Pregunten en el pueblo. Por muy lobo solitario que fuese el tal Garcés aquí todos se conocen. Alguien tiene que saber. Averigüen cuándo fue la última vez que lo vieron con vida. Pregunten si alguien vio algo inusual, quién lo visitaba, si vieron a alguien sospechoso… Ya saben. Ah, y otra cosa, que alguien dé de comer a ese perro ¡ya!, por el amor de Dios, el pobrecito no se tiene en pie.

La jueza hace un gesto con la mano a modo de despedida y desaparece escaleras abajo.

—Supongo que ese alguien soy yo, ¿verdad? —comenta Bermúdez con una media sonrisa.

—Las pillas al vuelo —sentencia la teniente.

Gloria sale a la terraza y enciende un cigarrillo. A lo lejos se ve la columna de piedra que corona la atalaya del pico Grosín. Sobre la cima de esa montaña hubo un castillo medieval del que hoy tan solo queda un aljibe enterrado bajo tierra; esa cisterna proveía de agua a la fortificación. Entre esos muros vivieron soldados cristianos que protegían la zona de los saqueos del ejército moro. La vida por aquel entonces, y más en invierno, no tenía que ser fácil, piensa Gloria mientras contempla la línea de humo que sale de sus labios. También piensa en la jueza Muñiz. Es una mujer inteligente, pero le sobra esa tendencia recurrente a hacer notar su autoridad. En el fondo puede ser falta de seguridad, o simplemente el peaje de ser mujer. Ella lo sabe muy bien. Siempre arrancamos con varios puntos por debajo del casillero, piensa. Da igual el trabajo. Da igual el cargo. Siempre nos toca remar a contracorriente. Demostrar nuestra valía. Lo que está claro es que no tiene ni un pelo de tonta. Enseguida ha conectado las dos muertes. Por ahora no hay nada que las vincule, salvo la presencia del padre de Martín. Han recorrido la casa y el establo, y los sacos de pan no han aparecido. Tampoco le ha extrañado. Al final igual resulta que todo ha sido una coincidencia, pero lo duda. Son ya demasiados años en este oficio y nunca ha creído en las casualidades.

Baja la mirada al portón principal, el mastín sigue postrado en el suelo, incapaz de ponerse en pie. Le ha sorprendido la reacción de la jueza. Esa mujer es capaz de presenciar un cadáver sin alterarse lo más mínimo y al mismo tiempo preocuparse por el estado de salud de un mísero chucho. ¿Quién lo habría dicho? Está claro que nunca llegamos a conocer a las personas que nos rodean.

24

El sepulturero comienza a introducir el ataúd en el nicho, lo hace muy despacio, con solemnidad. En ese momento una mujer se abalanza sobre el féretro, lo sujeta con sus brazos y rompe a llorar desconsolada.

María Elizalde contempla la escena parapetada detrás de un árbol, está a más de treinta metros de distancia y aun así puede oír claramente el grito desgarrador de la mujer: «¡Mi hijo, mi hijo, mi hijo!».

Santiago se acerca y trata de separarla sin éxito. Sagrario, su mujer, sigue aferrada al cajón. El resto de los presentes, no son más de diez, aguardan en silencio, nadie reacciona, nadie se atreve a hacer nada.

María siente lástima por los padres. No los conoce, los vio por primera vez el día de la boda desde lejos, estaban pletóricos, rebosaban felicidad. También reconoce a la viuda. Le sorprende su entereza. Ni una lágrima, ni un gesto de dolor. La otra mujer rubia debe de ser su hermana, el cabello dorado, las facciones delicadas, simétricas, tiene que serlo. Hay otra mujer alta y de pelo corto que también estuvo en la boda, a los demás no los conoce.

La noche anterior María vio la información en la sección digital de uno de los periódicos locales: «Familiares y amigos de Martín Blasco lo despedirán en la parroquia de Santiago, la ceremonia tendrá lugar a las doce, a continuación, su cuerpo será trasladado al cementerio municipal, donde será enterrado».

Se ha levantado una hora antes que de costumbre. Apenas ha logrado dormir. Le ha dejado una nota a Hugo diciéndole que estaría todo el día de reuniones fuera de la oficina, se ha tomado un par de cafés y ha conducido directa hasta Jaca. Ha aparcado el coche en un polígono industrial cercano al cementerio y se ha dedicado a vagar por la zona hasta que llegara la hora. No ha querido acercarse a la parroquia por miedo a ser vista. Conocía el lugar, la iglesia es pequeña y está en una zona poco concurrida. Le iba a resultar difícil pasar desapercibida. El tiempo que ha estado esperando se le ha hecho interminable, la cabeza la llevaba a lugares felices en los que aparecía Martín, atento, sonriente, lleno de vida, para enseguida devolverla a la realidad, la visión de la muerte, el vacío. La ausencia eterna. Se ha preguntado una y otra vez qué estaba haciendo ella ahí, por qué había subido a Jaca. Tiritaba, le lloraban los ojos debido al frío y sobre todo a la emoción contenida. Le habría gustado volver a casa, refugiarse en la vida perfecta que con tanto esmero ha construido, pero no ha podido. Se sentía atrapada, atraída como una mosca hacia la luz. Sin posibilidad de escapar. En realidad, sabe muy bien por qué ha hecho ese viaje una vez más, por qué está allí sola, escondida tras un ciprés, contemplando el dolor ajeno.

Santiago logra separar a su mujer del féretro y sujetarla entre sus brazos. Sagrario continúa llamándolo «Hijo, hijo, hijo...». Cada vez con menos fuerza, hasta que la caja acaba de entrar en la cavidad del nicho y el sepulturero cierra la portezuela metálica. El adiós definitivo. Así lo siente la mujer que le dio la vida. Se hace el silencio. Un silencio pesado. Sagrario, empequeñecida, logra erguirse y comienza una oración. El resto la acompaña. Al terminar el rezo, el grupo comprende que es hora de marcharse y poco a poco se disuelve enfilando el camino de salida. Elvira, a diferencia de los demás, toma el sendero opuesto.

—¿Vas a ver a papá? —pregunta Candela acercándose a su hermana.

—Prefiero ir sola —responde Elvira.

—Claro.

Candela no insiste, es mejor dejarlo estar, se une al resto y abandona el camposanto. Antes de cruzar la verja, Olvido la toma del brazo y le dice que tenga paciencia. Ha visto lo ocurrido, tampoco hay que ser muy perspicaz, se nota la tensión entre las hermanas. Le dice que es cuestión de tiempo, que Elvira volverá a ser la de antes, que el tiempo lo cura todo. Es su mejor amiga, la conoce muy bien. Candela asiente. Su hermana está sufriendo, le queda un largo camino, es normal, eso cualquiera lo entiende. Lo que Olvido no sabe es que, una vez superado el duelo, la brecha entre ambas seguirá existiendo.

Se despiden en la puerta del cementerio. Olvido se ofrece a acercarla en coche al centro, pero Candela rechaza la invitación. Volveré dando un paseo, dice, total, no tengo nada que hacer. Una vez sola, echa la vista atrás. Por un momento siente la tentación de regresar y enfrentarse a su hermana. No lo hace. En su lugar, saca su teléfono. El sargento sigue sin dar señales de vida, ni una llamada, ni siquiera un wasap. No está de humor para mandarle ni un emoji. Prefiere esperar. Siente una punzada de hambre. Cruzando la carretera en dirección a la ciudad hay un camping, el bar es barato y aunque en esta época no tengan mucha clientela y no sirvan menús, seguro que pueden hacerle un bocadillo.

María Elizalde sale de su escondite y sigue con la mirada a la viuda. Le extraña que no regrese con el resto del grupo. ¿Adónde va? La ve atravesar un arco cubierto de flores, doblar a la derecha y detenerse ante una tumba sencilla, ve cómo se agacha y se sienta sobre la piedra. Le da la impresión de que está hablando. Desde donde está no puede ver la lápida. En un momento observa cómo la viuda se reclina, posa las manos sobre la sepultura y cierra los ojos. Pasan los minutos y no se mueve. María mira su reloj y decide volver. Siente curiosidad por saber a quién pertenece aquella tumba, pero no quiere perder más tiempo. Aún le quedan otras tres horas de viaje. A la vuelta pasará por la oficina y tratará de ponerse al día. Necesita centrarse en el trabajo, ocupar su cabeza en otras cosas.

El polígono donde ha dejado el coche sigue vacío. Abre la puerta y se sienta al volante. Va a meter la llave de contacto cuando oye unos golpes en la ventanilla. María se sobresalta. Los cristales están completamente empañados, no puede ver quién hay al otro lado. Los golpes no cesan. María intenta limpiar el vaho del cristal, pero aun así no consigue ver nada. Los golpes son cada vez más fuertes. Baja la ventanilla hasta la mitad y la reconoce al instante. Es la mujer rubia que estaba en el cementerio, la que se parece a la viuda.

—¿Qué estás haciendo aquí? —dice Candela mientras sujeta la ventanilla con las manos y trata de asomar la cabeza.

—¿Perdón? —responde María, asustada.

—¿Qué estás haciendo? ¿Qué es lo que quieres? —grita Candela.

—No sé de qué me estás hablando.

—¡Te vi el día de la boda!

—No soy de aquí... Te estás equivocando...

—¡Eras tú! ¡Estabas discutiendo con Martín, te vi! ¿Quién eres? ¿Qué quieres?

—Me has confundido con otra persona. Déjame en paz o...

—¡¿O qué?! ¿Quieres que llamemos a la policía? ¡Llámala, venga, llama a la policía!

María, nerviosa, busca con la mano el botón para subir la ventanilla. El corazón le late a mil por hora, está sudando. Aprieta el botón, pero la mujer hace fuerza con las manos y la ventanilla se resiste a subir.

—Apártate de mi coche. ¡Fuera! —María intenta despegar las manos de la intrusa de la ventanilla, pero Candela se aferra con fuerza al cristal mientras sigue gritando.

—¿Quién eres? ¿Qué haces aquí? ¿Qué quieres? —repite una y otra vez.

María gira la llave, se oye el sonido del motor. Candela reacciona, suelta la ventanilla, se pone delante del coche y apoya las manos en el capó.

—¡Apártate, venga, apártate! —grita María fuera de sí.

Pisa el acelerador. El motor ruge, aun así, la mujer no se aleja. Mete primera y acelera con cuidado. El coche se mueve despacio. Candela retrocede unos pasos sin quitar las manos del capó. No para de gritar. María no entiende lo que dice, ya no la escucha, solo quiere irse, desaparecer. Vuelve a pisar el acelerador, esta vez con fuerza. El coche pega una sacudida y avanza de golpe. La mujer cae al suelo, María no puede verla, no sabe dónde está, no le importa. Acelera, mete segunda y sale disparada sin mirar atrás.

Si la mujer se hubiese caído frente al coche, la habría atropellado. Podría haberle hecho mucho daño, incluso quién sabe, podría haberla matado. En este momento le da igual, no lo piensa, no quiere pensar, solo quiere huir, lejos, cuanto más lejos, mejor.

25

—Ahora mismo vamos, señoría.

Gloria cuelga el teléfono, da la última calada a su cigarrillo y se levanta pesadamente. Está molesta. Es verdad que la jueza ha sido amable, no ha sonado a «Venga de inmediato, es una orden», pero tampoco había espacio para un «ahora no puedo, señoría, estaré ahí en un par de horas». Sale de su despacho y recorre la zona común en busca de Bermúdez. La calefacción sigue sin funcionar. Son fechas complicadas, sentenció el técnico. Puta Navidad, piensa la teniente. Los compañeros están sentados a sus mesas con plumíferos, gorros y bufandas. Alguno de ellos incluso teclea con los guantes puestos. En cuanto la ve llegar, el sargento se levanta y le tiende un papel.

—Ducati Monster roja, ciento once caballos —dice Bermúdez—. Acabo de hablar con Tráfico. Está registrada a nombre de Adolfo Garcés desde hace más de diez años. No les consta ninguna denuncia, he dado aviso para que nos informen en cuanto la vean. No creo que el que se la llevó esté circulando con ella tranquilamente, pero nunca se sabe.

—No sabemos si alguien se la llevó. Puede estar aparcada en cualquier sitio, o que la tuviese en el taller —responde Gloria.

—Podría ser, pero entonces ¿cómo llegó a su casa?

—¿Tenía otro vehículo? Un coche, un tractor…, lo que sea.

—No —responde el sargento con seguridad—. Al menos que conste en Tráfico.

—¿Qué te ha dicho la gente del pueblo?

—Teniendo en cuenta que no deben de ser más de sesenta, se puede decir que he hablado con una cuarta parte de la población. Todos coinciden: Garcés era muy reservado, rara vez se dejaba ver por el pueblo. Los domingos bajaba a misa y nada más terminar regresaba a su borda. No tenía relación con ninguno de los vecinos. Según dicen, se pasaba la mayor parte del tiempo en el monte pastoreando el ganado. De vez en cuando bajaba a Jaca a comprar, pero tampoco era lo habitual, por lo visto tenía un huerto y el tipo se autoabastecía. Aparte del camión de la leche, que iba dos veces por semana a llevarse las lecheras, no recibía visitas de amigos. Una señora me ha dicho que la última vez que lo vio fue en Nochebuena. La mujer lo recuerda muy bien porque le dio pena pensar que el muchacho pasaría solo la Navidad. El resto o no lo vio, o no se acuerda. Pensaba volver dentro de un rato para ver si me entero de algo más.

—Va a ser que no —dice Gloria con sorna—. Nos ha llamado la jueza, nos espera en su despacho.

—¿Qué ha pasado?

—No me lo ha dicho. Ya ves, a su señoría le gusta mantener el suspense.

Del cuartel al juzgado de primera instancia hay diez minutos andando, Bermúdez daba por hecho que irían a pie, pero Gloria ha sugerido, más bien ha impuesto, que cogieran el coche. No querrás hacer esperar a su señoría, ¿verdad?, le ha dicho muy seria mientras le lanzaba las llaves del Patrol.

La jueza Muñiz los recibe con un leve movimiento de la cabeza y los invita a sentarse en butacones de cuero frente a su mesa. La teniente se fija en que no lleva la misma ropa que esta mañana en la borda. Viste traje chaqueta oscuro y camisa blanca. El pelo recogido en una coleta baja, maquillaje discreto y usa gafas de pasta violeta para ver de cerca.

Sobre el escritorio hay dos marcos de plata ladeados de manera que el visitante pueda ver las fotografías. En una aparece la jueza abrazada a un hombre, ambos visten ropas elegantes y sonríen a la cámara abiertamente. En la otra se ve a la jueza, esta vez de sport, rodeada de tres criaturas, dos niños y una niña que rondan entre los cuatro, el más pequeño, y los ocho, el mayor. A Gloria no le gusta la gente que exhibe su vida privada en su puesto de trabajo. Le parece obsceno, una especie de pornografía de la felicidad. ¿Por qué tengo que tragarme a doña Perfecta y a su familia feliz cuando vengo a currar?, piensa. Por lo menos podría tener la decencia de girarlas hacia ella, pero claro, entonces no podría compartir con el mundo al señor Ken y a sus maravillosos mochuelos. En eso consiste precisamente el exhibicionismo, en exhibir.

La jueza se dirige de forma amable a los guardias, agradece que hayan dejado sus quehaceres a un lado y hayan acudido con tanta rapidez a su despacho. Intercambian un par de frases vacías, y, una vez cumplido el protocolo, adopta un tono más formal y aborda directamente el tema.

—Durante el registro de la casa del señor Garcés hemos encontrado esto.

La jueza abre una carpetilla, saca una bolsa precintada y la pone sobre la mesa. En el interior hay una fotografía en la que aparecen tres jóvenes vestidos con la indumentaria del equipo de hockey del Club Hielo Jaca. Los chicos están en la pista posando sobre sus patines, en una mano sostienen el casco y en la otra el *stick*.

—La foto fue tomada hace diecisiete años —informa Muñiz.

Gloria y Bermúdez se miran intrigados y observan el retrato con detenimiento. La jueza gira la bolsa y muestra el reverso de la fotografía, donde puede leerse «Otoño 2007» escrito a mano con rotulador. A continuación vuelve a darle la vuelta y con el dedo índice señala a uno de los chicos, el que está situado a la izquierda.

—Este es Fito Garcés. En aquel entonces tenía dieciocho años y formaba parte del equipo juvenil, lo hemos comprobado en el club. Este —señala con el dedo al chico del centro—, no sé si les suena, es Acher Lanuza, si siguen al primer equipo deberían conocerlo. Es el capitán y uno de los jugadores más veteranos, además trabaja para el club como director deportivo. Y, por último, este —posa la uña sobre el rostro del joven situado a la derecha— es…, a este sí lo conocen… —La jueza hace una nueva pausa—. Martín Blasco.

La teniente y Bermúdez intercambian una mirada cómplice. La jueza, a su vez, los observa inquisitiva buscando alguna reacción, un comentario que no llega a producirse.

—No quiero aventurarme en conjeturas —retoma la jueza la palabra al ver que los guardias permanecen en silencio—, pero estos son los hechos. Tenemos tres amigos de juventud y dos de ellos han aparecido muertos casi al mismo tiempo. Los dos en el agua, uno con síntomas de hipotermia y el otro completamente congelado. Ninguno de los dos tenía problemas graves, al menos en apariencia, y en ambos casos cabe la opción de que podría tratarse de un suicidio, o no. Raro. No sé a ustedes, pero a mí no me gusta. No me gusta nada. —La jueza hace una pausa y se queda pensativa con la vista fija en los rostros de los tres chicos. Al cabo de unos segundos reacciona y continúa hablando—. Vayan a hablar con Lanuza, quiero saber qué tipo de relación tenía con los fallecidos, cuándo fue la última vez que los vio, dónde estaba el día de Año Nuevo por la mañana, ya saben… —Gloria asiente. Sabe a qué se está refiriendo la jueza—. También quiero sobre mi mesa, lo antes posible, la declaración completa de Santiago Blasco. Ya ha enterrado a su hijo, así que no pondrá objeción en atenderlos. Necesito que sean muy minuciosos. Lamentablemente sus huellas están dispersas por toda la casa. Así que quiero saber con exactitud cómo llegó, qué hizo, adónde fue, qué tocó…, quiero saberlo todo, ¿entendido?

Los guardias asienten. La jueza guarda la bolsa con la fotografía dentro de la carpetilla, la coloca sobre una pila de archivos y da por finalizada la reunión. El sargento Bermúdez se pone en pie. Gloria se toma su tiempo, apoya las manos en los reposabrazos, se inclina ligeramente hacia atrás para darse impulso y antes de levantarse se dirige a la jueza.

—Una pregunta señoría —comienza a decir—. ¿Dónde encontraron la foto?

—Estaba entre las páginas de una Biblia que Adolfo Garcés guardaba en la mesilla de noche.

—¿Tiene a mano la evidencia?

La jueza revisa la pila de archivos. Saca varias carpetas, comprueba su contenido y cuando da con la que busca se la alcanza a la teniente. Gloria, aún sentada, abre la carpeta y mira las fotografías tomadas por el compañero de la Científica. En la primera de ellas se ve la mesilla; en otra, el cajón abierto con la Biblia en su interior; en otra, la portada del libro sagrado, y en la última aparece la Biblia abierta con la fotografía de los tres amigos en su interior. La teniente toma nota mental de la página en la que se encuentra. Evangelio según san Lucas capítulo 17. Cierra la carpetilla, la deja sobre la mesa, toma impulso y se levanta aparatosamente.

—¿Algo más? —pregunta la jueza.

Gloria niega con la cabeza y señala uno de los marcos plateados que hay sobre la mesa.

—Muy guapos sus hijos, señoría.

Muñiz agradece el cumplido con una sonrisa. La teniente se acomoda la ropa con un gesto automático y se despide de forma ceremoniosa. Bermúdez sonríe para sí, al contrario que la jueza, él sí ha captado la ironía.

26

Santiago Blasco hunde los dedos en la masa, siente su textura, añade un poco de harina, la manosea una y otra vez con los ojos cerrados, toda su atención está en el tacto, en las yemas de los dedos. Así es como le enseñó su padre, quien a su vez aprendió de su abuelo. Su hijo no quiso continuar con la tradición familiar, él lo apoyó, quería un futuro mejor para el chico. En su día Santiago no pudo elegir, ni siquiera se lo llegó a plantear. Con doce años su padre lo llevó a la trastienda, el sitio donde está ahora mismo, y le enseñó a hacer pan.

Santiago echa un vistazo a su alrededor, el horno, las estanterías de metal, la mesa de madera…, ha pasado la mayor parte de su vida encerrado entre esas cuatro paredes. No se arrepiente. Volvería a hacerlo. Le gusta estar ahí. Pasar horas y horas en silencio. Sentir el tacto de la masa madre en sus manos. El olor del pan recién horneado. Es lo que mejor sabe hacer. Lo único que sabe hacer.

Un sonido irrumpe en sus pensamientos. Alguien está llamando a la puerta. Santiago, extrañado, mira el reloj. La panadería está cerrada. La única persona que podría ir a esas horas es Sagrario, su mujer, y ella tiene sus propias llaves.

El panadero sale de la trastienda, bordea el mostrador, atraviesa el pequeño local, descorre el pestillo y abre la puerta.

—¿Puedo pasar? —pregunta don Faustino.

El anciano cura aguarda bajo un paraguas. Nieva débilmente. Santiago lo invita a entrar con un gesto y cierra la puerta con rapidez para no dejar escapar el calor.

—¿Qué hace aquí, padre?

—Quería saber cómo estabas.

—Trabajando. Como siempre.

—¿Podemos sentarnos? —Don Faustino, visiblemente cansado, apoya las dos manos en el mango del paraguas.

—Como no sea en el suelo... —dice Santiago echando un vistazo a su alrededor—. Ya ve, aquí no tengo ni un mísero taburete.

Don Faustino hace un gesto con la mano derecha para restar importancia al asunto y esboza una tímida sonrisa.

—Qué bien huele —dice quitándose la nieve de los hombros y abriendo la cremallera del plumífero—. Verás, Santiago, he oído lo del ganadero de Guasillo y..., una tragedia, ¿verdad?

El panadero lo mira sin decir nada.

—Dicen que fuiste tú quien lo encontró —continúa el cura.

—Así es.

—¿Te gustaría hablar sobre ello?

—No.

De nuevo un silencio incómodo.

—Entiendo, tiene que ser duro y más después de lo ocurrido con Martín. —Don Faustino se lleva la mano a la frente, se masajea la sien y trata de infundir ánimo a su voz—. En momentos así hay que buscar consuelo. No es bueno cerrarse en uno mismo. Si exteriorizas tus sentimientos y compartes tu dolor, estoy seguro de que te encontrarás mucho mejor.

—Sé dónde está, padre. —Santiago, muy serio, le habla mirándole directamente a los ojos—. Si hubiese querido hablar con usted habría ido a verle.

Los dos hombres callan, sumidos en sus propios pensamientos. Ninguno de ellos tiene prisa por romper el silencio y retomar la conversación.

—Voy a ir directo al grano, Santiago —dice al fin el cura—. En cuanto me he enterado de lo que ha pasado, he estado pensando en lo que me dijiste la otra noche. Fito y Martín eran amigos y... lo que les ha pasado, justo ahora y uno seguido del otro. No sé..., me resulta todo muy extraño y después de lo que me contaste...

—Lo que le dije fue secreto de confesión.

—Lo sé, lo sé, y así va a seguir siendo. Eso es algo entre Dios y tú. Un pacto sagrado. Yo solo soy el mensajero, pero...

—Déjelo, padre. Seguro que tiene asuntos más importantes de los que ocuparse.

—Hijo, han muerto dos chicos y quién sabe si...

¡Bum! El panadero pega un fuerte puñetazo sobre el mostrador. Don Faustino retrocede unos pasos instintivamente, traga saliva y le dedica una mirada compasiva.

—¡¿Es que no me ha oído?! —Santiago levanta la voz lleno de furia. Se lleva la mano al dolorido puño con el que ha golpeado el mostrador y lo envuelve con fuerza—. Su trabajo consiste en ver, oír y callar. Así que, a no ser que quiera saltarse las normas..., que, como usted ha dicho, son sagradas, olvídese de mí y vuelva a su iglesia.

El cura asiente con la cabeza. Sube la cremallera de su plumífero, coge el paraguas y abandona la panadería sin decir palabra. Fuera continúa nevando.

27

Bajo el mar, a veinte metros de profundidad, los pensamientos se ordenan de otra manera. El silencio, la oscuridad, la sensación de ingravidez, es como estar en el útero materno. Hugo Markínez se concentra en su respiración, lenta y acompasada, mientras recorre las jaulas metálicas donde almacenan el vino submarino. Consulta el manómetro, aún le quedan cincuenta bares. Se mueve despacio, deslizándose con cuidado entre los barrotes, comprobando la temperatura del agua y revisando que las botellas estén en perfecto estado. Ayer hubo tormenta y aunque los jaulones que hacen de bodega están preparados para resistir los embates de la mar, tienen por costumbre comprobar que no haya daños.

A Hugo le gusta dejarse llevar por la marea. Sentirse parte de algo más grande. Allí abajo el mundo, o al menos su mundo, funciona mejor. Su cabeza se ralentiza, las ideas fluyen a otro ritmo, le invade la calma, se siente más pleno, más seguro. Y hoy especialmente lo necesita más que nunca. Sabe que será un día complicado. María lo está pasando mal y se ha prometido a sí mismo ayudarla. Tiene que aprender a controlarse, desterrar los pensamientos negativos, dejar a un lado su egoísmo. Tiene que superar sus propios miedos, pensar en el otro, perdonar si es necesario, dar la mejor versión de sí mismo.

Recuerda la persona en la que se convirtió después de la ruptura con Adela. No le gusta. No quiere volver a ser ese hombre. Adela Salaberri fue su novia durante más de cinco años. Eran una pareja estable, al menos eso creía él, incluso habían hecho planes de boda en alguna ocasión. Hasta que un día Adela cogió sus cosas y se fue de casa, «Es lo mejor para los dos», fue lo único que dijo. Hugo nunca entendió la ruptura y por eso nunca lo superó.

Al principio estaba convencido de que había otro. Adela lo negaba y eso le hizo pensar que era alguien cercano, un amigo, un compañero de trabajo. Pensó que callaba porque lo estaba protegiendo. Estaba convencido de ello. Esa era la única razón que se le ocurría para que no desvelase con quién le había sido infiel, porque daba por hecho que ella le había engañado.

El tiempo, sin embargo, demostró que Adela decía la verdad. Neguri es muy pequeño, en su círculo todos se conocen y el paso de los meses refrendó la versión de su ex. Adela no lo había dejado por nadie, simplemente lo dejó, y eso lo mortificaba aún más. Habría sido más fácil focalizar el rencor en alguien concreto, tener alguien a quien odiar, aunque fuese su mejor amigo, su propio hermano. Lo habría preferido. Mejor eso que la falta de una explicación, porque que fuese lo mejor para los dos no le valía. No era una razón. El amor se acaba, sí, las parejas se rompen, sí, pero el deterioro se ve venir, y él no vio nada. No hay una única razón, hay muchas, y él no supo ninguna. Solo que era lo mejor para los dos. ¿Acaso era esa una buena razón para tirar cinco años de su vida a la basura?

A partir de entonces fue tejiendo poco a poco un muro invisible, la desafección con su entorno se hizo evidente, no confiaba en los demás. Su relación con las personas se volvió estrictamente mercantil: valoraba a las personas en tanto en cuanto pudiese obtener algo de ellas. Construyó una coraza a su medida, cambió el estilo de vestir, el peinado, se dejó crecer la barba. Destilaba seguridad en sí mismo, confianza, daba la imagen de un triunfador. Todo mentira, todo apariencia. Hasta que María volvió a aparecer en su vida.

Con María ha recuperado su lugar en el mundo. Ha aprendido a aceptarse tal como es. A buscar el equilibrio. A gestionar la frustración. A controlar su ira. A reprimir sus instintos. María lo estimula a esforzarse día a día por ser mejor persona. La quiere, la necesita y está dispuesto a hacer lo que sea para no perderla. Esta vez no. Esta vez, no va a dejar que eso ocurra.

28

—¡Vamos, vamos señores..., más intensidad, venga, vamos!

El entrenador se desgañita desde el círculo central dirigiendo el entrenamiento. Los jugadores, agrupados en parejas, salen al esprint de una portería y patinan sorteando los conos situados a lo largo de la pista. Cada diez segundos suena el silbato y una nueva pareja sale a la carrera. Cuando llegan a la portería contraria giran sobre sí mismos y regresan a su posición original por los laterales de la pista.

Gloria y Bermúdez descienden por las escalerillas de la tribuna principal baja hacia la zona de banquillos. Al sargento no le es ajeno el lugar, es aficionado al hockey, está al día de la marcha del equipo, es asiduo a los partidos de casa y hasta ha participado en las últimas celebraciones tanto de liga como de copa. Para Gloria, en cambio, es la primera vez. Recuerda haber ido de niña al antiguo pabellón, en una excursión con el colegio. Calcula que debió de ser a finales de los setenta, por aquel entonces lo llamaban el Palacio de Hielo. Ha llovido mucho, y hasta ahora no había pisado el nuevo recinto. Le llama la atención el sonido de los patines, está a más de treinta metros de la cancha y, aun así, distingue con total claridad el filo de las cuchillas rasgando el hielo.

El entrenador abandona el círculo central y va a su encuentro. No es habitual tener visitas en los entrenos y esos dos no tienen pinta de aficionados curiosos. Bermúdez hace las presentaciones de rigor y le informa del motivo de su visita.

—¡Lanuza! —El entrenador grita hacia el grupo y hace gestos con la mano a uno de los jugadores para que se acerque.

El número nueve patina hasta el banquillo local, frena con un derrape controlado, levanta la pantalla protectora del casco y mira a los guardias.

—Estos señores quieren hablar contigo —dice el entrenador.

—Es por lo de Fito, ¿verdad? —El capitán apoya el *stick* en el muro y se quita el casco, no parece sorprendido por la visita.

—¿Podemos hablar en un lugar más tranquilo? —pregunta Bermúdez.

Acher Lanuza señala el último piso, les explica que además de capitán del equipo es director del área deportiva del club y les propone subir a su oficina.

—Ustedes dirán. —Lanuza sentado en la silla de su despacho sonríe educadamente a los agentes. El capitán ha cambiado los patines por unas zapatillas, pero continúa con la equipación reglamentaria del Club Hielo Jaca, pantalón rojo y camisola blanca con el logo estampado en el centro.

Gloria mira al sargento y con un ligero gesto de la cabeza le indica que empiece. Ella está recuperando aún el resuello. Si lo llega a saber no sube. Ha contado los escalones. Ciento trece.

—Por lo que veo —comienza diciendo Bermúdez—, ya está usted al corriente de lo que le ha sucedido a Adolfo Garcés.

—¿Qué le ha pasado? Sabemos que ha muerto, pero no nos hemos enterado de nada más.

—Lo estamos investigando, es todo lo que puedo decir por ahora. ¿Lo conocía?

—Aquí lo conocíamos todos. Compartimos vestuario en las categorías inferiores durante muchos años. Creo que Fito entró en alevines y desde entonces hemos jugado juntos.

—¿A día de hoy mantenían algún tipo de relación, eran amigos, hablaban?

—Poca. Fito no era fácil. Cuando se hizo cargo de la granja de sus tíos y se fue a vivir al monte cambió mucho. Antes no era así, de chaval estaba muy involucrado en el equipo, era muy social, pero con el tiempo se fue volviendo cada vez más huraño.

—¿Cuándo fue la última vez que lo vio?

—Casualmente estuve con él hace bien poco. Fue la semana pasada. —Acher se detiene a pensar—. El veintiocho. Sí, fue el día de los Inocentes, me llamó para tomar una cerveza y quedamos.

—¿Dónde? —Bermúdez saca bolígrafo y libreta, y se dispone a anotar.

—En El Dublinés Errante, un pub irlandés de la parte vieja.

—¿Nos puede contar con detalle qué pasó esa noche, a qué hora quedaron, si fueron a algún sitio después, si le contó o le dijo algo que le llamara la atención?

—No hay mucho que contar, quedamos a las nueve; yo al día siguiente tenía entreno a primera hora, así que me tomé una birra y me fui prontito, serían las diez y media o así. Hablamos de hockey, del equipo, vamos segundos en la liga, nos felicitamos la Navidad y poco más.

—¿Garcés también se fue a esa hora? —El sargento anota algo en su libreta—. ¿A las diez y media?

—No, Fito se pidió otra y se quedó en el pub.

—Entiendo. Y supongo que usted volvió directo a su casa y pasó allí toda la noche. —El capitán asiente y Bermúdez vuelve a tomar nota—. ¿Hay alguien que pueda confirmarlo?

—Me temo que solo Salomón…, mi gato. Vivo solo.

—Claro. ¿Y después no ha vuelto a saber nada de él?

Acher Lanuza niega con la cabeza. Bermúdez pasa un par de páginas de su libreta hacia atrás y estudia con detenimiento sus propias notas. La teniente Maldonado, que ha estado mirándose las manos distraídamente durante toda la conversación, alza la cabeza y se dirige al capitán y estrella del equipo.

—Sin embargo, tengo entendido que el señor Garcés lo llamó por teléfono esa misma noche. —Gloria hace una pausa y estudia la reacción de Lanuza—. ¿A qué hora con exactitud? —pregunta girándose hacia el sargento.

—A las doce y diez de la noche —responde Bermúdez tras consultar su libreta—, y la conversación duró tres minutos y cuarenta y dos segundos.

—Sí, es verdad, se me había olvidado. —Acher Lanuza se lleva la mano a la cabeza para subrayar su despiste—. Me despertó, yo estaba profundamente dormido. Me llamó para decirme que se había liado tomando birras. Que se lo estaba pasando muy bien y que teníamos que quedar más a menudo. Le dije que se fuese a casa a dormirla. Estaba un poco pedo.

—¿Le comentó por casualidad cómo volvió a la borda? —pregunta Gloria.

—No. —Lanuza se encoge de hombros—. Iría en su moto, como siempre.

Gloria y Bermúdez intercambian una mirada. El sargento anota algo en su libreta. Acher Lanuza observa a los guardias en silencio. Nadie dice nada hasta que, al cabo de unos segundos, el capitán, incómodo, toma la palabra.

—Tengo que volver al entrenamiento, ¿hemos terminado? —El capitán posa las manos sobre los reposabrazos de su silla y se pone en pie.

—¿Por qué no ha ido al entierro esta mañana? —pregunta Gloria sin inmutarse.

—¿Cómo dice? —Lanuza, aún en pie, mira a la teniente con expresión de desconcierto.

—Según nos han informado en el club lleva todo el día trabajando en el pabellón, de lo que deduzco que no ha acudido al cementerio a despedir a Martín Blasco. Ayer se comunicó el lugar y la hora de la ceremonia en los medios locales, supongo que estaba al corriente. —Gloria hace una pausa—. Si no me equivoco, el señor Blasco fue también compañero suyo de vestuario, ¿no es cierto?

Acher Lanuza toma asiento, frunce el ceño y mira directamente a los ojos a la teniente.

—No, no he ido al entierro —contesta serio.

—¿Por alguna razón en particular? —Gloria le sostiene la mirada.

El capitán se toma su tiempo antes de contestar. Se lleva la mano al mentón y se rasca la barba despacio. En ese lapso le cambia el rictus, las facciones de su cara vuelven a relajarse, esboza una ligera sonrisa y retoma la palabra de forma pausada.

—Martín y yo perdimos el contacto hace muchísimo tiempo, más o menos desde que dejó el equipo en juveniles. Se fue a estudiar fuera y le perdí la pista. Llevaba sin verlo más de quince años. Por eso no he ido a su funeral. Además, aquí siempre estamos hasta arriba de trabajo.

—Por supuesto. Lo entiendo a la perfección. —Gloria se pone en pie y el sargento hace lo propio—. Una pregunta rápida y una sugerencia antes de irnos. ¿Qué hizo el día de Año Nuevo por la mañana?

—Me desperté tarde y estuve toda la mañana en casa.

—Con su gato —apostilla Gloria con una sonrisa forzada. Acher Lanuza asiente—. Gracias, no le molestamos más.

La teniente y Bermúdez se giran y se dirigen hacia la puerta.

—¿Y la sugerencia?

—Ah, sí... —Gloria se vuelve y levanta el dedo índice con expresión seria—. Deberían pensar seriamente en poner un ascensor.

29

Huele a limpio, como a ella le gustaba. Nada de desinfectante industrial, agua caliente, medio limón exprimido y tienes la casa como los chorros del oro. Así acostumbraba a decir su madre.

Olvido se agacha y comprueba que los vuelos del rodapiés no lleguen a tocar el suelo. Ha puesto las sábanas de franela rosa que a ella le gustaban. Ahueca la almohada, dobla el embozo en una perfecta línea recta y estira la colcha con mucho mimo para que no quede ni un solo pliegue.

Después del entierro, Elvira le ha dicho que pasaría por su casa a recoger las pocas cosas que había traído. Ella habría preferido que se quedara el tiempo que hiciese falta, está encantada de poder ayudar a su amiga, pero entiende que quiera rehacer su vida cuanto antes, y volver a su buhardilla es el primer paso. Allí tiene su estudio, su consulta, y sabe de sobra que lo mejor que puede hacer es trabajar, tener la cabeza ocupada en otras cosas, retomar la rutina.

Olvido saca el cubo de la fregona al pasillo y echa un último vistazo a la habitación de su madre. Todo está tal como ella lo dejó. Las cortinas descorridas y el visillo extendido para filtrar la luz. Sobre la cómoda, el tapete de ganchillo con su colección de figuras de porcelana: una pastorcita, el gato, la bailarina y un buda. Colgado en la pared, a la altura del cabecero, un crucifijo de madera con el Cristo plateado. En la mesilla, la lamparita de noche y su pequeño transistor a pilas. Era lo primero que hacía nada más despertarse. En cuanto ponía un pie en el suelo, encendía el transistor, siempre Radiolé, se lo anudaba a la cintura, y así, con la radio colgada en la bata de raso, comenzaba el día canturreando, daba igual el tema que sonase, ella se los sabía todos y, si no, se los inventaba.

De su padre no queda ningún recuerdo. Ni siquiera la foto de la boda que durante años ocupó el centro de la cómoda. En los primeros meses Angelines no tocó nada. En el armario aún quedaba ropa suya y sobre su mesilla, como siempre, el viejo cenicero de cristal junto al mechero que siempre dejaba a su lado.

Al principio les dijo que papá se había tenido que ir a vivir a otra ciudad por trabajo. Unas veces decía Huesca y otras Zaragoza. Ellos ni siquiera se daban cuenta. Olvido tenía diez años y Virgilio acababa de cumplir los siete. La vida continuó igual, pero la gente hablaba, les llegaban todo tipo de rumores y a veces al volver del colegio sorprendían a su madre llorando. Con el paso del tiempo, Olvido comprendió lo que había pasado, aunque su madre nunca le dijo ni una palabra. Virgilio, en cambio, vivía en su propio mundo. Preguntaba por padre, esperaba con ansia sus visitas, se quejaba cuando no aparecía un domingo para llevarlo al partido tal como le había prometido, o no sabía o no quería saber. Y así transcurrieron los años.

Pocos días después de que Angelines descubriese la trágica muerte de su marido, cogió las pertenencias que todavía quedaban de él, incluida la foto de la boda, las metió en una bolsa y las guardó en el fondo de un armario. Mucho tiempo después, haciendo limpieza general, Olvido reparó en que la bolsa con los enseres de papá no estaba en el armario. La buscó por todas partes y no hubo manera de encontrarla. Cuando le preguntó a su madre por ella, esta le dijo que no sabía de qué le estaba hablando, que no recordaba ninguna bolsa. Mentía. Una noche, mientras sus hijos dormían, Angelines salió de casa a hurtadillas y la tiró al contenedor de la basura. Esa fue su pequeña venganza: destruir su recuerdo. No quería saber nada del hombre que había abandonado a su familia de aquella forma tan cobarde.

Olvido vuelve a inspirar una vez más, recoge el cesto con las sábanas sucias, recorre con la vista la habitación y cierra la puerta. Hacía años que nadie la ocupaba. El cuarto de su madre se había convertido en un mausoleo. Es el más grande de la casa, tanto Virgilio como ella habrían podido mudarse allí, o podían haberla utilizado como despacho, a ella le habría vendido bien tener un lugar donde trabajar en su tesis, pero no lo hicieron, quisieron dejarlo tal cual estaba, conservar su memoria.

Consulta su reloj, Virgilio todavía tardará en llegar, así que aprovecha para bajar al sótano y limpiar un poco, a él no se le ocurren esas cosas. No le lleva mucho tiempo. Recoge las cosas tiradas por el suelo, quita el polvo de la bicicleta estática, limpia las superficies de los puzles y, por último, barre.

Está pasando la escoba por debajo del armario cuando ve un objeto extraño. Se agacha. Se trata de un trozo de cerámica blanco. Podría ser de un plato, una taza o algo por el estilo; no tiene polvo acumulado, así que no debe de llevar mucho tiempo ahí. Juega con él entre los dedos y lo mira con curiosidad. Al cabo de unos segundos, abre el armario, se arrodilla, comprueba que el último cajón está cerrado, coge el candando con sus manos y lo examina detenidamente. Olvido vuelve a mirar su reloj, cierra la puerta del armario, guarda el pedacito de cerámica en su bolsillo y apaga la luz. Es hora de preparar la cena.

30

Ella duerme. Él acaricia su espalda desnuda.

La habitación huele a sexo y a hamburguesa. La cama revuelta, la ropa desperdigada y restos de comida por el suelo.

Jaime Bermúdez no puede conciliar el sueño, tiene demasiadas cosas en la cabeza.

Ha ido posponiendo el mensaje a Candela. No se le ocurría qué escribir. No quería recurrir a lugares comunes: «Ayer lo pasé genial», «Hacía tiempo que no lo pasaba tan bien», «Llevo todo el día pensando en ti» y cosas por el estilo. Así que al final de la jornada decidió llamarla directamente.

—Soy Jaime, ¿qué tal estás?

—He tenido un día horrible.

—Pues ya somos dos. ¿Te apetece salir a cenar?

—Prefiero ir a tu casa.

—Estoy aún en el cuartel, pero llego en quince minutos.

—Te espero allí.

Cuando el sargento se presentó en su casa estaba nevando y Candela lo esperaba en el portal. Llevaba un abrigo gris, un jersey de la lana rojo y una bolsa de papel con el logo de McDonald's en las manos. He traído la cena, le dijo con una sonrisa.

Ya en el ascensor comenzaron a besarse y cuando entraron

en el piso fueron directamente a la habitación. Se desnudaron con prisa dejándose llevar por una pasión compartida. La bolsa del McDonald's quedó enterrada entre el jersey de cuello vuelto de él y el sujetador de ella, también rojo a juego con las braguitas.

Después de hacer el amor comieron las hamburguesas en la cama, desnudos, despreocupados, saciados y la vez hambrientos. En ese momento él reparó en las heridas que ella tiene en el brazo y la pierna. Un fuerte rasponazo en el codo, la piel enrojecida y un moratón que cubría parte del muslo y la pantorrilla. Candela le explicó que había sufrido una caída tonta al regresar al hotel por la pista del antiguo Camino de Santiago.

Jaime no puede dormir. Piensa en las dos muertes. Ahora saben que Martín y Fito se conocían. Piensa en las coincidencias, las fechas, el supuesto suicidio en ambos casos y la falta de motivos que tenían aquellos dos hombres para quitarse la vida. No hay signos de violencia en los cuerpos, pero no le cuadra, uno acababa de casarse y el otro, por lo que han averiguado hasta ahora, no tenía ningún problema aparente. Por mucha Navidad que sea, por mucho que depriman y que se odien estas fiestas, nadie se quita de en medio así como así. Quienquiera que lo hiciera está jugando esta baza. Piensa en una única persona; si se trata de un asesinato, y él está convencido de que lo es, ha tenido que cometerlo la misma persona. Pero ¿por qué? ¿Qué une a los muertos? Fueron amigos de juventud, sí, ¿y qué más? ¿Qué tenían en común? Tiene que haber más conexiones. ¿Seguían estando en contacto? Aunque Martín llevaba tiempo viviendo en Bilbao seguía subiendo de vez en cuando a Jaca. ¿Se veían? ¿Seguían siendo amigos? ¿Qué relación tenían? Está dando por hecho que al ser viejos amigos deberían llevarse bien. ¿Y si no fuese así? ¿Y si estuvieran enfrentados? Esa idea tampoco lo lleva a ningún sitio, aun así no quiere descartar nada. Hay otra cosa, hasta ahora no lo había pensado, es una obviedad y quizá por eso mismo la ha pasado por alto. Ambas muertes están conectadas con el agua: uno en un río, el otro en su propia bañera. Ambos cuerpos estaban congelados. Piensa en lo que le diría la teniente: si están congelados es porque es invierno. Otro pensamiento que tampoco lo lleva a ningún lado.

Jaime se gira y se concentra en la piel de ella, cuenta sus pecas, una por una. Acerca la nariz a su cabello, aspira su aroma. Le gusta. Esa sí es una certeza. Le gusta la mujer que tiene a su lado. Le gusta su espontaneidad, su frescura, lo impredecible que es. Parece un tópico, pero nunca había conocido a nadie así. En el Pirineo no se da mucho ese perfil y sin embargo nació aquí, al cobijo de las montañas, pertenecen al mismo lugar, es tan jacetana como él. La diferencia es que ella tuvo el valor de salir, de perseguir sus sueños, cosa que él no ha hecho. Quizá ella podría ser el revulsivo que él necesitaba. Podría presentarse a una plaza en Madrid. Podrían intentarlo. ¿Por qué no? Cree que a ella también le gusta él, lo nota, lo ve en su mirada, aunque quizá sea tan solo un pasatiempo. Algo pasajero con lo que entretenerse esos días. No sabe nada de su vida. Podría tener a alguien esperándola en Madrid, un novio, un actor, ¿por qué no? Podría ser.

Está enredado en estos pensamientos cuando suena su teléfono. Rebusca entre la ropa. Es un wasap de su jefa. Son más de las dos. Eso a la teniente le da igual. Ha escrito una sola palabra seguida de una combinación numérica. «Lucas 17, 3-4».

Sabe qué significa. Recuerda la conversación que tuvieron al salir de la oficina de la jueza Muñiz. Se levanta con cuidado para no despertar a Candela, se pone unos gayumbos y sale al salón. Rebusca en una de las estanterías y enseguida da con el libro que busca. Jaime se sienta en el sofá, abre la Biblia, va al capítulo diecisiete del Evangelio según san Lucas y se detiene en el versículo tres: «Si tu hermano peca, repréndelo; y si se arrepiente, perdónalo. Y si peca contra ti siete veces al día, y vuelve a ti siete veces, diciendo: "Me arrepiento", perdónalo».

Al oír un ruido de pasos levanta la vista. La puerta de la habitación se abre y aparece Candela. Está totalmente desnuda a excepción de la gorra con el logo de la Guardia Civil que lleva en la cabeza. Está apoyada en el marco con los brazos a la espalda. Jaime la mira embelesado. Tiene un cuerpo maravilloso. Sonríe. En ese momento Candela saca las manos, estira los brazos en su dirección y lo apunta con una pistola. Una Glock de nueve milímetros. Su pistola.

Jaime se queda paralizado, la Biblia se le escapa de las manos y cae al suelo. Ella lo mira seria, sin dejar de apuntarlo.

—¿Qué estás haciendo? —logra decir el sargento.

Candela avanza y se detiene frente a él con las piernas ligeramente abiertas, tiene los brazos estirados apuntándolo y sujeta la pistola con ambas manos.

—Tiene derecho a permanecer en silencio. —Candela lo mira sin pestañear—. Cualquier cosa que diga podrá ser usada en su contra ante un tribunal.

Candela le guiña un ojo y rompe a reír. Una sonora carcajada.

—Tenías que ver la cara que has puesto —dice todavía entre risas.

—¡¿Estás loca?! —Bermúdez le quita la pistola, comprueba que tiene el seguro puesto y la guarda en un cajón—. No es un juguete, podría haberse disparado. ¿Tú sabes en qué lío puedes meterme? ¡No se te ocurra volver a hacerlo nunca, nunca, ¿está claro?!

Ella lo rodea entre sus brazos y lo besa. Él se deja hacer.

—No he podido evitarlo. Soy actriz. ¿Me perdonas?

El sargento la coge en volandas, entra al cuarto y la tumba sobre la cama. La besa una y otra vez. No quiere decirlo, ni siquiera quiere pensarlo, pero está completamente enamorado.

31

El coche, un Cuatro Latas con abolladuras de todos los tamaños, atraviesa la verja y se detiene en la misma puerta. Al salir siente la sacudida del frío. El último termómetro que había visto, el de una farmacia, al dejar atrás Jaca marcaba seis grados bajo cero. Allí arriba la temperatura siempre baja dos o tres grados con respecto a la ciudad. Le extraña que Gretzky no salga a su encuentro. Observa la cadena de hierro tirada en el suelo, flácida, sin nada que atar. Elvira se arrodilla, se quita los guantes, cierra los ojos y posa las manos sobre la tierra, allí donde acostumbraba a dormitar el perro. Le gustaba aquel animal: robusto, musculoso, de mandíbula potente, infundía respeto. Sabía que haría lo que fuese por defender a su amo, estaba en su naturaleza y, sin embargo, era todo bondad. ¿Qué habrá sido de él?, piensa con tristeza.

La puerta principal está sellada con unas cintas de plástico amarillas dispuestas en forma de cruz. Prueba a girar el pomo, está abierta. Sortea la cinta sin romperla y entra en la borda. Se le hace extraño saber que Fito no está en casa, que nunca volverá a estar ahí. Dentro de la vivienda hace el mismo frío que fuera, quizá más. No enciende la luz, utiliza la linterna de su teléfono y se dirige a la cocina. Elvira va directamente a la alacena de formica situada a la derecha de los fogones, mira entre las estanterías y enseguida encuentra lo que busca. Un roñoso bote de galletas. Lo abre, dentro hay una llave sujeta con un cordel. La guarda en el bolsillo y vuelve a dejar el recipiente metálico en su sitio.

Al regresar al salón se para frente a las escaleras. Siente el impulso de subir, quiere hacerlo aunque sabe que no debería. Echa andar escaleras arriba, con los ojos cerrados, recordando. Desliza la mano derecha sobre el pasamos. A mitad de camino se detiene. Siente un escalofrío. El cerebro manda órdenes a su cuerpo para que siga avanzando, pero las piernas no responden. Está bloqueada. Respira, trata de calmarse. Le vienen imágenes de un pasado no muy lejano. Ve a Fito, lo ve sonreír, acercarse a ella, siente el calor de su cuerpo, su mano posándose en su vientre. Abre los ojos de golpe. Nerviosa, vulnerable. Elvira se gira, retrocede sobre sus pasos y abandona la casa sin mirar atrás.

De vuelta al exterior sortea la borda rodeando el establo. Apesta. Toma un camino de tierra y se dirige al huerto situado en la parte trasera. A unos cincuenta metros hay un pequeño cobertizo de piedra y tejas de pizarra. Huele a serrín y a humedad. Está desordenado, hay aperos de labranza y herramientas de todo tipo. En una esquina, una mesa con utensilios diversos: un martillo, una llave inglesa, lápices mordidos, y un par de cajas repletas de tuercas y tornillos. En una de las paredes cuelgan sierras de arco para madera con hojas de diferentes tamaños.

Elvira coge una escalera metálica, la apoya en la pared sur y una vez arriba retira uno de los paneles de madera del techo dejando al descubierto una trampilla. Aparta de un manotazo las telarañas, estira los dedos y palpa la superficie hasta dar con el ojo de una cerradura. Busca en su bolsillo, saca la llave que ha cogido del bote de galletas y la hace girar. Tiene que empujar con fuerza varias veces para que la portezuela ceda. Al abrir se levanta una nube de polvo.

Es un espacio abuhardillado de menos de dos metros de

altura atravesado por vigas. Elvira tiene que andar encorvada. Espera unos segundos hasta que el aire se vuelve más o menos respirable otra vez y comienza a recorrer el lugar iluminándolo con la luz del móvil. El suelo cruje al caminar. El aire es pesado.

Se detiene ante un objeto cuadrangular cubierto con una tela oscura. Es una especie de caja cuadrada de un metro de largo de ancho por uno de alto. Sabe qué contiene. Apoya el teléfono en el suelo con la linterna apuntando hacia la caja y quita la tela con mucho cuidado.

Elvira se arrodilla, se retira el pelo de la cara y observa la casa de muñecas. Por un momento siente que le cuesta respirar, es como si una mano invisible le atenazara la garganta. La casa, de madera, tiene dos pisos, tres paredes laterales a modo de muro y tejado a dos aguas con chimenea. El tejado está pintado de un rojo vivo, el resto conserva el color original. Dentro de cada estancia hay muebles en miniatura, todos hechos a mano, acordes con cada una de las habitaciones: cuarto de juegos, dormitorios, cocina, salón…

Introduce la mano con mucho cuidado en el cuarto de baño y coge la bañera. Sostiene la pieza entre sus dedos y la mira detenidamente. Es una minibañera de latón de aspecto tradicional. Piensa en Fito, en su muerte, en lo que pudo haber sido y no fue.

A continuación, extiende la tela sobre el suelo formando un círculo y posa la casa de muñecas sobre ella. Elvira rebusca entre los bolsillos de su plumífero y saca una caja de cerillas. Enciende un fósforo, lo acerca a una de las miniaturas del piso inferior y espera pacientemente hasta que empieza a arder. Hace lo mismo con otras piezas. Las llamas se extienden poco a poco y el fuego enseguida llega a las paredes. Al cabo de unos pocos minutos toda la casa de muñecas está ardiendo. Elvira observa hipnotizada el reflejo de las llamas. Entonces piensa en Martín, en su muerte, en lo que pudo haber sido y no fue.

32

El piano de Michael Nyman invade cada rincón de la vivienda a través de los altavoces dispuestos estratégicamente en la cocina, el salón, los pasillos y las habitaciones. Hugo, con el delantal puesto, termina de preparar el desayuno: huevos revueltos, tostadas de aguacate y jamón dulce, zumo de pomelo, chocolate negro noventa por ciento de cacao, uvas y frutos secos. Los capuchinos los deja para el final, justo para el momento de sentarse. Fuera está oscuro. Llueve. Marea baja. Mar revuelta.

Anoche cuando volvió a casa, María ya estaba en la cama y no quiso despertarla. Quiere darle una sorpresa. Normalmente no desayunan así entre semana, solo café, tostada con aceite de oliva y poco más. Le apetece que estén un rato juntos antes de empezar la jornada.

Hoy volverá a entrar en el agua. Ha quedado con unos americanos de un fondo de inversión importante y, a pesar del día, harán la visita de rigor. El tour comienza en tierra, pero la mayor parte transcurre en el barco. Antes de zarpar hacen una cata a bordo dirigida por Joseba, el enólogo, prueban diferentes vinos con quesos de la tierra y al terminar se echan a la mar y navegan por la bahía de Plentzia. El plato fuerte, y de lo que más disfruta la gente, es cuando anclan en medio de la nada y el propio director de marketing y a la vez socio fundador en persona, o sea, Hugo, se pone el equipo reglamentario —neopreno, aletas, máscara, cinturón de lastre, botella de aire comprimido— y se sumerge en las aguas del Cantábrico con una cámara GoPro incorporada a modo de frontal. Los visitantes, a través de un monitor situado en cubierta, pueden ver las jaulas acuáticas donde reposa el vino y, lo mejor, cómo el submarinista selecciona una botella como si fuese un gran tesoro, la misma que, cubierta con residuos marinos, minutos después van a tener entre las manos y de la que beberán.

—¿Y esto? —dice María, sorprendida al ver la mesa, al bajar las escaleras. Va descalza, viste pantalón de tergal negro y blusa blanca. Tiene el pelo suelto aún húmedo y lleva un maquillaje discreto.

—Al mal tiempo buena cara, ¿no? —responde Hugo con una sonrisa—. Estás guapísima.

—No tengo mucho tiempo. —María mira su reloj.

—Lo tengo todo pensando, tú no te preocupes. Si el jefe te echa la bronca le dices que se ande con ojo, que, si no, este año no llevo mi famoso roscón de Reyes a la comida. Ya verás como funciona.

—A mi padre ya le valdría dejar el dulce, que últimamente se está poniendo que no veas.

Cuando ella se sienta a la mesa, Hugo sirve los capuchinos: sobre la espuma ha dibujado un corazón. Charlan del tiempo, del trabajo y de los planes para el fin de semana. Ella tiene partido de pádel en el club, de campeonato. Él ha quedado con Telmo y con Julen para echar unos hoyos en la Galea, aunque, si llueve, lo más probable es que se cancelen y tengan que pasarse la mañana jugando a la Play. El domingo tienen *brunch* en Getxo, en casa de los Aranzadi, y luego esperan estar en casa el resto del día y terminar la última temporada de *The Last of Us*.

—Tengo que irme. —María se levanta de la mesa y coge su taza y su plato para llevarlos al fregadero.

—Tranquila, yo recojo. Esta noche te espero para cenar, ¿verdad?

—Sí, claro, es que ayer estaba hecha polvo, perdona. Me pasé todo el día en el coche, una locura. Fui a ver a unos clientes en Donosti y después de la reunión, que se hizo eterna, me llevaron a comer a Getaria, acabamos tardísimo, luego tenía una cita en Mondragón y a la vuelta todavía otra en de Durango.

Excusatio non petita, accusatio manifesta, piensa Hugo.

—Hago lubina al horno con patatas panaderas, ¿vale? —dice mientras comienza a quitar platos de la mesa—. Ah, y dile a tu padre que este año el roscón sin nata.

María le da un beso, se calza y coge su abrigo.

—Que tengas un buen día, amor —dice antes de irse.

Cuando Hugo termina de meter los platos en el lavavajillas se prepara otro café y se asoma al ventanal a ver el mar. Continúa lloviendo. Más tarde irá la chica a hacer la limpieza de la casa, pero a él le gusta dejar la cocina limpia, a su manera. Le pone de los nervios que Daisy le cambie las cosas de sitio.

Hugo saca su móvil, mueve el dedo con toques rápidos y clica sobre un icono. En la pantalla aparece un mapa. Se concentra en el punto rojo que avanza por el corredor del Txorierri hacia los túneles de Artxanda, en dirección Bilbao.

Hace ya un tiempo, a finales de verano, se las ingenió para instalar una aplicación fantasma en el iPhone de su mujer. Un *software* con el que rastrear su localización. Por supuesto, ella no sabe de su existencia, ni puede ver la app en su dispositivo, de ahí lo de «fantasma». Por eso sabe a ciencia cierta que María está llegando al trabajo, que hay tráfico fluido, que en diez minutos estará en la oficina y que hoy su mujer ha dicho la verdad.

33

—Vámonos antes de que le pegue un tiro.

Gloria, con el plumífero puesto, aguarda en pie frente a la mesa del sargento Bermúdez. En una mano tiene una cajetilla de tabaco y en la otra el mechero.

—¿Qué pasa? —pregunta el sargento levantado la vista del ordenador.

—¿Que qué pasa? El fontanero, que ahora dice que no encuentra no sé qué pieza y que hasta que llegue no puede reparar la caldera. ¡La madre que lo parió!

—Pues habrá que seguir tirando de los calefactores, ya ves... —dice Bermúdez señalando a sus compañeros—, aquí todo el mundo se ha traído su estufita. Yo hasta me he acostumbrado; eso sí, ya verás tú la factura de la luz.

—Calla, calla, no me calientes más, que me pongo enferma. Vámonos de aquí, anda.

—¿Alguna novedad?

—Hemos encontrado la moto de Garcés, te lo cuento donde Genaro—. La teniente saca un cigarro se lo pone en la boca y echa a andar—. Y no te olvides de apagar el radiador, que eso lo paga el contribuyente.

Piden un par de cafés con leche y una ración de torreznos. Genaro se los sirve y regresa rápidamente al rincón de la barra donde lo espera Amadeo, uno de los habituales, con quien está enfrascado en una acalorada discusión. Amadeo defiende la inteligencia artificial y sostiene que la tecnología al servicio del ser humano es un avance necesario y positivo para la sociedad. Genaro, enfurecido, está convencido de que dentro de nada las máquinas gobernarán el mundo y que eso será el principio del fin. Lo bueno, dice, es que yo ya no estaré aquí para verlo. Amadeo lo acusa de cenizo y agorero. No te equivoques, le responde Genaro a voz en grito, lo que soy es un nihilista convencido.

Los guardias cogen sus consumiciones y se sientan a una mesa situada en el extremo opuesto del bar.

—Come, anda, que te estás quedando pajarito. —Gloria se lleva un torrezno a la boca y le pasa el plato a Bermúdez, que lo rechaza con un gesto—. Tú te lo pierdes, están de muerte.

—¿Dónde estaba la moto de Garcés? —pregunta Bermúdez.

—A un par de calles del pub irlandés.

—¿Desde cuándo?

—No lo sabemos. Pero ya te lo puedes imaginar.

—La noche del veintiocho —dice Bermúdez, pensativo.

—Sería lo más lógico. Luego nos pasamos por el pub a ver qué nos cuentan. No abren hasta las seis. Por el momento, y hasta donde sabemos, es el último sitio donde lo vieron con vida. —Gloria coge un torrezno y lo unta en el café—. ¿Te han dicho algo más en Guasillo?

—Nada nuevo. Lo que ya sabíamos, que Garcés no se prodigaba mucho por el pueblo, la misa de los domingos y poco más.

—Parece ser que era muy devoto. ¿Qué te pareció el pasaje de la Biblia que te envié?

—«Si tu hermano peca, repréndelo. Y si se arrepiente, perdónalo» —dice Bermúdez recordando parte del versículo—. No hay que ser un lince… Aparece una nota con la palabra «Perdón» en la escena del crimen y la Biblia de la víctima está marcada justo en un pasaje que habla del perdón. Además, dentro guarda una foto en la que aparece Martín. Demasiadas casualidades, ¿no?

—Aún no tenemos confirmación de la prueba caligráfica de la nota, no sabemos si la escribió el propio Garcés o lo hizo un tercero. Lo que sí me han confirmado es que no es la misma persona que escribió la nota que apareció en la habitación del hotel de Martín Blasco. —Gloria señala el plato—. ¿De verdad que no quieres? —El sargento vuelve a negar—. Pues aquí no se van a quedar.

Bermúdez, pensativo, observa con desagrado cómo la teniente coge un torrezno más, lo sumerge en la taza y se lo come en dos bocados. Ha estado dando vueltas a una nueva idea y quiere aprovechar para compartir su tesis con la jefa. Espera pacientemente a que Gloria termine de masticar y lanza su pregunta.

—Por cierto, Gloria, ¿de verdad no te parece raro que la viuda nos enseñase la nota?

—¿Por qué? —La teniente lo mira inquisitiva.

—¿Y si fue ella misma quien escribió el papel y nos lo trajo como prueba?

—¿Por qué motivo?

—Una maniobra de distracción. Escribe una especie de nota amenazante, «¿De verdad creías que no iba a enterarme? Aún estás a tiempo», y nos hace pensar que hay una tercera persona. Puro humo.

Gloria hace un gesto a Genaro para que le ponga otro par de cafés. El viejo camarero, que sigue enredado en la discusión con el parroquiano, asiente con la cabeza, como tomando nota mental de la comanda, y sigue a lo suyo.

—A ver, Bermúdez, si no recuerdo mal, tu última teoría al respecto era que Elvira Araguás era la destinataria de la nota.

—Estoy abierto a todas las posibilidades. He seguido investigando, he revisado las cámaras del hotel, he preguntado a todo el personal, y nada. No hay ni rastro de quién pudo dejar el sobre. Lo bueno es que he localizado un par de comercios de los alrededores del hotel que tienen cámaras que dan a la calle, estoy esperando a que me envíen el material para revisarlo. Así que, por ahora, cualquiera pudo dejar la nota, incluso ella misma.

—Que sí, Bermúdez, que sí. Que yo no estoy en contra de las hipótesis, y cuanto más imaginativas y creativas, mejor, es parte de nuestro trabajo. —Gloria lo mira y hace una pausa. El sargento permanece en silencio. Ha captado el tonillo irónico de su comentario, pero prefiere no entrar al trapo—. Eso sí, también te digo que hasta el momento no tenemos nada. Sabemos que Martín y Fito se conocían, nada de extrañar en una ciudad pequeña. El único punto de conexión real es Santiago Blasco, padre de la primera víctima, que, además, encontró el segundo cuerpo. ¿Qué hacía en la borda? ¿Qué relación tenía con Garcés? ¿Por qué subió a verlo? Estas son las preguntas que nos tenemos que hacer.

—Sabemos que mintió con lo de los sacos de pan.

—Exacto. ¿A qué subió realmente?

—¿Crees que el panadero pudo matar a Garcés?

—No, Bermúdez, te estoy diciendo que esos son los hechos. ¿Entiendes? A mí me parece estupendo que te abras a todas las posibilidades que quieras, eso está muy bien, pero cíñete a los hechos.

Bermúdez acepta con tranquilidad la reprimenda de la jefa y asiente con la cabeza dándole la razón. La teniente coge otro torrezno del plato, mira hacia la barra y chasquea los dedos con impaciencia para llamar la atención del viejo camarero.

—¡Puto Genaro! —Gloria se exaspera—. Me ha visto pedir y ahí sigue, de palique. Se la suda.

—Tranquila, jefa, ya lo conoces. El hombre lleva su ritmo.

Gloria Maldonado se gira y observa en silencio al sargento. Lo mira directamente a los ojos, curiosa, extrañada.

—¿Te pasa algo?

—¿A mí?

—Sí, a ti. ¿Estás bien? —Bermúdez asiente y desvía la mirada—. No sé..., estás raro.

—¿Por?

—Como siempre que puedes pones a parir al bueno de Genaro... No me irás a decir que ahora te gusta este antro, ¿verdad?

El sargento se encoge de hombros y arquea las cejas mostrando indiferencia, el clásico gesto de ni fu ni fa.

—No sé, te veo muy zen. Demasiado. —Gloria señala el plato con el dedo—. No te lo vas a comer, ¿verdad? —Bermúdez niega—. ¿Seguro que está todo bien?

—Sí, sí. Como siempre.

—Si tú lo dices...

Bermúdez mantiene la calma, pero su cabeza se ha puesto en modo alarma. ¿Es posible que le esté lanzando una indirecta? ¿Se habrá enterado de lo suyo con Candela? Él ha sido muy discreto. La primera noche estuvieron solos en el restaurante y ayer se vieron directamente en su casa. Aunque nunca se sabe. En este tipo de situaciones, Jaca es como un pueblo, cualquiera los pudo ver, fulanito se lo cuenta a menganito y cuando te quieres dar cuenta lo sabe todo el mundo, incluida la jefa. El sargento tiene la conciencia tranquila en ese aspecto, Candela no es sospechosa, lo que está haciendo no contraviene ninguna norma, pero... los límites morales son muy difusos. No va a dejar de verla, eso lo tiene claro, aunque no le vendría mal andarse con cuidado y tener la boca cerrada.

Y si la jefa sabe algo y tiene algún problema que se lo diga abiertamente.

—Será la Navidad —dice Bermúdez con una sonrisa.

—Será eso. —Gloria coge el último torrezno, comprueba que al sargento aún le queda café, lo moja en su taza sin pedirle permiso y lo engulle con cara de satisfacción.

34

La anciana clava la mirada en santa Orosia. Observa la figura en silencio con las manos cruzadas sobre el regazo, como hipnotizada. Las dos mujeres se encuentran en la capilla de la residencia de mayores. A Candela le gusta llevar a su madre a ese lugar, sabe que le da paz, que la tranquiliza.

La sala es pequeña, muros blancos, suelo de parquet, cuatro hileras de bancos, una mesa cubierta con un paño que hace las veces de altar sobre la que descansa una cruz y, en una esquina, apoyada en una peana de pared, una escultura de madera policromada con la imagen de santa Orosia, patrona de Jaca.

Cuando ha llegado al centro esta mañana, ha notado a su madre más inquieta que de costumbre, se pasaba las manos por el cabello de manera compulsiva, pestañeaba de corrido, incluso ha emitido una especie de gruñidos. Llevaba años sin pronunciar una palabra. Por un momento a Candela le ha dado la impresión de que quería decirle algo. Se ha arrodillado a su lado y, en un intento por calmarla, le ha susurrado al oído. Al ver que la mujer no reaccionaba ha decidido bajarla a la capilla.

Siguen en el mismo rincón, no se han movido desde que han llegado. La anciana sentada en la silla de ruedas mirando la escultura, Candela detrás de ella, en pie. Lucía Belmonte, la madre, nunca fue de ir a misa, ni siquiera los domingos o las fiestas de guardar por aquello de mantener las apariencias. Ella nunca estuvo sujeta a la esclavitud del qué dirán. Sin embargo, siempre sintió una extraña fascinación por la figura de la santa.

Orosia, hija de los reyes de Bohemia, fue martirizada a manos del caudillo musulmán Aben Lupo por defender su pureza. Candela se sabe la historia de memoria. Recuerda que su madre solía contarles de pequeñas, a su hermana y a ella, el martirio de la princesa. También les explicaba que tiempo después un pastor encontró su cuerpo decapitado y por alguna extraña razón llevó la cabeza a la localidad cercana de Yebra de Basa, mientras que el resto del cuerpo terminó en Jaca.

—¿Mejor? Es normal, mamá. Todos tenemos un mal día. Estas fechas son muy malas, ¿verdad?, y más con todo lo que está pasando. No te he querido contar nada para no preocuparte, pero seguro que te has enterado de lo de Martín. Lo han dicho en la tele, en la radio..., habrá sido la comidilla en el comedor, en los pasillos, hasta quizá se lo has oído a alguna de las enfermeras. ¿Cómo no te ibas a enterar? Elvira lo está pasando mal. Disimula, en público no se derrumba, pero sé que está sufriendo. —Candela se acerca a su madre, se arrodilla y le coge las manos—. Te gustaría abrazarla, ¿a que sí, mamá? ¿Qué os pasó? Elvira nunca me ha dicho nada, nunca ha dicho una mala palabra contra ti, ni una sola, te lo juro. Pero es evidente que algo pasó, y tuvo que ser grave.

Lucía Belmonte no se inmuta, sigue con la misma postura, la mirada fija en santa Orosia. Candela recuerda que la patrona de Jaca y de sus montañas también era conocida por la curación de los «espiritados», que es como se llamaba en el Pirineo aragonés a los poseídos por los espíritus, a los endemoniados. En el valle existía la creencia de que la santa sin

cabeza ayudaba a recuperarla a quienes por intervención dia-
bólica la habían perdido. Su madre nunca creyó en el diablo,
no era supersticiosa, ni siquiera creyente. Pero curiosamente
ahora, al final de sus días, cuando el alzhéimer ha ganado la
batalla y su mente viaja por lugares desconocidos, en los momentos de desasosiego, encuentra consuelo en la imagen de la
santa sin cabeza.

—¿Por qué no te visita, mamá? ¿Por qué no quiere saber
nada de ti? ¿Cómo es posible? Ella estuvo contigo en los peo-
res momentos, cuando murió papá fue ella quien se ocupó de
todo, la que sacó la casa adelante, si no llega a ser por Elvira...
Estabais tan unidas..., ¿recuerdas? ¿Cómo habéis llegado a
esto? No lo entiendo, mamá, no puedo entenderlo. Yo era la
mala, la que se fue de casa después de lo de papá, la que os
abandonó. La cobarde, la traidora. Tú nunca me reprochaste
nada, jamás. Pero Elvira sí. Ella me lo hacía pagar con su des-
dén. Es verdad que no se escondía, me lo decía a la cara. Nunca aceptó que os dejase solas, que me fuese a los pocos meses
de morir papá. Tardó años en perdonarme, si es que lo ha hecho. Cada vez que subía a veros era una tortura, volvía a Madrid llorando como una Magdalena. Me llevaba días recupe-
rarme. No sabes lo mal que lo pasaba, mamá. Os veía a las dos
tan bien... con vuestras complicidades, vuestras bromas... Yo
era una desconocida. No encajaba en mi propia casa, con mi
madre, con mi hermana, mi melliza... Eso es muy duro mamá,
muy duro.

»Lo peor es que yo sabía que era culpa mía, no os podía
echar nada en cara, fui yo la que se marchó. Pensaba que algún
día volvería convertida en una estrella, que todo el mundo en
Jaca me reconocería al pasear por la calle, que me pararían
para pedirme fotos y autógrafos, y que entonces estaríais orgullosas de mí, que me entenderíais, y os compararía una casa,
una casa enorme donde viviríamos las tres.

Candela se lleva la mano a la cara con disimulo y se seca las lágrimas.

—Os quiero mucho, mamá, a las dos —continúa diciendo—. Lo sabes, ¿verdad? Por Elvira no te preocupes, estará bien. Yo la cuidaré, la protegeré. No dejaré que le ocurra nada. Una vez nos hiciste prometer que, pasara lo que pasase, siempre estaríamos juntas, ¿te acuerdas? Os tenéis la una a la otra, nos dijiste, estáis unidas de por vida. Puedes quedarte tranquila, mamá, pienso cumplir mi promesa.

35

—Gracias por venir hasta aquí —dice el forense.

—¿Cuándo te he dicho yo que no a algo, Secun?

—No llevo la cuenta, teniente. ¿Un café?

—¿Me puedo fiar? —Gloria mira con recelo la máquina expendedora situada en el pasillo.

—¿Qué quieres que te diga?, está de muerte —responde el forense con cara de póquer.

—Coño, Secun, menos mal que tus pacientes no tienen que aguantar tus chistes.

—No te creas, se mueren de la risa. —Secundino Ribagorza echa a andar hacia la máquina, usa una tarjeta de plástico que lleva colgada del cuello y selecciona un botón—. Lo tomas solo, ¿verdad? —Gloria asiente. El forense le ofrece el café y espera a que salga su vaso, luego se abotona la chaqueta de lana que lleva sobre la bata y señala el ascensor—. Vamos a dar un paseo —dice.

Dejan atrás el Palacio de Justicia y toman la avenida Clara Campoamor en dirección al parque de las Olas. Caminan despacio, ninguno de los dos parece tener prisa. Gloria sabe que si el forense la ha hecho bajar hasta Huesca es por algo importante, si no, la habría llamado por teléfono, como de costumbre. Charlan sobre trivialidades, el tiempo, las cenas de Navidad, los cuñados, y solo al llegar al parque, cuando al fin se ven solos, lejos de miradas y oídos indiscretos, el forense cambia el tono y aborda el tema que le interesa.

—Esta misma tarde tendrás en tu mesa el informe sobre Garcés. Considéralo un regalo de Reyes.

—Vaya, sí que te has dado prisa —dice la teniente.

—Digamos que la jueza Muñiz ha puesto su granito de arena.

—Ya me imagino. Puede llegar a ser una mujer muy persuasiva.

—Tiene sus encantos, no lo niego. En fin..., no ha sido una autopsia fácil, ya viste el percal. En este tipo de escenarios se abren muchas posibilidades: la víctima pudo haber fallecido de forma natural o violenta antes de entrar en la bañera, mientras estaba en el agua o debido a los efectos de padecer un episodio de sumersión. Mi trabajo, qué te voy a contar..., consiste en evaluar una serie de factores y contrastarlos con los datos de laboratorio. Ahora bien, a la hora de redactar las conclusiones no todo cabe en el informe, mi responsabilidad me exige ceñirme a lo científicamente constatable. Sin embargo, hay algunas consideraciones personales que me gustaría compartir contigo... de manera informal, claro está.

—Entiendo. —Gloria saca la cajetilla de tabaco y se enciende un cigarrillo—. Te lo agradezco.

Recorren con andar pausado el manto de césped en forma de ondas que simulan las olas del mar. A Secun le gusta ese lugar. No es la primera vez que lo visitan. El espacio está rodeado por un óvalo de árboles. Gloria recuerda que en una ocasión el forense le explicó que aquellos árboles, veintiuno para ser exactos, representaban el horóscopo celta. Secundino señala un sendero y se encaminan hacia una plataforma elevada que hace las veces de mirador.

—Por un lado —continúa el forense— están los factores

individuales: sexo, edad, líquido de sumersión, si existía alguna patología cardiaca o pulmonar, que no es el caso, y, quizá
lo que más te interese, el intervalo *post mortem*. Podemos fijar
el fallecimiento en la madrugada del veintinueve de diciembre,
entre las dos y las cuatro. Por otro lado, están los factores cir-
cunstanciales: la estación del año, ya sabes lo jodidas que son
las Navidades, y muy especialmente la nota de despedida.

—Ahí tenemos novedades, cuando venía de camino me
han confirmado el test caligráfico, la letra se corresponde con
la de Garcés. La escribió él mismo.

—Bien, si a eso le sumamos el estudio químico toxicológi-
co, superaba los dos gramos de alcohol en sangre, o sea, que
iba bien cargado, podemos hacernos una composición de lugar, un punto de partida. A todo eso tenemos que añadir los
datos concretos, y ahí es donde encontramos las respuestas.
—El forense calla y camina en silencio.

Ahora es cuando viene la clásica pausa dramática, piensa
Gloria.

—Los hallazgos macroscópicos —continúa el forense—
nos muestran derrame pleural y un peso de los pulmones superior a los mil gramos. Esto es ya de por sí significativo, y, si
además lo contrastamos con los hallazgos histopatológicos, no
nos cabe ninguna duda: edema pulmonar y enfisema acuoso,
con la consiguiente afectación de alvéolos y capilares.

—En cristiano, Secundino, en cristiano.

—Pulmones húmedos. O sea, que Fito Garcés murió aho-
gado.

—Y supongo que nadie se ahoga accidentalmente en su
bañera, ¿no?

—De eso quería hablarte. Verás…, un estudio del espasmo
de glotis, el mecanismo que impide la entrada de agua en las
vías respiratorias, junto con la capacidad pulmonar y el gasto
cardiaco en combinación con el tiempo de agonía, me lleva a

pensar, y esto es una hipótesis, que hubo ensañamiento. Me recuerda a los casos de tortura.

—¿Crees que el asesino buscaba información?

—No, no, no…, no estoy diciendo eso. —El forense mueve ambas manos negando—. No lo sé. Ese es tu trabajo. Lo único que digo es que sospecho que la víctima pudo estar expuesta a un largo proceso de agonía, no hubo una sola inmersión, vamos, que no murió en el acto.

—Ya veo —dice Gloria, pensativa—. ¿Tuvo que emplear mucha fuerza?

—No necesariamente. Dado el nivel de embriaguez de Garcés y estando dentro de la bañera…

—¿Tenemos algo, ADN, restos en las uñas, cabello…?

Secundino niega con la cabeza.

—No parece improvisado —dice acariciándose la barba.

Gloria se detiene pensativa, con la mirada perdida. Al cabo de unos segundos se gira y se dirige con expresión seria al forense.

—¿Es posible que contase con la colaboración de la víctima?

—¿Qué quieres decir?

Ahora es el forense quien se detiene y observa a la teniente con extrañeza.

—Una cosa que me llamó la atención es que no había agua por el suelo —continúa Gloria—. Lo lógico es que Garcés chapotease al tratar de defenderse y lo normal habría sido que estuviese todo salpicado, ¿no? También me he estado preguntando si Garcés era el tipo de tío que se daría un baño a las tantas de la noche tras volver borracho a casa. No me pega mucho, la verdad. ¿Se metió en la bañera por voluntad propia o lo obligaron a hacerlo? La ropa estaba tirada de cualquier manera, pero no había signos de violencia. Además, la puerta principal no estaba forzada y tuvo tiempo para escribir una nota. Da la impresión de que estaba con alguien conocido.

—¿Estás pensando en alguien en particular?

—Santiago Blasco, el panadero.

—¿No fue él quien encontró el cadáver? —pregunta extrañado el forense.

—El mismo. Según el propio Blasco se conocían de hace tiempo. Nos contó que subió a llevarle unos sacos de pan duro, pero mentía. No sé por qué, pero nos mintió. También hemos descubierto que Garcés era, o había sido, amigo de Martín, su hijo. Es todo muy raro, ¿no crees?: su hijo muere en circunstancias extrañas, y resulta que tres días antes alguien subió de madrugada a la borda y se cargó a Garcés.

—No tiene sentido. Si fue el panadero, ¿por qué os llamó para avisaros de que había descubierto el cadáver?

—Eso mismo llevo preguntándome todo el día.

Callan. Secundino mira su reloj de pulsera.

—No sé, Gloria, me temo que ahí no te puedo ayudar. Es todo muy raro, la verdad. Tengo que volver al tajo.

El forense se gira y echa a andar montículo abajo. Desde su posición, Gloria puede apreciar el efecto olas del mar de la hierba que crece en el parque. Curiosamente, se siente mareada. Son muchas las cosas que le vienen a la cabeza, demasiadas dudas, demasiadas preguntas, demasiados interrogantes y un único sospechoso.

36

La casa está en silencio. Nada más entrar se dirige a la cocina. La taza en la que tomó el primer café, a las tres de la madrugada, sigue donde la dejó, sobre la encimera. No hay cazuelas en los fogones. Abre el microondas, vacío. Santiago entra en el salón y se encuentra a su mujer sentada en uno de los butacones de escay con la mirada fija en el televisor. Está viendo un concurso con el sonido apagado. No se ha vestido. Sobre el camisón lleva una bata de paño. No lo saluda, ni siquiera gira la cabeza.

—No está la comida hecha —dice el hombre.

Sagrario no responde.

—Voy a hacer unos huevos fritos, ¿quieres?

La mujer niega con la cabeza sin quitar la vista del televisor.

—Tienes que comer algo, mujer.

Santiago se pone delante de la tele y obliga a su esposa a levantar la vista.

—No puedes seguir así, Sagrario, te pasas el día sentada, sin probar bocado, no sales a la calle... ¿Quieres que llame al médico?

La mujer vuelve a negar.

—A este paso vas a enfermar, y yo no puedo cuidarte.

—No necesito que me cuides —dice ella en un susurro.

—¿Y yo qué?, necesito ayuda en la panadería. No puedo solo. ¿Cuándo vas a volver? —Santiago busca su mirada. Ella lo ignora, silente, ausente—. Yo también estoy sufriendo, ¿sabes? Tengo el alma rota como tú, pero sigo adelante, no queda otra. ¿No te das cuenta? No nos queda otra, Sagrario, el chico no está, se fue, ¡nuestro Martín se fue!

—¿Y si no se quitó la vida?

Santiago mira a su esposa con dureza.

—¿Qué quieres decir?

—Una madre sabe esas cosas.

—¡Se tiró por un puente!

—Eso no lo sabemos.

—Por el amor de Dios, Sagrario, lo sacaron del agua, se partió la cabeza. ¿Qué más quieres?

—Mi hijo no haría algo así —responde la mujer con firmeza.

—¿Ah, no? Entonces ¿qué pasó? —Santiago aprieta los puños. Intenta controlarse, pero no puede. Levanta la voz—. ¡Eres su madre, dímelo, vamos dímelo, mujer, dime qué pasó!

Silencio. Sagrario coge el mando a distancia, apaga el televisor y mira con firmeza a su marido.

—¿Qué hacías en casa de Fito?

—¿Qué?

—Ya me has oído, Santiago.

—¿Eso a qué viene ahora?

—Respóndeme.

—Fui a llevarle los mendrugos.

—Eso no es verdad.

La mujer mantiene la calma. Habla sosegada, sin dejar de mirarlo a los ojos. Él calla, baja la cabeza.

—Ayer fui a buscarte a la panadería —continúa diciendo Sagrario—. Cuando te oí salir de madrugada, imaginé que irías para allá. Qué hombre este, es el entierro de su hijo y aun así se va a poner a trabajar, pensé. Fui a tu encuentro y no estabas. Antes de bajar la persiana y volver a casa, miré en la trastienda, los sacos de pan duro estaban donde siempre, junto a la alacena.

Santiago permanece en silencio con la vista clavada en el suelo.

—Respóndeme —insiste Sagrario—. ¿Qué hacías en su casa? ¿Por qué subiste? ¿Qué pasó?

El hombre traga saliva y se frota la cara con las manos. ¿Qué puede decirle? Es una buena mujer, nunca ha tenido queja de ella, jamás le haría daño. Siente su mirada, espera una respuesta que no tiene. A veces piensa que, a pesar de los años, a pesar de todo lo vivido, son unos desconocidos. ¿Es posible llegar a conocer a una persona de verdad? No lo cree. Siempre hay rincones oscuros que cada cual guarda como puede. ¿Qué puede decirle?, la verdad, al menos su verdad.

—Fui a buscar consuelo…, solo eso, consuelo. Fito era su amigo… Yo… no sé qué esperaba…, quizá había hablado con él. Quería saber, necesitaba entenderlo. Tenía que haber ocurrido algo, algo que yo no sabía. Me estaba volviendo loco. Martín estaba bien, tú lo viste, acababa de casarse, era feliz, joder, por una vez en su vida era feliz. Entonces ¿por qué? ¿Por qué lo hizo, por qué ahora? ¿Qué había pasado? No podía quedarme de brazos cruzados. Tenía que hacer algo, ¿lo entiendes?

—Claro que lo entiendo —responde la mujer con voz dulce—. ¿Y qué pasó?

—Nada, no pasó nada… Cuando llegué estaba muerto.

—Santiago, ¿qué pasó?

—¡¡¡NADA!!! —grita con furia—. ¡Ya te lo he dicho, no pasó nada!

Santiago Blasco se deja caer de rodillas, apoya la cabeza y las manos en el suelo. Ella lo oye sollozar en silencio.

Sagrario se pone en pie. Su marido se abraza a las piernas de su mujer, frágil, tembloroso. Hunde el rostro en los vuelos de su bata y ahoga el llanto. Ella le pasa la mano por la cabeza y acaricia sus cabellos despacio, buscando ofrecerle una paz que sabe que no existe. Ella lo sabe muy bien.

Al cabo de unos minutos, cuando lo nota más calmado, Sagrario se agacha, sostiene la cara de su marido entre sus manos y le habla al oído.

—Da igual lo que hagamos, Santiago. No estropees más las cosas. Sea lo que sea lo que hayas hecho, déjalo ya. A nuestro hijo no nos lo van a devolver.

37

—Feliz año, agentes, ¿una cerveza?

El camarero sonríe a la pareja de guardias que acaba de entrar en el local preguntando por el encargado. Ronda los cuarenta, viste vaqueros desgastados y una llamativa camisa amarilla estampada con peces de colores. Barriga incipiente, cabeza rapada, barba cuidada y gafas de pasta fucsias.

—Por si no se ha dado cuenta, no es una visita social, estamos de servicio —responde Gloria acercándose al mostrador.

El Dublinés Errante tiene una larga barra de madera flanqueada por taburetes sin respaldo. Detrás de ella, estanterías repletas de botellas, whisky en su mayoría. Del techo cuelgan lámparas con tulipas verdes. Las paredes están decoradas con fotos del Pirineo, montañeros y esquiadores de otra época. A un lado mesas con bancos corridos, y al fondo un billar y una diana. Acaban de abrir, a esa hora todavía no hay clientes.

—No veo el problema. También la tengo sin alcohol —dice el camarero sin perder la sonrisa mientras pone un par de posavasos sobre la barra—. ¿Les apetece?, invita la casa.

—Ya ha oído a la jefa —dice Bermúdez señalando a la teniente.

—Que sepan que yo pongo copas, si vienen con temas de permisos, denuncias y rollos de esos, tienen que hablar con el jefe. Ahora no está, si vuelven más tarde lo pillan fijo. No sé decirles la hora, con el capo nunca se sabe, pero, vamos, se pasará.

—¿Cómo se llama usted? —pregunta Gloria.

—Guillermo, pero todos me conocen como Willy.

Gloria sonríe condescendiente. No entiende a los adultos que responden a nombres en otras lenguas, diminutivos ridículos o motes que lo son aún más.

—Bien, Guillermo, relájese, solo queremos hacerle unas preguntas, ¿de acuerdo?

—Si no me sé alguna, ¿puedo utilizar el comodín de la llamada? —El camarero ríe con ganas. Los guardias lo observan con expresión seria—. Ya veo que el sentido del humor no es lo suyo. Disparen, en sentido metafórico, se entiende.

—¿Trabajó usted el día veintiocho de la semana pasada?

—A ver, señora, ¿es una pregunta retórica? —Willy extiende los brazos y muestra las palmas de las manos esperando una respuesta. Gloria permanece inmutable—. Claro que curré. Yo me paso la vida aquí, ya sabe lo jodida que es la hostelería, libro los lunes, a Dios gracias. El veintiocho era el día de los Inocentes, estuvimos a tope. Vamos, que en estas fechas siempre estamos hasta arriba. Y cuidado, que no me quejo, ¿eh? Que yo prefiero tener el tinglado animadito, así se me pasa el tiempo volando.

Gloria se reprime, además de graciosillo sin gracia es incontinente verbal. No soporta a los personajes así. Aprieta los labios, pone una de sus caras de póquer y continúa.

—¿Conoce a Fito Garcés?

—Uy, yo conozco a mucha gente, pero de nombre...

Bermúdez saca su teléfono y le muestra una fotografía de Garcés.

—Estuvo aquí la noche del veintiocho —insiste Gloria—. ¿Lo recuerda?

—*Of course*, como para olvidarlo... Menudo pájaro. Lo tuve que echar a patadas.

—¿Qué pasó?

—Pues qué va a pasar, señora, lo de siempre... Al tipo se le fue la mano con las birras, se puso hasta el culo, les entró a unas chicas, las pibas le pararon los pies, pero ya les digo que iba muy ciego, la cosa se calentó y empezaron a discutir. Fui a poner un poco de orden y el tipo se puso gallo, así que lo cogí de la pechera y lo mandé a la puta calle. No es que sea habitual, pero de vez en cuando ocurren cosas de estas y me toca hacer de gorila. Y todo por el mismo precio, que digo yo que por lo menos podrían pagarme un plus de peligrosidad, ¿no les parece? Ustedes que son del gremio lo entienden, ¿verdad?

A Gloria se le pasan por la cabeza varios comentarios al respecto, pero se los guarda para sí.

—¿Quiénes eran las mujeres? —pregunta—. ¿Las conocía?

—Dos de ellas eran de Jaca, o al menos se me hacían familiares. Una rubia muy mona y una mujerona alta de pelo corto. Yo creo que alguna vez las he visto por ahí. Clientas habituales no son, eso sí se lo puedo decir. Y luego había otra, rubita también, muy, muy guapa, esa la verdad es que no me sonaba de nada.

Gloria y Bermúdez intercambian una mirada cómplice.

—¿La mujer rubia de Jaca podía ser Elvira Araguás? —pregunta Gloria.

—Ya le digo que por nombres... —El camarero se encoge de hombros y niega con la cabeza.

—¿Podemos conseguir alguna foto? —dice Gloria dirigiéndose al sargento.

Antes de que la jefa hiciese la pregunta, Bermúdez ya había sacado su teléfono y había iniciado la búsqueda. Ha tecleado en Google «Reiki en Jaca» y enseguida ha encontrado lo que buscaba. En primer lugar un grupo de Facebook, a continuación una página que anuncia cursos y talleres, la tercera entrada es la de Elvira anunciando sus servicios como terapeuta particular. Navega por la web y selecciona una imagen en la que aparece la viuda de Martín de cuerpo entero, vestida con una bata blanca y sonriendo a la cámara.

—Sí, es esa —afirma el camarero nada más ver la pantalla.

—¿Está seguro? —pregunta Bermúdez.

—Completamente. Ese tipo de mujeres no pasan desapercibidas —dice guiñándole un ojo al sargento—, usted ya me entiende.

—Yo no le entiendo, Guillermo —interviene Gloria con sequedad—. ¿Me lo podría explicar?

—A ver, agente —dice el camarero dirigiéndose a Gloria—, tampoco es para ofenderse, que yo soy el primero en respetar a las mujeres, defiendo la igualdad de género, la ley del sí es sí y todas esas historias. Ya les he dicho que de vez en cuando me toca lidiar con babosos que no piensan como yo, así que por ahí no me pilla, ¿vale? Lo único que digo es que la chica era guapa, melena rubia, ojos azules, cuerpazo... Estaba buena, sí. Y reconocerlo no me parece ni irrespetuoso ni machista, que todo tiene un límite y a veces nos la cogemos con papel de fumar.

La teniente Maldonado prefiere callar, aún no ha terminado con las preguntas y no quiere crear una situación incómoda que entorpezca la colaboración del testigo. Además, el hombre tiene toda la razón, lo ha provocado inútilmente, ni siquiera sabe por qué lo ha hecho, quizá porque no lo aguanta, y la verdad es que su respuesta ha sido de lo más razonable. En el fondo, ella piensa lo mismo.

Gloria ha luchado toda su vida en un mundo de hombres, sabe lo que es la discriminación, la burla, la incomprensión... Sabe lo que es tener que esforzarse el doble para conseguir lo mismo que ellos, lo difícil que le ha sido ganarse los ascensos y, sobre todo, el respeto de sus compañeros. Eso es una cosa, ella lo sabe muy bien, y otra son los niveles de corrección lingüística y autocensura a los que estamos llegando. Ahora todos tenemos la piel muy fina, piensa, enseguida nos escandalizamos por cualquier comentario, y no solo en temas de género, raza, política, religión…, ya no se puede decir nada sin ofender a algún colectivo. Ella es muy burra y más de una vez los compañeros le han afeado comentarios, al parecer inapropiados, sobre inmigrantes, transexuales, curas… Ni chistes puede contar.

Lo que más le molesta a Gloria es la hipocresía, la mayoría de la gente ya no dice groserías, pero las piensa. Y en este caso, el pelma de Willy, ha dicho lo que pensaba y además ni siquiera era una grosería. Así que mejor callar y cambiar de tema.

—¿Recuerda si Garcés estaba solo cuando tuvo el altercado con las mujeres?

—Sí, sí, estaba en plan lobo solitario. Creo que había tomado una cerveza con un amigo en una de las mesas, me quiere sonar. Luego se acopló aquí, se hizo fuerte en la barra y se pimpló cuatro o cinco birras, una detrás de otra.

—¿Qué pasó exactamente?

—Lo que les he dicho, no hay mucho más. Las chicas estaban al fondo del bar, en una de las mesas cerca del billar. Cuando oí el jaleo, el tipo estaba con ellas. Gritaba, había perdido los papeles. Me acerqué y la verdad es que tampoco me dio por preguntar, no hizo falta, en cuanto se me puso chulo, cogí el toro por los cuernos y lo largué. En estos casos, y hablo por experiencia, no sirve de nada razonar. Lo mejor es el factor sorpresa, pim, pam, pum, aquí te pillo, aquí te mato.

Gloria asiente. Está claro que el camarero no es muy amigo de las sutilezas. Es de esos que habla como actúa, sin rodeos y directo al grano.

—¿Sobre qué hora pasó?

—Uf, eso sí que no se lo puedo decir. Calculo que sería antes de la medianoche porque todavía no estábamos hasta arriba. Después de las doce la música es más marchosa, la gente se desmelena, baila más, suda más, bebe más...

—Nos hacemos cargo —lo interrumpe Bermúdez mientras apunta en su libreta—. Pero ¿no podría hacer memoria y precisar la hora un poco más?

El camarero no hace ningún esfuerzo por tratar de recordar y niega directamente. La puerta del pub se abre y entra un grupo de chicos jóvenes vestidos con ropa de esquí.

—Ha sido un placer, agentes, pero el deber me llama.

—Una última pregunta —dice Gloria—. Cuando echó a Garcés del bar, ¿sabe hacia dónde fue?

—A ningún lado. Se sentó en la acera de enfrente y ni se canteó. Mi primer impulso fue darle una patada y echarle, pero lo vi tan poca cosa que me dio pena y ahí lo dejé. Y ahora, si no les importa... —El camarero se gira y se dirige al grupo con una sonrisa y elevando el tono—. A ver, chavales, que seguro que venís sedientos. ¿Qué os pongo?

Nada más alejarse, Gloria suelta un bufido.

—Menudo cuñado —dice hastiada.

Bermúdez guarda su libreta y mira a la teniente con una sonrisa socarrona.

—Ya me he dado cuenta de que ha sido amor a primera vista.

—Normal que la gente se ponga hasta arriba de cervezas, con tal de no aguantarlo...

—Por lo menos nos ha dado información interesante.

La teniente saca una cajetilla de tabaco y comienza a tantear sus bolsillos en busca del mechero.

—¿Qué te parece? —pregunta Gloria.

Se hace un silencio. Bermúdez piensa unos segundos antes de responder.

—Que el círculo se estrecha. Fito y Martín se conocían y

ahora resulta que horas antes de su muerte Garcés discutió con Elvira. No sabemos si también se conocían de antes o fue todo casualidad.

—Ya sabes que no creo en las casualidades, sargento. —Gloria por fin encuentra el mechero y se lleva el cigarrillo a la boca—. De todas formas, ahora mismo lo averiguaremos.

38

Las voces retumban en todo el pabellón. El ruido es ensordecedor, al sonido habitual de las cuchillas y el chocar de los *sticks* se suman las órdenes de los entrenadores y los gritos de los jugadores. Los viernes por la tarde el equipo juvenil y los Quebrantahuesos comparten pista y entrenan al mismo tiempo. Los más jóvenes ocupan una mitad de la cancha y los veteranos la otra. El bullicio es constante.

Virgilio apenas lo oye. Su mente se centra en el blanco inmenso que corre bajo sus pies, un mar de hielo. Nota su aroma, el polvo de nieve que se levanta con cada cuchillada, las pequeñas partículas de agua que flotan en el ambiente. Luego está el disco. Su mirada viaja a la velocidad de esa esfera negra que se desliza sin rumbo fijo y cambia de dirección a cada instante. La luz cegadora de los focos, los destellos que emanan de los filos de los patines, el brillo de los cascos…, y más allá está el resto. En su cabeza la sinfonía de alaridos es un telón de fondo. Lejano, indoloro.

La última media hora del entreno suelen jugar partidillo; los dos equipos esperan con ganas ese momento. Por regla general, gana el equipo juvenil. Empates, los menos, y rara vez ganan los veteranos. A Virgilio no le molesta perder. Le gusta jugar contra los chicos. Son más rápidos que sus compañeros, más atrevidos y, sobre todo, impredecibles. Ventajas de la edad. Cuando juega contra ellos tiene que esforzarse al máximo. El rival pisa área continuamente, recibe más disparos de lo habitual, corta, media y larga distancia. Da igual. Su única obsesión es marcar, jugar al ataque, ganar. Por eso Virgilio disfruta tanto. El resultado da igual, lo importante es la velocidad, la adrenalina. Ocupar su cuerpo y su mente en un solo objetivo. Olvidarse del mundo.

El entrenador les pide que formen cuatro filas y los coloca en el centro de la pista. El objeto del ejercicio es arrancar en potencia, zigzaguear dos conos, virar abierto hacia la derecha y volver en carrera. Virgilio espera su turno. Al otro lado de la línea divisoria ve a dos chicos. Están apoyados en la valla perimetral charlando. Se han quitado los cascos y ríen. Le llama la atención un gesto obsceno. Fija su atención en ellos. En sus rostros, en sus bocas. El sonido se dispersa, no puede oírlos, pero sabe qué están diciendo. Puede leer sus labios.

—Eso no te lo crees ni tú, colega.

—Que sí, tío, que me lo leí entero.

—Una mierda, a ti lo único que te interesa son las tetas de la bibliotecaria.

—Si me las enseña cada vez que voy..., ¿qué quieres que le haga?

—¿Te la tirarías?

—Nos ha jodido. ¿Tú no?

—Demasiado grandullona. Pero si se me pone a tiro...

—A esa le va la marcha, te lo digo yo, fijo que es una guarrona.

—Ya te gustaría a ti.

—Vamos, no me jodas, si se la ve venir, tiene una cara chupapollas que no veas.

Algo explota en su interior. Una tormenta de rabia. No la puede controlar. Siente una sacudida. Todo su cuerpo convulsiona. Se oye gritar. Un alarido desgarrador. El *stick* golpea la valla protectora. Un golpe seco, otro, otro, cada vez más fuerte. Los chicos están frente a él. Aterrados. Ve el pánico en sus miradas. El más enjuto está paralizado. Le tiemblan las piernas. Puedo oler su miedo. El otro ha resbalado. Está en el suelo, a punto de llorar. Le da igual. Todo le da igual. Siente una fuerza que tira detrás de él, una resistencia invisible. Trata de zafarse. No sabe qué pasa. Entonces lo ve. Una nube de brazos rodea su cuerpo. Reconoce sus rostros. Son sus compañeros. Lo están sujetando, le han quitado el *stick*. Dan voces. Le están hablando. Le dicen cosas. No los entiende. No logra ver sus labios. Le da igual. Todo le da igual. Los chicos no están. Se los llevan. Lejos, demasiado lejos. Los ve alejarse. Quiere ir tras ellos. No puede. Grita con todas sus fuerzas. No se oye. Silencio. Silencio. Silencio. ¿Qué está pasando? Todo se vuelve oscuro. Lo último que siente es el peso de su cuerpo rebotar contra el hielo.

39

En cuanto dejan el pub y salen a la calle, Gloria enciende el cigarrillo. El cielo está plomizo, las nubes cubren los picos ocultando los neveros. Aunque la previsión del tiempo no da lluvia, tiene pinta de que se avecina tormenta.

—¿Lo tienes? —pregunta la teniente.

Bermúdez, con manos trémulas a causa del frío, pasa las páginas de la libreta.

—Aquí está. ¿La llamo? —Gloria asiente. El sargento marca el número de Elvira Araguás apuntado en su Moleskine. Aguarda el tono de llamada y al cabo de unos segundos cuelga—. Nada, número apagado o fuera de cobertura.

—¿Tienes su dirección?

—Está aquí, a cinco minutos.

—¿Cinco? ¿Seguro?

—Que sí, jefa, y todo llano. Vive por la zona de la parroquia de Santiago, en uno de los edificios viejos que dan al Coso.

—Vamos —dice echando a andar—, y que no sirva de precedente. Pongo el cronómetro, por cada minuto que pase de los cinco me debes una caña.

—Hecho. Y nos las tomamos donde Willy.

Gloria sonríe para sí. Le gusta que su sargento tenga la

suficiente confianza para bromear. Ya que el trabajo es de por sí tedioso, qué menos que llevarlo con un poco de alegría. Al principio no era así. Cuando se incorporó a la unidad, Bermúdez era uno de esos guardias escrupulosamente normativo. Esos que siguen el manual a rajatabla y no se apartan lo más mínimo de él. Con el tiempo se ha ido flexibilizando, también con ella. Gloria nota que está más relajado. Es verdad que el sargento nunca ha cuestionado ninguna de sus órdenes, aunque desde el principio fue evidente que no le gustaban sus métodos. Directamente no le gustaba su persona, esas cosas se notan. Acataba su autoridad, sí, tenía su obediencia, pero no su respeto, que es algo bien distinto.

Caminan en silencio, cada uno sumido en sus propios pensamientos. Bermúdez con las manos en los bolsillos y el cuello de la chaqueta subido para protegerse del viento. La teniente, ajena al frío, fumando con toda tranquilidad y andar pausado. Al llegar a la plaza de la Cadena, Gloria se detiene y señala una de las calles que bifurcan la plazuela.

—Ahí es donde encontraron la moto de Garcés —señala—, en Ramiro I, unos metros más abajo.

—Si iba tan borracho como asegura nuestro amigo Willy, es normal que no cogiese la moto. Sabemos que no tiró de taxi, lo hemos comprobado y no hubo ningún servicio a su dirección, así que o bien lo acercó alguien, o bien subió andando.

—Uf, qué pereza —comenta Gloria—. ¿Cuánto se puede tardar a pie?

—Hora y media, dos como mucho. Depende de lo borracho que estuviese. Hasta Guasillo son cuatro kilómetros y, de ahí, dos más hasta su casa. Según te dijo el forense, la muerte se produjo entre las dos y las cuatro de la madrugada. Así que, incluso si fue andando, las cuentas cuadran. Si salió de Jaca antes de la medianoche, pudo llegar a la borda a eso de las dos. En ese caso, el asesino tuvo margen para llegar y cometer el crimen.

—También es posible que el asesino lo estuviese esperando.

—Sí, claro. Podría ser... —Bermúdez, reflexivo, calla unos segundos—. No lo había pensado.

Gloria intuye que él está cavilando algo. Ella también tiene sus sospechas, o al menos alguna idea de por dónde pudieron ir los tiros, pero prefiere guardar silencio. No le gusta exponerse, a no ser que cuente con los datos suficientes para armar una tesis que se sostenga. Eso no quita para que quiera escuchar las teorías de los demás, es un buen ejercicio, la ayuda a contrastar puntos de vista, a contemplar diferentes opciones y hasta le puede ser útil para abrir otras vías de investigación.

—Vamos, sargento, escúpelo.

Bermúdez duda. Gloria sabe que no le pone las cosas fáciles: a veces no escucha, tiene tendencia a echar por tierra enseguida, y hasta a burlarse, de las ideas ajenas. No lo puede evitar, es su carácter. Sin embargo, le gusta que sus subordinados tengan iniciativa y planteen sus teorías, aunque solo sea para reafirmarse en las propias. Lo mira sin ningún disimulo. Sabe que tiene algo y también que necesita un empujón.

—No te pido que aciertes, Bermúdez, con lo poco que sabemos hasta ahora sería complicado dar en la diana. Eso sí, también te digo que ya va siendo hora de que pongamos las cartas sobre la mesa y empecemos a lanzar hipótesis.

Se hace un nuevo silencio. Caminan despacio. Gloria decide no presionar más y dejarle su espacio.

—Verás... —comienza a decir el sargento al cabo de unos minutos—, ya sabes que había algo en Elvira que no me acaba de cuadrar: su actitud, sus reacciones, la manera de comportarse, no sé, tal vez solo fuera un mal presentimiento. Por supuesto, en ningún momento he dicho que pudiera haber matado a su marido, otra cosa es que supiera algo, que nos estuviera ocultando información. He estado pensado mucho sobre eso, y ahora, después de la muerte de Garcés y a raíz de la declaración del camarero, se me ha ocurrido una cosa. —Bermúdez hace una pequeña pausa para ordenar sus ideas.

—Soy toda oídos.

—A ver, la historia podría haber sido así: Elvira tiene un asunto pendiente con Fito, dinero, sexo, un secreto compartido..., habría que averiguarlo, en todo caso algo gordo. La noche del veintiocho discuten, Garcés está borracho y la amenaza con destapar el asunto. Sea lo que sea, es demasiado importante, Elvira no puede dejarlo así y llama a su prometido para contarle lo ocurrido. Sabemos que Martín y Fito se conocían de la infancia. Martín sabe dónde vive, coge su coche y se planta en la borda. Desde Bilbao son tres horas; sin tráfico y si pisas un poco lo puedes hacer en dos y media. Fito, que ha subido hasta su casa andando, recibe la visita de su antiguo amigo. Le abre la puerta, por eso no hay cerraduras forzadas ni signos de violencia. Martín le dice lo que sabe, la versión de Elvira, la discusión. Él la quiere, se va a casar con ella en tres días y está dispuesto a lo que sea por protegerla. Garcés le pide perdón, de ahí la nota. Es un hombre creyente, sabe que ha hecho algo malo, está arrepentido. Se excusa en el alcohol, bebió demasiado e hizo y dijo cosas que no debía. Se mete en la bañera para despejarse.

»En un principio todo podría haberse resuelto. Sin embargo, pasa algo, algo se dicen, o simplemente Martín no se fía y decide acabar por lo sano con el problema y se lo carga. Tras cometer el crimen vuelve a Bilbao y sigue con su vida. Tres días después regresa a Jaca y se casa con su prometida tal como habían previsto, pero los remordimientos le pueden. Elvira puede saber lo ocurrido, si aún no lo sabe lo descubrirá. En el caso de que estuviese al corriente del asesinato, le dice que no han descubierto el cadáver, lo tranquiliza, le asegura que no va a pasar nada. Sea como fuere, la misma noche de su boda Martín recibe una nota «¿De verdad creías que no iba a enterarme? Aún estás a tiempo». Alguien sabe lo que hizo. Al día siguiente recibe una llamada. Alguien que lo vio le dice que lo va a denunciar, lo chantajea.

»Martín no puede más y se quita la vida. Cuando se descubre su muerte, Elvira ya sabe, si es que no lo sabía de antes, por qué se ha suicidado, por eso se comporta así. Se siente culpable. Calla. No puede decir nada, no quiere manchar la imagen de su marido ni que le salpique lo ocurrido. Eso sí, ahora con los dos hombres muertos, su secreto, el motivo por el que discutió con Garcés, está a salvo y enterrado.

Al terminar su relato, el sargento aguarda ansioso la reacción de su jefa. Gloria enciende un cigarrillo y fuma en silencio mientras continúan andando.

—¿Y Santiago? —pregunta tras dar un par de caladas.

—Ah, sí, el padre. Dame un segundo.

Bermúdez saca la libreta, busca la página, consulta los datos y retoma su discurso.

—El día de Año Nuevo a las diez y media de la mañana Martín recibió la llamada anónima. Tres minutos después llamó a su padre y hablaron durante ocho minutos. El padre nos dijo que le había llamado para felicitarle el año, una llamada muy larga teniendo en cuenta que se habían visto la noche anterior y que iban a encontrarse en unas horas para comer juntos. Además, no habló con la madre. Puede que le contase lo que había hecho, que presa del pánico confesase su crimen. Santiago lo calma, le dice que no le pasará nada, obviamente no puede ni imaginarse que su hijo estuviese tan afectado como para acabar con su vida.

»Al enterarse de la muerte de Martín no reacciona de inmediato, está en shock. Más tarde, después de pensar en lo ocurrido, sube a la borda para borrar cualquier rastro que hubiese podido dejar su hijo. No quiere que salga a la luz lo que hizo, bastante desgracia tiene ya con que se haya suicidado. Limpia la escena del crimen y cuando comprueba que no hay nada que relacione a su hijo con la muerte de Garcés nos llama para dar el aviso.

Gloria se detiene en mitad de la calle, da una larga calada y observa con curiosidad a su compañero. Bermúdez aguarda tenso, con esa sensación de hormigueo que se tiene cuando se esperan los resultados de un examen.

—Tiene sentido, sargento —dice ella al tiempo que exhala el humo del cigarrillo—, tiene mucho sentido. Las líneas de investigación abiertas pueden ayudarnos a aportar pruebas, ¿qué tal vas con el seguimiento de la nota que apareció en la habitación de Martín?

—Esta misma mañana he recibido las imágenes de las cámaras de seguridad de los dos comercios que hay frente al hotel, una tienda de chinos y una librería. En cuanto vuelva al cuartel me pongo a ello.

La teniente asiente. Tira el cigarrillo, alza la mano derecha con el puño apretado y levanta los dedos según va enumerando las tareas.

—Hay que seguir recabando información sobre Garcés, he previsto subir a Guasillo. También tenemos pendiente otra visita a Santiago Blasco, pero por ahora prefiero esperar. Nos faltaría contactar con Tráfico, encárgate de ello, si Martín viajó aquella noche, su coche tiene que aparecer por algún lado.

—Hecho.

—Bien. —Gloria consulta su reloj—. Llevamos ya ocho minutos andando, o sea, que me debes tres cañas.

—Hombre, si vamos haciendo paraditas por el camino…

—No me seas llorón. Los torreznos corren de mi cuenta, te los has ganado.

El resto del camino lo hacen en silencio hasta que llegan al portal de la casa de Elvira Araguás. Es un edificio de cuatro plantas con la pintura descascarillada.

—Es el último piso —dice Bermúdez consultando su libreta.

—Ahora lo tomamos con calma, ¿entendido? Nos centramos en la discusión con Garcés, la dejamos hablar y que largue lo que ella quiera. No la presionaremos más de la cuenta. ¿Está claro?

Bermúdez asiente y toca el timbre. No hay respuesta. Vuelve a presionar el botón, primero con pulsaciones cortas y luego cada vez más largas, en todas ellas obtiene el mismo resultado. Saca su teléfono y vuelve a llamarla. A los pocos segundos, cuelga y niega con la cabeza. El móvil de Elvira sigue apagado o fuera de cobertura.

—Vaya —dice Gloria suspirando—, parece que la viuda ha desaparecido. A ver qué nos dice la hermana. Se aloja en el Mur, ¿verdad? —Bermúdez no reacciona. Gloria da un par de palmadas al aire—. ¡Sargento!

—Correcto —responde rápidamente tras consultar su libreta—. Hotel Mur. Al lado de la catedral.

—A ver si con la melliza tenemos más suerte.

Bermúdez asiente, no lo pilla por sorpresa. Sabía que eso, un nuevo interrogatorio a Candela, podría llegar en cualquier momento. Está preparado para ello, aun así, un cosquilleo le recorre el estómago.

40

Qué extraños resultan los objetos cuando aquel a quien pertenecían ya no está, carecen de esencia, es como si también ellos hubiesen perdido la vida.

Elvira recorre el espacio lentamente. Se detiene, cierra los ojos, abre las manos, posa las yemas de los dedos sobre el mobiliario, las puertas, las paredes, las ventanas. Todo le resulta lejano, distante. No lo reconoce como suyo. No forma parte de su memoria sensorial. Es normal, tan solo había pisado ese lugar una vez en su vida. Un fin de semana.

Está en Bilbao, en el piso que Martín tenía alquilado en el barrio de Deusto. Se trata de un edificio de ladrillo de la época del desarrollo urbanístico de los sesenta, situado detrás de la iglesia de San Pedro. Un tercero con vistas a la plaza, salón, cocina, baño, dos habitaciones y un pequeño balcón, no llega a setenta metros cuadrados. Suficiente para una sola persona, sobre todo si es como él, que, debido a sus horarios, no paraba mucho en casa.

A Martín le gustaba despertarse pronto, desayunaba con calma y de forma contundente: huevos fritos, panceta, chorizo…, herencia de la montaña y el legado de ser el hijo del panadero. Para su padre, aquella era la comida más importante del día, lo hacía solo, de madrugada y devoraba los alimentos de forma contumaz. Siempre admiró a aquel hombre silencioso y trabajador que pasaba los días encerrado entre los muros de la panadería.

Después del desayuno, Martín iba andando a la oficina, daba igual el tiempo que hiciese, le gustaba caminar. Daba los buenos días a sus compañeros a las ocho de la mañana; se sabía cuándo entraba, pero no cuándo salía. De vuelta en casa, independientemente de cómo hubiese transcurrido la jornada, se calzaba las zapatillas de deporte y se echaba a la calle. Le encantaba correr de noche por las riberas de la Ría. Comenzaba en la margen derecha, llegaba hasta el teatro Arriaga, cruzaba el puente y volvía por la orilla opuesta hasta el Palacio de Euskalduna. Ya en el barrio, tomaba la ribera de Botica Vieja y terminaba el recorrido frente al edificio del Tigre, antiguo solar de la fábrica de correas del industrial Muñoz Mendizábal, coronado por un inmenso tigre de hormigón que ruge rabioso hacia el cielo de Bilbao.

A Martín no le gustaba especialmente la ciudad, no encajaba en el carácter de la gente, tampoco es que hubiese hecho muchos esfuerzos por integrarse. De casa al trabajo, del trabajo a casa y vuelta a empezar. Le importaba su carrera, mostrar su valía, progresar. Quería que sus padres estuviesen orgullosos de él. Habían trabajado muy duro para darle un futuro y se esforzaba para que su empeño hubiese valido la pena. Rara vez salía a cenar o a tomar potes, no tenía vida social y, cuando tuvo la oportunidad, lo hizo todo de puertas para dentro. Furtivo, a escondidas. Aun así, estaba satisfecho. Cualquier cosa mejor que volver a Jaca. Hasta que conoció a Elvira.

Martín tuvo claro desde el principio que aquella mujer fue un soplo de aire fresco en su vida. Un vendaval que arrasó con todo. Lo supo nada más verla, por muy paradójico que fuera, aquella mujer caótica, imprevisible y desconcertante le aportaba equilibrio. Su presencia le ayudaba a controlar los vaivenes emocionales, a hacer más soportables las bajadas a los infiernos que lo acompañaban desde hacía tantísimos años. Eran dos universos inconexos que corrían en direcciones opuestas. La conoció en una sesión de Reiki durante una de las escasas visitas que solía hacer a sus padres. No por ellos, a quienes adoraba, sino por Jaca. A Martín no le gustaba volver. Cada vez que regresaba a casa le costaba dormir. Su madre decía que era todo debido al estrés del trabajo, que su cuerpo reaccionaba ante la tensión de la semana. Él sabía que no era así.

Decidió probar el Reiki igual que había hecho con la acupuntura, la homeopatía o la quiropráctica, una alternativa más para tratar de aplacar sus demonios. No esperaba ningún resultado, para él tan solo era una probatura más. Ante todo, confiaba en la medicación, desde que había empezado a tomar antidepresivos su vida había mejorado. Es verdad que los inicios fueron duros: mareos, cansancio, problemas de estómago. A pesar de todo, merecía la pena. Sabía que lo que le habían recetado creaba adicción, que viviría esclavo de la química, no le importaba. También acudía a terapia, dos veces por semana, de manera regular, durante años. No faltó a una sesión, aun sabiendo que nunca le serviría de ayuda. No, mientras no fuese del todo sincero.

Lo que Martín no podía imaginar aquella tarde de primeros de julio, al entrar en aquella vieja buhardilla del Coso buscando un alivio para sus maltrechos chacras, es que iba a encontrar a la persona que cambiaría su vida. Tardó cinco sesiones en reunir el valor suficiente para invitarla a cenar. Le sorprendió que aceptase. Luego vino una segunda cita, una tercera, un verano irrepetible y, cuando se quiso dar cuenta, le había pedido matrimonio. Nunca supo lo que aquella mujer pudo ver en él, tan poco excepcional, tan cotidiano. El hijo del panadero. ¿Por qué le dio el sí? Ella siempre le decía que era como un iceberg, que solo dejaba ver una pequeña parte de todo lo que se escondía bajo la superficie. Que los demás no lo veían y ella sí, por eso se había enamorado de él.

A Elvira le duele estar en esa casa, se siente una intrusa. Entra en el dormitorio principal y se deja caer en la cama. Se tumba boca arriba, con los brazos y las piernas ligeramente extendidos, las palmas de las manos sobre la colcha y los ojos cerrados. Trata de percibir alguna energía, de sentir algo. No puede. A lo sumo recordar. Se siente una extraña. Ha viajado hasta allí para conectar. A su manera. Cree en ello, sabe que es posible. A su manera. Ha regresado a esas cuatro paredes con la idea de capturar su energía, de sentirlo, de revivirlo, y sin embargo se encuentra vacía.

Deja pasar los minutos concentrada en su respiración, no se mueve. Después de casi una hora se incorpora. Si pretendía buscar respuestas, no las va a encontrar. En la mesilla, junto a la lamparita de noche hay un libro, *Rayuela*. A su lado, una fotografía. Martín y ella posan abrazados con el ibón de Estanés al fondo. Un cielo límpido, montañas imponentes y aguas cristalinas. Le vienen imágenes a su cabeza: subieron por Aguas Tuertas, vieron una familia de sarrios, comieron bocadillos de tortilla de patata. Fue un día feliz.

A Elvira le sorprende la escasez de recuerdos. En el salón cuelga una orla con los compañeros de promoción, sobre una repisa hay un marco de madera en el que se ve a Martín junto a sus padres frente a la panadería, y, por último, la fotografía que tiene entre sus manos. Nada más. Aquel fin de semana lluvioso que pasó encerrada en ese mismo apartamento no le llamó la atención, ahora no solo le extraña, sino que la incomoda.

Entra en el cuarto de baño, deja correr el agua y se lava la cara aunque está fría. Se mira en el espejo. ¿Qué estoy haciendo aquí?, susurra para sí. ¿Por qué he venido? Necesita desconectar. Cerrar los ojos y olvidarse del mundo. Abre el armarito que tiene frente a ella. En una balda hay artículos de uso diario: espuma de afeitar, desodorante, colonia... En la balda inferior, botes de pastillas perfectamente alienados: fluoxetina, citalopram, lorazepam... Bajo la pila hay otro armario con varios cajones, un secador de pelo, crema para el sol, una caja de preservativos. Las pocas veces en las que había salido la conversación de los niños siempre había ocurrido lo mismo, Martín se sumía en uno de sus habituales silencios y la charla quedaba aplazada hasta un momento mejor. Un momento que nunca llegó. Lo único que Elvira logró sacar en claro de su pareja es que ser hijo único lo había marcado y que de niño siempre deseó tener un compañero de juegos. Ella tampoco se exponía demasiado, no era de ese tipo de mujeres, no le gustaba planificar el futuro. Otra cosa es lo que ocurría en su interior. Tenía la necesidad de sentir la maternidad. Sabía lo que era llevar una vida dentro. Ahora necesitaba experimentar lo que suponía el acto supremo de dar la vida.

Le llama la atención un pequeño neceser de piel. Es estrecho, de color beige y con detalles dorados, lo ha encontrado al fondo del segundo cajón. Lo abre. Dentro hay un cepillo de dientes, una crema de cara, rímel y tapaojeras. No es suyo.

Lo cierra con cuidado y lo vuelve a dejar en su sitio. En la misma posición en la que estaba.

¿Quién es esa mujer?

Cierra los ojos. Respira. Deja pasar unos segundos. Al abrirlos de nuevo se observa. No le gusta la imagen que le devuelve el espejo.

41

—Sabía que teníamos que haber cogido el coche —resopla Gloria, quejosa—. Es la última vez que me lías. Nos está esperando, ¿verdad?

—Eso es lo que ha dicho. Habitación treinta y dos —responde Bermúdez.

Los guardias entran en el recibidor del hotel Mur y van directos al ascensor. Al abandonar el portal de Elvira Araguás la teniente había ordenado a Bermúdez que llamara a su hermana melliza para asegurarse de dónde estaba y anunciarle su visita. El sargento cumplió el protocolo de buscar el teléfono de Candela en su libreta, cuando en realidad ya lo tenía registrado en su agenda. Mientras hacía el paripé pasando las páginas de su Moleskine, se las ingenió para enviarle un breve wasap «llamada oficial» y pocos segundos después la llamó. La conversación fue breve. Comprobó que en ese momento estaba en el hotel y le anunció que necesitaban hablar con ella de manera urgente. Candela hizo su papel. Actuó con naturalidad y respondió que los esperaba en su habitación.

Candela Araguás abre la puerta y los invita a pasar.

—Ya ven lo que hay —dice mostrando la habitación—, si prefieren podemos bajar a la cafetería.

—No es necesario —responde Gloria. No quiere perder mucho tiempo.

Candela se sienta en la silla del escritorio, junto a la ventana. Los guardias permanecen de pie en el pasillito a modo de recibidor que queda entre el armario y la puerta del baño. Gloria pasea la mirada a su alrededor. La cama está hecha, salvo por una chaqueta que cuelga del cabecero no hay ropa a la vista, sobre una mesilla un par de revistas de cine, en la otra un botellín de agua y una manzana.

—Estamos llamando a su hermana y tiene el teléfono apagado —dice la teniente.

En circunstancias normales, Gloria habría dejado que Bermúdez llevase el peso de la conversación. Hoy no, prefiere ir al grano, detalle que el sargento agradece. Cuanto menos tenga que interactuar con Candela, más fácil le será salir del paso.

—Hemos ido a su casa y no la hemos encontrado —continúa Gloria—. ¿Sabe dónde podría estar?

—Ni idea. Sé que pasó un par de días con Olvido, pero después del entierro creo que volvió a su apartamento.

—Cree —repite enfatizando la palabra—. ¿No sabe si realmente volvió?

—Era una manera de hablar, agente —responde Candela, molesta—. Si ya no está con Olvido es que está en su casa.

—Entiendo. ¿Puedo preguntarle por qué no se ha alojado con ella?

—Sí, claro que puede.

Candela, seria, mira fijamente a la teniente. Las dos mujeres se observan en silencio, retadoras. Pasan los segundos y ninguna de las dos se decide a hablar. Finalmente es Gloria quien rompe el hielo.

—Señora Araguás... —Hace una pausa y a continuación formula la pregunta con un deje de ironía—: ¿Podría decirnos, si es tan amable, por qué no se ha alojado usted con su hermana?

—Es bien sencillo. Ambas somos muy independientes. Por fortuna, ahora las cosas me van más o menos bien y puedo permitirme pagar una habitación de hotel. No me gusta invadir los espacios ajenos, es una cuestión de respeto. Y más, después de una desgracia como la que acaba de vivir mi hermana. Me han educado así. Además, Elvira trabaja en casa y no creo que sus pacientes se sintieran muy cómodos con una visita durmiendo en el sofá. ¿Responde eso a su pregunta?

Gloria no contesta. Prefiere evitar un enfrentamiento directo, al menos por el momento. Echa a andar por la habitación. No le gusta el tono que ha tomado la charla y mucho menos la posición en la que, debido a la distribución del espacio, se han situado. Una posición nada ventajosa para sus intereses: ellos dos en pie, hombro con hombro, encajonados en un pasillo minúsculo y mal iluminado, mientras que la interrogada los observa cómodamente sentada desde el lado opuesto. La teniente pasa por delante de Candela, se detiene frente a la ventana dándole la espalda intencionadamente y observa el exterior a través de las cortinas.

Candela y el sargento se miran incómodos. El silencio se alarga más de lo aceptable. La teniente sigue asomada a la ventana.

—Bien… —Bermúdez, incómodo, interviene tras un leve carraspeo mientras consulta su libreta—. La mujer de la que nos habla, Olvido, es amiga de su hermana, ¿verdad? —Candela asiente—. ¿Nos podría facilitar su apellido y su dirección?

—Olvido San José. Vive en la calle Levante, detrás de la plaza Biscós, en el diez o en el doce, ahora no me acuerdo del número.

Bermúdez anota en su libreta y mira de reojo a la teniente, que sigue frente a la ventana.

—Queríamos preguntarle por la noche del veintiocho de diciembre. ¿Salió usted con su hermana?

Se hace un silencio. Candela, extrañada por la mención de esta fecha en concreto, asiente con la cabeza.

—¿Estaba Olvido con ustedes? —continúa Bermúdez.

—Sí, salimos las tres a tomar unas copas.

—¿Una despedida de soltera?

—¡Por favor! —exclama Candela con una sonrisa—. No somos tan horteras. Además, mi hermana odia esas chorradas. Yo llegué esa misma tarde a Jaca, llamé a mi hermana para vernos, me dijo que había quedado con Olvido para tomar algo y me apunté.

—Claro. ¿Sobre qué hora llegaron al Dublinés Errante?

Una nueva pausa. Candela lo mira con recelo. Bermúdez, impertérrito, baja la vista y hojea su libreta. Se seca el sudor de la frente. Está siendo profesional, en ningún momento ha dejado ver que entre Candela y él exista cualquier tipo de complicidad, sin embargo, está tenso, tiene miedo de cometer el mínimo descuido que pueda alertar a la teniente. Gloria sigue mirando por la ventana en una actitud de aparente despreocupación. Él sabe de sobra que no es así. No puede asegurarlo, pero intuye que no le quita ojo a través del reflejo del cristal. Se siente observado. Sabe que su jefa está jugando con la situación, manejando los tiempos y que en el momento más inesperado volverá a entrar en acción.

—No tengo ni idea —responde Candela—. Las diez y media, las once, no sé, no me acuerdo.

Bermúdez apunta en su libreta, mira de reojo una vez más a la teniente, que sigue a lo suyo, y continúa preguntando.

—¿Qué ocurrió en el pub?

—¿En serio? —Candela sonríe socarrona. Bermúdez aguarda en silencio—. Pues lo que pasa en los bares, hablamos, nos reímos, tomamos unas cervezas…, ¿qué quiere que le cuente?

—Tenemos entendido que hubo un incidente con un hombre.

—¡Ah, eso! —dice llevándose una mano a la cabeza y acomodándose la melena—. Nada del otro mundo, el típico borracho baboso.

—¿Qué sucedió exactamente?

—No sé cómo empezó la historia porque yo estaba en el baño. Cuando salí vi a un tipejo que estaba discutiendo con mi hermana, gritaban. Olvido, la pobre, estaba acogotada. El tipo iba superpedo, ni siquiera se tenía en pie. Entonces llegó un camarero, le dijo que se calmase y que nos dejase en paz. El borracho seguía a lo suyo, babeando. Y de repente el camarero, que tampoco es que fuese gran cosa, la verdad, lo cogió del brazo, se lo retorció y lo sacó del bar a empujones.

—¿Qué pasó después?

—Nada, nos tomamos un par de cervezas más ahí mismo y nos fuimos a casa.

—Sé que es difícil precisarlo después de tantos días —comenta el sargento de buenas maneras—, me hago cargo. Pero ¿podría decirnos más o menos a qué hora dejaron El Dublinés Errante?

—No muy tarde. Serían las doce, las doce y media o algo así, no creo que fuese mucho más. Me acuerdo porque mi hermana y Olvido trabajaban al día siguiente y las dos me dejaron claro desde el principio que no querían liarse.

—Señora Araguás... —comienza a decir Gloria todavía de espaldas a su interlocutora y con la vista fija en la ventana—. ¿Conocía usted a Fito Garcés?

—¿A quién? —replica la actriz.

Gloria se gira con lentitud y posa la mirada primero en Bermúdez, que sigue en la misma postura con el bolígrafo y la libreta entre las manos, y después en Candela.

—Le pregunto si conocía a Fito Garcés —dice la teniente vocalizando cada palabra muy despacio—, el hombre que las molestó en el pub.

—No, no lo conocía de nada.

—¿Y las otras?

—Tampoco.

—¿Está completamente segura? —pregunta Gloria con expresión seria mirándola a los ojos.

—Yo qué sé, si el tipo es de Jaca, igual lo conocen, vaya usted a saber. Si tiene tanto interés pregúnteselo a ellas. Yo, desde luego, era la primera vez que lo veía en la vida.

La teniente abandona la ventana, camina alrededor de la cama, se acerca a una de las mesillas, coge una revista de cine y la hojea con curiosidad. Candela, molesta, cruza una mirada con Bermúdez. El sargento permanece en su sitio, hierático, inexpresivo.

—Aunque no se lo crea —comenta Candela, impaciente—, tengo cosas que hacer.

—¿Le molesta si fumo? —dice Gloria echando mano a su cajetilla de tabaco.

—Mucho, me molesta mucho.

—Hace usted muy bien en no fumar, es un mal hábito, ¿verdad, sargento? —Bermúdez no reacciona. La teniente abre de nuevo la revista y continúa hojeándola—. ¿Dónde pasó la Nochebuena y la Navidad?

—¡¿Perdone?! —Candela levanta la voz mostrando su incredulidad.

—Es una pregunta muy sencilla. ¿Qué es exactamente lo que la escandaliza?

—Mire, señora...

—Teniente Maldonado —interrumpe Gloria.

—No voy a meterme en cómo hace su trabajo —prosigue Candela—. Pero ¿podría explicarme qué tiene que ver lo que yo haga o deje de hacer con la muerte Martín?

—Voy a tratar de que siga mi línea de pensamiento, y ya verá como entonces puede que la pregunta le parezca relevante. Si no recuerdo mal, y si no es así, ahí está mi sargento para corregirme, durante nuestro primer encuentro nos dijo que pocas horas antes de su muerte había discutido con su cuñado porque Lucía, su madre, no había sido invitada a la boda y no le parecía bien que la mujer tuviera que pasar la Nochevieja sola en una residencia. —Gloria hace una pausa. Deja la revista sobre la mesilla y mira fijamente a Candela—. ¿Entiende ahora por qué me sorprende que no estuviera en Jaca en unas fechas tan señaladas, acompañando a su madre?

Candela, tensa, se muerde el labio inferior tratando de contener su ímpetu. No responde de inmediato.

—Tuve que quedarme en Madrid —dice al cabo de unos segundos—. Tenía compromisos laborales.

—Entiendo. Muy amable. —Gloria pasa por delante de Candela sin dirigirle la mirada—. No hace falta que me acompañe a la puerta. Conozco la salida.

Bermúdez sigue los pasos de la teniente. Antes de llegar al umbral se gira, mira a Candela y arquea las cejas para disculparse. Ella esboza una leve sonrisa, niega con la cabeza como quitándole importancia y le dice adiós con los ojos.

Pasan los minutos. No mueve ni un solo músculo, Candela permanece sentada en la misma posición, piensa. Repasa lo sucedido. Lo que ha dicho, cómo lo ha dicho, cómo lo debería haber dicho. Al cabo de un rato, no sabe cuánto tiempo ha pasado, se levanta, se mira en el espejo y grita. Un grito sordo, no emite sonido alguno, es un grito liberador.

42

Las olas rompen con fuerza contra el espigón. Hugo Markínez, ataviado con un gorro de lana y un chubasquero, contempla, con el cuerpo echado hacia delante y los brazos apoyados en una barandilla oxidada, las explosiones de espuma que se dibujan tras el muro. Debido a la pleamar y las mareas vivas, las olas alcanzan hoy los cuatro metros. La primera sacudida es en Astondo, desde donde se encuentra puede oír el agua al chocar violentamente contra los acantilados. La serie recorre la bahía y, segundos después, una imponente montaña azul envuelve el rompeolas de San Telmo. En una lucha titánica, el océano queriendo ganar terreno, y la escollera, por momentos engullida bajo la marea, resistiendo cada envite.

Desde que tiene memoria Hugo ha convivido con el mar, está acostumbrado a su presencia, a pesar de eso, el espectáculo de las olas estallando en pedazos y desangrándose en la orilla ejerce sobre él un efecto hipnótico y arrebatador.

Al salir del trabajo ha llamado a su mujer para proponerle tomar un par de tragos en su coctelería favorita antes de cenar. María le ha dicho que aún estaba en el despacho, que tenía lío y que llegaría a casa más tarde de lo habitual.

Movido por un acto reflejo, Hugo ha sacado el móvil y ha abierto la aplicación espía. Su mujer le ha dicho la verdad, está en la oficina. Espiarla se ha convertido en una costumbre en los últimos días. No se siente orgulloso de ello, pero tampoco puede evitarlo. Es superior a sus fuerzas. Si hubiese habido un ciento por ciento de coincidencias, quizá, con el tiempo, se habría relajado. Pero no ha sido así. En alguna ocasión la ha pillado en un renuncio. No es gran cosa, ¿quién no guarda algún secreto? Aun así, no puede entenderlo. ¿Por qué mentir en cosas triviales?

Ocurrió hacía bien poco. En Jaca. La mañana del 31, sin ir más lejos, la llamó desde la oficina de la bodega. María le dijo que estaba esquiando, «Me pillas a punto de coger la silla de la Raca», le comentó con toda naturalidad. La aplicación señalaba que estaba en las inmediaciones de la catedral. El radio de precisión del localizador es de unos veinte metros. ¿Por qué mintió? ¿Qué estaba haciendo? ¿Qué quería ocultar?

Quizá aquella mañana estaba cansada y se había tomado el día libre o se había ido de tiendas y le daba apuro reconocerlo. Podía ser una simple mentira piadosa, ¿por qué no? Sin embargo, fue suficiente para arruinarle el día.

Todo comenzó el último verano. En la empresa habían iniciado un periodo de expansión internacional y, como socio y director de marketing, Hugo estuvo viajando durante meses por Estados Unidos. El objetivo era vender la marca de la bodega submarina, conseguir el mayor número de pedidos posible y, por qué no, buscar socios allí para exportar la idea. El periplo comenzó en la zona norte de la costa Este, recorrió los estados de Maine, Vermont, New Hampshire, Massachusetts, Connecticut y Nueva York. El viaje resultó fructífero, firmaron varios acuerdos con importadores regionales que les aseguraban un volumen de distribución importante en los diferentes estados. Después de aquel primer desembarco volvió en varias ocasiones. Primero a la Winexpo America celebrada en Nueva York en marzo, un par de meses más tarde, al National

Restaurant Association Show de Chicago y finalmente un último viaje por el Midwest que supuso contratos en Kansas y Colorado.

Fueron meses frenéticos. La mayoría de los viajes los hizo con José Mari, uno de los socios, con quien tenía una buena relación de amistad. Ambos estaban encantados, tanto a nivel profesional como a nivel humano estaba siendo una experiencia gratificante y muy beneficiosa. Desde América hablaba casi a diario con María, y cada vez que volvía se atrincheraban en casa y pasaban el máximo tiempo posible juntos. Era una situación nueva, hasta ese momento siempre habían convivido a diario, sin embargo, ambos lo asumieron con total normalidad. Las cosas entre ellos iban bien, María entendía que era parte de su trabajo y nunca le pidió ni le reprochó nada.

Hugo regresó del último viaje a finales de junio. Dados los buenos resultados, y de acuerdo con el plan de empresa, ya no tendría que volver a viajar en una buena temporada. Para celebrarlo, y de alguna manera compensar también las ausencias, propuso unas vacaciones especiales, un crucero de lujo por las islas griegas, las Maldivas, las Seychelles, Bora Bora… María dijo que no a todo. Prefería las vacaciones de siempre. Quince días en la casa que alquilaban todos los años en Caños de Meca —un chalet con jardín, piscina y vistas al faro de Trafalgar— y el resto en su apartamento de veraneo, un ático de dos habitaciones en el casco antiguo de Biarritz, a menos de dos horas en coche de Neguri.

Entonces fue cuando comenzó a ver las primeras señales. Nada preocupante. Largos silencios, cambios de humor, ensimismamiento. La notaba triste, distante. Cada vez que le preguntaba si le pasaba algo, ella respondía que estaba bien, que no ocurría nada. Unas veces era que había dormido poco, un dolor de cabeza, el calor, demasiadas copas la noche anterior, que le había sentado algo mal o que, simplemente, estaba cansada. Hugo no quiso darle mayor importancia hasta que en un par de ocasiones la vio discutir con alguien por teléfono. María dijo que eran asuntos de trabajo. Él no la creyó.

La vuelta a la rutina no cambió las cosas. Aunque María trataba de controlarse, no podía evitar accesos esporádicos de ira; se la notaba irritable, preocupada y, lo que era aún peor, ausente. Hugo intentó hablar con ella, le sacó el tema de maneras diferentes y siempre obtuvo la misma respuesta: el síndrome posvacacional. Tampoco esta vez la creyó.

Debió de ser a principios de septiembre cuando instaló la aplicación espía en el iPhone de su mujer. Gracias al localizador descubrió que María visitaba una vez por semana a una psicóloga en Bilbao. Estuvo tentado de preguntarle por la doctora, de decirle lo que sabía, obviamente sin reconocer que la espiaba, siempre podía decir que pasaba por allí y la había visto salir de la consulta por casualidad. Le dio muchas vueltas y al final decidió no hacerlo. Lo único que conseguiría sería ponerla sobre aviso, y prefirió esperar, estar alerta y ver cómo iban evolucionando las cosas.

En el fondo siempre se repetía lo mismo, que tan solo era una mala racha. Que se preocupaba demasiado. Que había sacado las cosas de quicio. Quien más, quien menos, todos tenemos preocupaciones, inseguridades y por muy bien que nos vaya en la vida siempre hay decepciones, traumas, viejas heridas sin resolver. María está haciendo lo que tiene que hacer. Para eso está la terapia, se decía a sí mismo. Si ella no le había dicho nada era porque consideraba que se trataba de un asunto personal, estaba en su legítimo derecho de no compartirlo con nadie, ni siquiera con él.

Comienza a llover débilmente. Mira su reloj. Lleva más de una hora viendo las olas estrellarse contra el espigón. Tiene los pies y las manos helados, saca el teléfono y manda un wasap a su mujer.

«¿Cómo vas?».

Las rayitas se vuelven azules, señal de que María ha visto el mensaje. A continuación, aparece el texto notificando que está escribiendo. Su respuesta no tarda en llegar.

«En la ofi. Salgo en 10 minutos».

Abre la aplicación, por un momento duda, vuelve a mirar. La oficina está en el centro de Bilbao, en Gran Vía 12. El punto rojo señala que, en ese mismo momento, María está en la plaza de San Pedro, en el barrio de Deusto. No le cabe ninguna duda. Su mujer está mintiendo.

43

Se oye el viejo transistor de la cocina. La voz de Lucho Gatica recorre los pasillos de la casa.

Virgilio está en la bañera. El agua ardiendo, como a él le gusta. El vaho empaña el espejo y cubre de gotas minúsculas la superficie de las baldosas. Tiene las piernas flexionadas, se abraza las rodillas y su mirada está fija en la pared.

De niño su madre le preparaba baños de espuma. Siempre en domingo, siempre antes de cenar, «Para que duermas como un angelito», le decía. Angelines se sentaba a su lado, le frotaba la espalda y le contaba cuentos. Eran baños interminables. Cada cierto tiempo la mujer tenía que vaciar parcialmente la bañera y rellenarla con agua caliente. A su madre no le importaba perder la tarde. Sabía que al niño no le gustaba ir al colegio. No lo decía, él nunca se quejaba, le costaba hablar, expresarse, pero ella lo sabía. El fin de semana estaba tranquilo, encerrado en su mundo, con sus tebeos, sus juguetes. A medida que se acercaba el final del domingo, ella notaba su ansiedad. Era su madre, lo sentía.

Los ecos del bolero se cuelan en el baño. Olvido, sentada en el borde, canturrea mientras acaricia la cabeza de su hermano. Siente las raíces de su cuero cabelludo en la palma de la mano. Hace años que lleva el pelo rapado al cero. Ella le dice que se lo deje crecer, que el pelo largo le favorece, que estaría muy guapo. De verdad lo cree. También cree que le restaría dureza a su aspecto, que suavizaría sus facciones. Aunque eso no lo dice. Da igual, Virgilio no piensa cambiar. Tenía trece años cuando se rapó la cabeza por primera vez. Fue al día siguiente de enterarse de la muerte de su padre. Él mismo se compró una maquinilla y se rasuró el cuero cabelludo. Desde entonces lo lleva así.

Virgilio gira la cabeza y mira a su hermana.

—¿Podré volver a entrenar?

Ella sonríe con dulzura.

—Déjame que hable con ellos, ¿vale? Vamos a intentar arreglarlo, ¿sí? —Virgilio asiente—. De todas formas, al próximo entrenamiento es mejor que no vayas.

El hombretón hunde la cara en el agua. Los músculos de sus brazos se tensan. Olvido contempla el inmenso tatuaje que cubre su espalda. Es un Bosnerau, el señor de los bosques. No fue este su primer tatuaje, cuando se lo hizo ya tenía los brazos cubiertos de ellos, aunque sí es el más voluminoso. Recuerda la cara de horror de su madre al verlo por primera vez. Una tarde, al llegar a casa, su hermano se quitó la camiseta y les mostró el dorso. El tatuaje ocupaba toda la espalda. Entonces les confesó que había estado yendo al estudio durante semanas. No había sido un trabajo fácil.

Bosnerau es un gigante de fuerza descomunal. Tiene el cuerpo cubierto de pelo, larga melena y barba protuberante. En el dibujo aparece portando un largo bastón, a sus pies hay un carnero pastando. Según la leyenda, vive en el valle de Broto, oculto en cuevas junto a las cumbres más altas. Dicen que se pasea por los bosques protegiendo los rebaños y que alerta con sus silbidos a los pastores ante la amenaza de los lobos o cuando vienen tormentas. A Virgilio siempre le ha fascinado la figura de ese gigante barbudo de aspecto salvaje que sin embargo era conocido por su bondad y su buen corazón. Así se veía a sí mismo. Encerrado en un cuerpo que no se correspondía con su naturaleza. Se había acostumbrado a sentir las miradas de recelo de sus compañeros. Los cuchicheos y las habladurías a su espalda.

—No es justo. Esos chicos eran... Yo... yo... no quería hacerles daño —dice Virgilio.

—Ya lo sé, cariño.

Olvido le acaricia los hombros, sonríe. Luego hunde la mano en el agua.

—Está tibia, ¿quieres que pongamos agua caliente?

El gigante niega con la cabeza.

—No sé qué me pasó.

—No le des más vueltas, ¿vale?

A lo lejos suena la voz rota de Chavela Vargas cantando «Piensa en mí».

—Eso sí, Virgilio, mírame. —El hombre se gira y Olvido se dirige a él con voz firme pero serena—: Tienes que prometerme que no volverá a ocurrir. Nunca más.

Virgilio asiente, baja la cabeza y fija la mirada en la espuma. Olvido canturrea despreocupada, en realidad, lo observa. Una lágrima corre por su mejilla. Sabe que está sufriendo. Pobrecillo, piensa. No quiere apenarlo más, continúa cantando.

44

Familias con niños hacen cola en la entrada de los restaurantes esperando a que les den mesa para cenar. Los bares del centro están abarrotados de cuadrillas de amigos tomando vinos y cervezas. Esquiadores, montañeros y turistas recorren la parte vieja. Se nota que es viernes.

Gloria repasa mentalmente los detalles del caso mientras pasea por las callejuelas del centro. La nevera estaba bien surtida. Podría haberse hecho cualquier cosa rápida para cenar, unos huevos fritos, una ensalada, tenía hasta un túper con carne guisada que solo había que calentar. Ese no era el problema. Cualquier plato casero habría sido más apetitoso y saludable que lo que va a cenar esta noche. A pesar de todo se ha echado a la calle. Donde Genaro le espera un bocadillo grasiento de pan revenido y la cerveza tirando a tibia. No le entusiasma el menú, pero, por tener a alguien con quien charlar, o por el mero hecho de sentirse acompañada, le merece la pena.

No le gusta reconocerlo, ni siquiera a sí misma: la soledad cada vez le pesa más. Va por épocas. La Navidad, la maldita Navidad, no ayuda. Y cuando además tiene un caso que le quita el sueño, es aún peor. Siente la necesidad de tener a alguien de confianza a su lado. La marcha de su primo Simón le ha afectado. Más de lo que habría imaginado. Acaba de hablar con él. Ahora vive en un pueblecito asturiano del interior, con Avellana, su perra. Ha encontrado trabajo en una granja. No sabe si es feliz, nunca se lo ha preguntado ni él se lo ha dicho. Lo que sí sabe es que por fin ha encontrado la paz. Lo nota en su voz. Lo puede sentir. Se alegra por él.

Los fines de semana son lo peor. Menos mal que este tiene pensado trabajar. No le queda otra. Su teniente coronel le está apretando las tuercas. Casi lo agradece. La perspectiva de un fin de semana víspera de Reyes y con temperaturas invernales no es nada halagüeña. Prefiere trabajar.

Coincide con Bermúdez en que las dos muertes están relacionadas, es de las pocas cosas que tiene claras. La tesis del sargento tiene lógica: Elvira cuenta su discusión con Fito a su prometido, este le hace una visita y acaba matándolo. Alguien lo chantajea con una nota anónima, tiene remordimientos, un cuadro médico de depresión, no lo soporta y se suicida. La historia pudo suceder así, no dice que no, pero existen otras opciones: pudo ser la propia Elvira quien matase a Garcés, o Santiago Blasco, el padre de Martín. Pudo cometer el crimen la noche del 28, volver días después, fingir que descubría el cuerpo y dar el aviso.

En cuanto al fallecimiento de Martín Blasco, al contrario que su sargento, no da por sentado que fuese un suicidio. Las pruebas que tienen hasta el momento ni lo confirman ni lo desmienten. Puede que la víctima saltara por el puente, que alguien le instigara a hacerlo, o que directamente lo tirasen contra su voluntad. Por lo que a ella respecta, tiene todos los frentes abiertos.

Nada más entrar en el bar ve cómo Genaro, desde una esquina de la barra, le hace señales para que se acerque. Hay jaleo, ambiente bullicioso. La clientela no se parece en nada al perfil de gente que ha visto mientras se dirigía allí, ni familias ni grupos de jóvenes. El bar de Genaro lo frecuentan, en su mayoría, locales, hombres, y la media de edad debe de rondar los setenta. Da igual que sea un lunes por la mañana o un viernes por la noche, allí siempre paran los mismos.

—Gloria, tú que eres una mujer de mundo y con dos dedos de frente, a ver si me ayudas a deshacer este entuerto —dice Genaro mientras pone un botellín de cerveza a la teniente.

—Primero vamos a lo importante, Genaro. ¿Qué tenemos para cenar?

—Bocata de tortilla o vegetal, no me queda más. —El viejo camarero señala una vitrina amarillenta bajo la que descansan unos tristes bocadillos junto a una selección de tapas de escasa originalidad y alto contenido calórico.

—Doy por hecho que la tortilla la has hecho tú, así que ponme uno vegetal y una ración de torreznos para compensar la dieta.

Genaro coge el bocadillo con la mano, lo pone sobre un plato de cristal verdoso y lo deja en la barra junto al botellín.

—Los torreznos de postre, después de que te hayas posicionado en el asunto que nos ocupa.

—Te advierto que, si pretendes comprar mi voto con las delicias de tu gastronomía —responde Gloria pegando un mordisco al bocadillo—, vas listo.

—La prevaricación la dejo para tus colegas, jueces, fiscales y esos abogaduchos de tres al cuarto con los que tienes el dudoso honor de trabajar. Verás... —Genaro se sirve un vaso de vino—. Hablamos de Abu Simbel. Aquí mi amigo Amadeo dice que a él no le supone ningún problema que en los años sesenta trasladasen el templo piedra a piedra a una colina artificial. Ojo, que yo no tengo nada en contra, si no lo hacían se inundaba. Hasta ahí todo bien. Lo que digo es que, por mucho que queramos, ya no puede tener el mismo valor histórico porque no es el templo original. Eso es innegable. Una cosa es el Abu Simbel que se construyó más de mil años antes de Cristo y otra la recreación que han hecho para seguir ordeñando la vaca del turismo y atraer visitantes de todo el planeta.

—¿Qué más da? —responde Gloria mientras come el bocadillo—, si la gente disfruta...

—¡Otra igual! Así nos va. —Genaro levanta los brazos escandalizado—. ¡El mundo se va a la mierda! No puede ser lo mismo la réplica del *David* de Miguel Ángel que hay en la plaza del Duomo que la escultura original. Da igual los millones que la visiten, es falsa. La original es la que está en la Galería de la Academia. Coño, no es lo mismo, ¿no os dais cuenta?

De Florencia y el Renacimiento, la conversación gira hacia las *fake news* y la cultura de la desinformación, para terminar en un airado debate sobre si la Fórmula Uno es o no es un deporte. Amadeo sostiene que sí y el viejo camarero, como no podía ser de otra manera, opina todo lo contrario.

—Se pasan las horas en un asiento de cuero y todavía nos quieren hacer creer que es un deporte. ¡Manda huevos! —despotrica Genaro.

Viéndolos pelearse, Gloria piensa que no puede ser casualidad que siempre tengan opiniones opuestas sobre asuntos tan dispares. Y llega a la conclusión de que, sea cual sea el asunto sobre el que polemicen, cada uno adopta la postura contraria a la del otro no por convicción, sino por el mero placer de discutir.

Son más de las once cuando Gloria abandona el bar. Enciende un cigarrillo y recorre las calles empedradas del casco antiguo con andar pausado. No tiene ninguna prisa por volver a casa. Nadie la espera.

Está subiendo por la calle del Obispo cuando ve a lo lejos una figura conocida. Viste de manera distinta a como lo hace cuando está de servicio: playeras deportivas, vaqueros estrechos, cazadora de piel, bufanda de colores vistosos y visera estilo béisbol. Bermúdez camina mirando la pantalla de su teléfono y no repara en su presencia. Menos mal, piensa Gloria. No le apetece mantener una charla insustancial fuera del horario laboral.

Gloria se detiene en los soportales de la catedral y espera a que su subordinado se aleje lo suficiente. El sargento atraviesa la plaza San Pedro en dirección a la Ciudadela. Al llegar al fondo de la calle gira a la derecha y entra en un portal. La teniente lo mira sorprendida. Conoce de sobra el edificio y no le cuadra, no lo entiende. ¿Qué hace Bermúdez entrando en el hotel Mur?

45

Bermúdez abre los ojos y se incorpora de la cama. Todo está en silencio. Candela, desnuda, duerme a su lado. La mira con ternura.

Comienza a vestirse sigilosamente, no quiere despertarla. Sonríe para sí. Ha sido una noche especial, después de hacer el amor estuvieron hablando durante horas hasta que cayeron en un sueño profundo. Las confidencias que se hicieron los han unido mucho más que el sexo, o al menos así lo siente.

Nada más terminar, ella apoyó la cabeza en su pecho y él la rodeó con su brazo. Permanecieron en silencio un buen rato, acompasando sus respiraciones, sin necesidad de decirse nada, ya se lo habían contado todo con sus cuerpos.

Él no podía conciliar el sueño, tenía demasiadas cosas en la cabeza.

—No puedo quedarme a dormir, mañana trabajo.

—¿También curras los sábados?

—Qué remedio...

—¿Y quién te ha dicho que te quedes? Que yo sepa, no te he invitado.

—Digamos que he interpretado las señales, soy policía, ¿recuerdas?

—Buen trabajo, agente. Pero no has tenido en cuenta una cosa.

—¿El qué?

—Que yo soy actriz, ¿sabes?

Entonces ella lo besó. Un beso largo, cargado de intención. Se acurrucaron buscando el calor de sus cuerpos, concentrados en sentir al otro, en sentirse uno.

No recuerda muy bien cómo empezó la conversación, cree que ella le preguntó cuál era su rey favorito y si ya había escrito la carta a Sus Majestades. Entonces él, de forma natural y espontánea, le habló de un sueño incumplido, un deseo que arrastra desde hace tiempo: salir de Jaca, integrarse en una unidad especial, abrirse al mundo, vivir otra vida. Le habló de sus aspiraciones y también de sus miedos. En el fondo sabía que su mayor enemigo era él mismo. Ella le escuchó, conocía esa sensación. Le habló de su experiencia. Dejar atrás a su familia no había sido fácil, el precio que tuvo que pagar fue muy alto. Mientras Bermúdez va recuperando la ropa desperdigada por la habitación, revive en su cabeza las cosas que se dijeron. Ella le habló de la difícil relación que mantenía con su hermana y de la inmensa pena que le producía ver a su madre en aquel estado. Saber que está sola es muy duro y aun así lo volvería hacer, le dijo. A pesar de todo, no se arrepentía de su decisión. Le contó, entusiasmada, lo mucho que había aprendido de la vida y sobre todo de ella misma, de lo apasionante que es luchar por lo que uno desea con todas sus fuerzas. Él le preguntó por su día a día, por los comienzos, quería saberlo todo. ¿Cómo era su mundo? ¿Con quién salía? ¿Cómo eran sus amigos? ¿Adónde iba? ¿Qué era lo que le gustaba? Ella le habló de los compañeros, de los castings, de los primeros trabajos, de la emoción de dar vida a otras personas. También le dijo con cierta picardía, o así lo interpretó él, que Madrid le gustaría. Bermúdez se lo tomó como un guiño, como una puerta abierta a un posible futuro en común.

Nunca le había ocurrido algo así, no pararon de hablar, de alguna manera sentía que había conectado con esa mujer como nunca lo había hecho con nadie, jamás se había abierto de esa manera, ni con su familia, ni con sus amigos ni, por supuesto, con ninguna de sus anteriores parejas.

Sin darse cuenta, la conversación los llevó al caso que estaba investigando. Él tenía claro que no quería mezclar las cosas, no debía, y aun así no pudo evitarlo. Le preguntó por Elvira, les preocupaba, seguían sin poder localizarla y les extrañaba su desaparición. Candela se reafirmó en lo que ya había contado por la tarde, durante la visita oficial: que no sabía nada, que su hermana no se había puesto en contacto con ella en ningún momento y que, a pesar de que la había llamado infinidad de veces, no había obtenido respuesta. Sin embargo, a diferencia de él, ese comportamiento tampoco le extrañaba. Típico de Elvira, dijo. Seguramente se había refugiado en alguno de aquellos rincones místicos que tanto le gustaban. Un pueblo de alta montaña, una casa rural perdida en medio de la nada. Estaría meditando, reconectando con ella misma, rodeándose de energía positiva.

Él la creyó, no tenía por qué dudar de ella. Eso no implicaba que la ausencia de Elvira no le siguiera pareciendo sospechosa. Había muchos cabos sueltos, demasiados interrogantes y muy pocas respuestas. Candela se interesó por los avances, quería saber en qué línea estaban trabajando, si tenían alguna hipótesis. Entonces le confesó que todo se había complicado con la muerte de Garcés, le habló de cómo el panadero había descubierto el cadáver, de la nota de perdón que habían encontrado en su dormitorio, de los resultados de la autopsia confirmando que fue un asesinato. No le contó lo que pensaba de verdad, que su hermana podría estar involucrada de alguna manera en la muerte del ganadero, que Martín y Fito eran amigos de juventud, que habían encontrado una conexión entre los tres. Tenía que ser prudente y, sobre todo, no quería preocuparla más de la cuenta.

Bermúdez termina de vestirse. Son más de las tres de la madrugada. No recuerda cuándo les venció el sueño. Tampoco sabe cuánto ha dormido, seguramente poco. Se ha despertado movido por un impulso. Le gustaría quedarse, despertar junto a ella, volver a hacer el amor, desayunar sin prisas, pero son muchas las cosas que tiene que hacer. Su sentido del deber está por encima de todo. Aunque no es solo eso, él lo sabe. No quiere arriesgarse, no quiere que los clientes y el personal del hotel lo vean salir de la habitación en pleno día. No puede permitírselo. No por ahora.

Antes de irse, se vuelve para mirarla una vez más. Memoriza el contorno de su cuerpo, la larga melena rubia cayendo sobre la espalda desnuda. La vida merece la pena por momentos como este, piensa. Camina despacio hacia la puerta, gira el pomo sin hacer ruido y se pierde por el pasillo.

46

Suena el despertador. Son las seis de la mañana. Acher Lanuza
pone la cafetera en el fuego, cuando está hecho se asoma a la
ventana de la cocina y bebe el café a pequeños sorbos. Lo
toma en un tazón sin asas, solo, sin azúcar.

Aún es noche cerrada. Hay luna llena y el cielo está despejado. Consulta el termómetro instalado en la terraza.
Menos tres grados. A Acher le gusta madrugar los fines de
semana para coger la bici. A esas horas la carretera está tranquila.

Este fin de semana tienen partido de liga, juegan el domingo en casa, así que elige un recorrido intermedio. Entre ochenta y cien kilómetros. Por la tarde hay programado entrenamiento. Tiene tiempo de sobra para descansar. El plan es
volver sobre la una, almorzar fuerte, siesta y pasar el resto del
día en la pista de hielo junto a sus compañeros.

A Acher le gusta planificar sus jornadas. Le gusta hacer
horarios y cumplirlos. Cuanto más parecidos entre sí, mejor
que mejor. Se siente cómodo con la rutina. Su vida gira en torno al hockey. Ha logrado unir pasión y profesión. Sabe que es
un afortunado y quiere seguir siéndolo. Por eso está solo.

Está en una edad crítica. Treinta y dos años. Muchos de sus
amigos y conocidos ya se han casado. Algunos hasta han em-

pezado a tener hijos. Él no se lo plantea. Está bien así. No quiere que nada altere el ecosistema que ha creado a su alrededor.

Ha tenido parejas. No tiene problemas en ese aspecto, es atractivo, está en forma, cuida su imagen y la pequeña popularidad que le da ser el capitán del equipo siempre es una ayuda extra. Los amigos y compañeros bromean con que arranca el partido con un par de goles a favor. No busca nada serio y esa suele ser la principal causa de las rupturas: su pretendida, y no oculta, falta de compromiso.

A las seis y media está en la carretera. En la rotonda de entrada a Jaca toma dirección sur hacia Bernués. Tras un ligero descenso cruza el río Gas y comienza la subida a Oroel. Conoce bien el terreno, pedalea con ritmo sin levantarse de la bicicleta, ya habrá tiempo más adelante. El puerto tiene seis kilómetros y medio, y un desnivel de trescientos metros; la ascensión es regular y en ningún punto supera el cinco por ciento de pendiente.

En cuanto encara la primera rampa siente la boira. Un frondoso bosque de pinos silvestres flanquea el camino y le acompaña durante buena parte del trayecto. Según va subiendo y adentrándose en el corazón de la montaña, el pino deja paso a hayas, abetos y tejos. Tras él queda Jaca y, al fondo, los picos nevados. La niebla se vuelve más espesa según asciende. Apenas puede disfrutar del paisaje.

El pulso se le acelera. Inspira el aire gélido del valle. Poco a poco comienza a clarear. Está solo. Cierra los ojos. Se siente parte de la tierra. Le gusta esa sensación. La peña Oroel es un lugar mágico que alberga leyendas ancestrales del Pirineo, Acher las ha escuchado desde niño: dragones, minas de oro, tesoros escondidos...

Cuentan que la Reconquista de Aragón comenzó cuando unas hogueras situadas en su cumbre sirvieron de señal para levantarse contra las tropas sarracenas. También se dice que en una de sus grutas la Virgen María se apareció a un cabrero. Más de una vez subió con su padre hasta la ermita natural, conocida como la Virgen de la Cueva, donde antiguamente los jacetanos veneraban la imagen de la santa.

El corazón le late con fuerza. Nota su respiración agitada. Se levanta de la bici y encara una curva a mano derecha. Escucha un ruido disonante. Aguza el oído. Es un motor. Se gira, el espesor de la niebla y la horquilla tan pronunciada no le deja ver más allá de un par de metros. No hay nadie.

Sigue ascendiendo, ahora una curva hacia la izquierda. Tensa los músculos de los brazos, permanece de pie, sujeta con fuerza el manillar, pedalea de forma rítmica. Oye el motor. Está más cerca. Vuelve a girarse. Lo ve. Es un todoterreno. Lleva las luces apagadas. Le extraña.

Al salir de la curva relaja el ritmo y se acomoda sobre el sillín. Voltea la cabeza, no ve nada. Sigue avanzando. Vuelve a girarse, oye el motor pero el coche no aparece. En los siguientes metros se vuelve una y otra vez, nada, hasta que al final, cuando está a punto de encarar la siguiente curva, ve el morro del cuatro por cuatro. Sube revolucionado. La carretera es estrecha, aun así, hay suficiente espacio para que lo adelante. ¿Por qué no pasa? ¿Por qué va tan lento? ¿Y por qué no lleva las luces encendidas?

Acher aumenta la intensidad del pedaleo. Está nervioso. Procura concentrarse en la carretera. No lo consigue. El rugido del motor vuelve a sonar. Esta vez con más fuerza. Se gira. El coche está acelerando. Ahora puede verlo algo mejor. Es un modelo antiguo, de color blanco, está cubierto de polvo. Avanza hacia él. Rápido, demasiado rápido.

En ese momento un silbido corta la niebla. Reconoce bien ese sonido. Se orilla a su derecha. Segundos después un pelotón de ciclistas aparece frente a él. Bajan la pendiente a tumba abierta. Es un grupo numeroso. Ha llegado a contar hasta quince bicicletas.

Cuando el último ciclista pasa por su lado y se pierde montaña abajo, vuelve la vista atrás. No ve el coche. En esa zona de curvas es muy difícil cambiar de dirección. ¿Dónde se ha metido? No oye el motor. Concentra la atención en los sonidos del bosque. El silencio es total. ¿Cómo es posible?

No quiere echar el pie a tierra, está en una zona encrespada, si rompe el ritmo luego le costará horrores retomar la marcha. Continúa subiendo a ritmo lento girando la cabeza a cada instante. No hay ni rastro del vehículo. Ha desaparecido.

47

Un tímido rayo de luz se abre paso entre la espesura cuando Gloria deja atrás la verja de madera que da acceso a la borda. La niebla baja lentamente de las montañas y se va extendiendo por el valle.

Deja el coche frente a la puerta principal. Lo primero que hace es encenderse un cigarrillo. Se apoya en el motor aún caliente, agradece el calor que desprende, y fuma sin prisa, con la vista fija en el cielo. Gris, pesado, cargado de tristeza.

Sabe que Fito Garcés nació en Jaca treinta y cuatro años atrás, y que sus padres regentaban una pequeña tienda de encurtidos. Al parecer, a él no le gustaba demasiado estudiar, terminó la educación básica y enseguida comenzó a trabajar. Ayudaba en la tienda de sus padres y, además, hacía todo tipo de trabajillos que le iban saliendo, recadero, camarero, ayudante de cocina...

También sabe que le gustaba el hockey y que jugó en el Club Hielo Jaca, donde coincidió con Martín Blasco y Acher Lanuza. En su juventud fueron amigos. Si Fito aún mantenía contacto con Lanuza, es probable que también lo haya mantenido con Martín. Aún no han obtenido ningún resultado de Tráfico, pero si se demostrase que el Mini Cooper de Blasco viajó al Pirineo la noche del 28 podrían avanzar en la teoría del sargento y colocarlo como principal sospechoso. Mientras tanto siguen sin tener nada.

Sabe que, al morir sin descendencia su tío, el hermano mayor de su padre, Garcés heredó la borda. Fue entonces cuando lo dejó todo, se mudó a Guasillo, se hizo cargo del ganado y cambió radicalmente su forma de vida. Por lo que ha podido averiguar, llevaba una vida sencilla y solitaria. Gloria intuye, lo ha visto muchas veces, que este tipo de hombres siempre esconden alguna debilidad: mujeres, juego, alcohol... La vida en la montaña no es fácil.

Por mucho que ha rebuscado, no ha encontrado la de Garcés. Al revés. La mayoría coincide en la imagen del ermitaño beato. Cuando no estaba en el campo con sus animales, estaba en la iglesia. No se perdía una misa. Recuerda la Biblia y el pasaje de Lucas donde guardaba la foto junto a sus amigos: «Si tu hermano peca, repréndelo; y si se arrepiente, perdónalo. Y si peca contra ti siete veces al día, y vuelve a ti siete veces, diciendo: "Me arrepiento", perdónalo».

Termina de fumar. Tira la colilla en el interior del coche. En otras circunstancias habría ido a parar al suelo. No aquí, no en el escenario del crimen. Aparta las cintas de plástico, abre la puerta, se agacha con dificultad y entra en la borda. Recorre la planta baja despacio, salón y cocina. Realmente era un hombre austero. Eso no se puede negar. Gloria también cree que el asesino tuvo que ser alguien cercano. Al menos conocido. Quizá ya había estado allí más veces. O bien Fito le abrió la puerta, o bien se la encontró abierta y entró sin dificultad. Además, el perro estaba fuera custodiando la entrada. Un mastín del Pirineo, un animal que impone. En cualquier caso, todo apunta a que a Fito no le extrañó su presencia.

Sube las escaleras y pasea por la habitación. Trata de imaginarse lo ocurrido: Garcés llegó a casa agotado, habían sido dos horas andando, hacía frío, estaba borracho. ¿Se metió en la bañera por voluntad propia? No le parece lógico. Lo más normal era tumbarse en la cama y echarse a dormir. ¿Le obligó el asesino a entrar en la bañera? ¿Era su intención ahogarlo? ¿Por qué eligió matarlo de esa manera? A Gloria se le ocurre una cosa. En todo momento había pensado en la bañera como en algo placentero, pero ¿y si no fue así? ¿Y si la llenaron con agua fría? Quizá era una manera de despejarlo, de que se le pasase la borrachera. O quizá una forma de hacerlo sufrir, una especie de tortura.

La teniente se detiene frente al escritorio. Una tabla de madera sencilla que hace las veces de mesa. Visualiza la nota que había sobre ella: «Perdón». Saben que la escribió de su puño y letra. Ahora la pregunta es: ¿cuándo la escribió y por qué? Su primera intuición es que debió de hacerlo antes de que llegase el asesino, si ya hubiera estado en su presencia y hubiera querido pedirle perdón, se lo habría dicho directamente. La había escrito en mayúsculas, ¿por qué? Una sola palabra. ¿Quería seguir escribiendo y algo lo detuvo, o solo quería decir eso, perdón?

Garcés había discutido unas horas antes con Elvira. Tenía motivos para pedirle perdón. A ella o a su prometido. Incluso a Santiago, su futuro suegro. También podría estar disculpándose ante Acher Lanuza. Eran amigos. Garcés lo llamó por teléfono en plena noche. ¿Y si le pidió que subiera a verlo? ¿Y si fue el propio Lanuza quien lo recogió en Jaca y lo subió a la borda? El capitán no tiene coartada. Podría ser. ¿A quién más podía estar pidiendo perdón? Y sobre todo, ¿por qué?

Necesita saber más. Necesita imperiosamente hablar con Elvira Araguás, tiene que saber qué ocurrió en el pub. Gloria saca su móvil y marca el teléfono de la viuda, es una hora prudente; aunque no lo fuera le daría igual. Una vez más, la misma voz anodina le dice que el terminal está apagado o fuera de cobertura. Recuerda la dirección de la amiga, Olvido San José, calle Levante 10 o 12, uno de los dos. Para lo que quiere tiene buena memoria.

Es sábado. Duda en llamar a Bermúdez siendo fin de semana. No quiere explotar a su compañero más de lo necesario y menos aún en víspera de Reyes. Siempre hay tiempo para meter horas extras. Lo sabe muy bien. A Gloria no le tiembla el pulso cada vez que hay que estrujar al personal. Tiene otra razón para no llamarlo, menos evidente, pero está ahí. Y es que antes de hablar con su sargento le gustaría hacer una comprobación que tiene pendiente.

Esta mañana, al salir de casa, lo primero que ha hecho ha sido pasarse por el hotel Mur. No le ha servido de mucho. Había cambiado el turno, el recepcionista de noche ya no estaba, así que no ha podido averiguar a quién había visitado Bermúdez la noche anterior. A Gloria le gustaría confirmarlo antes de hablar con él, aunque tampoco cree que se lleve una gran sorpresa. Ya se lo imagina.

48

Hugo Markínez lleva más de una hora haciendo guardia en los aledaños de la iglesia de San Pedro cuando ve salir a una mujer de uno de los portales adyacentes. Lleva un abrigo verde y una boina de lana del mismo color, es rubia, de metro setenta aproximadamente, delgada. Es ella. No le cabe ninguna duda. Es Elvira Araguás. Ha visto sus fotos tanto en la web donde se anuncia como terapeuta de Reiki, como en la página en la que anuncia y vende artesanía de cuero. También ha rastreado sus redes sociales y, aunque no es de colgar mucho contenido, ha encontrado un par de fotos en las que aparece junto al difunto Martín.

Elvira echa a andar calle abajo. Camina despacio, sin rumbo fijo, parece. Hugo la sigue a una distancia prudencial. Esa mañana se despertó temprano y desayunó con María. Ella no quiso comer mucho, solo un café y una tostada con aceite de oliva. Tenía partido de pádel y no quería ir con el estómago lleno. Juega con su amiga Mencía, compiten en el campeonato interno del club, si ganan pasarán a semifinales. Él había quedado con sus amigos para jugar al golf. Cuando María salió de casa, llamó a Telmo, le dijo que tenía algo que hacer y que empezasen sin él, ya iría en cuanto pudiese.

Hugo metió la bolsa con los palos en el maletero de su coche, un Audi Q4 violeta aurora metalizado, y se fue a Bilbao. Aparcó en el parking Madariaga, el más cercano a la plaza San Pedro, pidió un café extralargo en vaso de cartón y eligió un banco discreto desde el que pudiese vigilar el portal de Martín Blasco. No sabía qué esperaba encontrar, ni cuánto tiempo más estaba dispuesto a seguir allí sentado pasando frío. Lo único que sabía es que su mujer había estado allí y esperaba encontrar alguna respuesta. Entonces la vio.

Elvira entra en una cafetería y pide en la barra. Hugo, apostado en la calle, observa a través del ventanal cómo la mujer se toma una infusión. Lo hace despacio, con la vista perdida en un punto indeterminado. Es una mujer extremadamente hermosa, piensa. Sensual, de facciones estilizadas y con un poso de tristeza.

A los pocos minutos abandona el local. La mujer duda sobre qué dirección tomar, finalmente gira a la derecha y enseguida retrocede sobre sus pasos. Vuelve a la casa. Es su momento. Hugo dobla por la calle paralela y acelera el paso.

Cuando Elvira llega, en el portal se encuentra a un hombre frente al portero electrónico. Treinta y muchos, pelo ondulado, bien vestido. Se fija en el botón que está pulsando. Cuarto, C, el piso de Martín.

—Perdona, ¿vives aquí? —pregunta Hugo con una sonrisa.

—¿Por? —responde ella, recelosa.

—Disculpa, no quería asustarte. Un amigo mío vive en este bloque. Era por si lo conocías. Se llama Martín, Martín Blasco.

Silencio. Elvira no reacciona. Duda. El hombre aguarda. No pierde la sonrisa. Tiene la mirada limpia. Finalmente se decide.

—Es mi novio.

—¿En serio? —exclama Hugo fingiendo sorpresa—. ¡Qué casualidad!

—¿De qué lo conoces?

—Trabajamos en el mismo edificio. Solemos tomar café juntos. —Hugo hace una pausa y espera la reacción de Elvira. No quiere dar demasiadas explicaciones. Ella lo mira en silencio, no parece muy convencida—. Esta semana no lo he visto en el bar —continúa él—, le he estado llamando para felicitarle el año y tiene el móvil apagado.

—¿Cómo te llamas?

—Eduardo Aguirre. —Hugo le tiende la mano—. Edu.

—Nunca me ha hablado de ti —dice Elvira, inquisitiva.

—Entonces parto con ventaja. Tú debes de ser la chica de Jaca, ¿verdad? —Elvira asiente—. Tranquila, tampoco me ha contado mucho más, no te creas, ya sabes cómo es.

—¿Sois muy amigos?

—Tomamos café y hablamos del Athletic. Amigos no sé, pero nos hacemos compañía en los descansos. Yo también vivo en el barrio y alguna vez hemos vuelto a casa juntos. Por eso sé dónde vive. ¿Está en casa?

Ella niega con la cabeza. No le apetece hablar del tema. No quiere dar explicaciones. Tampoco sabe quién es ese hombre. Obviamente Martín no le tenía en mucha estima. Si lo hubiera apreciado lo más mínimo le habría contado que se casaba en Nochevieja y que después se iba un par de semanas a Chile. Si no le dijo nada, alguna razón tendría.

—Se ha quedado en Jaca. Está medio griposo. He venido a recoger unas cosas suyas y ahora mismo me vuelvo.

Elvira finge una sonrisa y abre el portal dando por zanjada la conversación.

—Vaya. Pues nada, le dices que se mejore.

—De tu parte.

—Edu, el de los seguros. Acuérdate.

Hugo se despide y echa a andar hacia la plaza sin volver la vista atrás. Le vienen muchas preguntas a la cabeza: ¿por qué le ha mentido? ¿Por qué ha fingido que Martín estaba vivo?

¿Qué está haciendo en Bilbao? ¿Qué relación tiene con María? ¿Se conocen? ¿Estuvieron juntas?

Elvira lo sigue con la mirada y observa cómo se pierde en las calles. Le parece el típico pijo bilbaíno. Clásico, amable, educado. ¿Así eran los amigos de Martín? Se los puede imaginar a los dos trajeados, recién afeitados, oliendo a colonia, tomando café y charlando de trivialidades. Martín le había hablado de ella, le había dicho que tenía novia y que vivía en Jaca. ¿Qué más sabía aquel hombre? ¿Qué más habían compartido? ¿Qué confidencias se habían hecho? Ninguna. Lo sabe muy bien. ¿Alguna vez le habló de sus miedos? Seguro que no. ¿Alguna vez le habló de las pesadillas que no le dejaban dormir? Claro que no. ¿Alguna vez le habló de que a veces fantaseaba con quitarse la vida? Por supuesto que no. Eso solo lo sabe ella.

49

Las casas de la calle Levante son todas iguales, viviendas uni-
familiares de una sola planta, todas pintadas de blanco, con
tejados de teja roja. Un pequeño jardín flanqueando la entrada
de cada una de ellas. Gloria se para frente al número 10 y toca
el timbre. Dos enanos de jardín custodian la puerta. Un hombre de sesenta y tantos, moreno, de cara redonda con gafas de
pasta negras, ancho de espaldas y barriga pronunciada la recibe con una sonrisa. Lleva un delantal floreado manchado de
harina y sostiene un trapo de cocina en las manos. A su lado,
un bichón maltés no para de ladrar.

—¡Chisss, cállate, León! ¡Ya, ya está, calla, he dicho! ¡León!
—El hombre se agacha y lo coge en brazos—. Perdone, se pone
muy pesado. Se llama así por Tolstói, el escritor...

—Sé quién es.

—Disculpe las pintas, me ha pillado haciendo crepes para
mis nietos. ¿Qué quería?

La teniente lo observa con curiosidad. Ese hombre podría
tener su edad, y ahí está, cocinando crepes para sus nietos un
sábado por la mañana. ¿Qué he hecho yo con mi vida?, piensa.
Ya es tarde para muchas cosas. Sabe que ha hecho renuncias,
jamás tendrá un bebé en brazos. Nunca sabrá lo que es el amor
de un niño, su mirada, sus besos, sus abrazos. Fue una decisión

elegida. Tampoco se arrepiente. Incluso es tarde para tener mascota. Está demasiado acostumbrada a sus rutinas y no cree que pudiera soportar a un bicho peludo alborotando por la casa. Sin embargo, en el fondo de su ser, cree que no está todo perdido, que no está condenada a vivir en soledad, que todavía podría encontrar a alguien con quien compartir el desayuno los fines de semana.

—Guardia civil. —Muestra su identificación—. Estoy buscando a Olvido San José.

—Es la casa de al lado —dice el hombre señalando a su derecha—. ¿Viene por lo de la otra noche?

Gloria acusa el comentario y tira del hilo.

—¿Qué pasó?

—Había un hombre borracho, se tambaleaba, no se tenía en pie..., estaba rondando su casa.

—¿Cuándo fue eso?

—El día de los Inocentes. Sería la una de la madrugada o una cosa así. Yo volvía de pasear a León, cuando el hombre me vio, disimuló, dobló la esquina y se fue. No me dio buena espina.

—¿Podría describirlo?

—Era de noche. Treinta y pocos, alto, poco más le puedo decir.

Gloria le da las gracias y se dirige al número 12. No cree en las casualidades, nunca lo ha hecho. Noche del 28 de diciembre, hombre de unos treinta años, borracho, tiene que ser él. Esa misma noche Garcés discutió con Elvira en el pub irlandés y su mejor amiga, Olvido, estaba con ella. Tiene que tratarse de Fito Garcés. Está repasando mentalmente lo que les dijo el camarero del pub cuando una mujer alta, de pelo corto y vestida con ropa ancha y cómoda abre la puerta de su casa.

Gloria se presenta, le dice que está investigando la muerte de Martín Blasco y le pide unos minutos de su tiempo. Olvido la hace pasar y se dirigen al salón. La mesa está llena de libros, cuadernos, hojas con apuntes y pósits de colores. Gloria se fija en algunos de los títulos: *Normandos*, *Las cruzadas*, *Los viajeros medievales*.

—¿Un café? —Olvido ordena la mesa para hacer espacio.

La teniente niega con la cabeza. Las dos mujeres toman asiento.

—Tengo entendido que es amiga de Elvira Araguás. —Olvido asiente—. Estoy intentando localizarla y no logro contactar con ella, ¿sabe dónde la podría localizar?

—Ni idea. Estuvo aquí un par de días, luego volvió a su casa.

—¿Le dijo si pensaba salir de la ciudad, si tenía planeada alguna escapada?

—No me comentó nada. Antes de que ocurriese lo de Martín, me había hablado de su viaje de novios, ya sabe, pero aparte de eso, nada.

Gloria hace una rápida radiografía de la mujer que tiene delante. No se ha alterado lo más mínimo ante la visita de la Benemérita, ocupa su tiempo libre estudiando, contesta a las preguntas de forma directa. Diría que es una persona con dos dedos de frente y segura de sí misma. Así que opta por no perder el tiempo con rodeos y va directa al grano.

—Quería preguntarle por la noche del veintiocho de diciembre. En concreto, por un altercado que hubo con un hombre cuando estaba con sus amigas en El Dublinés Errante.

—¿Se refiere a Fito?

—¿Lo conocía?

—Sí. —Olvido hace una pausa y baja la mirada—. Pobre…, una pena lo que le ha pasado.

La bibliotecaria se hunde en sus pensamientos. Gloria la observa, no sabe qué tipo de relación tenían, pero parece afectada.

—Su vecino me ha dicho que esa misma noche vio a un hombre borracho en los alrededores de su casa. ¿Lo vio usted? ¿Era Fito?

—Me lo contó, sí. —La mujer se encoje de hombros—. Ni idea. Yo desde luego no vi a nadie. Llegué a casa y me fui directa a la cama, al día siguiente trabajaba.

—Entiendo. ¿Qué sucedió en el pub?

—Nada del otro mundo. Estábamos tomando algo, Fito nos vio y se acercó a hablar con Elvira. Iba bastante borracho, se notaba. Se pusieron a discutir, reproches, acusaciones cruzadas, lo de siempre, entonces el camarero...

—Un momento, un momento —interviene Gloria—. ¿Qué quiere decir con lo de siempre?

—Elvira y Fito fueron pareja.

Silencio. Gloria se toma un tiempo para pensar lo que acaba de oír. Esta información desmiente lo que les dijo la hermana. Candela en ningún momento les habló de que su hermana y Fito hubiesen tenido una relación amorosa, al revés, según su testimonio no conocían de nada a Garcés, el tipo era un simple borracho. De confirmarse este dato, y la teniente no tiene ninguna razón para creer lo contrario, la teoría de Bermúdez sobre la implicación de Martín Blasco en un posible asunto personal entre su prometida y el ganadero cobra todavía más fuerza.

—¿Podría hablarme de esa relación? —pregunta Gloria ocultando su reacción ante la noticia y tratando de sonar lo más natural posible.

—¿Qué quiere saber?

—¿Cuándo estuvieron juntos, cuánto tiempo, por qué rompieron...? Los titulares. Ya sabe.

Olvido San José se lleva las manos a la cabeza y se acomoda el peinado. Quizá un gesto automatizado de otra época, de cuando llevaba el pelo largo, porque ahora, con su corte actual, tiene bien poco que peinar. Suspira y cierra los ojos un instante. A Gloria le da la impresión de que no se siente muy cómoda hablando del tema. Respeta sus tiempos y calla. No quiere presionarla.

—Fue hace mucho tiempo —dice finalmente Olvido—. Elvira debía de tener dieciocho o diecinueve. Habíamos terminado el instituto, eso seguro. Estuvieron unos cinco años juntos. Iba por rachas, unas veces estaban mejor, otras peor, lo típico. No hacían mala pareja. No sé por qué cortaron. Elvira nunca me lo dijo. Sé que fue ella quien rompió. De eso me acuerdo.

—¿Qué pasó después de la ruptura, se siguieron viendo, se llevaban bien?

—Al principio fue un poco raro. Luego se fue normalizando. De todas formas, por aquella época Fito se fue a la borda y se aisló mucho, casi no bajaba.

—O sea, que mientras estuvieron juntos Garcés vivía en Jaca.

—Los primeros años sí, vivía con sus padres. Luego, yo creo que fue justo unos meses antes de romper, es cuando subió a Guasillo. A Elvira le gustaba la borda, estar perdida en medio de la nada, decía que la inspiraba, que la ayudaba a crear. Pero odiaba la granja, no le gustaba nada estar rodeada de vacas.

—¿Por aquel entonces conocían a Martín Blasco?

—No. —Olvido se encoge de hombros y niega con la cabeza—. Yo no, por lo menos.

—¿Y Elvira?

—No lo sé.

—¿Sabe si Martín y Fito Garcés eran amigos?

—Ni idea.

—Martín estudiaba en Bilbao —insiste Gloria—, solía subir a Jaca los fines de semana a ver a sus padres. ¿No recuerda si alguna vez coincidieron?

—No tengo ni idea.

—Intente hacer memoria. ¿Los vio alguna vez a los tres?

—No, no sé. No me acuerdo.

Olvido, seria, desvía la mirada. La teniente nota la tensión. Es obvio que la bibliotecaria se está cerrando en banda y por ese camino no va a sacar mucho más.

—Bien, esto ha sido todo. Gracias por su colaboración.

Olvido acompaña a la teniente y se despiden con un apretón de manos, luego cierra la puerta, se lleva las manos a la cara y se frota los ojos con fuerza. Está en el rellano, pensativa, con la espalda apoyada en la puerta y la vista fija en el suelo. En ese momento sale Virgilio de su habitación. Viste un pantalón de pijama a cuadros y una camiseta vieja. Mira a su hermana en silencio.

—Buenos días —dice Olvido cambiando de inmediato la expresión y dedicándole una amplia sonrisa—. ¿Te preparo el desayuno?

—¿Con quién estabas? —pregunta el grandullón.

—Con una compañera, del trabajo. Ha venido a traerme unos libros.

—¿Puedo tomar huevos y panceta?

Olvido vuelve a sonreír.

Nada más salir a la calle Gloria echa mano a la cajetilla de tabaco. Lo necesita. Se para frente a la casa escoltada por los dos enanos de jardín y enciende el cigarrillo. Observa los muros blancos de la casa y se imagina a aquel hombre enfundado en su delantal, comiendo crepes con sus nietos mientras el perro juguetea alegre y corretea entre sus piernas. Para muchos la imagen de la felicidad, ¿también para ella? De ninguna manera. A Gloria le sobran los enanos, el perro y, por supuesto, los nietos.

Suena su móvil. Mira la pantalla. Es Bermúdez.

—Perdona que te moleste en sábado —dice el sargento—, es urgente.

—¿Qué pasa?

—He descubierto quién dejó la nota en la habitación de Martín Blasco.

—¿Dónde estás?

—En el cuartel.

—Llego en cinco minutos.

50

—¿Qué tienes? —suelta Gloria a bocajarro.

Con la vista puesta en su ordenador, el sargento Bermúdez le hace un gesto con la mano para que se acerque y se siente a su lado. Tiene el anorak y el gorro de lana puestos. La calefacción sigue sin funcionar.

Gloria se acomoda y lo primero que hace es encenderse un cigarrillo. Su compañero le lanza una mirada de reproche.

—No jodas, Bermúdez, en esta planta estamos solos, ¿a quién molesto?

El sargento ignora el comentario, se centra en la pantalla, mueve el ratón del ordenador y navega entre sus archivos.

—¿Recuerdas que te dije que tenía que revisar las imágenes de las cámaras de un par de comercios cercanos al hotel? —Gloria asiente—. Una librería y una de esas tiendas de chinos de todo a un euro. He estado visionado todo el contenido desde el treinta de diciembre hasta la mañana del uno de enero. Y mira lo que he encontrado.

Hace clic sobre una carpeta titulada «Imágenes Librería», abre una subcarpeta con fotos, clica y aparece una captura de pantalla en la que se ve una mujer de estatura media, treinta y tantos, pelo liso, morena. Viste pantalón beige y plumífero verde oscuro.

—Se llama María Elizalde, vive en Neguri, Vizcaya. He recorrido los hoteles enseñando su foto y he averiguado que se alojó en el hotel Real del veintiocho al uno. Tenía reservado hasta la noche del dos, pero se fue un día antes. Además del DNI tengo la matrícula de su coche, un BMW Serie 1. Verás, me ha llamado la atención porque la mañana del treinta y uno Elizalde estuvo paseando por la acera de la librería. Justo enfrente del hotel Mur. Y lo hizo durante más de dos horas. Se la ve pasar una y otra vez por delante de la cámara con intervalos de tiempo de dos o tres minutos. O sea, que recorría diez, veinte metros, regresaba y volvía a hacer el mismo camino. Siempre en la acera opuesta al hotel. Frente a la puerta principal. Me ha parecido raro. Esa misma tarde aparece de nuevo y pasa frente a la librería. A las cuatro y cuarto exactamente. La imagen no es de muy buena calidad porque esta vez no se detiene, solo se la ve pasar de largo. Fíjate bien.

Bermúdez abre otra carpeta. Aparece un recuadro con el enfoque de la cámara de vigilancia de la librería. Pone el cursor sobre la línea del minutaje y avanza hasta las dieciséis catorce. Activa el *play*. Un minuto después hace su aparición María Elizalde caminando. El sargento retrocede la imagen, se ve de nuevo a la mujer pasar y pulsa pausa en el momento exacto en que ella aparece en cámara. En esta ocasión María viste abrigo y falda, del hombro le cuelga un bolso, en la mano derecha, enfundada en un guante de cuero, lleva algo. Bermúdez amplia poco a poco la imagen hasta centrarse en el detalle de la mano. La imagen pixelada no permite ver de qué se trata. Tan solo se aprecia una mancha de color blanco.

El sargento abre un cajón, saca un par de bolsas de polietileno en las que guardan las pruebas y evidencias, y las deposita sobre la mesa. En una de ellas está la nota rasgada y unida con celo en la que se lee: «¿De verdad creías que no iba a enterarme? Aún estás a tiempo». En la otra hay un sobre rectangular de color blanco arrugado.

—Es el sobre que encontramos en la papelera de la habitación de Martín Blasco y Elvira Araguás —dice el sargento—. Según el testimonio de la viuda, los trozos de papel estaban en la papelera. Así que podemos imaginar que la nota iba dentro del sobre. De acuerdo con el informe, las únicas huellas dactilares que había pertenecían al propio Blasco; es verdad que en la imagen no se aprecia, pero yo diría que es un sobre lo que la mujer lleva en la mano. Ahora fíjate en esto —dice señalando el ordenador—. Dos minutos después Elizalde entra en el hotel.

Hace clic sobre una nueva carpeta con el título «Imágenes Hotel». La cámara enfoca el vestíbulo del Mur. En la pantalla se ve a María cruzar y dirigirse a la zona de los ascensores. En el plano no hay evidencias del sobre, solo se ve a la mujer de espaldas y de cintura para arriba. Bermúdez avanza nuevamente las imágenes y cinco minutos después María Elizalde cruza otra vez el hall en dirección contraria y sale del hotel.

—La sospechosa estuvo merodeando por los alrededores del hotel por la mañana —recapitula Bermúdez—, por la tarde la vemos pasar de nuevo por la zona, esta vez entra en el Mur y sale pocos minutos después. En mi opinión hay indicios suficientes que apuntan a Elizalde como la autora de la nota.

El sargento mira a su superiora esperando una reacción. Gloria se limita a fumar en silencio.

—Hay más —continúa Bermúdez—. El día uno de enero deja su hotel a las doce y media de la mañana. O sea, que tuvo tiempo suficiente para ir y volver al puente de los Peregrinos. El tres, como bien sabes, se celebró el funeral de Blasco. Yo tenía un presentimiento. Ya sé que tú no crees en esas cosas. Aun así, me he tomado la molestia de ir al cementerio con una foto y resulta que he encontrado a un operario municipal que recuerda haber visto a María aquella misma mañana. Está bastante seguro de que era ella. Según su testimonio estaba sola, llegó pronto, antes de que se celebrase el funeral, estuvo paseando entre las tumbas, no sabe cuándo se fue porque no la vio salir. He comprobado todos los hoteles y otros posibles alojamientos, y ni el jueves tres ni la noche anterior se registró en ninguno. O sea, que probablemente hizo el viaje en el mismo día. ¿Qué te parece?

Bermúdez aguarda expectante. Gloria apura el cigarrillo, lo apaga con la suela del zapato y mira a su compañero.

—Si tenías planes para esta tarde ya puedes ir cancelándolos, sargento. Nos vamos de excursión.

51

—Aquí tienes, bonita. —Sagrario fuerza una sonrisa y devuelve el cambio a la clienta.

La panadería está llena. Toda la mañana ha sido un goteo constante de clientes que acudían a por su roscón de Reyes. Finalmente Sagrario ha accedido a las súplicas de su marido y se ha presentado en la panadería dispuesta a despachar en el mostrador. No se sentía con fuerzas, no quería enfrentarse a las miradas de lástima de los vecinos ni escuchar palabras de ánimo, siempre las mismas: «Te acompaño en el sentimiento», «Mi más sentido pésame», «Siento mucho tu pérdida», «Era tan buen chico», frases vacías que no la ayudan en absoluto. Lo único que desea es vivir su dolor de manera privada, un dolor intenso, desgarrador, sofocante, sufrirlo y vivirlo en silencio.

Santiago está preocupado por ella, le dice continuamente que tiene que salir, superarlo. Que no puede vivir encerrada. Le dice que le vendría bien volver al trabajo, tener la mente ocupada en otras cosas. Sagrario sabe que tiene razón. Sabe que su marido quiere lo mejor para ella. También sabe que para él la panadería es lo más importante y que solo no puede con todo. Y menos en estas fechas. Su Santiago es terco, en vez de cerrar el negocio unos días como habría hecho cualquiera ha seguido al pie del cañón. Se desloma todos los días. Trabaja sin cesar. Es su forma de pasar el duelo. El problema es que ya no es un chaval y, si sigue a ese ritmo, tarde o temprano lo va a pagar. Por eso ella ha cedido. No quiere otra desgracia.

—Que lo paséis bien. —Sagrario introduce el roscón en una caja de cartón y se lo alcanza a la clienta—. Siguiente...

Lo reconoce al instante. Han pasado los años. No le cabe la menor duda: está más mayor, como todos, pero es él. Es el amigo de Martín. Al menos en un tiempo lo fueron. Sagrario no dice nada. No quiere enfrentarse a recuerdos de otra vida. Cuando él vivía. Cuando tenía una vida.

—Buenos días, señora, ¿podría ver a su marido? —Acher Lanuza sonríe, amable.

Sagrario hace un gesto con la mano indicándole que espere y entra en la trastienda. Su marido, enfundado en un delantal y sudando la gota gorda, amasa y decora roscones. Los hornos están funcionando. Hace un calor insoportable.

—Hay un hombre que quiere verte.

—Ahora no puedo, ¿no ves cómo estoy? —refunfuña Santiago.

—Es un amigo de tu hijo —responde Sagrario, seca.

Marido y mujer se miran en silencio. Él se asoma a la puerta y ve al capitán del equipo de hockey esperando frente al mostrador.

—Ahora vuelvo —dice poniéndose una chaqueta sin quitarse siquiera el delantal.

El panadero pasa a la tienda, sonríe a los clientes, se dirige al capitán y lo saluda, afable, palmeándole la espalda.

—Qué alegría verte, majo. Vamos afuera un momento, ¿vale?, que ahí dentro no hay quien pare.

Salen a la calle. El cielo está cubierto. Frío intenso. Luz grisácea. Nada más pisar la acera Santiago cambia la expresión y se dirige al capitán con seriedad.

—¿Qué haces aquí?

Acher Lanuza traga saliva. Mira al suelo. Se frota las manos de manera compulsiva. Le cuesta hablar.

—Algo va mal... —dice angustiado—. Esto no me gusta. No puede ser casualidad, no puede ser todo casualidad.

—¿Qué pasa?

—No sé. No tengo ni idea de lo que está pasando, pero... Usted lo encontró, ¿verdad?

—¿A quién?

—A Fito. ¿Qué pasó? La gente habla. Dicen que lo mataron. Hay todo tipo de rumores. Unos dicen que fue un robo. Otros que fue un ajuste de cuentas, que se había metido en líos...

Santiago le sujeta el brazo con fuerza y lo hace callar.

—Cálmate un poco, ¿quieres? Yo estuve allí. Lo vi. Lo encontré en la bañera, se cortó las venas. Lo hizo él mismo. Da igual lo que digan. Fue un suicidio.

El capitán hace un gesto con la mano al panadero para que lo siga, se aleja unos pasos y mira a derecha e izquierda antes de empezar a hablar.

—La Guardia Civil vino a verme. Les mentí —susurra—. La noche en que murió Fito estuve con él. Salimos a tomar algo. Hacía mucho tiempo que no nos veíamos. Estaba mal. Me habló de Martín, ¿sabe?, quería verle. Sabía que subía a Jaca, que había una chica. Le dije que dejase las cosas como estaban. Empezó a recordar el pasado. No paraba de hablar de aquella noche. Yo no quería escucharlo, me fui, lo dejé solo. Hice mal. No tenía que haberme ido. Fue todo por mi culpa. A media noche me llamó por teléfono. —Acher hace una pausa y vuelve a mirar a ambos lados para asegurarse de que nadie pueda oírle—. A los guardias les dije que me despertó, que solo llamaba para decirme que teníamos que vernos más a menudo. Nada más. —Se hace un nuevo silencio—. En verdad no me había dormido, no podía, me quedé con mal cuerpo y después de la llamada ya no pegué ojo en toda la noche. Me dijo que se había encontrado a la bibliotecaria y que había intentado hablar con ella. Que quiso contárselo todo, pero no pudo. Estaba fuera de control. Había bebido más de la cuenta. Me dijo que iría a buscarla. Que no aguantaba más, que necesitaba decirle la verdad. —Acher se lleva las manos a la cabeza—. Yo traté de calmarlo, le dije que se fuera a casa. Que lo que necesitaba era descansar. Sabía que estaba borracho, que no podía coger la moto. Me dio igual, solo quería que se olvidase de todo, que se volviese a su puta granja, que...

Acher cierra los ojos. El corazón le late con fuerza. Trata de controlar su respiración.

—Hiciste bien —dice Santiago con voz firme—. Es lo que tenías que hacer, no fue culpa tuya.

El capitán evita su mirada. No le escucha, está sumido en sus pensamientos.

—Debería hablar con los guardias. Decirles la verdad...

Santiago se coloca frente a él. Le sujeta la cara con ambas manos y lo mira a los ojos.

—¡Escúchame bien! No digas nada. No empeores las cosas. Fito se quitó la vida, igual que mi hijo. No podemos hacer nada.

El panadero echa mano al pantalón, saca un Zippo del bolsillo trasero y se lo muestra al capitán. En un lateral hay un nombre grabado «Martín Blasco».

—Te lo dije, Martín lo recuperó. No os lo dijo, pero siempre lo tuvo consigo.

—Pero...

—¡Por el amor de Dios, no revuelvas más la mierda! ¡Están muertos! ¡Muertos! ¡Déjalos en paz, por favor te lo pido! Deja a mi hijo en paz, ¿me oyes?, ¡déjalo descansar en paz!

El panadero se aparta de golpe. Tiene los ojos vidriosos. Le tiemblan las manos, las estaba apretando con demasiada fuerza. Lanuza lo mira en silencio, no se ha quejado. Está asustado. Santiago sabe que se ha equivocado. Ha levantado la voz más de lo debido. Ha perdido los nervios. Se gira sin decir nada. No quiere disculparse. Lo único que quiere es volver a sus hornos. Hundir las manos en la masa. Trabajar. Trabajar. Trabajar. Lo único que sabe hacer. Lo único que ha hecho toda su vida.

52

Hugo abre la botella de cava. El corcho se estrella contra el techo y rebota en el sofá. María se aparta de un salto. Ríen. Están de celebración. Han ganado el partido de pádel contra las hermanas Goiricelaya, están en la final.

Brindan y beben de un trago. Hugo ha escondido la botella en el fondo de la nevera esa misma mañana, por si acaso. Es un Rovellats Gran Reserva de 2015, su preferido. Se besan. María está feliz, hacía tiempo que él no la veía así, relajada, espontánea. A Hugo le encanta verla reír. Es curioso cómo a veces algo tan insignificante puede cambiar las cosas, piensa.

María es muy competitiva, se esfuerza, entrena, siempre trata de mejorar, pero ante todo le gusta ganar. Da igual si es de penalti injusto y en el último minuto, para ella lo importante es el resultado.

«Las Goiri», así las llaman todos en el club, eran las claras favoritas. Más jóvenes, mejor técnica y sobre todo una compenetración perfecta. Llevan toda la vida jugando juntas. Les ha podido la presión, dice ella. La veteranía es un grado, responde él. Rellenan las copas. Brindan de nuevo.

Hugo nota cómo el alcohol se le sube a la cabeza, le viene bien, necesitaba un respiro, han sido días difíciles. Tiene cuajo, sabe templar cuando hace falta, la paciencia es una de sus virtudes y a pesar de todo sentía que estaba al límite.

Al volver él a casa se había encontrado a María saliendo de la ducha, le había dado la noticia de la victoria y se habían abrazado. Un gesto automático. Fue ella quien prolongó el beso más de lo debido. Fue ella quien se despojó del albornoz y comenzó a desnudarlo. Hicieron el amor con las cortinas descorridas, con el mar como testigo. Ella siempre las corre —no tienen vecinos, tan solo una calle arbolada, el acantilado y al fondo el Cantábrico—, es una costumbre. Una especie de pudor innato. Hoy le ha dado igual. También ha sido ella quien ha tomado la iniciativa. Últimamente no era así.

Rellena las copas una vez más. Él le pide que le cuente otra vez el *match point*. Fue con el servicio de Mencía, pero el tanto ganador lo hizo ella, con un revés cortado pegado a la pared, uno de sus golpes estrella. En ese momento suena el timbre.

—¿Esperas a alguien? —pregunta María.

—Deben de ser los paparazzi —responde él con una sonrisa—. Vete acostumbrándote, amor, es el precio de la fama.

Hugo abre la puerta y observa extrañado a la pareja que aguarda bajo el porche. Una señora mayor, gordita, y un hombre joven. Los dos muy serios. Es la mujer quien hace las presentaciones, teniente Maldonado y sargento Bermúdez, Guardia Civil de la comandancia de Jaca, para a continuación preguntar por María.

—Es una visita de carácter informal —puntualiza Gloria de manera educada.

Pasan al salón. María se levanta al verlos entrar. Se repiten las presentaciones. Intercambian unas frases protocolarias. Hugo les ofrece café y ellos aceptan. Los guardias alaban la casa haciendo énfasis en las vistas. Toman asiento. A los invitados les ofrecen el sofá frente al ventanal. El matrimonio se sienta frente a ellos.

—Nos gustaría charlar unos minutos con usted a solas —dice la teniente dirigiéndose a María.

—No tenemos secretos —responde Hugo con una sonrisa.

—Como quieran.

Gloria se toma unos minutos para disfrutar del chute de cafeína. Taza de diseño, producto de calidad y bien elaborado. Se nota que son sibaritas. Se ha fijado en la máquina de barista. Lo más probable es que esa cafetera valga más que todos los electrodomésticos de su cocina. También ha visto la botella de cava. Un gran reserva. Como solía decir su madre, son de morro fino.

Bermúdez, sentado con la espalda erguida, mira a su compañera con expresión seria y aguarda. Está ansioso. Ella se lo toma con calma.

Durante el viaje la teniente había aprovechado para ponerlo al día de las novedades de su encuentro con Olvido San José: la discusión en el pub, la antigua historia de amor entre Garcés y Elvira, el borracho misterioso rondando la casa de la bibliotecaria… Al terminar le había dado las instrucciones sobre cómo afrontar la conversación con Elizalde. No hubo sorpresas, Gloria, como de costumbre, y más tratándose de la primera toma de contacto, quiso que fuese el sargento quien rompiese el hielo y llevase el peso de la charla. Eso le permitía estudiar con detenimiento al interrogado, quedarse en un segundo plano y tratar de ver más allá de las palabras.

—Estamos investigando una muerte —dice finalmente Gloria—, y a mi compañero y a mí nos gustaría hacerle unas preguntas. Adelante, sargento.

Otra cosa que habían convenido era centrarse en Martín, en la nota, y no mencionar, al menos en principio, la muerte de Garcés.

Bermúdez saca su Moleskine, la posa sobre sus piernas, toma un apunte breve y comienza a hablar en un tono cordial.

—Señora Elizalde, entre el veintiocho de diciembre y el uno de enero estuvo alojada en el hotel Real de Jaca, ¿podría decirnos cuál fue el motivo de su visita?

—Estuve esquiando.

—¿Sola?

—Con una amiga.

—Begoña Abad —dice el sargento consultando su libreta. María asiente—. ¿Subieron a las pistas todos los días?

—A eso fuimos. A esquiar...

María hace una pausa, observa a los guardias, se gira hacia su marido e intercambia una mirada cómplice.

—Alguna mañana —continúa—, dejé a Bego sola, bajé antes de tiempo y me fui de tiendas. Ya me conoces... —María le guiña un ojo a Hugo, él sonríe.

—¿Cuándo fue eso?

—El treinta y uno.

Bermúdez toma nota. Gloria ya se ha hecho una primera composición de lugar. María Elizalde contesta sin titubeos, tranquila, segura de sí misma, curiosamente es el marido quien parece más tenso, está atento a cada movimiento de su mujer, cada gesto, cada palabra.

—¿Estuvo con alguien esa mañana?

—Ya le he dicho que Bego se quedó en las pistas —responde María.

—¿Además de Begoña, tiene otros amigos en Jaca?

—No.

El sargento pasa las hojas de su libreta. Es un gesto para ganar tiempo. Necesita pensar. No sabe por dónde atacar. Se había imaginado otro escenario. Una María Elizalde más colaborativa, nerviosa o, al menos, impresionable, sin tanto aplomo.

—Según consta en el registro del hotel, tenía reserva hasta el dos de enero y sin embargo se fue un día antes.

—Así es.

—¿Alguna razón en particular?

—Tenía ganas de volver a casa.

—¿En los días sucesivos volvió a Jaca?

—No.

Llegado a ese punto, el sargento sopesa sus opciones. No tiene la certeza absoluta de que María estuviese en el cementerio durante el entierro, el testigo que afirmó haberla visto podría estar equivocado. Lo que sabe con seguridad es que entró en el hotel en el que se hospedaba Blasco. Decide mostrar sus cartas. Si quiere averiguar si les está mintiendo la mejor manera es preguntar directamente.

—Volviendo al treinta y uno, el día en que se fue de compras, ¿aprovechó para visitar a alguien en el hotel Mur? Supongo que lo conoce, está al lado de la catedral.

—Ya le he dicho que no tengo amistades en Jaca —responde María con una sonrisa—. Pero, respondiendo a su pregunta, sí, entré en el Mur para preguntar por el cotillón de Nochevieja.

—¿Pasó la Nochevieja en el hotel?

—No, al final preferimos salir de bares.

—Entiendo. —El sargento mira a la pareja—. ¿Es algo habitual? ¿Suelen pasar las fiestas separados?

—La Nochebuena y la Navidad las pasamos juntos, la cena con mi familia y la comida con la de mi marido. El plan era haber ido a esquiar unos días, pero Hugo tenía trabajo y por eso subí con una amiga.

—Ya veo. ¿Y usted se quedó aquí? —dice dirigiéndose a Hugo.

—Sí, salí con unos amigos por Bilbao.

El sargento anota algo en la libreta, levanta la vista y vuelve a dirigirse a María.

—Me ha dicho que adelantó el regreso y volvió el día uno de enero a casa, ¿qué hizo esa mañana?

—Nada en particular. Me levanté tarde, desayuné en el hotel, tomé varias tazas de café, hice la maleta, me pegué una ducha, cogí el coche y llegué a casa para comer.

Gloria se revuelve incómoda en el sofá, palpa los bolsillos interiores de su chaqueta y tras varios intentos logra sacar el paquete de tabaco.

—¿Se puede fumar aquí?

—Puede hacerlo en la terraza —responde Hugo—, si quiere la acompaño.

La teniente rechaza la oferta con un gesto.

—Voy a ver cuánto logro aguantar —dice Gloria lanzando la cajetilla sobre la mesa—. Señora Elizalde, ¿conoce usted a Martín Blasco?

María no se inmuta. No cambia el rictus.

—Supongo que se refiere al abogado. Sí, lo conozco, trabajó con nosotros.

—El día de Año Nuevo encontramos su cuerpo en la orilla de un río a la altura de Canfranc. ¿Estaba al corriente de su muerte?

—Lo comentaron en la oficina, sí.

Silencio. Gloria descruza las piernas y busca una nueva postura. Prueba distintas posiciones y, cuando por fin se acomoda, mira a los ojos a la anfitriona de la casa.

—Casualmente se hospedaba en el hotel Mur.

—No lo sabía.

—¿Se cruzó con él en algún momento durante su estancia en Jaca?

—No.

—¿Lo vio por casualidad en las pistas, coincidieron esquiando?

—No.

—Una última pregunta. ¿Conoce usted a un hombre llamado Fito Garcés?

—No. No me suena de nada.

Ninguna reacción. María sostiene la mirada inquisidora de la teniente. Hugo, visiblemente más afectado, se sirve otra taza de café. Gloria se gira hacia el sargento, arquea las cejas dándole a entender que ella no tiene nada más que añadir y ofreciéndole la posibilidad de hacer alguna pregunta más. Bermúdez niega con la cabeza.

—Bien. No la molestamos más. —Gloria se incorpora, coge la cajetilla de tabaco de la mesa y en su lugar deja una tarjeta de visita—. Gracias por su colaboración.

Hugo Markínez los acompaña a la puerta. Se despiden entre sonrisas y apretones de manos. Nada más salir a la calle Bermúdez se gira hacia su jefa.

—¿Por qué no la has apretado sobre Blasco? Ha reconocido que se conocían.

—No se iba a salir del guion. —Gloria se coloca un cigarrillo en la boca y busca el mechero.

—¿Qué quieres decir?

—¿No te has dado cuenta?, es como si tuviese las respuestas preparadas.

—O sea, que nos estaba mintiendo.

—Eso no puedo saberlo. ¿Conocía a la víctima?, sí. ¿Estaba en Jaca cuando murió Blasco?, sí, incluso cuando murió Garcés. ¿Y? —La teniente hace una pausa—. No tenemos nada.

—¿Y la nota? Estuvo rondando el hotel, ella dice que fue a preguntar por el cotillón, pero cogió el ascensor, está en las imágenes, subió a las habitaciones. Fue ella, tuvo que ser ella quien dejó la nota.

Gloria se acomoda en el asiento del conductor y arranca el motor del Patrol. Necesita aislarse del mundo, pensar.

—Supongamos que fuese así, Bermúdez —dice con los ojos puestos en la carretera—. ¿La convierte eso en una asesina? No podemos forzar la situación, no tenemos nada.

53

El miedo es libre, campa a sus anchas, el miedo no hace distinciones, no tiene prejuicios; el miedo viene cuando menos te lo esperas, no sabe de fiestas ni de celebraciones. Hoy es la noche más mágica del año, la noche de Reyes, y Acher Lanuza tiene miedo.

Sabe por qué tiene miedo, dos muertos en menos de una semana, los dos amigos suyos, los dos parte de su pasado. ¿Dos suicidios?

Tiene miedo, sí, pero no sabe a qué, y ese es el peor de los miedos. ¿Cuál es la amenaza? ¿Quién es la amenaza? ¿Él mismo? No, Fito no se suicidó, y Martín tampoco, de eso está seguro. Hay algo más. Los tres estaban unidos por un lazo invisible que seguía vivo a pesar del olvido, y dos de ellos ya no están.

¿Qué puede hacer? ¿Marcharse? Sí, debería irse. Lejos, lo más lejos posible, desaparecer por un tiempo. Y sin embargo no lo hace, porque una parte de él le dice que está siendo irracional, que todo está en su cabeza. Porque el miedo también es irracional. ¿Qué ha pasado cuando subía a Oroel? ¿De verdad lo estaban siguiendo? Había un todoterreno tras él, lo ha visto, era real. ¿Iba a atropellarlo o son solo imaginaciones suyas? Se está volviendo loco. Así es el miedo.

Le inquieta Santiago. El padre de Martín fue a verlo después de que su hijo muriese. Tenía muchas preguntas. Quería saber. No lo dijo, pero también dudaba, lo vio en sus ojos, no creía que su hijo se hubiese quitado la vida. Ahora es todo lo contrario. Ha cambiado el relato. ¿Qué ha sucedido? Él mismo encontró el cadáver de Fito. ¿Qué hacía allí? ¿Cuánto sabe? ¿Cuánto calla? ¿Debería preocuparse? El miedo no tiene edad, no tiene rostro.

Suena el telefonillo del portal. No espera a nadie, ¿se habrán equivocado? Acher se asoma a la ventana, está intranquilo. A lo lejos se oye el eco de la cabalgata de Sus Majestades los Reyes de Oriente, música festiva, voces infantiles, ilusión... Una persona aguarda en la calle, desde su posición no puede distinguir quién es. Espera. El telefonillo vuelve a sonar.

—¿Sí?

—Buenas tardes, ¿Acher Lanuza?

—Soy yo.

—Perdona que te moleste, soy Olvido San José, la hermana de Virgilio. ¿Podemos hablar? Serán solo cinco minutos. Lo prometo.

El capitán del equipo de hockey pulsa el botón. No la conoce personalmente, nunca ha hablado con ella, pero sabe de sobra quién es.

Su cabeza lo lleva a otros lugares. El miedo se evapora. No la preocupación, no.

Acher, educado, hace pasar a la mujer. Ella se disculpa de nuevo por molestarlo en su domicilio un sábado por la tarde, y más siendo víspera de Reyes. Vuelve a prometer que no lo entretendrá mucho tiempo.

Se sientan el salón.

—¿Un café?

Olvido rechaza la invitación y aborda el tema directamente. Explica que viene a hablar sobre el incidente ocurrido con su hermano durante el entrenamiento de ayer. Le dice que Virgilio está muy arrepentido, que quería haber ido a disculparse en persona, pero que ella le ha aconsejado que espere, que ella haría el primer contacto. Le cuenta que ya ha hablado con los chicos afectados y con los entrenadores. Le dice también que Jacinto Román, el entrenador de los Quebrantahuesos, conoce muy bien a su hermano, que lleva años dirigiendo al equipo amateur, y que, aunque admite que fue un incidente muy desagradable, reconoce también que es un hecho aislado. Le dice que el míster está dispuesto a aceptar que Virgilio se reincorpore al grupo, pero que según le ha explicado no tiene potestad para ello. La última palabra la tiene el director del área deportiva. De ahí su visita.

Acher no quiere hablar del tema, no son ni el momento ni el lugar adecuados. Si fuera cualquier otra persona le habría dado cita para tratar el asunto en horario de oficina y habría dado por zanjada la charla. No lo hace. No con Olvido.

—Verás… —dice el capitán utilizando un tono institucional—, nuestra misión en el club no es solo formar deportistas, sino personas. Los valores que transmitimos son muy importantes.

—Lo sé y por eso creo que debería seguir. Mi hermano es una persona… especial, el equipo lo ha ayudado mucho a relacionarse, el hockey es todo su mundo.

—Los chicos se llevaron un buen susto.

—Me lo puedo imaginar. Mi hermano impone, ya solo con su altura… —Olvido hace un gesto con la mano y a continuación sonríe. Es una sonrisa limpia, sincera—. Y en el fondo es un niño. Lo importante es que no les hizo ningún daño. Jamás haría daño a nadie, es un pedazo de pan. Fue una muestra de ira, no lo estoy justificando, pero al final solo fueron unos gritos. Solo trataba de defenderme.

Lanuza mira a la mujer sorprendido. Como director deportivo le habían informado de inmediato del asunto, sin embargo, nadie había sabido decirle la causa del incidente. Hasta este momento solo tenían una versión: los chicos aseguraban que fueron atacados por sorpresa y sin ningún motivo. Virgilio, por su parte, no había abierto la boca.

—¿Qué pasó exactamente? —pregunta Acher.

—Nada. Una tontería. Los chicos estaban diciendo cosas groseras sobre mí, Virgilio lo oyó y... reaccionó mal, eso fue todo.

Acher recuerda la visita del grandullón a su despacho a mediados de semana, hasta entonces nunca había subido. Quizá acudió para quejarse, piensa, quizá no era la primera vez que aquellos chicos se metían con su hermana, quizá lo estaban provocando. No llegó a saberlo, cuando terminó de hablar con Santiago Blasco, el hombretón ya no estaba.

—Estamos muy unidos —continúa diciendo Olvido—, para él soy casi como una madre. Mi hermano no ha tenido una infancia fácil, ¿sabes?

—Nos consta que es una persona... —Acher busca con cuidado la palabra— «diferente».

Se miran en silencio. La música del exterior suena cada vez más alta, la cabalgata se está acercando. En unos minutos pasaran por su calle. Otros años, Acher se asomaba a la ventana del salón y disfrutaba del desfile, le gustaba ver a los Reyes Magos pasar en sus carrozas, a caballo o incluso en camello. Le gustaba participar en la ilusión colectiva. Esta vez lo había olvidado por completo.

—Mi padre se fue de casa cuando éramos niños, aun así, seguimos viéndolo de vez en cuando, Virgilio lo tenía en un pedestal. Hasta que se cansó y poco a poco fue espaciando sus visitas, dejó de llamar, no sabíamos dónde estaba, durante mucho tiempo no supimos nada de él. Su afición al vino siempre fue más fuerte que su familia, eso fue lo que lo mató. —De repente calla. Olvido desvía la mirada y traga saliva—. Virgilio nunca superó su muerte, lo destrozó. Ocurrió durante la Navidad, lo encontraron en el bulevar del paseo de la Constitución. Años sin saber de él y resultó que estaba aquí mismo.

El capitán siente la mirada de la mujer, los ojos vidriosos, al borde del llanto. Acher se revuelve en su asiento, incómodo.

La música y los gritos infantiles inundan el espacio de repente. La cabalgata real acaba de doblar la esquina y está pasando justo por debajo del salón. Acher y Olvido giran la cabeza hacia el ventanal y escuchan en silencio. Él con una sonrisa impostada, ella con los labios apretados y la tensión en el rostro. Aplausos, expresiones de júbilo, emoción, alegría. No puede ser de otra manera. Es la noche más mágica del año.

—No quiero robarte más tiempo —dice Olvido al cabo de unos minutos, cuando el sonido se va apagando a medida que la caravana avanza—. A pesar de su apariencia, mi hermano es una buena persona, es todo corazón, y el equipo es muy importante para él. Solo te pido que lo pienses, ¿vale?

Olvido se levanta y se dirige a la puerta; Acher la acompaña. Ya en el rellano, ella le sonríe y le tienda la mano. Tiene la piel suave, los dedos largos.

—Hacer lo correcto no siempre es fácil —dice Olvido mirándolo a los ojos.

Están muy cerca, siente su respiración. Es una mujer fuera de lo común. Alta, voluminosa, y sin embargo parece frágil. Hay algo discordante en ella. En su mirada, en su manera de moverse, de comportarse. Tan fuerte y tan débil a la vez, es extraño, algo no acaba de encajar, como si mostrase una cara y escondiese otra.

54

No se lo piensa dos veces. Bermúdez espera a que el Patrol conducido por la teniente gire la esquina de su casa y echa a andar calle abajo. Ha sido un viaje tedioso. Apenas han hablado, cada uno sumido en sus propios pensamientos.

Está ansioso por enfrentarse a Candela. Lleva todo el día esperando ese momento. Desde que Gloria le ha contado lo que ha averiguado gracias a su conversación con Olvido San José —que Elvira y Fito habían sido pareja—, no puede quitarse esa sensación de asqueo. Está claro que Candela le mintió, le dijo que no conocían de nada a Garcés, que era el típico borracho baboso. Se siente engañado, estúpido. Ahora se da cuenta de que todo ha sido una mentira, de que Candela lo ha utilizado para sacarle información y proteger a su hermana o, quizá, hasta a ella misma. Recuerda todo lo que se dijeron la noche anterior, las confidencias, los secretos, cómo acabaron hablando de la investigación y cómo largó más de la cuenta. Se dejó manipular, ahora lo ve claramente, fue ella la que lo llevó a su terreno, la que sacó el tema, la que se interesó por los avances del caso, todo de una manera sutil y sibilina, sin que se diera cuenta de que estaba siendo utilizado. ¿Cómo ha podido ser tan ingenuo? Y lo que más lo intranquiliza, ¿hasta dónde puede llegar la mentira? Podría ser peor de lo que imagina. ¿Quién le dice que la propia Candela no está involucrada en la muerte de Martín, incluso en la del propio Garcés?

Se siente como una marioneta, durante estos días, de manera natural, ella ha ido construyendo un relato que él ha comprado a pies juntillas. En ningún momento ha dudado de nada de lo que ella le decía. No tenía motivos para ello. En el fondo sabía que no estaba haciendo lo correcto, que su comportamiento era, cuando menos, moralmente cuestionable. Aunque Candela no fuese una sospechosa, era la hermana de una persona que sí estaba implicada de un modo directo en el caso. Lo sabía y le ha dado igual.

Un pensamiento lo ha perseguido y atormentado durante todo el viaje de vuelta. No puede quitárselo de la cabeza: ¿podría ser Candela una asesina?

El sargento repasa una y otra vez la noche en que se conocieron, ella apareció en el restaurante y se sentó a su lado. Siempre ha ido un paso por delante: fue ella la que le propuso tomar la primera copa, subir a su casa. Está furioso consigo mismo. Se arrepiente de haber estado tan ciego, de haberse dejado manipular.

Entra en el hotel y sube directamente a la habitación. Antes de llamar a la puerta respira hondo y cuenta hasta diez. Sabe que debe mantener la cabeza fría, que tiene que dejar a un lado sus sentimientos y ser profesional. Qué fácil es decirlo y qué difícil es hacerlo, piensa.

Esa mujer le gustaba de verdad: su físico, su energía, su personalidad, su risa, su determinación, su frescura, su pasión..., le gustaba todo de ella. Incluso había llegado a fantasear con pedir el traslado a Madrid y apostar por la relación. Ella era el empujón que necesitaba, el acicate necesario para dar un paso que por sí solo no se atreve a dar. En muy poco tiempo, esa mujer se ha convertido en algo más que una aventura, era el detonante de un cambio, la promesa de un futuro mejor. Por eso está tan lleno de rabia.

Se lo repite a sí mismo en voz baja: «Jaime, deja a un lado tus sentimientos y sé profesional». Si pudiese ver la escena desde fuera, un tipo con el ceño fruncido, los puños apretados, hablándole a una puerta, pensaría que es un perturbado, lo más probable es que le pidiera la documentación.

Toca la puerta con los nudillos. Una vez, dos, tres, cuatro, cinco veces. Nadie responde. Vuelve a llamar, aporrea la puerta, primero con un puño, luego con los dos.

Saca su teléfono y busca Candela en la agenda.

Antes de llamar tiene un momento de lucidez: está demasiado nervioso. Envía un wasap breve. «Necesito verte. ¿Dónde estás?». El doble *check* se vuelve azul inmediatamente. Junto al icono circular en el que se ve a Candela sonriendo a cámara, aparece el mensaje intermitente de «escribiendo»..., señal de que ha visto el mensaje y lo está contestando. Entra un wasap. Es una localización. No hay texto, tan solo un punto rojo en la pantalla: La Tasca de Sancho. Conoce el bar. Está detrás de la Torre del Reloj, una plazoleta a tan solo cinco minutos andando.

Los bares de la parte vieja están animados. Ya casi no quedan familias con niños. Aunque a muchos les cueste dormir esta noche no tienen problema en acostarse pronto. No hay quejas. La ilusión por despertarse con los regalos es más fuerte que cualquier cosa.

Bermúdez entra en el bar. El local está a rebosar. Luz tenue, música alta, conversaciones cruzadas. La localiza enseguida, Candela está al fondo de la barra. Junto a ella hay un chico. Ríen. Están muy cerca el uno del otro. Los hombros pegados, sus manos casi se rozan. Se hace paso a codazos entre la gente sin perder de vista su objetivo. El chico es más joven que ella, veintipocos, calcula. Alto, rubio, pelo ondulado, ropa de marca.

Cuando llega hasta a ellos, coge a Candela del brazo y tira ligeramente de ella.

—Tenemos que hablar.

El chico lo mira sorprendido.

—Hey, colega, ¿qué coño haces? —dice.

—No pasa nada, es un amigo. —Candela lo tranquiliza.

Bermúdez la vuelve a tirar del brazo, esta vez con más fuerza.

—Vamos afuera —insiste.

Candela se revuelve.

—Suéltame, me haces daño.

El chico reacciona y se encara con Bermúdez.

—¿No la has oído? Ha dicho que la dejes. Mejor te piras, ¿vale?

El sargento ni siquiera lo mira, con la mano libre, la derecha, le agarra el paquete y aprieta con fuerza. El chico se retuerce de dolor y se lleva las manos a la entrepierna de forma instintiva. Bermúdez aprieta aún más fuerte, acerca su cabeza a la del chico, pone los labios en su oreja, tan cerca que el chico nota su saliva.

—Lárgate de aquí ahora mismo o te reviento la cabeza —le susurra al oído.

Bermúdez suelta a su presa. El chico, con ojos de cervatillo asustado, se gira y desaparece.

—Vaya con el machito alfa, no esperarás que me sienta halagada, ¿verdad? —dice Candela con cara de pocos amigos.

—¡Vamos afuera!

—Lo que tengas que decirme me lo dices aquí y me lo dices bien.

El sargento sopesa sus opciones. No quiere armar un escándalo. Piensa. El hecho de estar en un lugar público le viene bien para controlar sus emociones. Acepta.

La copa que estaba tomando el chico sigue sobre la barra, Bermúdez coge el vaso de tubo y pega un trago hasta dejarla vacía. Ron con naranja. Siente el alcohol en su estómago, en este momento recuerda que lleva todo el día sin comer.

Se coloca frente a Candela. La poca luz resalta el brillo de sus ojos, azules, casi transparentes.

El sargento comienza llamándola mentirosa. Le dice que sabe que todo lo que le dijo sobre Fito Garcés es mentira, que no fue un encuentro casual, que Garcés quería hablar con su hermana, que en verdad se conocían. Le cuenta lo que les dijo Olvido San José, que Garcés y su hermana habían sido pareja, que tenían asuntos pendientes, que discutieron, que después de que lo echasen del bar estuvo rondando la casa de la bibliotecaria, que luego volvió a la suya y que ahora está muerto, asesinado. Le dice no se traga que no sepa dónde está Elvira, que seguramente está en contacto con ella, que tampoco se cree nada de lo que le ha contado hasta ahora, que ambas tengan una relación fría, que sufra por ello, que se arrepienta de la forma en que se marchó. Piensa que todo es mentira, ni siquiera se cree que sea actriz, y, si lo es, es una actriz pésima porque le ha pillado todas las mentiras. Le dice que sabe que se acercó a él solo por su cargo, porque estaba al frente de la investigación de la muerte de Blasco y que durante todo este tiempo ha estado jugando con él, mintiéndole, manipulándolo.

Candela lo deja hablar. Nota la rabia acumulada en cada frase, en cada palabra, el desprecio con el que la mira. No se esperaba algo así, cuando lo vio llegar en ese estado de agitación pensaba que era a causa de los celos. Qué tonta, piensa, cuánto se equivocaba.

—¿Eso es lo que piensas de mí? —dice después de una larga pausa durante la que ha tratado de procesar todo lo que ha oído—, ¿que soy una puta?

—Yo no he dicho eso.

—No lo has dicho, pero lo piensas.

Ambos se sostienen la mirada, ninguno de los dos dice nada.

Finalmente, Candela saca su móvil y le muestra la pantalla.

—Mira, pedazo de gilipollas, más de veinte llamadas perdidas. —Desliza el dedo por la imagen y le muestra las notificaciones—. No tengo ni idea de dónde está mi hermana. Al tipo ese del pub irlandés no lo había visto en mi vida, no sabía que Elvira había tenido un rollo con él y mucho menos que estaba muerto. No me voy a molestar en justificarme. Es verdad que me he callado cosas. Es cierto, y si lo hice fue porque no quería mezclar a mi hermana con lo nuestro. No quería estropearlo. Ahora ya da igual porque no quiero volver a verte en la puta vida, así que te lo puedo decir: ese tío con el que se casó, Martín, no era trigo limpio. La noche de la boda, lo pillé discutiendo con una mujer.

Candela desplaza el dedo gordo por la pantalla de su iPhone, busca en la galería y selecciona el vídeo que grabó la noche del 31 en la que se ve a Martín discutiendo con una mujer y sacándola del bar de forma violenta.

—Esta misma mujer intentó atropellarme después del entierro de Martín —continúa diciendo—. ¿Vale? Me topé con ella a la salida del cementerio. Así que, en vez de hacerte pajas mentales e inventarte conspiraciones, podías dedicarte a hacer bien tu puto trabajo y encontrarla. ¡Y ahora fuera de aquí!

El sargento Bermúdez no se mueve. Se ha quedado congelado. Los ojos clavados en la pantalla del móvil, ahora oscura. Trata de asimilar todo lo que le ha dicho Candela, no reacciona, no es capaz de discernir si le ha dicho la verdad o es otra de sus patrañas, si sigue mintiendo o si se ha equivocado con ella. Está confundido, bloqueado. Además, hay algo que centra toda su atención, ha reconocido a la mujer del vídeo. Aunque la grabación no era del todo nítida, no le cabe la menor duda. La mujer con la que discutió Blasco la noche antes de morir es María Elizalde.

—¡Largo! —grita Candela.

A Bermúdez le cuesta alcanzar la puerta. Tiene la sensación de que hay el doble de gente, que la música está más alta, que el ambiente es más asfixiante. La cabeza le va a mil. Está mareado, necesita salir de ahí. Cuando por fin alcanza la calle, respira. Está sudando. Entonces los ve.

Al otro lado de la acera está el chico rubio, apoyado en la pared, con dos amigos de su misma altura, de su misma edad, van bien vestidos: universitarios con pasta, niños de papá.

El chico rubio lo mira y le sonríe.

Bermúdez cruza la acera y va directo hacia ellos.

El chico cambia la expresión. Eso no se lo esperaba.

En tres zancadas se planta frente a él. Los amigos lo rodean. Bermúdez mete la mano derecha en el abrigo, saca una pistola, coge al chico por los pelos y le mete su Glock de nueve milímetros en la boca.

Los dos amigos retroceden con los brazos abiertos.

El sargento suelta al chico y guarda la pistola.

Los tres jóvenes echan a correr.

Jaime Bermúdez mira a derecha e izquierda. Al fondo de la calle, en la dirección opuesta a la que se fueron los chicos hay una pareja enrollándose. No parecen alarmados. Con suerte no han visto el arma.

Busca cámaras de seguridad en la calle. Deformación profesional. Parece limpio. Se frota la cara con las manos. No se puede creer lo que ha hecho. Le tiemblan las piernas. Si esto se supiese le costaría la carrera.

Se pone la capucha del anorak y se pierde en las calles.

55

Abre los ojos y mira el despertador que hay sobre la mesilla. Son más de las diez.

Gloria no se siente con fuerzas para levantarse de la cama. Los Reyes Magos le han traído una buena resaca. Una de esas de boca pastosa, aliento de perro y una banda de leñadores derribando los muros de su cerebro.

La noche anterior, al volver de Neguri, abrió una botella de vino. La idea era tomarse una copa, picar algo de queso, un yogur y a la cama. El plan no salió como esperaba.

Para hoy no ha preparado nada especial porque para ella no es un día especial, ni siquiera ha comprado el mísero roscón. ¿Para qué?, si tuviese alguien con quien compartirlo... Piensa en su primo Simón. Le gustaría que estuviera en Jaca, quizá hoy habría cocinado para él. De alguna manera se siente culpable de su marcha, culpable de su soledad.

Busca a tientas su móvil, no tiene batería. Sin levantarse de la cama logra coger el cargador y conectarlo a la toma de tierra que hay en el rodapié. Por un instante se ve a sí misma como una ballena varada. Insiste, no se va a rendir fácilmente. Misión cumplida.

Cierra los ojos y trata de no pensar en nada. Le asalta una duda. Un dilema existencial: ducharse o pasarse el resto del día en pijama. Necesita fumar. La cabeza no le funciona sin nicotina. La cajetilla más cercana está en la chaqueta que dejó tirada de cualquier manera sobre la cómoda. Para llegar hasta ella hay que levantarse. Otro dilema. Por el momento se impone la pereza sobre las ganas de fumar.

La pantalla del teléfono se ilumina. Tiene dos notificaciones. Dos llamadas perdidas. La primera pertenece a un número desconocido, la segunda es de un contacto registrado, el brigada Escartín, del cuartel de Canfranc.

Antes de devolver las llamadas debería levantarse, lavarse la cara, tomarse un café o al menos echarse un pitillo. A la mierda, piensa. Se siente frustrada, hay dos cadáveres encima de la mesa y después de una semana de investigación, no tiene nada sólido. Lo peor de todo es que no sabe por dónde avanzar. En otros momentos de su vida tiraba de creatividad, buscaba nuevos ángulos, trataba de pensar de manera diferente. El problema es que ahora está perdida. No es una cuestión de falta de profesionalidad, compromiso no le falta. Tiene una responsabilidad con sus superiores, con las familias, con los muertos y, por encima de todo, con la justicia.

Desde que entró en el cuerpo siempre se ha movido por el afán inquebrantable de hacer cumplir la ley, de que el delito nunca quede impune. Por encima de la ambición personal, que obviamente la tiene, y de los méritos que le han servido para promocionarse y hacer carrera, siempre ha habido esa necesidad de castigar a los malos.

El problema es que ahora se ve desbordada. Es verdad que la resaca no ayuda, no piensa con claridad, pero no es solo eso. La Navidad, los años, la vida..., la situación en sí la desborda. Le falta energía, le gustaría tener a alguien con quien compartir estos momentos de debilidad. Al final todo se reduce a lo mismo.

Marca el primer número.

—¿Sí? —responde una voz femenina.

—Teniente Maldonado. —Tose, se aclara la garganta. Es consciente de lo horrible que suena—. Tengo una llamada perdida.

—Buenos días, teniente. Soy María Elizalde.

—¿Quién?

—Estuvo ayer en mi casa. En Neguri.

—Sí, sí, claro. —Gloria se incorpora, apoya la espalda en el cabecero de la cama y se esfuerza por centrar su atención—. Dígame.

—Necesito hablar con usted.

—La escucho.

—No por teléfono, en persona.

El primer instinto de Gloria es soltar un taco y mandarla a la mierda, pero opta por callar. Se hace un silencio incómodo.

—¿Hola? —dice María al cabo de unos segundos—. ¿Sigue ahí?

—Señora Elizalde, ayer recorrí seiscientos kilómetros para hablar con usted —aunque trata de contenerse, no puede evitar el tono de reproche—. Si tiene algo más que añadir, no veo por qué no puede hacerlo por teléfono.

—Tengo mis motivos —responde María con firmeza—. Además, he de pedirle otra cosa, que venga sola. Solo hablaré con usted si es de manera privada.

—Vaya… —exclama con una sonrisa socarrona—. ¿Algo más? —pregunta con un deje de ironía.

—No pienso obligarla. Si no lo desea está en su derecho de no aceptar. Es mi condición y es innegociable. Si aun así quiere que nos veamos, le propongo encontrarnos a mitad de camino para hacerle más fácil el viaje.

—Qué considerada.

—Ya le he dicho que nadie la obliga, usted decide.

Luchando contra sus impulsos más primarios, Gloria Maldonado descorre el edredón, pone los pies en el suelo —las baldosas están heladas— y se arrastra hacia la cómoda. Como si fuera una máquina oxidada, su cuerpo tarda en activarse. Le duele la espalda, las vértebras chirrían. Busca en los bolsillos de la chaqueta. Coge un cigarrillo y se lo lleva a la boca. Le cuesta encontrar el mechero. Mientras tanto, María Elizalde aguarda paciente. La teniente logra encender el pitillo. Fuma. Se toma su tiempo. No es hasta la segunda calada cuando por fin responde.

—¿Dónde y cuándo?

—Pasado Irurzun, en la misma autovía hay una estación de servicio. Nos vemos ahí en hora y media.

—Que sean dos.

—Ahí la espero. Gracias.

Gloria apura el cigarrillo en pie mirándose en el espejo que cuelga sobre la cómoda. Tiene el pelo grasiento, ojeras, mal color. Estoy hecha un cuadro, dice para sí. No sabe si ha hecho bien, debería haber insistido en hablar por teléfono, haber creado un ambiente seguro y de confianza en el que María se hubiese sentido cómoda. No pensaba con claridad. También se plantea hasta qué punto es seguro ir sola. ¿Podría ser una especie de trampa? No lo cree. No tiene sentido. De todas formas, tendría que avisar a Bermúdez, contarle lo sucedido e informarle por si acaso del punto de encuentro. No piensa hacerlo.

No le apetece hablar con el sargento, está molesta con él. Es verdad que ella misma rehusó sacar el tema de la visita nocturna al hotel Mur. Ayer podría habérselo preguntado directamente, no cree que Bermúdez tenga el valor de mentirle, si no lo hizo fue porque cree que debería ser él quien pusiera las cartas sobre la mesa.

Necesita un café. La ducha puede esperar, por lo menos por ahora. Todavía le queda llamar a Escartín, eso sí que no lo puede evitar. El brigada es un buen tipo, cumplidor, educado, leal..., a estas alturas no podría pedir más.

Pone la cafetera en el fuego, enciende otro cigarrillo y marca el número.

—¿Qué me cuentas, Escartín?

—Buenos días, teniente, disculpa por molestarte en domingo.

—Tus razones tendrás, ¿vas a joderme más el día? Te advierto que tampoco es difícil.

—Escucha y me lo cuentas tú misma. Resulta que los Reyes Magos han pasado por aquí y te han dejado un regalito. Verás, esta mañana la señora Paquita, una vecina del pueblo, se ha pasado por el cuartel y nos ha traído un teléfono móvil. La buena de Paquita se lo encontró paseando por la zona del puente de los Peregrinos; la mujer recordaba que hacía poco había muerto un chico allí y nos lo ha traído por si acaso. Una ciudadana ejemplar. Hemos logrado encenderlo, hemos entrado en él y ¡bingo!, es el teléfono de Martín Blasco.

—¿Habéis encontrado algo? —pregunta Gloria, ansiosa.

—Estamos revisando todo el contenido y tengo un titular que te puede interesar. No lo sé, igual ya estás al corriente y no te dice nada.

—¡Coño, Escartín, suéltalo de una vez!

—Ahí va. El día uno de enero, a las once y treinta de la mañana, o sea, poco antes de morir, Martín Blasco mandó un wasap a la que a aquellas horas ya era su mujer, Elvira Araguás. El mensaje solo tenía una palabra: «Perdón».

Se hace un silencio al otro lado de la línea. Gloria observa cómo la cafetera silba y comienza a escupir cafeína, se pone en pie y la retira del fuego.

Perdón, piensa. Perdón, otra vez perdón. El mismo mensaje que escribió Garcés antes de que lo asesinaran. Con la diferencia de que en esta ocasión nadie sabía que lo había escrito.

¿Por qué no les dijo nada Elvira? ¿Por qué calló una información así? ¿Sería ella también la destinataria de la nota que escribió Garcés antes de morir?

—Tú dirás... ¿es carbón o te sirve de algo? —pregunta el brigada al cabo de unos segundos.

—Digamos que me has animado un poco el día. Gracias, Escartín, cuando termines con el aparato me lo mandas, y si mientras tanto sale algo, me llamas. Ah, y procura comer con tu mujer y los niños, anda, que les hará ilusión.

El café está ardiendo. Lo toma a pequeños sorbos. Solo, con varias cucharadas de azúcar. Piensa en Elvira, en la cantidad de notas discordantes que resuenan a su alrededor.

Mira el reloj. Se ha hecho tarde. Tiene que decidir, si se ducha llegará tarde a la cita. Esta vez no tiene ninguna duda. Entra en su cuarto y se pone la ropa del día anterior. De repente la invade un ansia repentina. Necesita hacerle una pregunta cuanto antes a María Elizalde.

56

Santiago Blasco apaga los hornos y limpia con cuidado la mesa metálica sobre la que ha estado trabajando. Cuando termina de barrer, se quita el delantal y se asoma a la cristalera que da a la calle.

Está nevando débilmente. El cielo cubierto y los nubarrones que bajan de la montaña auguran tormenta. La panadería le ofrece olores familiares, sensación de hogar, podría pasarse allí el resto del día. Observa cómo los copos van posándose sobre la acera hasta cubrir la calle con una fina capa blanca. La nieve crea en él un efecto hipnótico, le ayuda a no pensar.

Ha sido una mañana infructuosa, ni un solo cliente, ni siquiera el clásico rezagado que deja para última hora la compra del roscón. No le importa lo más mínimo, ha dedicado el tiempo a preparar masa madre, limpiar moldes y, de paso, ha hecho un par de roscones para llevar a casa. Uno con nata, como le gusta a su mujer, y el otro sin, el preferido de Martín. Enciende el Zippo que siempre lleva en el pantalón y observa el reflejo de la llama.

Regresa a casa dando un largo rodeo. No tiene ninguna prisa por volver y afrontar la comida de Reyes con su mujer. Siente la nieve en su rostro, de vez en cuando soplan fuertes rachas de viento que lo obligan a resguardarse en un portal o parapetarse tras un árbol. Atraviesa la estación de tren. No hay ni un alma, parece una ciudad fantasma. En un día como hoy la alegría está dentro de los hogares, en la ilusión de los más pequeños al abrir sus regalos, en la satisfacción de los mayores viendo disfrutar a sus hijos. Más tarde, cuando los esquiadores bajen de las pistas, los bares del centro se animarán de nuevo y la vida volverá a las calles.

Piensa en Martín, ahora estaría en Chile. Sagrario habría esperado toda la mañana su llamada, ella es así. En el cono sur son cuatro horas menos. Piensa en cómo sería su día de Reyes si su hijo no los hubiera dejado. Lleva su roscón en las manos. Lo pondrá en la mesa, junto al otro, el que tiene nata. Al final del día seguirá ahí, en el mismo sitio. Por la noche quizá lo cubra con un trapo o lo guarde en la nevera en un túper, aguantará unos días, pero al final habrá que tirarlo. Dicen que el tiempo lo cura todo, el dolor, la ausencia, ¿también la culpa? El año que viene hará otro roscón para su hijo, y al otro, y al otro..., se lo promete a sí mismo.

Tiene ganas de enterrar la angustia. No quiere olvidar, pero sí superar el duelo, dejar de sufrir. Sabe que su vida ya no volverá a ser la misma. Ya pasó por lo mismo antes. Entonces fue diferente, pero de alguna manera su vida cambió aquella Navidad de hace tantos años. Aquella vez lo superó y ahora volverá a hacerlo.

Le preocupa Acher. En cualquier momento podría ir a la policía con el cuento. No se fía de él. Es débil, como lo era Fito Garcés, como lo fue su hijo.

Cuando llega a casa está empapado. Cuelga el plumífero en el perchero de la entrada, se sienta sobre el banco de madera, deja las cajas con los roscones a su lado y se quita las botas despacio. Restos de nieve caen sobre la alfombra. Se frota las manos y los pies para entrar en calor. Se calza las viejas zapatillas de andar por casa. Unas pantuflas de cuadros forradas de piel que le regaló Martín en uno de sus cumpleaños.

Oye unas voces apagadas que vienen del salón. No es la televisión. Sagrario está hablando con alguien. Puede ser Conchita, la vecina de al lado. La mujer enviudó hace muchos años, está sola y suele tomar café con su mujer. A Santiago no le gusta nada, es una mujer amargada, falsa y sobre todo una cotilla de marca mayor.

Entra en el salón y se encuentra a su mujer sentada en el sofá junto a don Faustino. Sagrario está descalza, lleva la bata de felpa y tiene el pelo aplastado. Lo más probable es que la visita del cura la haya obligado a levantarse. Si no, seguiría atrincherada en la cama, rumiando su tristeza bajo las mantas.

Sobre la mesa de centro, dos tazas de café y un plato con galletas.

—¿Qué está haciendo aquí? —pregunta Santiago dirigiéndose al cura.

—Don Faustino ha venido a ver cómo estábamos —dice Sagrario con voz dulce.

—Se lo estoy preguntado a él —replica serio el marido.

—Estamos hablando, Santiago —responde el cura, amigable—. Tu mujer, al igual que tú, está sufriendo. Cada uno a su manera. Ella necesita comunicarse, abrirse, mostrar sus sentimientos.

—Nadie le ha pedido su ayuda.

—Santiago, por favor —dice la mujer en tono de súplica sin levantar la voz—. Hemos recordado a Martín, cuando de niño abría los regalos junto al árbol, ¿te acuerdas? Don Faustino me ayuda a hablar de él, a recordar los buenos y también los malos momentos. A tenerlo presente. Estas charlas me hacen mucho bien.

—No podemos encerrarnos en el dolor —continúa el cura—, hay que aprender a vivir con la pérdida, no olvidar, eso nunca, pero sí aceptarla, convivir con ella y mirar hacia delante. Y la mejor manera de hacerlo es escuchar, compartir...

Santiago pega un puñetazo a la puerta y mira a su mujer con los ojos inyectados de rabia.

—¡¿Qué te ha dicho?!

—Santiago, por favor —suplica ella.

—¡Ni por favor, ni hostias! —grita—. ¡¿Qué te ha contado?!

Sagrario baja la mirada. No se mueve, tiene las palmas sobre el regazo, la cabeza gacha.

Don Faustino se pone en pie, extiende los brazos en un intento de llamar a la calma, y se dirige al hombre con una sonrisa amable.

—No tienes que preocuparte por nada, Santiago.

—Sabía que no podía confiar en usted.

—Te estás equivocando.

—¡Cállese!

—Sagrario necesita ayuda y yo...

—¡Fuera de mi casa!

—Entiendo tu sufrimiento, pero no veas enemigos donde no los hay. No te confundas. Estoy aquí para ayudaros, a los dos.

Santiago no lo escucha. Ve al cura mover los labios, pero a su cerebro no llega ningún sonido. Todo se ha detenido. Le invade la rabia. Una furia descontrolada.

Junto a la estufa de leña, ubicada frente al sofá, hay un cubo metálico con utensilios de chimenea. Cuando quiere darse cuenta tiene el atizador en la mano. Es una vara de hierro roñosa coronada por una punta en forma de garfio. Santiago ve al cura retroceder torpemente, ve el miedo en sus ojos. No oye lo que le dice. Ve cómo el hierro se alza sobre su cabeza y se estrella con fuerza contra la mesa de centro. El cristal se rompe en mil pedazos.

—¡He dicho que se vaya! ¡¿No me ha oído?! ¡Fuera!

Santiago sujeta el atizador con una mano, con la otra señala la puerta. Mira el estropicio a su alrededor. La mesa resquebrajada, las tazas rotas, los cristales desperdigados por el suelo. No entiende qué ha pasado. Le da igual, no quiere entenderlo, solo quiere que todo acabe.

El cura está contra la pared. Asustado. Paralizado. Se ha quedado mudo. Levanta los brazos a la altura de la cara, extiende las manos, intenta protegerse. Jamás había visto así al panadero, lo tenía por un hombre serio, trabajador. Lo que le confesó la noche en que murió su único hijo cambió su percepción, pero no imaginó que podría llegar a ese extremo de violencia. En este momento teme por su vida, puede verlo en su mirada. Está fuera de sí, es un animal descontrolado.

Sagrario se pone en pie. Con la mirada tensa y los labios apretados camina sobre las esquirlas, los cristales se le clavan en los pies desnudos. Unas gotas de sangre salpican la alfombra. La mujer avanza despacio y se coloca frente a su marido. Se miran en silencio. Santiago está llorando. Ella lo observa con dureza.

—¿Qué diablos estás haciendo?

La vara de hierro cae al suelo. Santiago está temblando. Da la espalda a su mujer y sale del salón. Al cabo de unos segundos la puerta de la calle se cierra de un portazo.

Sagrario se vuelve hacia el cura.

—¿Está bien, padre?

Don Faustino, aún con el miedo en el cuerpo, asiente, se le acerca y le coge las manos.

—Lo siento, padre, lo siento mucho. No se lo tenga en cuenta, Santiago es un buen hombre. Esto no es propio de él. Él no es así, se lo juro, él no es así.

El cura recupera el ritmo de su respiración, aprieta con fuerza las manos de la mujer y la mira directamente a los ojos.

—Que Dios me perdone, hija, que Dios me perdone, pero hay algo sobre Martín que deberías saber.

57

A la altura del pantano de Yesa los copos de nieve se han ido transformando en agua nieve primero y, más tarde, en lluvia. Cuando ha cruzado Pamplona llovía a mares. Parecía el diluvio universal. Los pocos vehículos que había en la carretera, camiones en su mayoría, circulaban a poca velocidad con las luces largas encendidas.

El limpiaparabrisas se agita nervioso. Por si el chaparrón no fuera suficiente se ha echado la niebla, está en un tramo de subida y apenas ve más allá de un metro. A Gloria le perturba conducir en esas condiciones, sube el volumen de la radio. Ha sintonizado una emisora que pincha clásicos españoles de los ochenta. En ese momento suena «Cien gaviotas», de Duncan Dhu. Canturrea en voz alta, la ayuda a relajarse.

Pasado Irurzun, toma la vía de servicio y entra en la gasolinera. Es una estación pequeña con dos surtidores de repostaje y una edificación rectangular que hace las veces de caja, tienda y cafetería. Aparca en un lateral, detrás de un BMW Serie 1 de color azul, el único vehículo estacionado. Gloria baja un centímetro la ventanilla del conductor, enciende un cigarrillo y fuma con avidez. Necesita unos minutos de descompresión. Fija la mirada en la caseta. La cortina de agua le impide ver el interior. Se imagina que María Elizalde está dentro, esperando. Quizá la esté observando ahora mismo y se pregunte por qué no sale del coche. Le es indiferente. Que espere.

Guarda la cajetilla de tabaco en el mismo bolsillo que el mechero, con un gesto automático comprueba que su arma esté bien fijada a la correa y sale del coche.

Tan solo cinco metros distan la puerta del Patrol de la caseta, lo que no impide que Gloria quede totalmente empapada. En la caja hay una mujer joven concentrada en su teléfono. Ni siquiera levanta la vista al verla entrar. Al fondo, sentada en un taburete alto junto a una máquina expendedora de café, aguarda María Elizalde. Viste botines de agua, pantalón de pinzas, blusa y chaqueta de lana.

—Gracias por venir —dice María con amabilidad.

—Espero que merezca la pena.

El tono de la teniente es seco. Quiere marcar las distancias desde el principio. No está dispuesta a hacer otro viaje en balde. Es importante mostrar autoridad y que Elizalde la vea como una figura a respetar.

—¿Un café? —María señala la máquina y hace ademán de levantarse—. Está horroroso —sonríe—, pero ayuda a entrar en calor.

—Puedo sacarlo yo solita.

Gloria selecciona un café americano largo extraazucarado, se encarama con torpeza al taburete y busca la mirada de su interlocutora.

—Usted dirá.

—Veo que no quiere perder el tiempo —responde María—. Estoy de acuerdo. Verá, ayer no fui del todo sincera con ustedes y me gustaría matizar algunas de las cosas que dije. Creo que es lo correcto, mi intención es colaborar y ayudarles a que hagan su trabajo. Antes de llamarla he hablado con el abogado de la familia y me ha asesorado sobre algunas materias que, digámoslo así, requieren cierta privacidad. He querido hablar con usted a solas porque considero que, como mujer, sabrá ponerse en mi lugar, entenderá lo que quiero decirle y se hará cargo de la situación.

—Señora Elizalde, le advierto que en mi oficio no se estila mucho la sororidad. Ni siquiera con las compañeras de Tráfico, fíjese lo que le digo. Ya puedes venir llorando porque tu marido te acaba de dejar, estar embarazada de ocho meses y llevar en el coche a tu madre, a tu abuela y a tu tía la monja, que, si te has saltado el stop, te va a caer la multa.

—No me malinterprete, teniente, ni he infringido ninguna norma, ni le estoy pidiendo ningún favor.

—Lo único que quiero dejar claro es que nosotros trabajamos con evidencias, y el que la hace la paga, es así de fácil. Que ayer nos mintió, o no fue del todo sincera, como prefiere decir usted, ya lo sé. Ahora, sobre todo, me interesa saber por qué lo hizo.

Las dos mujeres se estudian en silencio. Gloria ha entrado en el juego y se lo toma como si estuviese en una partida de póquer. La ricachona de Neguri ha comenzado usando la baza del abogado familiar y ella ha querido mostrar desde el principio sus reglas y ha enseñado la carta del calabozo. Una apuesta sobre seguro que suele dar muy buenos resultados.

A pesar de todo, María no se arruga. Sostiene la mirada inquisitiva de la teniente y replica al instante. Sin ningún asomo de duda, sin titubeos.

—Mentir es una palabra muy gruesa. ¿No cree que está exagerando un poco, teniente? Vamos a ver, si a lo que se refiere es a la mañana del jueves día tres de enero, es cierto que les dije que no estuve en Jaca y reconozco que no fue así. Como ya se imaginará, tenía mis razones para ello. Me retracto y le confirmo que sí, que acudí al cementerio. Como ya le dije, conocía a Martín y quería despedirme de él. Subí sola y tan solo estuve en el entierro. Preferí no dejarme ver por decisión personal y por respeto a la familia. —María bebe un sorbo de café y aprovecha para arreglarse el peinado—. Hasta donde yo sé, eso no es un delito.

Son muchos años de experiencia, Gloria tiene la suficiente cintura para darse cuenta de que el planteamiento de la partida no le está funcionando. María Elizalde no se deja intimidar, recuerda perfectamente todo lo que dijo, sabe dónde pueden pillarla y ya tiene preparada su respuesta de antemano. Visto lo visto, decide cambiar de táctica sobre la marcha. Con esa mujer no le van a servir ni las caras de póquer ni los faroles, así que busca ganar terreno por otros medios.

—En efecto, tenemos el testimonio de un operario del cementerio que la vio en el entierro. Tenemos imágenes de comercios cercanos donde se la ve merodeando por el hotel Mur el treinta y uno de diciembre, contamos también con las propias cámaras del hotel. No es verdad que entrase a pedir información sobre el cotillón de Nochevieja y, si lo hizo, no era esa su verdadera intención, ya que tenemos evidencias de que cogió el ascensor y accedió a la zona de las habitaciones. —Gloria hace una pausa con la intención de que Elizalde procese toda la información que acaba de facilitarle—. Y ahora, dígame, ¿se encontró aquella tarde con Martín Blasco?

—Tal como declaré ayer —María piensa y elige bien sus palabras—, no visité ni a Martín, ni a nadie.

—¿Entonces qué hizo?

—Dejé una nota en su habitación.

—Ajá, una nota. ¿Se la entregó a alguien en concreto?

—La colé por debajo de la puerta y me fui.

—¿Qué decía la nota?

—Era un mensaje de carácter personal. No recuerdo exactamente las palabras.

La teniente sonríe. Ahora sí que tiene algo a lo que agarrarse.

—Deje que le refresque la memoria, podría ser algo así como: «¿De verdad creías que no iba a enterarme? Aún estás a tiempo».

La lluvia sigue golpeando con fuerza los cristales. Callan. María Elizalde, estoica, no cambia el rictus mientras aguanta la mirada reprobatoria de la teniente.

—Supongo que, si la nota era para Martín, se estaba refiriendo a su boda con Elvira Araguás —continúa la teniente.

—Supone bien. Y espero que entienda que mi marido no puede enterarse de nada de esto.

—Esa nota... —Gloria busca la manera de no sonar tendenciosa— ¿era una especie de amenaza?

—Por favor, teniente. No me tome por tonta.

—Tiene toda la razón. Le haré una pregunta más específica. ¿Martín Blasco y usted eran amantes?

—Ya le he contado suficiente. Usted es capaz de leer entrelíneas.

—Conteste a la pregunta —dice Gloria con educación pero de forma autoritaria, ha visto un resquicio de debilidad e intuye que es el momento de apretar—, ¿eran amantes?

—Usted no lo entiende, Hugo es muy celoso, mucho. Si dijese algo y... luego saliese a la luz, lo destrozaría. Él ha sufrido mucho y... no me lo perdonaría.

—Me importa una mierda. —Gloria golpea la mesa con la palma de la mano—. ¡Han asesinado a dos personas!

Por primera vez, María deja ver una reacción y de manera orgánica sacude la cabeza con los ojos abiertos de par en par. Gloria la mira atentamente, la mujer parece o quiere parecer sorprendida.

—¿Asesinado? —María se lleva las manos a la cabeza—. ¿No se suicidó, Martín?

—Se lo vuelvo a preguntar y le ruego que me diga la verdad. ¿Conocía usted a Fito Garcés? —Gloria sabe que es el momento y dobla la apuesta—. Era un viejo amigo de Martín, encontramos su cadáver un par de días después.

La mujer niega con un movimiento de la cabeza y clava la mirada en un punto indefinido. La noticia del asesinato de Martín le ha afectado.

—Las circunstancias de su muerte no están claras —retoma Gloria al cabo de unos segundos—. Es todo lo que le puedo decir.

María Elizalde levanta la vista buscando a la cajera. Comprueba que la chica sigue concentrada en la pantalla de su móvil y no les presta la menor atención. Sin darse cuenta estruja el vaso de plástico, que durante toda la charla había sostenido en sus manos, hasta convertirlo en una bola. Es el primer gesto de nerviosismo que se permite. Gloria puede verla pensar, intuye que está midiendo sus palabras, que está eligiendo con cuidado qué y cuánto está dispuesta a contar.

—Martín Blasco entró a trabajar en nuestra empresa en calidad de abogado a principios del año pasado. Durante el ejercicio de sus funciones y mientras colaboró con nosotros tuvimos un trato estrictamente profesional. Solo después de terminar su contrato y coincidiendo con una serie de viajes al extranjero que realizó mi marido, Martín y yo mantuvimos una relación de amistad y... nos vimos durante un breve periodo de tiempo.

—¿Qué es para usted breve?

—De marzo a junio, cuatro meses.

—¿Qué pasó entonces?

—Nada que no pase siempre. Mi marido regresó de sus viajes. Dejamos de vernos. Volvimos a nuestras vidas. Llegó el verano, me dijeron que él había conocido a una mujer y al poco tiempo me enteré de que iba a casarse. —María coge su abrigo y se pone en pie—. Y esto, teniente, es todo lo que yo puedo decirle.

Gloria la mira con curiosidad sin moverse de su taburete. Está tratando de decidir si merece la pena continuar el pulso y obligarla a hablar de su relación con Martín, o es el momento de ceder y apostar por la pregunta que ha querido hacerle desde el principio.

Elige un camino intermedio.

—Dígame una cosa —dice con un tono que pretende ser amigable—, ¿habría dejado a su marido por Martín?

María sonríe. Es la primera vez que lo hace.

—¿Usted ha estado alguna vez enamorada, teniente? —Gloria no responde—. Si es así, debería saberlo.

La teniente desvía la mirada. Sigue lloviendo a mares.

María se pone el abrigo, coge su bolso y se da la vuelta sin despedirse. En ese momento nota una mano que le agarra con fuerza del brazo y le impide moverse. Gloria la mira directamente a los ojos.

—Estoy dispuesta a respetar su vida personal, pero necesito que sea sincera y responda a una pregunta. Sin juegos, sin mentiras, ¿está claro? —María asiente—. ¿Por qué Martín le pediría perdón a su mujer justo antes de morir?

—¿Qué quiere decir?

—Minutos antes de precipitarse desde el puente, mandó un wasap a su mujer pidiéndole perdón, ¿por qué lo hizo?

—No tengo ni la menor idea.

—Necesito la verdad, María. Ya le he dicho que haré todo lo posible por respetar su privacidad, pero es importante que sea sincera. —Gloria rebaja el tono, quiere resultar empática, tratar de ganarse su confianza—. ¿Seguían viéndose Martín y usted? ¿Estuvieron juntos los días previos a la boda? ¿Pasó algo entre ustedes de lo que Martín se arrepintiese?

María Elizalde, tranquila, posa la mirada sobre la mano de la teniente que aún está sujetándole el brazo. Gloria reacciona de inmediato y la suelta.

—Entiendo a la perfección lo que me está preguntando y, por más que me lo pregunte, la respuesta seguirá siendo la misma: lo nuestro acabó hace meses y a partir de ese momento no tuvimos ningún tipo de relación, ni lo vi antes de la boda ni hicimos nada de lo que usted sugiere. Se equivoca de persona, si quiere respuestas, acuda a su mujer, porque yo no tengo nada que ver. Se lo repito, nada. Y ahora, si me disculpa, tengo que volver a casa con mi marido.

No insiste más. Gloria observa cómo la mujer sale y camina bajo la lluvia sin alterarse, digna, por completo ajena a la tormenta.

58

—Cuando éramos pequeñas siempre poníamos un plato con galletas y un vaso de leche para los Reyes, y otro plato con pan y agua para los camellos, ¿te acuerdas?

Candela sujeta la mano de su madre y sonríe. Ha colocado la silla de ruedas junto a la ventana, se ha sentado a su lado y están viendo nevar. Al fondo, la peña Oroel con la cima completamente blanca.

A primera hora, cuando se ha despertado, no nevaba mucho, se ha calzado las botas, se ha vestido con ropa de abrigo y ha subido a la residencia. No es lo que había planeado en un principio. Tenía pensado levantarse sin prisa, desayunar en el hotel tranquilamente y dar un paseíto por Jaca antes de subir a ver a su madre. La pelea con Jaime la noche anterior lo había cambiado todo. Es verdad que el sargento la decepcionó, entró en el bar hecho una furia, estaba descontrolado. Ella tampoco hizo nada por calmarlo, podría haberle escuchado, podría haber sido más comprensiva.

—Qué graciosos... —Candela busca en su memoria momentos felices—. Os imagino a papá y a ti mordisqueando las galletas, desmigando el pan y dando sorbos a la leche y al agua antes de poner los regalos bajo el árbol e iros a la cama.

Candela ha dormido mal. No ha parado de darle vueltas a

las cosas que se dijeron, los gritos, los insultos. Se siente fatal. No esperaba terminar la relación de esa manera. Tampoco es que hubiese pensado mucho en ello. El chico le gustaba y punto. Nunca pensó que saldría con un guardia civil. Habían estado unos días juntos, lo habían pasado bien y hasta ahí. En cuanto terminasen las fiestas cada uno seguiría con su vida. Era lo normal. Ella en Madrid, él en Jaca. Eso lo tenía claro.

—Por cierto, Baltasar ha dejado una cosita para ti. Sigue siendo tu rey favorito, ¿verdad? —Candela coge su bolso, saca un paquete rectangular envuelto en papel de regalo y lo coloca sobre la manta a cuadros que cubre las piernas de su madre.

Aun así, piensa, tampoco tenía por qué ser un adiós definitivo. Ella seguiría viniendo a ver a su madre, y tener un amigo cerca podía ser un aliciente para subir más a menudo. No quiere reconocerlo, prefiere decirse a sí misma que aquello ha sido algo pasajero. Es una manera de autoengañarse, porque, en el fondo le gustaba pensar que tenía a alguien esperándola. Le hacía ilusión fantasear con que cada vez que volviese a casa, entre tanta tristeza, con su madre sumida en el olvido y su hermana siempre esquiva y distante, había alguien dispuesto a escucharla, alguien que la comprendía, que la respetaba y que la aceptaba tal como era.

—¿No lo vas a abrir?

La anciana continúa con la vista fija en la ventana. Candela abre el regalo y se lo muestra a su madre. Es un libro con los tres volúmenes de *Crónica del alba*, de Ramón J. Sender.

—¿Te acuerdas? —dice—, nos lo mandaron leer en el colegio y a ninguna de las dos nos apetecía. Al final nos lo tuviste que leer tú. Nos sentabas en el sofá y nos lo leías mientras merendábamos. Y nos gustó, nunca lo reconocimos, pero nos gustó, al menos a mí. Todavía me acuerdo de Pepe y Valentina. —Mira a su madre, sonríe y le estrecha la mano en un gesto cariñoso—. Ahora me gustaría leértelo a ti. Nos decías que te recordaba a tu época, a cuando eras chica, y que era la historia de amor más bonita que habías leído nunca.

Tampoco ha dejado de pensar en Elvira. No sabe dónde está. No le contesta el teléfono. Está preocupada por ella. Llevan años distanciadas, sabe que su hermana nunca le perdonó que se fuese de aquella manera, que las abandonase justo después de morir su padre. No le guarda rencor. La quiere, es su hermana, y ahora la necesita más que nunca. Le duele haberse enterado por Jaime de la relación que tuvo con el hombre que las abordó en el pub. Elvira no quiso contarle nada. Todavía es así. Hay muchas cosas que no se han dicho, muchos silencios, demasiados secretos.

—Yo creo que Baltasar ha acertado, ¿no te parece? —Coge el libro entre sus manos y lo hojea—. Lo podemos empezar hoy, ¿quieres? Y tú tranquila, que vendré todos los meses a verte y a leer. Esta vez sí, lo prometo. Elvira no ha podido venir. Está muy ocupada con sus cosas, ya la conoces... —Mira a su madre y le acaricia el cabello—. Hace poco me he enterado de que después de lo de papá estuvo saliendo con un chico de aquí, un tal Fito Garcés, ¿lo conoces? Igual te lo contó, por aquella época estabais muy unidas. Seguro que a ti sí te lo contó. Por lo visto, estuvieron juntos bastante tiempo, he estado pensando y... por fechas coincide con el aborto. Tuvo que ser él. Ese chico tuvo que ser el padre, mamá. Estoy convencida. Tú lo sabías, ¿verdad? No me dijisteis nada, seguramente Elvira te prohibió que me lo contases. No se lo reprocho. La entiendo. —Candela siente un nudo en la garganta y desvía la mirada, no quiere que su madre la vea llorar. Fija la vista en la ventana, continúa nevando con fuerza—. Ahora ese hombre está muerto, mamá. Muerto, como el bebé que tuvo Elvira en su vientre, su bebé, su hijo. Encontraron su cuerpo hace unos días, justo después de lo de Martín... ¿No te parece extraño? Los dos muertos en la misma semana, no puede ser casualidad.

Candela oye una especie de gruñido, se gira hacia su madre. La anciana respira con dificultad. Tiene la boca abierta, es como si intentara hablar y no pudiese, tiene la cara contraída en una expresión de dolor, se lleva la mano al pecho, su cuerpo se contrae en un espasmo repentino.

—¡Mamá, mamá, ¿estás bien?!

La anciana abre los ojos, está pidiendo ayuda con la mirada. Está sudando. Un hilo de saliva le cuelga de la boca.

Candela se levanta, abre la puerta de la habitación y grita con todas sus fuerzas.

—¡Se muere, mi madre se está muriendo, ayuda, mi madre se muere!

59

Don Faustino camina agitado, la mano con la que sujeta el paraguas aún le tiembla.

Ha roto un pacto sagrado, el secreto sacramental es inviolable, quebrar esa confianza supone la excomunión automática. No sabe por qué lo ha hecho, estaba en shock, no pensaba con claridad. Se arrepiente. El alma humana es indescifrable, él bien lo sabe. Si pudiese volver atrás no lo haría. Se ha equivocado. Ahora ya da igual, está hecho, le toca vivir con ello y afrontar las consecuencias.

No trata de justificarse, violar el secreto de confesión no tiene matices, y a pesar de todo hay un límite que no ha cruzado, una línea roja que su fuero interno le ha permitido respetar. El cura repasa mentalmente sus palabras, a Sagrario solo le ha hablado de Martín, únicamente de su hijo. En ningún momento ha nombrado a los que por aquel entonces eran sus amigos, Fito Garcés y Acher Lanuza. Es posible que ella ate cabos, lo más probable es que los relacione, pero de su boca no han salido sus nombres. Tampoco le ha dicho nada de Santiago, de lo que hizo aquella noche, lo que calló, lo que ha guardado durante tantos años. Aunque el panadero no lo sepa, su secreto sigue a salvo con él. En este sentido puede estar tranquilo, hizo lo que debía, en su momento le dio la absolución y le mostró el camino de la contrición.

Si ha contado lo que sabía sobre Martín es porque quería aliviar el inmenso dolor de esa mujer. No hay padecimiento más profundo que el de una madre. Quería que Sagrario entendiese, que pudiera comprender a su hijo, porque esa es la única manera de superar su muerte, solo así podrá encontrar la paz algún día. Y, sin embargo, no puede evitar pensar que la ha engañado. ¿Y si no se suicidó? ¿Y si fue un asesinato? No tiene ninguna prueba, pero cada vez está más convencido de que hubo algo más. Tuvo que haberlo. Le invade la culpa. ¿Ha engañado a Sagrario? ¿Debería haberle mostrado sus dudas? No lo ha hecho porque habría significado hacerle más daño todavía. Se ha ceñido a contar los hechos tal como sucedieron, tal como se los contó Santiago. Ojalá que Dios, en su absoluta misericordia, me perdone, se dice a sí mismo, porque ni yo ni los demás lo van a hacer.

Nieva. Las nubes cubren el valle. Apenas hay luz.

Caminar por las calles desiertas le ayuda a pensar. Lo peor viene ahora. ¿Qué le va a decir a Acher? El capitán también vive en la parte alta de la ciudad, al otro lado de la Escuela Militar de Montaña. No tardará en llegar. En cinco minutos estará en su casa. ¿Qué es lo que le va a contar? Tiene claro que no va a infringir el pacto sagrado que jamás debió violar; quiere prevenirlo, no sabe muy bien de qué ni de quién. Ni siquiera sabe si es un peligro cierto. ¿Y si todo estuviese en su cabeza? ¿Y si Martín y Fito se suicidaron arrastrados por la culpa? ¿Y si no hubiese ningún peligro? Trata de ordenar sus ideas, no lo consigue.

Acher revisa la bolsa de deporte, está todo. El partido del día de Reyes siempre es especial, las gradas se llenan; además de los aficionados habituales, vienen familias enteras y turistas, con el tiempo se ha convertido en una especie de tradición navideña. Este año coincide que juegan contra el líder, el Barcelona, todo un clásico de la liga. Los separa solo un punto, por lo que ganando hoy se pondrían por delante. En el equipo hay mucha ilusión por jugar este encuentro, vencer y liderar la tabla sería un magnífico regalo para la afición.

Se pone el plumas, coge la bolsa y baja al garaje. Faltan más de dos horas y media para el partido, el trayecto en coche no llega a los diez minutos, pero le gusta ir con tiempo. Es parte de su rutina. Le gusta llegar el primero e irse el último, siempre ha sido así. Lo hacía incluso antes de ser capitán, y ahora con más motivo todavía. Para Acher, liderar el equipo no solo significa hacerlo en la cancha, también hay que dar ejemplo fuera de ella. Por eso entrena como el que más, se cuida, trabaja duro, no hace excesos y siempre da lo mejor de sí mismo. Ser el capitán es un privilegio, un derecho adquirido que le da una parcela de poder dentro del equipo, reconocimiento, fama, pero a la vez supone una gran responsabilidad. Con el paso de las temporadas se ha convertido en un modelo para muchos de los jugadores, especialmente para los más jóvenes, es su obligación estar a la altura y no defraudarlos.

Entra en el garaje y pulsa el interruptor de la luz. Es un gesto automático que no sirve de nada. La bombilla que cubre su zona lleva semanas fundida y a nadie le ha dado por cambiarla. Camina a oscuras hacia su plaza. La poca iluminación que hay se filtra a través de las rendijas ubicadas en el techo que dan a la calle. El día es grisáceo y continúa nevando, la luz es mínima.

A un par de metros de distancia, saca el llavero y apunta hacia su coche. Un Kia Picanto blanco. Las luces parpadean. Abre el maletero y lanza la bolsa de deporte en su interior. De pronto se gira. Ha oído algo, quizá el sonido de una puerta.

Cada plaza de garaje tiene un trastero. Busca con la mirada entornando los ojos para adaptarse a la oscuridad.

—¿Hola?

No hay nadie. Se mantiene de pie, a la escucha. Echa mano de su móvil, activa la linterna y enfoca hacia el lugar donde oyó el ruido. Hay un par de utilitarios, una furgoneta y una plaza más estrecha con una moto aparcada. Repite el gesto de nuevo y pulsa el botón de la luz con el mismo resultado, la oscuridad.

—Mierda —masculla mientras aporrea el interruptor, en ese momento se promete a sí mismo cambiar la bombilla en cuanto vuelva del partido.

Acher apaga la linterna del móvil y guarda el teléfono. Está estirando el brazo derecho para cerrar la puerta del maletero cuando oye unos pasos. Han sonado cerca. No se lo ha imaginado. Los ha oído perfectamente. Se da la vuelta.

—¿Hay alguien ahí?

Un cosquilleo le recorre la espalda. Está nervioso. Abre la bolsa de deporte, coge el *stick* y lo sostiene con fuerza.

—¿Hola?

Unos metros más adelante, al fondo del garaje, hay una columna con otro interruptor que debería funcionar. Acher camina despacio sujetando el *stick* con ambas manos. Está sudando. Avanza girando la cabeza a derecha e izquierda sin parar, todo está en silencio. Al llegar a la columna, aprieta el botón con fuerza. La bombilla se enciende. La luz ilumina débilmente la parte trasera del garaje. No hay nadie. Todo está tranquilo. Mira hacia su coche. Los vehículos siguen en su sitio. Las puertas de los trasteros están cerradas. No hay nada inusual. Respira. Es posible que esté sugestionado. Han sido unos días difíciles, no ha descansado bien, los nervios del partido..., es posible que su cabeza le esté jugando una mala pasada.

Vuelve hacia su plaza. Más tranquilo. La luz, aunque débil, le ayuda a serenarse. Es increíble el efecto tranquilizador que puede transmitir una simple bombilla. Cuando llega al coche y va a cerrar la puerta del maletero se fija en que la bolsa de deporte no está. ¿Dónde coño está la bolsa?, piensa.

No le da tiempo a pensar nada más. Siente un fuerte golpe en la cabeza y todo se vuelve negro.

60

Las ruedas traseras derrapan. Siente cómo pierde el control y el coche se desliza saliéndose de la curva. Levanta el pie del acelerador y da un volantazo brusco.

Elvira resopla aliviada, he estado cerca, piensa.

Trata de calmarse. Respira, se concentra en la carretera. No ha parado de llover desde que salió de Bilbao y aunque no hay demasiado tráfico, sabe que no puede conducir a esa velocidad con el pavimento mojado y sin apenas visibilidad.

Mira el reloj del salpicadero. Todavía le queda más de una hora para llegar a Jaca.

Elvira estaba en casa de Martín, tumbada en el sofá viendo llover, cuando escuchó una notificación en su móvil. Era un wasap, uno más, que se sumaba a una larga lista de llamadas perdidas. Pensaba ignorarlo como había hecho hasta ese momento con Candela, con Olvido y con el resto de los números que habían tratado de localizarla en las últimas cuarenta y ocho horas, sin embargo, algo la hizo levantarse nada más oír el pitido. Un mal presentimiento. Una punzada en el estómago. Se acercó a la repisa sobre la que descansaba el teléfono, antes de cogerlo sintió un escalofrío. Echó un vistazo a la pantalla, era un wasap de Candela. Lo primero que vio escrito en letras mayúsculas fue «URGENTE». No se equivocaba, algo no iba bien.

Abrió el mensaje: «URGENTE, mamá se está muriendo, ha tenido un ataque al corazón, estamos en el hospital».

Ni siquiera recogió sus cosas. Se puso el abrigo, cogió las llaves del coche y salió de casa. No llamó a su hermana, no le devolvió el wasap, no le dijo que iba en camino, sencillamente se puso en pie y echó a correr.

Un camión la obliga a frenar, el agua que expulsa salpica toda la luna, está demasiado cerca. Apenas ve nada, están atravesando una zona de curvas, línea continua, imposible adelantar. No se lo piensa, reduce, mete segunda, el motor ruge, pega un acelerón e invade el carril contrario. Nada más pasarlo, el camión le dedica una sonora pitada acompañada de una ráfaga de largas. Por el retrovisor puede ver cómo el conductor se lleva la mano a la cabeza en un claro gesto de «estás loca». Tiene toda la razón, se la ha jugado, si hubiese venido alguien en dirección contraria no habría podido reaccionar.

No está siendo racional, el deseo de ver a su madre con vida puede sobre todo lo demás. La aterra llegar y que sea demasiado tarde, no poder despedirse de ella.

Se lamenta del tiempo perdido. Lleva meses sin ver a su madre, desde que ingresó en la residencia de mayores. Ahora se da cuenta de lo injusta que ha sido. Su madre fue el eje de su vida. La única que siempre estuvo junto a ella. Se da cuenta de su error.

Recuerda el día en que todo cambió. Elvira volvía a casa después de uno de sus cursos de formación de Reiki. Había descubierto hacía poco la técnica y le había cambiado la vida. El Reiki le ofrecía la aceptación de una energía vital universal, un concepto en el que, aunque no de manera consciente, siempre había creído. Le ofrecía también la posibilidad de ayudar a los demás, de sanar tanto física como mentalmente. Le ofrecía un mundo de espiritualidad que ansiaba y necesitaba en su vida. Enseguida decidió que quería dedicarse a ello. Era una actividad totalmente compatible con su otra pasión, trabajar el cuero y diseñar sus propios modelos de bolsos, sandalias, zapatos, todo artesanal, todo cien por cien natural.

Por aquel entonces seguía viviendo con su madre. Después del repentino fallecimiento de su padre y de la marcha de su hermana a Madrid no quiso dejarla sola. La idea era terminar su formación y más adelante buscar un lugar donde poder ejercer como terapeuta de Reiki, pero mientras su madre la necesitase, seguiría con ella. Con el sueldo que ganaba como dependienta —trabajaba en una tienda de ropa— y de la venta de su artesanía podría haberse buscado algo, una habitación compartida, o incluso un estudio, pero le gustaba vivir con ella, tenía su independencia, era libre de hacer lo que quisiese y, lo más importante, disfrutaba de la compañía de su madre.

Aquella tarde regresó pletórica, en el curso había hecho una sesión práctica, era la primera vez que canalizaba su energía y la aplicaba mediante las manos a una compañera. Lo había sentido, había notado cómo se conectaba con algo superior, cómo la energía fluía por su cuerpo y, lo mejor, Eva, su compañera, también lo había recibido. Estaba como loca por compartir con su madre la experiencia.

Entró en casa y fue directa al salón. Lucía, su madre, estaba sentada en el sofá con el televisor apagado. La estaba esperando. Recuerda que la vio seria, triste, más apagada que de costumbre. Lucía, escuchó con atención lo que su hija le contaba con todo lujo de detalles, cómo había sentido el poder curativo en sus manos, la grandeza de la energía universal. Al terminar, le dijo que tenía que contarle algo importante.

—¿Pasa algo, mamá?, me estás preocupando.

—Vengo del médico, hija. Han llegado los resultados de las pruebas que me hice en Zaragoza.

—¿Qué resultados? ¿Qué pruebas?

—No te dije nada para no preocuparte. Ahora ya da igual. —Lucía hizo una pausa—. Me han diagnosticado alzhéimer.

—¡¿Qué?! —A Elvira se le cayó el mundo encima. No podía creer lo que estaba oyendo.

—El proceso es irreversible, puede tardar semanas, meses, incluso años, pero el resultado es el que ya sabemos. No se puede hacer nada, cariño. Antes de perder la cabeza tengo que contarte algo.

Elvira miraba a su madre sin reaccionar. Hacía esfuerzos por no echarse a llorar, por no abalanzarse, abrazarla y volcar todo el dolor que estaba sintiendo, sin embargo, permaneció inmóvil, incapaz de moverse. Si su madre estaba tan entera, ella no tenía ningún derecho a derrumbarse. Tenía que ser fuerte. Lo único que podía hacer era contener sus emociones, escucharla, estar con ella, para ella.

—No es fácil, hija —continuó diciendo Lucía—, pero no puedo irme, o al menos mi cabeza no puede irse, sin habértelo contado. Tiene que ver con tu padre. El día en que murió habíamos discutido. Vosotras ya erais mayores, sabías cómo estaban las cosas en casa. Papá y yo no estábamos atravesando un buen momento. Ese día discutimos, como tantas otras veces, le dije que no aguantaba más y que quería el divorcio. Esto tampoco creo que te pille de sorpresa. Tu padre se negó, como venía haciendo desde que empezaron los problemas, no quería ver la realidad, se aferraba a un clavo ardiendo.

»Entonces se lo conté, le conté que llevaba tiempo viendo a otro hombre, que estaba enamorada de él, que ya no le quería y que, le gustase o no, iba a dejarlo para vivir mi vida. Yo era muy infeliz, hija, mucho, todavía era joven, podía rehacer mi vida, quería vivir, sentirme querida, ser yo misma. Tu padre se enfadó, comenzó a romperlo todo, pensaba que me iba a pegar..., no lo hizo. Quería saber quién era «el otro», así lo decía, cuánto tiempo llevaba con él, dónde nos acostábamos, cuándo, cómo lo hacíamos. No le dije nada. Callé. Esa fue nuestra última conversación, una pelea. Dio un portazo y se fue. —La madre cogió un pañuelo y se secó las lágrimas—. Esa noche nos dijeron que su coche se había salido de la carretera, que había caído a un río y que había muerto. Conducía borracho. Eso fue lo que pasó en realidad, lo que he callado todos estos años, hija. No espero que me comprendas, no busco tu perdón…, necesitaba contártelo, no me parecía justo irme sin que supieses la verdad.

Elvira se levantó, fue a su cuarto, hizo las maletas y metió en ellas todo lo que pudo, el resto lo dejó ahí. Se fue de casa sin despedirse y buscó una habitación en un motel. Aquella misma semana encontró una pequeña buhardilla y se mudó. No volvió a hablar con su madre, solo la vio el día en que la ingresaron en la residencia de mayores. Por aquel entonces aún reconocía a sus hijas, pero era incapaz de recordar lo que había hecho el día anterior.

El coche entra en un claro, deja atrás el pantano y coge el tramo nuevo de carretera; tiene por delante una larga recta. Ha dejado de llover, ahora es nieve lo que descarga el cielo. Pisa el acelerador y supera enseguida el límite de velocidad permitida. Tiene que llegar a ver a su madre con vida, tiene que despedirse de ella.

Con la adrenalina fluyendo por su cuerpo, con todas las emociones encontradas, los recuerdos, la angustia, la ira, con todo ello, es capaz de pensar, de analizarse a sí misma. Elvira es consciente de que aquel día culpó a su madre. La juzgó y la sentenció. Responsabilizó a su madre de la muerte de su padre. Ella lo había matado, lo mató en el momento en que dejó de quererlo, cuando le dijo que quería el divorcio, cuando le confesó que tenía un amante. Ella y solo ella era la culpable de su muerte. Nunca se lo dijo a su hermana, nunca lo compartió con nadie. Simplemente dejó de verla, de hablarle. Aquel día perdió a su madre, esa fue su condena. Creía que era lo justo, lo que ella merecía. Estaba dolida, los había traicionado a todos, a su padre y también a ellas. Había destrozado la familia, no solo había matado a papá, también había hecho que su hermana se fuese de casa, su hermana melliza, la persona a quien más quería en este mundo.

Sin embargo, lo que en verdad le dolió aquella tarde, lo que nunca pudo aceptar, ahora se da cuenta, es que su madre, al revelarle el diagnóstico de su enfermedad, también la estaba abandonando. Eso es lo que no pudo digerir. Eso es lo que la alejó de ella. Eso es lo que ha tratado de ocultarse a sí misma durante todo este tiempo, que en realidad no la estaba castigando por la muerte de su padre, sino por haberla dejado sola.

Por eso necesita verla, decirle que la quiere, que la perdona, que siempre la ha querido.

61

Aparcan el Patrol en la parte trasera de la pista de hielo, la zona de parking reservada a empleados y jugadores.

El entrenador los está esperando en una de las puertas, protegido bajo un paraguas. Al ver llegar a los guardias, los invita a pasar, recorren un angosto pasillo y entran en un pequeño cuarto que hace las veces de enfermería. Gloria y Bermúdez lo siguen sin cruzar palabra.

—Perdonen que no los haya hecho pasar por la pista —el entrenador cierra la puerta—, los jugadores están calentando y prefiero que no se alteren. Tenemos un partido muy importante.

—¿Qué ocurre? —pregunta Gloria.

—Verán, hará una media hora o así, ha venido don Faustino, el cura, quería hablar con Acher. Ya lo conocen, Acher Lanuza, el capitán, estuvieron hablando con él hace unos días. —Los guardias asienten en silencio—. Esperaba encontrarlo aquí, nos ha dicho que venía de su casa y en ella no había nadie.

—¿Para qué quería verlo el cura? —Bermúdez saca su libreta y se dispone a tomar nota.

—No me lo ha querido decir. Un tema personal. Lo único que ha mencionado es que era urgente. Me ha preguntado sobre qué hora llegaría Acher al pabellón. Le he respondido que ya tenía que estar aquí, que siempre es el primero en llegar. Hemos probado a llamarle por teléfono, pero lo tenía apagado. Don Faustino se ha ido, creo que tenía misa. El caso es que me he quedado preocupado, he mandado a uno de mis ayudantes a casa de Acher. Efectivamente no hay nadie y su coche no está. Su móvil sigue apagado, queda menos de una hora para que comience el partido y todavía no ha llegado. No sé, no es normal. Ya debería estar aquí.

—¿Ha probado a llamar a su gente, novia, amigos, familiares? —pregunta el sargento.

—Acher vive solo, ahora mismo no tiene pareja, sus padres murieron hace años, no tiene hermanos y sus amigos…, la mayoría está aquí, sus compañeros, el personal del club, somos su familia. No se me ocurre a quién llamar.

—Dígame una cosa —Gloria camina por el habitáculo curioseando entre las estanterías—, por lo que nos cuenta, es la primera vez que pasa algo así, ¿verdad? —El entrenador asiente—. ¿Ha notado algo raro en los últimos días, lo ha visto nervioso, extraño, algún comportamiento inusual?

—No… —El míster hace una pausa, se toma unos segundos para pensar y luego continúa—: Bueno…, la muerte de Fito le afectó, igual que a todos. Por lo demás, estaba normal, como siempre.

—Una última pregunta. —Gloria sabe que no va a obtener ninguna respuesta satisfactoria, pero es su deber intentarlo—. ¿Se le ocurre algún sitio al que podría ir, alguien con quien pudiese estar?

—Acher jamás se perdería un partido. No lo ha hecho nunca, y menos lo haría hoy, con lo que nos estamos jugando. Le ha tenido que pasar algo, estoy seguro. Y ahora, si no les importa, vamos a abrir las puertas al público y tengo que volver con los chicos.

El entrenador sale de la enfermería cabizbajo, enfila el pasillo y se dirige a la pista de hielo. Los jugadores de ambos equipos, cada uno en una mitad de la cancha, están haciendo ejercicios de calentamiento.

Gloria se deja caer en un taburete metálico junto a una camilla y se lleva las manos a la cara. No le gusta nada la situación. Es verdad que hasta ahora no hay una denuncia oficial por desaparición, tan solo ha sido una charla, pero a todos los efectos considera que Acher Lanuza está desaparecido, y no le gusta en absoluto. Tiene dos cadáveres, dos hombres de edades similares, amigos de la infancia, uno asesinado y el otro muerto en extrañas circunstancias. En su fuero interno está cada vez más convencida que a Martín lo empujaron desde el puente. Y ahora el tercer amigo desaparece. El punto de conexión entre los tres es la foto que encontraron en la Biblia de Garcés. Los tres amigos, abrazados, sonrientes, posando orgullosos en la pista con el uniforme del equipo de hockey de Jaca. Recuerda el pasaje del Evangelio, Lucas 17, en el que estaba la foto: «Si tu hermano peca, repréndelo; y si se arrepiente, perdónalo. Y si peca contra ti siete veces al día, y vuelve a ti siete veces, diciendo: "Me arrepiento", perdónalo». Martín escribió un wasap pidiendo perdón minutos antes de morir, Garcés dejó escrita una nota con la palabra «Perdón». Perdón, ¿por qué?, ¿de quién buscaban el perdón? ¿Están relacionados? ¿Es el mismo perdón para ambos? Y ahora Acher, ¿lo encontrarán también muerto con una nota de perdón? Quizá todavía están a tiempo, quizá puedan salvarlo. Martín apareció muerto en las aguas de un río, a Garcés lo ahogaron en su propia bañera. Ambos estaban congelados. ¿Casualidad?, no lo cree. Gloria no se cansa de repetirlo, en su profesión no existen las casualidades.

—¿Qué hacemos? —Bermúdez rompe el silencio.

La teniente rebusca en su plumas, saca una cajetilla de tabaco arrugada y comienza a palpar cada uno de los bolsillos en busca del mechero. Bermúdez le señala con la mirada un cartel que cuelga de la pared: «Se prohíbe fumar». Ella lo ignora. Ni siquiera se toma la molestia de contestar al sargento.

—Ahora lo más importante es localizar a Lanuza. —Gloria enciende el cigarro y le da una larga calada—. Llama a Sotillo y al resto. Los quiero a todos en el cuartel, que empiecen revisando el domicilio y se centren en el coche. Que reactiven la búsqueda de Elvira Araguás, ahora mismo es la única conexión entre las dos víctimas, necesitamos saber qué pasó con Garcés, por qué discutieron. Hay otra cosa, he hablado con Escartín, el brigada de Canfranc. Han encontrado el móvil de Blasco, antes de morir escribió a su mujer pidiéndole perdón; si no la localizamos a lo largo de la mañana, pediremos a la jueza una orden de busca y captura. Mientras tanto, tú y yo vamos a ver al cura.

—¿Y María Elizalde? ¿No la investigaremos?

—Esa línea está descartada.

—¿Desde cuándo? Pensaba que...

—Desde que lo digo yo —responde Gloria, autoritaria. Sabe que debería haber informado antes a su sargento de las novedades del caso, pero tiene sus motivos para no haberlo hecho. Ahora que no puede eludir su obligación lo hace, aunque con desgana—. Esta mañana he estado con ella, me ha llamado y nos hemos citado en un punto intermedio entre Jaca y Bilbao. Me ha reconocido que fue ella quien escribió la nota, estaba molesta por la boda. Martín y ella tuvieron un lío y, por lo que parece, ella seguía enganchada. También ha reconocido que estuvo en el cementerio el día del entierro. Eso es todo, no seguían juntos, ya no tenían ningún tipo de relación y no se vio con Martín ni habló con él mientras estuvo en Jaca, me ha dicho.

—¿Y la crees?

—Sin su marido delante es otra persona. No tengo por qué dudar.

—Te ha mentido, Gloria. —Tras pronunciar estas palabras el sargento calla. Le han salido sin pensar, sin tener en cuenta las consecuencias de lo que decía. Ahora ya no puede echarse atrás. La teniente lo mira expectante—. María miente. Hay una prueba. Un vídeo en el que se la ve en un bar, en Nochevieja, discutiendo con Martín.

—¿Dónde está ese vídeo? ¿De dónde lo has sacado?

—No lo tengo. —Bermúdez calla. Gloria se da cuenta de que está pensando, trata de elegir con todo cuidado qué decir. Ella lo sabe y espera paciente, sin dejar de fumar—. Ayer, cuando volvimos del País Vasco, salí a dar una vuelta. Estaba tomando una cerveza y me encontré con Candela Araguás, la hermana. Nos pusimos a hablar, le pregunté por Elvira..., por Martín..., el caso es que me enseñó el vídeo. Lo grabó ella misma después de la boda.

Silencio. Gloria se queda mirando la nube de humo que acaba de expulsar.

—¿Te crees que soy gilipollas?

Tira la colilla al suelo y la apaga con la suela de su bota. Se levanta con dificultad, camina despacio, se encara a su sargento y le mira directamente a los ojos.

—Si hay algo que me jode es que me tomen por estúpida. —Gloria está muy cerca de él, puede sentir su respiración—. Una mentira más y estás en la calle, ¿entendido?

Bermúdez no se inmuta. Aguanta la mirada reprobatoria de su superiora sin parpadear. Por dentro es un torbellino de emociones: está avergonzado, se siente humillado, está enfadado consigo mismo. Se reprocha haberse dejado llevar por las emociones, haber actuado de una forma poco ética, poco profesional. Y, aun así, lo volvería hacer. Pensaba que entre él y Candela había algo especial, y en el fondo quiere pensar que todavía lo hay, que ella no lo ha utilizado, que también siente algo por él.

—Nos vimos un par de veces. Fue una relación física —miente—, nada más. Anoche fui a buscarla, me había mentido sobre Garcés y su hermana, quería la verdad. Me aseguró que no sabía que habían estado juntos, es probable que sea así. También insiste en que no sabe dónde está su hermana, que lleva días buscándola. Me contó que Martín Blasco no era lo que parecía…, en ese momento me enseñó el vídeo.

—¿Y cuándo pensabas decírmelo? —Bermúdez no contesta—. Debería pedir tu expulsión del cuerpo, sargento. ¿Algo más que deba saber? —Bermúdez niega con la cabeza—. Porque hay un hombre desaparecido y quizá podamos encontrarlo con vida, que, si no, te mandaba a casa ahora mismo. Ya hablaremos cuando termine todo esto.

62

A la izquierda se distinguen las curvas plateadas del Guggenheim, sobre los antiguos astilleros sobresale el Palacio Euskalduna y, al fondo, el nuevo San Mamés, la catedral, asomándose orgullosa sobre la ría de Bilbao. A la derecha, el ayuntamiento, las cúpulas del teatro Arriaga y a continuación el enjambre de tejados del casco viejo.

Hugo Markínez apura su gin-tonic apoyado en uno de los laterales de la enorme cristalera que circunvala el salón. Junto a él, su suegro. En el sofá, María y su madre charlan mientras ven un concurso en la tele.

Están en la planta 21 de una de las torres de Isozaki, a unos ochenta metros de altura. Las vistas de la ciudad son impresionantes. Sigue lloviendo y hay fuertes ráfagas de viento. Las calles se ven vacías.

Hace un par de años, los padres de María compraron un apartamento en las torres y se mudaron a Bilbao. Aún conservan el chalet de Neguri y cuando llega el buen tiempo les gusta ir a la casa donde transcurrió la mayor parte de su vida. Fueron años felices, allí criaron a su hija, parques, calidad de vida, el mar... Ahora buscan otras cosas. Valoran poder ir andando al cine, al teatro, a sus restaurantes favoritos. El abono de la Opera, las tiendas, pero sobre todo no depender del coche para todo. Ignacio, el padre, cada vez pasa menos tiempo en la oficina, hace años que empezó a delegar las riendas de la empresa en su hija, y María le ha demostrado con creces que puede confiar en ella. Ahora quiere tiempo de calidad. Miren, la madre, está encantada. Muchas de sus amigas dieron el mismo paso al irse los hijos de casa, y nunca le falta compañía para tomar café y dar paseítos por el centro.

Este es el segundo año que celebran la comida de Reyes en lo alto de las torres. Como ya es tradición, después de los postres han abierto los regalos del amigo invisible. La idea es tener un detalle, ya que los regalos gordos los trae el Olentzero en Nochebuena, así ha sido siempre en su casa y así seguirá siendo. El presupuesto máximo son cincuenta euros, el sorteo lo hacen mediante una aplicación del móvil y tienen por norma no revelar nunca la identidad del amigo invisible.

En esta ocasión, María no tiene ninguna duda de quién ha sido. Su regalo ha sido un bolso de cuero artesanal hecho por una artista local del Pirineo que firma con el nombre de Elvira Araguás. En el momento de abrirlo ha reaccionado con naturalidad, no ha dado ninguna muestra de conocer a la diseñadora. Si ha habido sorpresa ha sido por lo acertado del regalo. Me encanta, ha dicho con una gran sonrisa.

Hugo no ha perdido detalle de su reacción. Una vez más le ha sorprendido la capacidad de su mujer para ocultar sus emociones y, sobre todo, para mentir.

Durante la comida, Hugo ha sacado el tema de que María trabajaba demasiado. Lo ha hecho en un tono de broma, acusando a su suegro de estarla explotando. Y ha aprovechado para contarles que esta misma mañana su mujer ha ido a la oficina, en principio para dos horas, al final se ha liado y han sido más de cuatro, para, según ella, poner al día unos asuntos pendientes que no había cerrado durante la semana. Por eso han llegado tarde a la comida. Que sepáis, ha dicho entre risas, que a la hora de salir para venir hacia acá yo estaba listo con mi roscón preparado.

A Ignacio, el padre de María, hacer horas extras no le suponía ningún problema, era algo inherente al cargo, ser la jefa conlleva una gran responsabilidad, ha dicho. A Miren, la madre, tampoco le ha extrañado nada, de tal palo, tal astilla, ha comentado resignada. Quien no salía de su asombro era Hugo, mientras escuchaba con todo lujo de detalles la lista de asuntos que su mujer ha logrado cerrar en esas horas que ha pasado en su despacho. Una vez más, le ha sorprendido la facilidad que ella tiene para mentir. La naturalidad con que lo hace. Se nota que está acostumbrada.

Después del desayuno, cuando María le dijo que iba a pasarse por la oficina, esperó unos minutos a que estuviese en marcha y abrió la aplicación espía de su móvil para comprobar si decía la verdad. Le extrañó ver que dejaba atrás Bilbao y cogía la AP-68. ¿Adónde iba? Había tomado la ruta que subía a Jaca, no podía creer que volviese a dirigirse allí. María le había dicho que estaría un par de horas trabajando, no le daba tiempo a ir y volver, tenían la comida con sus padres. ¿Qué iba a hacer? ¿Inventarse algo y no ir a la comida? ¿Sería capaz de algo así?

No podía quitar la vista de la pantalla del móvil. Le devoraba la angustia. ¿Adónde iba? ¿Qué iba a hacer? ¿A quién iba a ver? Al ver que el punto rojo llegaba a Vitoria, decidió seguirla. No podía quedarse de brazos cruzados. Cogió su coche y condujo dirección Pamplona sin dejar de mirar la pantalla en todo momento.

Algo más de media hora después, Hugo vio que su mujer paraba en una estación de servicio; él todavía estaba a unos veinte kilómetros, tenía tiempo de sobra para alcanzarla y seguirla de cerca. Pasaron los minutos y el punto seguía sin moverse. La localización indicaba que estaba en una gasolinera a la altura de Irurzun. Quince minutos más tarde seguía allí. ¿Qué hacía su mujer en una gasolinera en medio de la nada en plena tormenta? No tenía ningún sentido.

Un par de kilómetros antes de llegar a la gasolinera, redujo la velocidad, llovía en abundancia y, aunque no había tráfico, no resultaba extraño ver un coche circular a sesenta por hora. Solo había dos coches aparcados en un lateral de la estación de servicio, el BMW de su mujer y un Patrol de la Guardia Civil. Los cristales de la caseta estaban empañados y desde la carretera no había manera de ver quién había dentro. Estuvo tentado de parar, pero se arriesgaba a que María lo descubriese.

Pasó de largo y, en cuanto tuvo oportunidad, hizo un cambio de sentido y regresó, esta vez por el lado opuesto.

Paró el coche en el arcén unos metros antes de llegar a la gasolinera, no puso las luces de emergencia para no llamar la atención, tampoco señalizó la zona con los triángulos de posición. Estaba en una recta y, aunque la visibilidad era nula, no había ningún peligro. Se arriesga a una multa y poco más.

Bajó del coche, había salido con tanta prisa de casa que había olvidado coger una prenda de abrigo. Cruzó la carretera y pasó al otro lado. No le vio nadie. No pasó un solo vehículo. Llovía con fuerza. Iba en mangas de camisa, estaba empapado, temblaba de frío. No le importó, tenía que saber qué hacía su mujer, con quién estaba. Caminó pegado al arcén hasta que llegó a la gasolinera. Se apostó detrás del Patrol y aguzó la vista para ver el interior de la caseta.

Junto a la puerta de entrada pudo ver a una mujer atendiendo la caja, estaba sentada tras el mostrador mirando su móvil. Al fondo, en una mesa alta había dos personas. Siguió caminado pegado a los coches y llegó hasta la esquina, no quiso avanzar más. Desde esa posición podía verlas: frente a él estaba María y de espaldas una mujer. Media melena, ancha de hombros. No acertaba a ver mucho más, imposible reconocerla. En ese momento la mujer se levantó y se acercó a la máquina de café. No le cupo la menor duda, era la teniente de la Guardia Civil que había estado en su casa.

Hugo maldijo para sus adentros. ¿Qué estaban haciendo allí? ¿Por qué se habían reunido? ¿Qué le estaba contando María? En ese momento Hugo se sintió vulnerable. No podía fiarse de su mujer.

Dio media vuelta, cruzó la carretera y regresó a su coche. Estaba helado, le temblaba todo el cuerpo. Nada más entrar en el vehículo puso la calefacción al máximo y arrancó. Tenía que llegar a Neguri y cambiarse de ropa antes de que volviese María. En unas horas celebraban la tradicional comida de Reyes con los suegros y no quería hacerlos esperar. Pisó el acelerador y comprobó una vez más la hora en el reloj del salpicadero. Expulsó una bocanada de aire y apretó el cuero del volante con gesto decidido. Aún tenía tiempo. Antes de volver a casa debía ocuparse de un asunto.

63

—Lucía Belmonte…, habitación doscientos doce —dice la mujer tras consultar el ordenador.

Elvira echa a correr por las escaleras. Sabe lo que quiere decirle a su madre, ha tenido tiempo para pensarlo durante el viaje. Le da igual si la entiende o no, necesita decírselo. No puede irse sin saberlo. No es por su madre, es por ella misma. Es un acto egoísta, lo sabe. Ha cometido muchos errores y necesita lavar su conciencia. Al menos una parte de ella.

Quiere decirle que no ha dejado de pensar en ella durante el largo exilio que se impuso a sí misma. Que siempre le estará agradecida por su amor incondicional. Que la quiere, que la va a echar de menos, y sobre todo que la perdone, que por favor la perdone.

Quiere pedirle perdón por todo el daño que le hizo en sus últimos días, por haberla abandonado, por haber dejado que perdiera la cabeza sabiendo que su hija la odiaba, que la culpaba de la muerte de su marido.

Hubo un tiempo en que Lucía imaginó que, pasados unos meses del divorcio, cuando las cosas se hubiesen serenado, tendría la oportunidad de volver a ver a Antón, el hombre a quien realmente amaba. Él le había prometido que la esperaría, no importaba el tiempo que transcurriese, él estaría ahí. Habían compartido su amor en secreto durante más de dos años en los que se habían visto de manera furtiva, como criminales, y por fin podrían estar juntos. Ser felices, o al menos intentarlo. La espera merecía la pena. Pero la trágica muerte de Benito, el marido de Lucía, lo cambió todo. Pasaron los meses y Lucía no daba señales de vida, no se habían visto desde el accidente, solo miradas furtivas al cruzarse por la calle y poco más. Ella tenía que pensar en sus hijas. No podía hacerles algo así. No después de lo que había sucedido. Habló con Antón. Él no lo entendió: sus hijas ya eran mayores, una se había ido de casa, la otra tenía su vida. ¿Por qué se castigaba a sí misma? ¿Por qué no se permitía vivir su propia vida? ¿Por qué renunciaba al amor? Ninguno de los dos lo sabía aún, pero aquella trágica tarde terminó todo, no volvieron a dirigirse la palabra jamás.

Elvira conocía la historia. No por boca de su madre, que jamás le quiso hablar de su amante ni le reveló nunca de quién se trataba. Fue ella quien, después de irse de casa, empezó a remover el pasado, a hacer preguntas por aquí y por allá, hasta que llegó a Antón.

Odiaba a ese hombre y aun así quiso conocerlo. Fue el propio Antón quien le contó que su madre había roto con él por proteger a sus hijas. También le dijo que continuaba esperándola, que seguía solo y así permanecería hasta el día en que Lucía llamase a su puerta. Elvira no le dijo que jamás estarían juntos, que su madre tenía alzhéimer. Ahora siente lástima por ese hombre cuyo único delito fue enamorarse. Ya no le guarda rencor. La enternece el sacrificio que hizo por Lucía, su espera, su amor incondicional. Piensa que aquel desconocido se portó mejor con su madre que ella, su propia hija.

Elvira no supo pasar página, mirar adelante; no fue capaz de visitar a su madre después de saber que había renunciado al amor por ellas. Seguía furiosa, se prometió que no volvería a verla hasta el día de su entierro. Hasta ahora no se había dado cuenta de su error, su inmenso e irreparable error. Lo siento, mamá, lo siento mucho, siento haberte arruinado la vida, se dice una y otra vez.

Elvira abre la puerta de la habitación. Una enfermera se gira asustada.

—¿Dónde está mi madre?

La cama está vacía. La enfermera mueve ligeramente la cabeza. Está cambiando las sábanas.

Elvira da media vuelta, no quiere saber qué ha pasado. Echa a correr por el pasillo. Al fondo hay una sala de espera. La ve. Es ella. Se detiene en seco. Candela está sentada con la espalda encorvada, la cara hundida entre sus manos.

Su hermana se yergue y la busca con la mirada. Es como si hubiese presentido su presencia. Siempre había sido así. Estaban conectadas por un vínculo invisible. Cosas de mellizas, decía su madre.

Las separan veinte metros. Elvira avanza despacio, Candela le dice con los ojos lo que ha ocurrido, que mamá ha tenido un ataque al corazón, que han intentado salvarle la vida, que su cuerpo no ha resistido, que ha muerto, que ya solo se tienen la una a la otra.

Elvira se sienta a su lado. Se abrazan en silencio. Ninguna de las dos llora. Candela ya lo ha hecho, no lo quedan más lágrimas. Elvira no puede, no se lo permite, no aquí, no ahora.

—¿Dónde está? —pregunta Elvira al cabo de unos minutos.

—En el depósito.

—¿Puedo verla?

Candela se encoge de hombros. Un escalofrío recorre el cuerpo de Elvira. De repente la ha visualizado. Ha visto a su madre tumbada en una placa metálica, sola. Intuye su dolor. Quiere sacarla de ahí.

—¿Estabas con ella?

Candela asiente.

—¿Qué ha pasado?

Se miran. Elvira acerca la mano a la cara de su hermana y le limpia los restos de rímel que le corren por las mejillas.

—Estábamos en su habitación viendo nevar. Mamá estaba tranquila. Nos acordamos de cuando éramos niñas, cuando abríamos los regalos junto al árbol... —Candela sonríe, es un instante, una pequeña ráfaga de nostalgia—. Recordábamos las galletas que dejábamos a los Reyes Magos, la ilusión que nos hacía comprobar que se las habían comido, ¿te acuerdas? Nos pasábamos el día encerrados en casa, los cuatro; el mundo no existía, solo nosotros. A mamá le gustaba recordar esos momentos, podía sentirlo en su mirada, en su respiración. Entonces hablamos de ti. —Mira a su hermana con un nudo en la garganta—. Sé que te parecerá estúpido, pero siempre lo hacía, le hablaba de ti, le ponía al día de tus cosas. Estoy segura de que mamá se preocupaba por ti, quería saber de ti. Le dije que no habías podido venir, que te habría gustado pero te había sido imposible, que estabas pasando por una época difícil. Le hablé de Martín. Le hablé del chico de la borda, de Fito, el que pudo ser el padre de tu hijo. Le conté lo que había pasado, sus muertes, lo triste que estabas. Entonces se empezó a sentir mal. Es extraño, sé que parece una locura, pero es como si entendiese lo que le estaba diciendo. Es imposible, lo sé, pero...

Elvira siente que una ola de calor le recorre todo el cuerpo, no es ninguna locura, su madre no entendía las palabras, no codificaba el mundo como antes, pero estaba conectada al mundo de alguna manera, podía recibir las energías, comunicarse, sentir. Está convencida de ello y eso la hace sentirse aún más miserable.

—No te culpes —dice Elvira pasándole la mano por la espalda en un gesto cariñoso.

—No lo hago.

Candela arquea el cuerpo esquivando la caricia de su hermana. Elvira no le afea el gesto, entiende su dolor. Permanecen en silencio. Elvira se lleva la mano al vientre, en las últimas horas ha pensado mucho en el bebé que tuvo en sus entrañas.

—¿Cómo sabías lo mío con Fito? Eso fue hace mucho tiempo, tú ni siquiera estabas aquí, nunca te lo conté.

—Me lo dijo el guardia civil. Estuvieron en el pub y se enteraron de la pelea. Luego fueron a hablar con Olvido y les contó lo que pasó, que habíais sido pareja, que aquella noche Fito te vio y fue a buscarte, que quería hablar contigo, que discutisteis...

—Espera, espera. ¿Olvido contó que Fito vino a verme?

—Te lo acabo de decir, es lo que les dijo a los guardias.

Elvira se levanta de golpe. Contrariada, confusa. Su hermana la mira extrañada.

—¿Qué pasa?

—Pasa que Olvido ha mentido y me gustaría saber por qué.

64

De pronto recobra el sentido. Le duele la cabeza. Nota un inmenso dolor en la sien. Abre los ojos. Está oscuro. Una bolsa de tela negra le cubre la cabeza. Intenta hablar, pedir socorro. No puede. Tiene la boca tapada con cinta americana.

«¿Qué hago aquí? ¿Qué ha pasado?».

No entiende lo que está sucediendo. Respira agitadamente. Hace esfuerzos por calmarse. Entonces recuerda. Estaba en el garaje, oyó un ruido, no había nadie, al volver al coche vio que le faltaba la bolsa de deporte, se giró y sintió el golpe.

«¿Dónde estoy?».

Poco a poco va tomando conciencia de su propio cuerpo. Está sentado, la espalda apoyada en una superficie húmeda. Hace frío, mucho frío. Las piernas estiradas, no puede moverlas, tiene los tobillos atados. Las manos sobre el regazo, también atadas.

«¿Dónde estoy?».

Corre el aire. Se estremece. No siente la nieve. Es un lugar techado. Huele a humedad. A abandono. Aguza el oído. Silencio, solo silencio.

Acher va recobrando el ritmo normal de la respiración. Intenta levantarse, no puede. Quiere gritar, no puede. Solo le cabe esperar. Trata de pensar. Le duele demasiado la cabeza.

Lo único que consigue es hacerse una y otra vez la misma pregunta.

«¿Dónde estoy?».

¡El partido! Eso es, el partido. Hoy juegan contra el Barcelona. Sus compañeros lo estarán buscando Saben que nunca faltaría a una cita así. Es cuestión de tiempo, solo tiene que ser paciente. Aguantar.

Tiene un atisbo de esperanza, y la esperanza da fuerzas. Está vivo, eso es lo que importa. Lo encontrarán. Pronto, muy pronto.

El capitán se serena, está más confiado. Entonces sucede. Todo ocurre al mismo tiempo. Oye unos pasos. Mueve la cabeza, agita el cuerpo, trata de gritar. Los pasos se acercan. Lo han visto. Lo han encontrado. Gracias, piensa, gracias a Dios todo ha acabado.

Siente el calor de un cuerpo que se acerca a él, una mano se posa sobre su hombro. Gracias, gracias, repite una y otra vez, aunque sus palabras se quedan atrapadas bajo la mordaza. Alguien se aproxima a su oído. Percibe su respiración, su aliento, puede sentirlo claramente. Entonces oye una frase que no olvidará jamás.

—Es la hora del perdón.

Acher Lanuza se estremece. En ese momento entiende lo que está sucediendo.

65

La misa está llegando a su fin. Gloria y Bermúdez se sientan en uno de los bancos del fondo.

—Pueden darse la paz —proclama don Faustino desde el púlpito.

Los pocos fieles congregados en la catedral, en su mayoría gente mayor, todos ellos luciendo sus mejores galas, se estrechan la mano de manera ceremoniosa. Los guardias miran al frente en silencio. Ninguno de los dos hace ademán de buscar un gesto reconciliador. El sargento por vergüenza, por miedo al rechazo. Si tuviese el valor suficiente, le tendería la mano a su superiora, reconocería su error y buscaría su perdón. Gloria por orgullo. Se siente engañada. No pretende que entre su subordinado y ella exista la suficiente confianza para contarse cosas personales, la vida privada de Bermúdez no le importa lo más mínimo, pero su conducta, que se haya visto en secreto con una persona involucrada en la investigación que están llevando a cabo, supone un claro desprecio y un menoscabo de su autoridad, y no está dispuesta a dejarlo pasar.

Poco a poco los fieles van abandonando el recinto sagrado. Los agentes se acercan al altar donde don Faustino dobla cuidadosamente la estola y recoge sus enseres.

—Venimos del Pabellón de Hielo y nos han dicho que estaba usted buscando a Acher Lanuza —dice Gloria sin más preámbulos.

—¿Ha aparecido? —El cura se dirige a ellos con voz serena, aun así, no puede ocultar el nerviosismo en su mirada.

—Lo estamos buscando. ¿Qué era eso tan urgente que tenía que decirle?

El cura alza la vista hacia el crucifijo que hay detrás de él, suspira y con un gesto de la mano les indica que lo sigan. Rodean el altar y entran en la sacristía.

—Como ustedes comprenderán —retoma don Faustino una vez dentro del habitáculo—, la relación de un siervo del Señor con su rebaño es confidencial, se basa en el entendimiento y en la confianza mutua. Se trata de un asunto personal. No puedo decirles mucho más, simplemente que me urgía verlo.

—Estamos hablando de una desaparición. —Gloria aguarda una reacción que no se da, el cura mantiene su silencio. La teniente, frustrada, vuelve la cabeza de un lado a otro mostrando su desesperación—. Estoy pidiendo su colaboración, ¿comprende la gravedad del asunto?

—Soy el primero que desea que hagan bien su trabajo y lo encuentren cuanto antes.

Gloria se muerde el labio. No soporta el secretismo del párroco, la desespera, y la última insinuación poniendo en duda su profesionalidad la ha sacado de quicio. Calla, cuenta hasta cinco en silencio. Sabe que no puede perder los nervios. No ahí, no ahora. Echa la mano a su chaqueta y saca un paquete de tabaco. No va a fumar, sabe que no puede, pero tener la cajetilla entre sus manos le aporta cierta dosis de tranquilidad.

—Voy a seguir su juego a ver si podemos avanzar algo —dice con voz firme y mirando al cura directamente a los ojos—. ¿Cree que Acher Lanuza podría estar en peligro?

—Lo único que sé es que están pasando cosas extrañas.

—¿A qué se refiere?

—Dos muertos en una semana, ¿le parece poco?

A Gloria se le ocurre una serie de comentarios a esa pregunta, todos ellos hirientes y poco respetuosos. Reprime sus impulsos. Se contiene. Hierática.

—¿Me está diciendo que cree que las muertes de Martín Blasco y Fito Garcés están relacionadas con la desaparición de Lanuza?

—Yo no he dicho tal cosa.

—¿Entonces?

—Lo único que digo es que es todo muy extraño. Están pasando cosas muy raras...

El cura se despoja de la casulla y la guarda con delicadeza en un arcón de madera de pino de estilo castellano. Está ganando tiempo. Se debate entre el deber y la conciencia. No puede revelar lo que sabe, bastante ha hecho ya; no puede involucrar a Santiago, el vínculo sagrado que mantiene con él lo protege. Pero la vida de Acher podría estar en riesgo. Si algo le pasase cargaría con esa culpa de por vida, y tarde o temprano tendría que responder ante la justicia, si no la humana, la divina.

Tampoco tiene idea de qué está sucediendo, lo único que sabe es lo que le contó el panadero sobre su hijo. Aquello que ocurrió en el pasado. La relación de Martín con Fito y con Acher. Eran amigos. Estaban juntos aquella fatídica noche. En el fondo de su ser piensa que todo está unido. ¿Y si se estuviese equivocando? Repasa los hechos en su cabeza, reconstruye todo lo sucedido hasta ese momento tratando de encontrar una explicación que no tiene. De pronto le viene a la memoria un elemento discordante. Algo a lo que en su día no dio importancia y ahora piensa que podría ser crucial.

—El día uno por la mañana, después de misa de nueve, se me acercó un forastero, estaba interesado en la boda que había oficiado en Nochevieja. La de Elvira y Martín. Me preguntó por los novios, por los invitados..., tenía mucha curiosidad. A las pocas horas, Martín apareció muerto. Luego ocurrió lo de Fito...

Los guardias cruzan una mirada rápida. Al fin algo a lo que agarrarse. Un nuevo hilo del que tirar.

—Un momento, un momento —se apresura a decir Gloria—. ¿Quién era esa persona? ¿Le dijo su nombre?

Don Faustino niega con la cabeza a la vez que arruga la frente tratando de recordar.

—No era de aquí. No lo había visto nunca. Era un hombre de treinta y tantos, educado, bien vestido, buenas maneras. Tenía acento vasco.

Gloria se gira con rapidez hacia Bermúdez.

—¿Cómo se llama el marido de María Elizalde?

—Hugo Markínez —responde el sargento tras consultar su libreta.

Antes de que la teniente se lo pida, Bermúdez ya ha sacado su teléfono y está googleando a Markínez. Llega hasta él a través de las bodegas submarinas de Plentzia, navega por la página web y encuentra una fotografía en la que aparece junto a los otros dos socios fundadores.

—¿Era uno de estos hombres? —El sargento muestra la pantalla de su móvil.

El cura señala sin vacilar al hombre que ocupa el extremo derecho.

—¿Está seguro? —pregunta Gloria levantando la voz.

—Completamente.

Gloria se gira, sale de la sacristía sin despedirse. Atraviesa la catedral con paso decidido. Bermúdez camina tras ella.

—Llama a Sotillo —ordena la teniente—, que pregunte en Tráfico por el coche de Markínez, que revise el informe con las imágenes de la gasolinera de Villanúa donde estaban los vehículos que subieron hacia el puente de los Peregrinos el día uno. Dile que vamos para allá.

Mientras Bermúdez habla con su compañero, Gloria echa mano a los bolsillos interiores de su anorak buscando su teléfono. No puede parar de pensar en algo que le ha dicho María esta misma mañana y ella había pasado por alto. «Hugo es muy celoso. Mucho». Se maldice a sí misma. Lo tenía delante y no lo había visto.

Por fin lo encuentra. Busca en la agenda y marca el teléfono de María Elizalde. Un tono, dos, tres...

66

—¿No lo vas a coger?

María mira la pantalla, pulsa un botón para cortar la llamada y vuelve a guardar el móvil en el bolso.

Están refugiados en el puente de mando del Maitetxu, anclados a ochocientos metros de la bahía de Plentzia. Hugo se está poniendo el traje de neopreno para entrar en el agua. Sigue lloviendo, poco oleaje, marea baja.

El Maitetxu, la embarcación con que cuenta la bodega submarina, es una batea de mejillones construida en madera de roble, de quince metros de eslora y cuatro de manga. En proa hay instalada una grúa con la que suben y bajan los jaulones cargados de botellas al fondo del mar. En popa, el puente de mando; a babor y estribor, unas hileras de bancos de madera destinadas a los turistas que participan en los paseos por la bahía con cata de vinos incluida.

Al salir de las torres de Isozaki, después de la comida familiar con los padres de María, se dirigían al coche con idea de volver a casa cuando Hugo recibió la llamada de uno de los empleados de la bodega. Al parecer, el transmisor de localización GPRS de una de las boyas que balizaban el área sobre la que se asentaba la bodega estaba fallando. Hugo convenció a María para ir directos a Plentzia, embarcar en el Maitetxu y acercarse a la boya para encargarse del localizador, lo más probable es que fuese algo tan sencillo como cambiar la batería. La reparación no le llevaría mucho tiempo, y aunque el día estaba feo y llovía sin parar, Hugo había comprobado el estado de la mar y podían navegar sin problema.

La primera reacción de María fue la de obviar el problema y esperar a que lo solucionasen al día siguiente; estaba cansada, quería tumbarse en el sofá, además era el día de Reyes. A Hugo le molestó el comentario y le reprochó su incomprensión, más cuando ella misma se había pasado toda la mañana trabajando. María acabó cediendo y condujeron hasta Plentzia. La carretera de la costa estaba despejada y llegaron enseguida, en apenas veinte minutos. Aparcaron en el puerto donde amarraba el Maitetxu.

Una vez a bordo navegaron directos hacia la boya y anclaron a unos metros de distancia de ella. Hugo bajó a la bodega donde guardan los equipos y subió con el traje de neopreno y una batería nueva para el localizador. Desde allí, iría a nado hasta la baliza, cambiaría la batería del transmisor y podrían volver a casa.

—¿Quién era? —pregunta Hugo señalando el bolso, mientras termina de ajustarse el neopreno.

—Nada importante.

—¿No me lo vas a decir?

—Qué pesadito estás con la llamada, ¿no? —María sonríe—. Anda, vete al agua y termina de una vez, que no veo la hora de llegar a casa, estoy agotada.

—¿No te apetece darte un chapuzón conmigo? Venga, mujer, si en el fondo lo estás deseando.

Hugo se le acerca con una sonrisa pícara, sopla por el tubo de las gafas en dirección a María y la salpica con las pocas gotas que quedaban en la boquilla.

—¡Uy, ni loca! —Ríe divertida.

La besa en la frente y se pone las gafas sobre la cabeza.

—Enseguida vuelvo.

Abre la puerta del puente de mando. Una ráfaga de aire gélido se cuela en el interior, llueve con fuerza.

—Entonces ¿no me vas a decir quién te ha llamado?

—Ay, Hugo, de verdad. ¿Se puede saber qué mosca te ha picado? —dice en tono dulce y sin perder la sonrisa.

—Tengo curiosidad, eso es todo. Y cuanto más tardas en decírmelo, más curiosidad me da. ¿Me lo vas a decir o no?

María suspira resignada.

—Mira que eres cabezón, ¿eh? Era la teniente de la Guardia Civil de Jaca, la que nos visitó ayer. ¿Contento?

Hugo tarda en reaccionar, permanece en pie, pensativo. El aire gélido se cuela en la cabina. Finalmente, cierra la puerta y se acerca despacio a su mujer.

—¿Te ha llamado la teniente?

—Sí. —María intuye que algo no va bien—. ¿Qué pasa?

—¿Puedo ver tu teléfono?

—¿Por?

—¿Sí o no? —Hugo levanta la voz. La expresión de su rostro ha cambiado, estira el brazo en dirección al bolso y abre la mano—. ¿Puedo ver tu teléfono?

—¿Se puede saber qué te pasa?

Hugo calla. Está en pie frente a ella, con la mano extendida, esperando.

María, enfadada, le lanza el bolso de malas maneras.

Él lo coge al vuelo, lo abre, rebusca en su interior y saca el iPhone de su mujer.

—¿Cuál es la contraseña?

Sin levantarse de su silla, ella coge el teléfono, posa el pulgar de su mano derecha sobre él y desbloquea la pantalla de inicio.

Hugo abre la aplicación de llamadas, busca la última y

comprueba que aparece registrada con el nombre de Teniente Maldonado Jaca. Mira la pantalla ensimismado. Pulsa el botón central, apaga el dispositivo y lo guarda en un cajón.

—Qué extraño —dice tras una larga pausa.

—¿Por qué?

—Pues porque esta misma mañana te has visto con la teniente en una estación de servicio en Irurzun. —María palidece—. Por favor, no te esfuerces en negarlo. —Hugo se acuclilla frente a ella y le coge las manos con delicadeza—. Por eso me extraña. Y por eso me vas a decir exactamente, con todo lujo de detalles, de qué habéis hablado, qué te ha preguntado y qué le has contado, ¿está claro?

67

Tiembla. No sabe cuánto podrá resistir. El dolor es insoportable. El agua lo cubre hasta el cuello. Sigue sin ver nada. Su captor no le ha quitado la bolsa que le cubre la cabeza, tampoco la cinta de la boca, ni las correas que lo atan de pies y manos.

No le ha vuelto a dirigir la palabra. Solo una frase: «Es la hora del perdón». Después ha sentido que unas manos lo sujetaban de las axilas, lo levantaban a trompicones y lo introducían en una pileta de agua helada.

Hace esfuerzos por mantener la cabeza erguida. Mientras pueda respirar seguirá luchando. Sabe lo que está ocurriendo, sabe perfectamente por qué está ahí.

Su mente viaja al pasado. A mucho tiempo atrás.

Son las Navidades de 2007. La noche del 28 de diciembre, la noche del día de los Inocentes. Después del entrenamiento, todo el equipo ha ido a cenar a un restaurante del centro. La tradicional cena navideña organizada por el club. En la categoría juvenil no todos son mayores de edad. Muchos de los chicos aún no han cumplido los dieciocho, pero ese día da igual, están de celebración y no hay restricciones de alcohol. El entrenador y su ayudante son los primeros en encargarse de que no falte el vino en la mesa. Acher se ha sentado junto a sus dos mejores amigos, Martín y Fito. Hablan de hockey, entre risas comentan partidos, batallitas, anécdotas, pero sobre todo cantan y beben. Son jóvenes, están llenos de energía, tienen el mundo a sus pies, todo por vivir, se creen invencibles.

Son las tres de la madrugada cuando salen de la discoteca. La mayoría de los compañeros se despiden entre abrazos y muestras efusivas de afecto. Fito, el mayor y el más tarambana de los tres, los lleva a una esquina y les muestra una bolsita de plástico transparente. Ha comprado «maría».

—Un porrito antes de irnos a casa, ¿no?

Caminan hacia el paseo de la Constitución, un bulevar situado en el centro de la ciudad flanqueado por árboles frondosos, adornado con flores, fuentes ornamentales y áreas de juegos infantiles. Alrededor se sitúan algunas de las casonas más emblemáticas de Jaca, elegantes residencias que lucen escudos heráldicos en sus fachadas. Recorren el paseo entre empujones y risas, amparados en el silencio y la oscuridad. La noche es gélida, la niebla que baja del valle cubre el parque empapándolo de una densa cortina gris. Los tres amigos se sientan en las escaleras de piedra del quiosco de música. Fito saca un librito de papel de fumar, el tabaco y la bolsita con la maría, los deja sobre un escalón y comienza a liar el porro con las manos amoratadas por el frío. Fuman relajados, un par de caladas y se lo pasan al de al lado. El mismo ritual de siempre. Han cesado las risas, hablan del futuro, de sus sueños, sus ilusiones. A Acher le gustaría llegar al primer equipo, vivir del hockey, es muy buen jugador, el mejor, todos dan por hecho que lo logrará. Fito quiere hacerse rico, montar una empresa, no importa de qué, lo que sea con tal de ganar mucho dinero, ese es su gran objetivo. Martín solo sabe que no quiere continuar la tradición familiar, no quiere pasarse la vida haciendo pan.

Una sombra se acerca rasgando la niebla. Es un hombre,

camina hacia ellos, despacio, muy despacio. Al llegar al quiosco pueden verlo, cuarenta y muchos, lleva un abrigo largo, barba poblada y un viejo gorro de lana calado hasta las cejas; tiene la cabeza gacha, las manos en los bolsillos y la mirada cansada.

—¿Me invitáis a un pitillo?

Antes de que respondan, el hombre estira la mano, coge el paquete, saca un cigarro y se lo pone en la boca.

—Sírvete tú mismo, jefe —dice Fito con un deje de ironía.

El hombre no reacciona. Ha vuelto a meter las manos en los bolsillos, no tiene guantes. Se fijan en su aspecto, los zapatos cubiertos de barro, el abrigo raído, la barba descuidada.

—Sois muy jóvenes, no deberíais fumar esa mierda. —El hombre señala la bolsa de marihuana con la mirada—. Las drogas matan…, te destrozan la vida.

—Supongo que lo dices por experiencia —suelta Fito, burlón. Sus amigos le ríen la gracia.

Tampoco esta vez dice nada. Está acostumbrado a la mofa, a las miradas de desprecio, de asco, a la incomprensión. No le importa. Al principio sí, ahora lo tiene superado. Demasiados años…, ha perdido la cuenta.

—¿Me dais fuego?

Martín le lanza un mechero, un Zippo de plata. El hombre lo intenta coger al vuelo. No lo logra. Los chicos ríen. Se agacha con dificultad, lo recoge, tiene las uñas sucias. Enciende el cigarrillo y los mira con curiosidad. Hay ternura en su mirada.

—¿Estáis en el equipo de hockey?

—Ya somos mayorcitos, jefe, podemos hacer lo que nos dé la gana, así que ahórrate el sermón. —Fito da una nueva calada y lo mira, retador.

—Me recordáis a alguien, nada más. —El hombre levanta la mirada buscando las estrellas—. Ay, juventud, divino tesoro.

Los tres amigos se miran y vuelven a reír. Tiene toda la pinta de ser un borracho o, peor, un mendigo. No les gusta su aspecto, las cosas que dice ni la manera que tiene de mirarlos, parece inofensivo pero podría ser uno de esos locos que se dedican a descuartizar a sus víctimas. Fito coge la cajetilla de tabaco y se la tira, el hombre ni siquiera hace ademán de cogerla.

—Anda, llévate los cigarros y piérdete, colega.

El hombre mira el paquete, ha caído junto a un charco. Procura adivinar su contenido. No está demasiado arrugado, calcula que por lo menos quedará la mitad. Duda en agacharse de nuevo. Todavía tiene su dignidad, poca, pero aún le queda. Vuelve a mirar al suelo. Tabaco rubio, de marca. Se arrodilla, se limpia el barro con delicadeza, tiene las manos huesudas, guarda la cajetilla en un bolsillo, se incorpora torpemente y echa a andar en silencio hacia la salida del bulevar.

—¡Hey, tú, mi mechero! —grita Martín.

El hombre no se gira. Sigue su camino, arrastrando los pies con la espalda encorvada y la cabeza baja.

—Me cago en todo, se ha llevado mi mechero.

—Déjalo, tío —dice Acher—, es un puto mechero.

—No me da la gana, me lo regaló mi padre. Es un Zippo auténtico, tiene mi nombre grabado y todo.

—¡Jefe! —Fito se pone en pie y pega un grito—. No te hagas el sueco y devuélvenos el mechero.

El hombre no se detiene, no vuelve la cabeza, simplemente continúa andando. Fito le da una palmada a Martín para que se levante y echan a andar tras él. Acher, que permanece sentado, los mira divertido.

—¿Tú de qué vas, tío? ¿Estás sordo o qué? —Fito lo encara y le habla con dureza.

—¡Dámelo! —Martín le hace un gesto con la mano. El hombre los mira sin entender.

—¿Qué pasa?

—¿Nos estás vacilando? —Fito agita los brazos nervioso—. Qué asco das, tío, eres un puto gorrón.

Martín se acerca y trata de abrirle el abrigo. El hombre, asustado, se protege de manera instintiva dándole un manotazo y echándose hacia atrás.

—¡Ni se te ocurra tocar a mi amigo!

Fito no se lo piensa y le da un empujón con las palmas de las manos. El hombre recula, trastabilla con la barra metálica que hay a ras de suelo y cae de espaldas en el recinto cuadrangular que rodea la fuente de los cisnes. La fina capa de hielo que recubre la base se resquebraja en mil pedazos y él se queda atascado en el interior de la fuente.

—¡Hijos de puta! —grita desde el fondo, totalmente cubierto de agua.

Martín y Fito echan a correr entre risas en dirección contraria. Acher se levanta como un resorte y los sigue. No paran de correr, no echan la vista atrás, antes de abandonar el bulevar y perderse entre la niebla oyen los gritos del hombre, cada vez más lejanos, cada vez más débiles.

Ninguno de los tres podrá borrar de su memoria este recuerdo.

68

—Ahí está, teniente.

El cabo Sotillo congela la imagen y señala con el índice. En la pantalla del ordenador aparece un Audi Q4 de color violeta.

—No hay manera de ver la matrícula —prosigue el cabo, mientras hace zoom para aumentar la imagen—, pero es el mismo modelo y el mismo color que el vehículo de Hugo Markínez. Un solo conductor, tampoco podemos distinguir la cara, parece un hombre, casi al noventa por ciento. Y fíjate en esto... —Sotillo mueve el cursor sobre la barra inferior, avanza el vídeo y vuelve a pararlo mostrando una nueva imagen—. Este es el Mini Cooper de Martín Blasco, de eso no tenemos duda, es el mismo que apareció aparcado junto al cementerio del puente romano. El Audi pasa por la gasolinera un par de minutos después, minuto y cincuenta segundos, para ser exactos. Resumiendo, coincide con el coche de Markínez, coincide la hora y coincide la dirección. El puente de los Peregrinos está a menos de cinco kilómetros de Villanúa. La carretera llega hasta Canfranc, de ahí puedes subir a las pistas de esquí o pasar a Francia por el túnel de Somport. Hemos comprobado las cámaras de Canfranc y las de los parkings de Astún y Candanchú, no hay ni rastro del Audi, tampoco cruzó el túnel a Francia. No sabemos cuándo regresó, las cámaras de la gasolinera no graban el carril de bajada, pero todo indica que era Markínez y que se citó con Martín Blasco en el puente.

Gloria se toma unos segundos para ordenar sus ideas. El resto del equipo aguarda expectante sus órdenes. Es en estos momentos cuando siente la soledad del líder. No le pesa la responsabilidad, son muchos años y sabe cuáles son los protocolos a seguir. Lo que de verdad le molesta es no tener a nadie con quien compartir sus dudas. Hasta el día de ayer, lo habría hecho con su sargento. Bermúdez no es el mejor guardia con el que ha trabajado, le falta experiencia y le sobra arrogancia, pero es eficiente, no es estúpido y tiene sentido común. En circunstancias normales, llegados a este punto de la investigación habría contado con él, le habría pedido su opinión. No ahora, no después de su traición.

Piensa. Todo apunta a Hugo Markínez. Ella misma ha tenido ocasión de comprobar cómo María se comporta de una manera totalmente distinta cuando su marido está presente que cuando está sola. Recuerda sus acusaciones de celos. María le ha confesado que había tenido una aventura con Martín. Su marido sospechaba, podría ser que llevara tiempo con la mosca detrás de la oreja. Markínez se enteró de que María estaba en Jaca al mismo tiempo que el joven abogado con quien había trabajado durante meses, casualmente los meses en los que él había estado ausente expandiendo la empresa en su larga gira americana. Subió al Pirineo para descubrir qué estaba pasando, preguntó al cura, se enteró de que Martín se había casado la noche anterior, aun así, lo llamó y lo citó en el puente de los Peregrinos. Quería saber si hubo algo entre ellos, qué hacía su mujer en Jaca, si se habían visto, si seguían viéndose. Un comportamiento propio de un celoso compulsivo. Martín aceptó, subió a su encuentro, quizá dispuesto a dar por zanjado el asunto. Tuvo una historia con María, pero eso ya es agua pasada. Quiere a su mujer, eso es lo único que importa.

De ahí el wasap de perdón a Elvira. Puede ser que Elvira no supiese nada de esa aventura y él le hubiese enviado el mensaje como un primer paso para contárselo en cuanto estuviese de vuelta en el hotel.

El caso es que los dos hombres se encuentran. Markínez descubre que estaba en lo cierto, sus sospechas se hacen realidad, su mujer lo ha engañado. Da igual que el flamante recién casado le asegure que su relación ha terminado, que ya no están juntos. Quizá le contó que se habían visto la noche anterior, que María lo siguió, que discutieron en un bar. Sea como fuese, Markínez pierde los nervios, empuja a Martín puente abajo y regresa a Neguri antes de que vuelva su mujer.

Hasta ahí todo tiene sentido, pero ¿qué tiene eso que ver con el asesinato de Fito Garcés? ¿Qué relación puede haber entre Hugo, un empresario vasco, y un ganadero de Guasillo? ¿Podría ser que su mujer lo conociese, que también hubiese tenido una relación con él? Por lo que sabe, Fito Garcés fue el novio de Elvira. Garcés y Martín fueron amigos de juventud. Ahí sí hay una conexión clara. ¿Qué pinta Markínez en ese triángulo? ¿Es también sospechoso de la muerte de Garcés? ¿Y qué ocurre con Lanuza? El capitán ha desaparecido esta misma mañana. ¿Está Markínez involucrado en eso? ¿Por qué? ¿Qué tiene que ver? Y si lo estuviese, ¿actúa solo, o le ayuda alguien? ¿Dónde está Elvira? ¿Dónde se ha metido? ¿Puede ser que esté también en peligro? Hasta ahora no habían sopesado esa opción, pero después de lo ocurrido con Lanuza... ¿Y qué tiene que ver el panadero con todo esto? Como padre, quizá conocía la aventura de su hijo con una mujer casada. Es posible que ese sea el punto de unión con Markínez. Fue Santiago quien descubrió el cadáver de Garcés. En su declaración aseguró que subió a la borda a llevar sacos de pan duro como hacía otras veces, pero mintió. En el maletero de su furgoneta no había ningún saco, tampoco en la casa. ¿Por qué mintió?

¿Qué hacía en la borda? ¿Por qué fue a ver a Garcés justo después de la muerte de su hijo?

Son demasiadas preguntas, demasiadas incógnitas, demasiadas dudas que despejar. Ahora necesita centrarse, ser resolutiva. Tiene dos frentes abiertos, la supuesta implicación del empresario en la muerte de Martín Blasco y la desaparición de Acher Lanuza.

Se echa la mano al bolsillo y palpa el paquete de tabaco. Necesita fumar, pero antes tiene que tomar decisiones.

—Sotillo, quiero un informe detallado de todo lo que tenemos sobre Markínez, y lo quiero ¡ya! Bermúdez, llama a la jueza, le va a encantar que le jodamos los Reyes, le cuentas lo que hay, le dices que le va a llegar el informe a su correo y que necesitamos una orden de registro del domicilio de Markínez, luego me la pasas. Perales, avisa a nuestros compañeros de Vizcaya para que estén prevenidos, mientras les llega el informe de Sotillo los vas poniendo en antecedentes. Después llamas a Tráfico y revisas todas las cámaras del trayecto Bilbao-Jaca, desde hoy por la mañana. Buscamos el coche de Markínez, verifica si ha subido a vernos, incluye en la búsqueda el coche de Lanuza, quiero saber si ha salido de la ciudad, comprueba todas las posibles salidas, comienza por la A-21, la que lleva al País Vasco. ¡Todo el mundo a trabajar!

Los guardias se encomiendan a sus tareas. Gloria saca su móvil y marca el número de María Elizalde. Una voz le avisa de que el teléfono está apagado o fuera de cobertura. No le gusta. Está intranquila. Enciende un cigarrillo, está en la zona común, no puede hacerlo, no le importa lo más mínimo.

Suena su teléfono. Por un instante piensa que es María, quiere creerlo. Mira ansiosa la pantalla. Reconoce el número. Contesta.

—¿Dime...? ¿Dónde...? Avisa a la Científica. Vamos para allí.

Gloria se dirige a su equipo elevando la voz.

—Era Velasco. Han encontrado el coche de Lanuza en un descampado junto al río cerca de un almacén de chatarra.

Señala con el dedo a Bermúdez, hace un gesto para que la siga y echa a andar lo más deprisa que su cuerpo se lo permite.

69

Suena el timbre de la puerta.

Olvido está concentrada en la lectura de un texto sobre los portazgos, los pagos que debían hacer los viajeros medievales por atravesar ciertos puentes y caminos en su ruta hacia Santiago, y sobre las frecuentes disputas entre peregrinos y portazgueros.

No espera a nadie. El timbre vuelve a sonar. Se levanta con desgana. Al abrir se encuentra a Elvira. Su amiga la mira seria, tiene el pelo revuelto, los ojos cansados y mal aspecto. Olvido se lanza a sus brazos en un gesto impulsivo.

—Estaba preocupada por ti. ¿Dónde te habías metido?

Elvira no responde. Tampoco le devuelve el abrazo.

—Me he enterado de lo de tu madre —dice Olvido mientras sostiene las manos de su amiga—. Lo siento, lo siento muchísimo.

—¿Puedo pasar?

Entran al salón. El espacio está cubierto de libros y apuntes.

—¿Quieres tomar algo?

Elvira no responde, se deja caer en el sofá y mira con curiosidad el material desperdigado sobre la mesa.

—Estaba trabajando en la tesis... —Olvido cierra el ordenador—. Me tenías preocupada, te he estado llamando varias veces y siempre tenías el móvil apagado. Me alegro de verte, ¿cómo estás?

Silencio. Elvira se frota la cara y mira a su alrededor.

—¿Estás sola?

—Virgilio ha salido a correr. ¿De verdad no quieres nada? Tienes mala cara.

No hay respuesta. Se hace un nuevo silencio. Elvira mira fijamente a los ojos de su amiga.

—¿Por qué mentiste a la policía?

—¿Qué?

—No juegues conmigo, Olvido, ¿por qué les mentiste?

—No sé de qué me estás hablando. Dímelo y charlamos tranquilamente. —Su amiga la observa en silencio—. Hace mucho frío, nos va a venir bien entrar en calor. —Se acerca al armario y rebusca en el minibar—. ¿Un Baileys? Es casero, lo hago yo.

Saca una botella sin etiquetar tapada con un corcho y, sin moverse del armario, sirve dos vasos de cristal de culo grueso de color verde. Deja la bebida en la mesita de centro y se sienta frente a su amiga.

—Sabes muy bien de qué estoy hablando. Los guardias te preguntaron por la noche del veintiocho, estábamos en el pub, nos encontramos a Fito y tú les dijiste que vino a hablar conmigo. ¿Por qué? ¿Por qué les mentiste?

Olvido asiente con la cabeza y emite un ligero suspiro.

—¡Ah, eso! Ahora me acuerdo.

—¿Por qué lo hiciste?

—No quería perjudicarte.

—¿No? ¿Entonces por qué les dijiste que habíamos sido pareja? ¿Por qué les dijiste que discutimos, que nos peleamos? ¿Por qué les mentiste? Y todo justo unas horas antes de que Fito muriese. Qué conveniente, ¿verdad? Estaban investigando su muerte. Parece ser que fue un asesinato. Seguro que ya te has enterado, tú siempre te enteras de todo. ¿De verdad creías que no me iba a afectar? Porque suena como si quisieras echar mierda contra mí, como si me estuvieses señalando.

Olvido niega con la cabeza una y otra vez, se levanta del sofá, se arrodilla frente a su amiga y posa las manos sobre sus piernas.

—¿Cómo puedes pensar eso de mí? Soy tu amiga. Nos conocemos desde niñas, sabes que jamás haría nada que te pudiese hacer daño.

—Entonces ¿por qué mentiste? —Elvira se incorpora y sujeta la cara de su amiga entre sus manos—. ¿Por qué?

Se miran en silencio. Olvido tiene los ojos vidriosos. Hace esfuerzos por no llorar. Elvira no parpadea. Dura, fría, impasible.

—En cuanto te vio —continúa Elvira—, Fito fue directo hacia ti. No estaba interesado en mí, ni siquiera me dirigió la palabra. Quería hablar contigo, solo contigo. Yo te defendí. No paraba de acosarte, estaba muy borracho. Tengo que hablar contigo, decía, tienes que escucharme, es importante, tienes que saberlo. ¿Por qué no se lo dijiste a la policía, Olvido? ¿Por qué no les contaste que Fito estaba obsesionado contigo?

No puede retener las lágrimas. Olvido se cubre la cara, trata de recomponerse. Sigue en el suelo, ahora sentada sobre la alfombra con las piernas flexionadas y los brazos rodeando sus rodillas. Como una niña temerosa, una niña frágil y asustada.

Elvira no cambia la expresión. Coge su vaso y bebe el Baileys de un trago. Aguarda, ya ha dicho todo que tenía que decir, solo le queda esperar.

—Esa misma noche, al volver a casa me lo encontré —comienza a decir Olvido con la cabeza entre las piernas. Sigue encorvada. Tiene la voz quebrada, le cuesta recordar, le duele—. Me estaba esperando en una esquina. Al verlo me asusté, salió de la nada. Seguía borracho. Yo tenía miedo, no sabía qué hacer. Fito me dijo que no iba a hacerme nada, que solo quería hablar. Le rogué que me dejase en paz, que dejase que me fuera a casa, que, si no, empezaría a gritar. Entonces me dijo que quería hablar de mi padre.

Olvido hace una pausa. Levanta la cabeza y mira a su amiga.

—Me quedé en shock —continúa diciendo—. Ya sabes lo que aquello significó para nosotros. Tú también lo viviste. Le dije que no quería saber nada, que me dejase marchar. No me hizo caso, estaba como loco, desvariaba, no era él. Me sujetó de los brazos y comenzó a hablar. Yo podía haber intentado algo, defenderme, echar a correr, pero estaba paralizada. La sola mención de mi padre me había desarmado. Me contó que aquella noche, él y sus amigos estaban en el bulevar, que vieron a mi padre, que estaba muerto en la fuente de los cisnes, congelado. Que no dijeron nada porque pensaron que era un mendigo. Más tarde descubrieron quién era y aun así callaron. Eso es lo que me contó. Le dije que me daba igual, que no quería saber nada, ni de él, ni de sus amigos ni de mi padre. Me solté y me vine corriendo a casa. Eso fue lo que pasó. Por eso no dije nada a los guardias, por eso mentí.

»No quería hablar de él, no quería revivir al hombre que nos abandonó, al hombre que destrozó la vida de mi madre. Ese hombre fue un cobarde, era débil, eligió sus vicios antes que su familia. Lo único que hizo fue amargarnos la vida a todos. Nos costó mucho superarlo. Tú lo viviste. Pero lo olvidamos, lo enterramos, lo borramos de nuestros recuerdos. Para nosotros ese hombre no existe. No quería volver a pasar por eso, no otra vez. Si alguien puede entenderlo eres tú. Nos une el mismo dolor. Las dos perdimos a nuestro padre, las dos sabemos lo que es sentirnos abandonadas, traicionadas. Por eso mentí. Por eso no dije nada. Ni a los guardias, ni a nadie.

Elvira calla. No puede juzgarla. Ella hizo lo mismo. Culpó

a su madre de la muerte de su padre y la condenó al olvido. ¿Quién es ella para reprocharle nada? Apura su vaso y mira a su amiga. Olvido sigue postrada en la alfombra. Elvira posa una mano sobre su cabeza.

—Perdóname.

Se arrepiente de haber dudado de su amiga. No piensa con claridad. En realidad, está furiosa consigo misma. Lo sabe. Le duele no haber llegado a tiempo. No haberse despedido de su madre. Está agotada. La cabeza le va a estallar. Tiene un sueño terrible. Lo único que quiere es alejarse de todo, no pensar en nada, perderse, dormir.

—Lo siento, lo siento mucho. Estoy muy cansada.

—Túmbate, anda. —La voz de Olvido suena serena.

Elvira hace lo que su amiga le dice. Estira las piernas y apoya la cabeza en un cojín. No puede más. El estrés de los últimos días, el cansancio, las noches sin dormir... Olvido se pone en pie y la cubre con una manta.

—Ahora necesitas descansar —le susurra al oído mientras la arropa con mimo—. No te preocupes por nada, duerme.

—¿Te quedas aquí conmigo?

—Claro.

Olvido coge el libro que estaba leyendo cuando ha llegado su amiga, acerca una silla al sofá, toma asiento junto a ella y retoma la lectura.

Elvira la mira, sonríe. Es la manera de agradecer su compañía. Necesita confiar en alguien, sentirse segura, protegida. Le pesan los párpados. Cierra los ojos. No tarda en dormirse.

70

—Tómate tu tiempo, no hay prisa. —Hugo coloca una caja de madera en posición vertical y se sienta frente a su mujer—. Eso sí, asegúrate de decir la verdad.

El cielo se ha cubierto de nubarrones negros. María trata de pensar con rapidez, intenta analizar fríamente la situación. ¿Cómo puede haberse enterado Hugo del encuentro en la gasolinera? ¿Se lo dijo la propia teniente? No tiene sentido, pero es la única explicación que se le ocurre: la guardia civil la engañó. Qué idiota he sido, piensa. ¿Cómo he podido fiarme de ella? Después de la charla con ella tuvo que llamarle, estaría buscando contrastar la información. Se siente estúpida, no tenía que haber dicho nada. ¿Cómo he podido ser tan ingenua?, se pregunta.

Recuerda sus propias palabras, lo que le contó sobre su relación con Martín, fue sutil, pero el mensaje quedó claro. Ahora le falta saber qué es lo que le habrá contado a su marido. Hasta dónde habrá llegado. ¿Le habrá revelado la teniente la aventura que tuvieron?

Hugo parece tranquilo. Está sentado frente a ella, con el traje de neopreno, aparentemente relajado. Y aun así no se fía, lo conoce muy bien. Conoce sus flaquezas.

Sabe de sobra lo obsesivo que puede llegar a ser. Su antigua pareja, Adela Salaberri, la mujer con la que pensó que iba a compartir su vida, no tuvo más remedio que denunciarlo. María se enteró mucho tiempo después, por medio de unos amigos comunes. Según le contaron, tras la ruptura, Hugo se dedicó a seguirla de manera compulsiva, la espiaba, no la dejaba en paz. No hubo condena. El juez no dictó la orden de alejamiento que solicitaba la demandante, no había conducta violenta, no existían denuncias previas, y Hugo no tenía antecedentes. Al final el asunto quedó en nada. El tiempo fue poniendo todo en su sitio y las aguas se calmaron. Sin embargo, según supo por diferentes fuentes, Adela lo pasó realmente mal. Instaló alarmas, cambió cerraduras, modificó sus hábitos, incluso se planteó la opción de poner tierra de por medio y desaparecer por una temporada. Hasta ese punto habían llegado las cosas.

Una serie de olas impactan contra la proa del Maitetxu, y la embarcación se agita al compás de la marea.

¿Qué espera de ella? ¿Qué sabe, qué quiere saber? ¿Hasta dónde está dispuesto a escuchar, a entender, a perdonar? Ella está en una situación desfavorable, necesita pensar, ganar tiempo.

—¿Por qué no vamos a casa y hablamos allí tranquilamente?

—¿Qué pasa? No me irás a decir ahora que te mareas, ¿verdad?

—Preferiría estar en casa.

—Tengo que arreglar el transmisor, ¿recuerdas?

—A eso hemos venido, sí. Hazlo cuanto antes, repáralo y nos vamos, ¿te parece?

—No creo que sea buena idea. Hay que priorizar objetivos, y ahora mismo esto, nuestra charla, es mucho más importante que un GPS averiado. —Hugo se arregla el cabello, al terminar pone las manos sobre sus rodillas y emite un largo suspiro—. Entonces... ¿qué le contaste exactamente a la teniente?

—Nada, quería saber si conocía a la mujer de Blasco, a sus padres, a sus amigos, me preguntó por su círculo, eso fue todo.

—Entiendo, ¿y tú que le has dicho?

—La verdad, que no los conocía.

—Has hecho bien, hay que ir siempre con la verdad por delante, y más cuando se habla con las fuerzas del orden. La verdad es esencial. Por cierto, ¿te ha llamado la teniente para concertar la cita? —Hace una pausa y esboza una medio sonrisa—. Recuerda que podemos mirar tu teléfono en cualquier momento...

—La he llamado a primera hora para preguntar por el caso y no me ha respondido. Tenía curiosidad por saber qué había pasado en realidad. Lo del suicidio me resulta muy extraño. Al rato me ha devuelto la llamada y me ha sugerido que nos viésemos en un punto intermedio entre Jaca y Bilbao.

—Claro, tiene lógica. Lo que no acabo de comprender es por qué me has mentido. ¿Por qué me has dicho que ibas a trabajar?

—No quería preocuparte, cariño. —María estira el brazo y le acaricia ligeramente el hombro—. No deja de ser una muerte y... no sé, en estas fechas... Prefería no hablar del tema, por eso no te lo he contado.

El barco se eleva repentinamente y vuelve a su posición. Sienten las olas golpear el casco. Hugo retira la caja de madera y la lanza de una patada al otro extremo de la cabina, se acuclilla, afianza su posición, estira el brazo y posa su mano derecha sobre el hombro de su mujer.

—Me parece muy raro. —La mira a los ojos sin pestañear—. Si ayer estuvo en casa y ya le dijiste que no sabías nada, ¿por qué recorrer más de cien kilómetros para hacer las mismas preguntas y obtener las mismas respuestas?

—Llámala si quieres. —María habla con voz firme—. Llama y pregúntaselo tú mismo, así sales de dudas.

—Podría hacerlo —vuelve a sonreír—, pero prefiero que quede entre nosotros. Los trapos sucios mejor lavarlos de puertas para adentro, ¿verdad? Tenemos todo el tiempo del mundo.

Arquea la espalda y baja la cremallera trasera del traje. A continuación se levanta, se quita el neopreno y comienza a vestirse lentamente con las prendas que había dejado sobre la silla del puesto de mando: pantalones de pinzas, camisa azul y americana de tweed, la ropa que había elegido para la comida familiar con sus suegros.

—¿Qué haces? —María lo mira extrañada.

—Ponerme cómodo.

—¿Y la boya? ¿No tenías que cambiar la batería?

—No te preocupes. La batería está bien. Solo hay que ajustarla. Yo mismo la he aflojado esta mañana cuando tú estabas con la teniente. Y con la mar así, mejor dejarlo para otro día.

Por primera vez María muestra sus emociones. Hay preocupación en su rostro. La fuerza de la lluvia se intensifica por momentos.

—No entiendo.

—No tiene ningún misterio. Quería una excusa creíble para estar aquí los dos solos. ¿Tan raro te parece? Ya me conoces, soy muy meticuloso.

María mira hacia el cajón donde su marido ha guardado el móvil, un movimiento automático. Hugo intuye lo que está pensando y se dirige a ella en tono condescendiente.

—Tranquila, mi vida, esto lo podemos resolver los dos solos sin necesidad de llamar a nadie. —Hace una pausa. Termina de vestirse y se acerca a ella—. Solo tienes que ser sincera. ¿Qué más quería saber la teniente? ¿Qué le has contado? No tengas miedo. Sea lo que sea puedes decírmelo, somos un equipo.

—No le he contado nada, te lo juro. —Su voz suena nerviosa—. Eso ha sido todo.

Sienten una sacudida. La embarcación se tambalea. Hugo pierde el equilibrio y está a punto de tropezar. Se acerca a un portillo y mira el estado de la mar. Llueve intensamente. Las olas chocan contra la cubierta.

—La cosa se está poniendo fea —dice Hugo sin quitar la vista del ojo de buey. Se da media vuelta y se planta frente a su esposa—. Déjame que te haga yo una pregunta, una sola. Y, por favor, piénsatelo bien antes de responder, ¿quieres? —Calla. El barco vuelve a temblar—. ¿Martín Blasco y tú erais amantes?

—¡¿Qué?! No, claro que no.

—¿No me has oído? Te he dicho que antes de responder pensases bien tu respuesta.

—A ver, Hugo, no tengo nada que pensar, éramos amigos nada más.

—¿Amigos? La primera noticia. Siempre di por hecho que erais colegas de trabajo. Ni siquiera eso, que era un empleado eventual. Un abogado de medio pelo que hizo su informe y se fue.

Una nueva sacudida desestabiliza la embarcación. María se agarra con fuerza a su asiento. Hugo flexiona las rodillas, se apoya en el timón y echa un vistazo al panel de abordo.

—La cosa se está poniendo fea —dice señalando una pantalla—. Se me ha olvidado comentarte que venía galerna.

—Nos vimos unas cuantas veces fuera de la oficina, ¿vale? Eso fue todo. Siempre en público, pregúntaselo a cualquiera.

—¿Por quién me tomas? Ya lo hice. Incluso fui a preguntárselo a él mismo, pero llegué tarde.

—¿Qué quieres decir? Me estás asustando.

Cada vez es más complicado mantener el equilibrio. Hugo da dos zancadas y se sienta en el mismo banco acolchado que ocupa su mujer. María instintivamente retrocede. Está seria. No se preocupa en ocultar su miedo. Él la mira, inexpresivo, se arregla el cabello y comienza a hablar en un tono sereno.

—El uno de enero subí a Jaca. Tú no lo sabes, pero fui a verte a tu hotel. Estabas durmiendo sola, lo primero que hice fue asegurarme de eso, de que no tenías compañía. Luego fui a dar una vuelta y estuve husmeando por ahí, en la iglesia, los bares, ya sabes... Al final decidí cortar por lo sano y preguntar directamente al interesado. Es la mejor manera, ¿no crees? Cuando llegué a su hotel, justo estaba saliendo. Su coche es muy fácil de reconocer, lo seguí. Antes de llegar a Canfranc, cogió un desvío y aparcó en un viejo cementerio. Dejé el coche en un lugar discreto y fui en su busca. Mi idea era hablar con él, pero antes quería saber qué estaba haciendo tu amiguito, adónde iba..., simple curiosidad.

Hugo hace una pausa. Una ráfaga de espuma se estrella contra los portillos.

—Cuando llegué era tarde —continúa—, estaba flotando en el río. Lo vi a través de los matorrales, no sé qué pasó, su cuerpo estaba en la orilla, no lo vi saltar, pero había alguien en el puente. No llegué a verlo bien por la niebla, se fue y se perdió en el monte. No quise saber más, la verdad. Di media vuelta y me fui. —Hugo sostiene la cara de su mujer por la barbilla y la obliga a mirarlo de frente—. Ya ves, tu amigo no pudo contarme su versión, así que te lo pregunto a ti. ¿Tuvisteis una aventura? Estoy preparado, he pensado mucho en ello; ahora ya da igual, está muerto, ya nada se puede hacer. Te aseguro que solo quiero saber la verdad. Lo necesito, tengo que saberlo, lo entiendes, ¿verdad? —Hay un deje de súplica en su voz—. Tan solo dime la verdad, ¿era tu amante?

María toma sus manos suavemente. Traga saliva, parpadea, baja la cabeza, se toma unos segundos, alza la vista y lo mira directamente a los ojos antes de contestar.

—No. Te lo juro. Nunca hubo nada entre nosotros.

71

El semáforo parpadea en ámbar, Gloria acelera y cruza con la luz ya en rojo, está conduciendo en silencio, frustrada. A su lado, Bermúdez. No han intercambiado una palabra desde que han salido del almacén de chatarra.

Han encontrado el vehículo de Acher Lanuza, un Kia Picanto blanco, aparcado en la parte trasera del almacén, a unos metros del río. Estaba cerrado, no presenta desperfectos y no hay indicios de violencia. Los compañeros de la Científica siguen recopilando huellas y muestras de ADN. Un par de guardias se han quedado peinando la zona. La chatarrería está en la salida sur de la ciudad, a tres kilómetros y medio del Pabellón de Hielo.

Resulta extraño, por lo que han podido averiguar, Lanuza siempre acudía con dos horas de antelación a los partidos, esta vez no ha sido así. El encuentro estaba a punto de comenzar y él aún no había aparecido. Todo indicaba que algo raro estaba sucediendo. Gloria lo sabe muy bien. Más, teniendo en cuenta que Acher Lanuza conocía a los dos hombres que han aparecido muertos en los alrededores de Jaca esta misma semana. Y sin embargo no tienen nada.

Del País Vasco tampoco tienen noticias. La jueza ha autorizado la orden de registro, una patrulla se ha acercado al domicilio de Markínez en Neguri y no han encontrado a nadie. A Gloria le preocupa María Elizalde, le preocupa Acher Lanuza, siente que no tiene el control de la situación, que está desbordada. Hay vidas en peligro y se ve incapaz de hacer nada. Para colmo, la relación con su sargento es cada vez más tirante.

Él no ha propiciado ningún acercamiento, tampoco ella lo habría permitido. Se conoce muy bien, es orgullosa. Y también rencorosa. No sabe cómo terminará su relación con él. Tiene claro que denunciará su comportamiento, y es más que probable que pida su traslado. A partir de ahora Bermúdez tendrá un manchón en su historial que le durará toda la vida, y eso no es plato de buen gusto, más en perfiles como el suyo, tan normativo y fiel cumplidor del reglamento. Le da igual, Gloria no lo dudará lo más mínimo, él se lo ha buscado, sin embargo, no deja de pensar que todo ha explotado en el peor momento. Ahora es cuando más lo necesita. Maldito Bermúdez. Y todo por no controlar la bragueta.

En la avenida Francia vuelve a acelerar. Gira a la izquierda y entra en el cuartel. En la puerta principal hay dos personas esperando, las reconoce enseguida, son el panadero y su mujer, los padres de Martín Blasco.

Gloria y Bermúdez se acercan al matrimonio. La mujer, Sagrario, sostiene a su marido del brazo. Ella transmite serenidad, la frente alta, la mirada limpia; él todo lo contrario, se le ve apesadumbrado, empequeñecido, con los hombros caídos y la cabeza baja, desde luego no parece el mismo hombre que los recibió tan hoscamente en su domicilio días atrás.

—Buenas tardes, agentes —saluda Sagrario. A continuación, mira a su marido, le palmea el brazo de manera cariñosa y le hace avanzar un paso—. Cuéntaselo, Santiago, cuéntaselo todo.

Los guardias esperan en silencio. El panadero no reacciona, sigue con la vista fija en el suelo.

—Santiago, si no lo haces tú, lo haré yo —dice ella con firmeza.

—Está bien. —El panadero carraspea, se aclara la garganta y comienza a hablar sin mirarlos a la cara—. Lo que les voy a contar pasó hace diecisiete años. En las Navidades de dos mil siete. Antes de que me reprochen nada, si no lo conté en su momento fue porque tenía mis razones. El caso es que lo estoy haciendo ahora. En fin...

El hombre cierra los ojos como si eso le ayudase a retroceder en el tiempo, se da unos segundos de pausa y, cuando se siente preparado, comienza a hablar.

—Debían de ser las cuatro de la madrugada, me estaba preparando para ir a la panadería cuando llegó nuestro hijo. Venía alterado, se comportaba de una manera extraña, le pregunté qué pasaba. Respondió con evasivas alegando que estaba cansado, que solo quería dormir. Yo sabía que habían tenido la cena del equipo de hockey y al principio pensé que se le había ido la mano con la bebida, pero había algo más. Mi hijo estaba nervioso, agitado. Lo senté en la cocina, bebimos café y le pedí que me contase qué le pasaba. Martín y yo... —le tiembla la voz—, mi hijo y yo teníamos una buena relación. Le costó lo suyo, pero al final me relató lo que había sucedido.

»Estaba con sus amigos en el quiosco del paseo Constitución cuando les atacó un mendigo. Al parecer, el hombre iba borracho, se metió con ellos y le robó el mechero a mi hijo, un Zippo que yo mismo le había regalado por su cumpleaños. Martín y sus amigos intentaron recuperarlo, el hombre los agredió, ellos se defendieron, pelearon y... el tipo cayó a una fuente. Martín estaba afectado. Había sido todo muy desagradable. Le dije que yo me ocupaba de todo, que se fuese a la cama y que no se preocupara. Cuando llegué...

Santiago traga saliva, le cuesta recordar. Calla, se frota la cara.

—Cuando llegué al lugar —dice al cabo de un rato—, el hombre estaba muerto, congelado. Tenía el mechero en la mano, lo cogí y me fui. —En ese momento levanta la cabeza y mira a la teniente—. Sé que hice mal, sé que debería haberlo denunciado, ir a la policía, pero eso fue lo que hice, a lo hecho, pecho. Me arrepiento, sí, pero tampoco se podía hacer nada. No habría cambiado nada. Al día siguiente le dije a mi hijo que el hombre no había sobrevivido al frío. Se vino abajo. Me preguntó qué había visto, quería saber qué había pasado, cómo había muerto. Quería ir a la policía y contarlo todo. Martín quiso hacer las cosas bien. Lo intentó. Fui yo quien lo convenció de que las dejase tal como estaban, lo obligué a callar, al fin y al cabo, era un mendigo, lo más probable era que nadie reclamase su cuerpo y lo mejor era no meterse en líos.

»Mi hijo no tuvo más remedio que obedecerme. Le hice jurar que jamás contaría a sus amigos lo que yo le había dicho, le dije que no hablara de aquello con nadie, que lo mejor era olvidar. Le prometí que el tiempo se encargaría de borrar ese recuerdo de su memoria. Me equivoqué. Martín nunca lo superó, ya nunca volvió a ser el mismo. Unos días después nos enteramos de que el hombre era un vecino de Jaca, al parecer había abandonado a su familia años atrás y nadie había vuelto a saber nada de él. Se llamaba Pascual. —Santiago yergue la espalda en un intento de mantener la compostura. Sabe el efecto que va a causar lo que está a punto de decir. Sabe que debería haberlo hecho antes, que de esa manera quizá habría salvado vidas. Pero lo hecho hecho está, y ya no se puede volver atrás—. El hombre era Pascual San José, el padre de Olvido y Virgilio.

72

Los dos Patrol llegan a la vez, aparcan en doble fila, los guardias salen de los vehículos apresuradamente y se reúnen en torno a la teniente.

—Esta es la casa de los San José.

Gloria señala el número 12, una vivienda unifamiliar de paredes blancas y tejas rojas a la que se accede atravesando un pequeño jardín.

—Bermúdez, ve a la parte de atrás y estate atento por si alguien tratase de escapar. —El sargento asiente solícito. No muestra ninguna emoción, pero Gloria sabe que le ha molestado. Por eso lo ha hecho, para que le molestara. Lo normal es que hubiese mandado a un guardia de menor graduación—. Sotillo y Velasco, conmigo.

Abren la portezuela oxidada y atraviesan el jardín. Con semblantes serios, los guardias sacan sus armas reglamentarias y se dirigen a la entrada. Bermúdez rodea la casa por el flanco izquierdo. Gloria golpea la puerta con los nudillos. Los guardias, situados uno a cada lado de la entrada, aguardan con sus armas apuntando al suelo.

No hay movimiento. Gloria vuelve a llamar. Nota la tensión en los rostros de sus hombres. Los segundos se hacen eternos. Por fin se oyen pasos. La teniente mete la mano derecha en el anorak y palpa la culata de su Glock de nueve milímetros.

Se abre la puerta. Olvido San José no oculta la sorpresa al ver a la teniente junto a dos hombres armados. Sostiene un libro entre las manos. No dice nada. Las dos mujeres se observan en silencio.

—Tenemos orden de la jueza para registrar su domicilio. —Gloria muestra la pantalla de su teléfono. Olvido no hace además de acercarse al móvil para mirar el documento—. ¿Está su hermano en casa?

—No.

—¿Sabe dónde podemos localizarlo?

—Ni idea. Se fue a hacer deporte.

—¿Es ese el coche de su hermano?

Gloria señala un Lada Niva 4×4 de color blanco aparcado frente a la puerta. Olvido asiente. La teniente cruza una mirada cómplice con Sotillo. Es uno de los vehículos de la lista que confeccionaron gracias a la cámara de la gasolinera de Villanúa, en la que aparecían los coches que el día 1 de enero por la mañana subieron en dirección al puente de los Peregrinos.

—¿Podemos pasar?

—Van a hacerlo de todas maneras, ¿no?

Olvido retrocede un par de pasos para permitir que entren los guardias. Gloria señala el pasillo, Sotillo y Velasco obedecen, lo recorren hasta el final y comienzan a revisar las habitaciones. Las dos mujeres permanecen en el recibidor.

—¿Qué pasa? ¿Qué es lo que están buscando? —Olvido habla con voz serena. No parece abrumada por la intrusión—. Igual puedo ayudarles.

—¿A qué hora se ha ido su hermano?

—No lo sé, hará un par de horas. ¿Me va a decir, por favor, qué está pasando?

—Teniente —es la voz de Velasco desde el fondo del pasillo—, aquí hay una puerta que da a una especie de sótano.

La teniente interroga a la anfitriona con la mirada.

—Es el gimnasio de Virgilio —contesta Olvido—. El interruptor de la luz está a mano derecha.

Gloria hace un gesto con la mano para indicarles que entren en él, los guardias obedecen y bajan las escalerillas.

—¿No va a contarme nada? Por mucha orden que tenga, yo también tengo mis derechos.

—¿Sabe quién es Acher Lanuza?

—Sí, claro.

—Ha desaparecido. —Gloria hace una pausa y mira directamente a los ojos a la bibliotecaria buscando una reacción—. Creemos que su hermano podría estar involucrado en su desaparición.

En ese momento se abre la puerta del salón. Gloria saca su arma instintivamente y apunta. Elvira Araguás, asustada, levanta los brazos, tiene el pelo revuelto y cara de recién despertada.

—¿Qué coño está haciendo usted aquí? —grita Gloria bajando el arma—. ¿La hemos estado buscado? ¿Dónde se había metido?

—¿Qué le ha pasado a Acher? —dice Elvira dirigiéndose a la teniente.

—Aún no lo sabemos. Ha desaparecido.

—¿Está en peligro? —insiste Elvira.

—Creemos que sí. Necesitamos encontrar a Virgilio cuanto antes.

—¿Por qué? —responde Elvira, extrañada—. ¿Qué tiene que ver Vir con Acher Lanuza?

—Vamos, Elvira, tú lo conoces… —Olvido sujeta del brazo a su amiga y la atrae hacia sí—. Sabes que mi hermano sería incapaz de hacerle daño a nadie, ¡díselo! Lo están juzgando por su aspecto. El otro día gritó a unos chicos en un entreno y lo echaron del equipo. Nadie se paró a escuchar su versión. Los chavales se estaban riendo de mí y lo único que él hizo fue defenderme. Pero claro, lo fácil es culpar al diferente. Ahora desaparece el director deportivo del club y ¿también es culpa de mi hermano? Vamos, por favor...

Gloria intenta descifrar el comportamiento de Olvido. Parece sincera, da la sensación de que confía en su hermano. Cree, o al menos eso está haciendo creer, que las acusaciones contra él tienen que ver con el incidente que ocurrió en la pista de hielo durante el entrenamiento del viernes. Por primera vez se muestra nerviosa, frágil. Gloria no sabe qué pensar. Lo que tiene claro es que el tiempo juega en su contra y cada minuto que pasa podría ser fatal.

—Sabemos que Lanuza estuvo con su padre el día en que murió —dice Gloria mirándola a los ojos—. Fue hace muchos años, en la Navidad del dos mil siete, en el quiosco de música del bulevar. Aquella noche estaba con dos amigos, Martín Blasco y Fito Garcés. Tenemos que encontrar a Virgilio, si sabe dónde puede estar tiene que decírnoslo. Olvido, ayúdenos, todavía estamos a tiempo.

Las dos amigas se miran en silencio. Gloria las observa. No sabe qué se están diciendo con la mirada, pero son muchos años de oficio, sabe que algo está pasando. Ambas se conocen desde niñas, han sufrido juntas, son como hermanas, confían la una en la otra y sin embargo algo se ha roto. Una sombra de duda recorre los ojos de Elvira.

Unos pasos agitados anuncian la llegada de los guardias. Sotillo pide la palabra, lleva un par de fajos de sobres amarillentos en las manos.

—Teniente, hemos encontrado esto en un cajón cerrado con llave —muestra uno de los fajos de cartas—, es la correspondencia que Pascual San José mantuvo con su hijo durante años, las cartas están selladas y fueron enviadas a este domicilio —a continuación levanta la mano izquierda y enseña el otro fajo—, estas no se enviaron nunca, son las cartas que escribía Virgilio a modo de respuesta, no tienen sello ni dirección. El chico no tenía dónde enviarlas.

—Toda la correspondencia es anterior al fallecimiento del padre, o sea, antes de dos mil siete. —Ahora es Velasco quien habla—. Sin embargo, hemos encontrado otra carta, esta. —Enseña un sobre que, al contrario que el resto, conserva el color blanco original—. Está escrita hace unos días, también dirigida al padre. La letra no es muy legible, habla de que ha sido el aniversario de su muerte, le dice que lo echa de menos y hay un párrafo en el que afirma que los ha encontrado y que por fin podrá descansar en paz.

Gloria se gira hacia Olvido. La bibliotecaria se ha quedado en shock al oír a los guardias. Las piernas le flaquean. Se apoya en la pared, se lleva las manos a la cara y se cubre el rostro. La teniente se le acerca, la sujeta por los hombros y la zarandea.

—Aún estamos a tiempo, vamos, Olvido, piense, tiene que ayudarnos, piense… ¿Dónde puede estar su hermano?

Olvido, completamente ausente, se deja hacer. Tiene la mirada perdida. La teniente, desesperada, continúa zarandeándola cada vez con más fuerza.

—El lavadero —dice Elvira. Las miradas de todos se giran hacia ella—. La antigua fuente de Baños. Al lado del Pabellón de Hielo. A Virgilio le gusta refugiarse allí.

Antes de echar a correr hacia los coches, Gloria cruza una última mirada con Olvido, es una mujer derrotada, ve cómo se lleva la mano al corazón, cómo se retuerce, es como si la hubiesen apuñalado. Por fin comprende lo que está pasando. Gloria lo ve en sus ojos, la profunda tristeza de la aceptación. El mundo se le viene abajo, está llena de dolor. A pesar de todo, la bibliotecaria levanta la cabeza, busca su mirada y mueve los labios: «Tráigalo a casa», le dice sin emitir ningún sonido. «Tráigalo a casa».

73

Un nuevo cosquilleo le recorre la espina dorsal. Se estremece. Ya no siente dolor. Ha perdido la noción del tiempo, no sabe cuánto tiempo lleva sumergido. Al principio el contacto con el agua helada lo destrozaba, era como si le agujerasen el cuerpo con centenares de clavos al mismo tiempo; ahora apenas lo siente. No puede pensar con claridad, sigue con la bolsa en la cabeza y la cinta cubriéndole la boca, ya no intenta pedir ayuda, necesita guardar energía. Sabe que él está ahí, observándolo. Ha aprendido a reconocer su respiración. A sentir su mirada. Puede distinguir el calor de su cuerpo.

—¿Duele?

Acher Lanuza gira la cabeza hacia su captor. Ha vuelto a hablarle, por fin, es buena señal. Asiente. Está mintiendo, pero da igual, necesita comunicarse con él. Si logra que le quite la bolsa, si logra mirarlo a los ojos y hablar con él quizá tenga una oportunidad. Vuelve a asentir, intenta hablar, «Quítame la bolsa, por favor, quítame la bolsa».

—Ahora sabes lo que sintió él.

¿Él? ¿Quién es él? Está confundido. ¿De qué le está hablando? Trata de recordar. No puede. Todos sus esfuerzos se centran en seguir respirando.

—Tus amigos no sufrieron. Pidieron perdón y murieron rápido.

¿Tus amigos? ¿Qué amigos? Un nuevo temblor. La cabeza le da vueltas.

—Tú no. Tú vas a sufrir.

¿Por qué? ¿Por qué tengo que sufrir? ¿Por qué me haces esto? ¿Qué he hecho? Yo no he hecho nada.

—Tú eres el peor. Y tu muerte será la más dolorosa. Sin ver, sin hablar. Lo que has hecho siempre. Mirar hacia otro lado, callar.

Trata de concentrarse. Es inútil. El cerebro no le responde, las terminaciones nerviosas han dejado de transmitir señales. Tiene los brazos y las piernas entumecidos, está completamente desorientado. Tú eres el peor, le ha dicho, ¿por qué? ¿Por qué? ¿Por qué?

—Fito se escondió en su granja… Martín se fue lejos. Ellos no podían olvidar. —Por un momento calla. Controla su rabia—. Tú sí. A ti nunca te importó. Mataste a mi padre y te dio igual.

Un chispazo de lucidez. Ahora sí. Ahora recuerda. El quiosco del bulevar, Fito, Martín, el mendigo. No es justo, yo no hice nada, fueron ellos. Yo me quedé sentado, mirando. Lo único que hice fue salir corriendo.

Impotencia.

Si pudiese explicárselo, si al menos le dejase mirarlo a los ojos, hablar. Ya da igual Es demasiado es tarde. El cuerpo se ha ralentizado, es el final, lo presiente. El corazón apenas late, esta quizá sea su última respiración.

Ruido de sirenas.

¿Qué es eso? Sí, son sirenas. Se acercan. Vienen a por mí. Me han encontrado. Vienen a salvarme, voy a vivir. Gracias, Dios, voy a vivir. Voy a vivir.

Acher Lanuza se concentra en su respiración. Necesita fo-

calizar toda su energía en seguir respirando. Está acostumbrado a competir, a poner su cuerpo en situaciones de estrés, sabe
que puede conseguirlo. Están muy cerca. Sabe que puede lo-
grarlo.

Entonces siente una mano sobre su cabeza. La mano empuja con fuerza y lo sumerge en el agua.

«¡No, por favor, no lo hagas! ¡Por favor, no, no, no!».

Ya no oye las sirenas. No oye nada. No siente, no piensa.
En la última fracción de segundo sobre la tierra toma conciencia de su destino.

Virgilio deja de hacer fuerza. Contempla la cabeza, está
inerte. Retira la bolsa y se enfrenta a la mirada vacía del capitán. No lo conmueve, no siente pena. Se ha hecho justicia,
papá, piensa. Ya puedes descansar en paz.

74

Gloria pega un volantazo brusco, se incorpora a una pista de tierra, las ruedas traseras derrapan, recupera el control, desciende cincuenta metros camino abajo levantado una polvareda y para en seco al llegar al lavadero. Segundos después, el Patrol conducido por Sotillo clava los frenos y él se sitúa a su lado. Las sirenas, ahora en silencio, iluminan el cielo con ráfagas intermitentes.

Los guardias bajan de los coches, sacan sus armas y esperan órdenes de la teniente. Gloria entorna los ojos y se toma un tiempo para estudiar la situación. El lavadero está ubicado en un claro del boque, rodeado de árboles frondosos y vegetación espesa. A pocos metros de allí corre un pequeño riachuelo. Las sendas de tierra que parten desde el claro llevan al camping y al club de tenis de Jaca. Más allá de esas instalaciones ya no hay ninguna construcción más, las pistas continúan montaña arriba y terminan en lo alto de la peña Oroel.

Excepto un par de pilares semiderruidos, la mayor parte de las columnas que sostienen la arquería de ladrillo están en perfecto estado. La pileta de agua principal ocupa el área central. Al fondo del recinto hay otra más pequeña. Distintos tramos de escaleras conducen a surcos horadados en la piedra por donde corre el agua. Una serie de muros semiderruidos verte-bran el espacio dejando puntos ciegos.

La teniente hace señas a dos de sus hombres, Sotillo y Ve-lasco, para que rodeen los baños por la izquierda. Ellos obede-cen. Con otro gesto indica a Bermúdez que la acompañe por el extremo opuesto. La orden consiste en peinar la zona y encon-trarse en el centro.

Gloria echa a andar hacia la arquería del ala oeste, levan-ta su arma y camina despacio en dirección al entramado de columnas, Bermúdez tras ella. El silencio es total. Tan solo se oye el rumor del agua acompasado por el sonido de sus pisa-das. Apenas ven, ha caído la noche, la luna permanece oculta entre gruesos nubarrones y el haz de luz que emiten las sire-nas tan solo sirve para rasgar la oscuridad tras cortos inter-valos.

Sus cinco sentidos están al servicio del momento, sin em-bargo, Gloria no puede dejar de pensar. Es probable que Virgi-lio haya vuelto a casa, lo hizo las veces anteriores, se siente seguro, no tiene motivos para esconderse. Si regresa, su herma-na le avisará de lo ocurrido. Le dirá que la Guardia Civil va tras él, que han ido a buscarlo al lavadero. Tiene el coche ahí mismo, a la puerta de su casa. Podría coger lo imprescindible y poner tierra de por medio. La frontera con Francia está a tan solo treinta kilómetros, conoce la zona, el Pirineo está lleno de refugios de montaña, de bordas abandonadas, de cumbres, de caminos perdidos, de riscos imposibles. Debería haber man-dado una patrulla a custodiar el hogar de los San José. Tuvo tiempo para ello, pero ni siquiera lo ha pensado. Ha pasado todo tan deprisa que no le ha dado tiempo a reaccionar. Debe-ría haberlo hecho, es su trabajo. Ahora ya es tarde. Con ese error podría estar dándole la oportunidad de escapar, y quién sabe si para volver a matar.

—¡Teniente, hemos encontrado un cuerpo! —Es la voz de

Sotillo. Sus gritos atraviesan los muros—. ¡Es Lanuza! —Silencio—. ¡Está muerto!

A la teniente le duele el pecho. Tiene ganas de gritar, de gritar muy fuerte, de patalear, de romper todo lo que esté a su alcance. Ha ocurrido, Lanuza ha muerto. Siente la mirada inquisitiva de Bermúdez. No puede perder el control. No es el momento.

—Ve —dice Gloria a su sargento.

Necesita unos segundos.

Bermúdez obedece y se adentra en la oscuridad en busca de sus compañeros.

Gloria baja el arma. Está derrotada. La fatiga, la tensión acumulada, todo le cae encima de golpe. Han muerto tres hombres, sus superiores van a exigirle cuentas. Y con toda la razón, para ellos solo son números, y para ella también, no se engaña. No los conocía, eran vecinos de Jaca, sin embargo, hasta que comenzó el caso no había oído hablar de ellos. Tres amigos unidos por un error de juventud. Un error que los condenó a muerte sin saberlo.

Algo la impulsa a girarse. No sabe si ha sido algo físico, una respiración, un jadeo, o algo que ha presentido. Algo etéreo. Sea como fuere, al darse la vuelta se topa con la mirada gélida de Virgilio. El gigante está frente a ella. La cabeza rapada, el semblante rígido. Lleva un pantalón de chándal y un viejo jersey de lana. Gloria se fija en las mangas, están húmedas. Una de ellas aún gotea. El hombretón no dice nada, no hace nada. Tan solo la observa. En silencio.

Gloria reacciona de inmediato. Levanta el arma. Sujeta la culata con ambas manos y pulso firme. Apunta al pecho.

—Levanta los brazos, las manos donde yo las vea.

El gigante no se inmuta.

—Los brazos, sube los brazos.

Nada. Ninguna reacción. Gloria se fija en sus ojos. Es como

un animal asustado. La suya es una mirada limpia. Hay miedo en ella, inocencia, ternura.

Una ráfaga de luz ilumina el momento. Entonces lo recuerda, Gloria se acuerda de lo que sabe de Virgilio, que padece una sordera aguda debido a una meningitis que sufrió de niño. Lo está apuntando con un arma, no hace falta oír para entender lo que le está diciendo. Aun así, esta vez habla despacio y acompaña sus palabras con gestos.

—Los brazos, sube los brazos, las manos en alto, quiero verlas.

Virgilio parpadea. Baja la cabeza sumiso. Alza los brazos. Gloria echa mano de las esposas y avanza hacia él con cuidado. Al acercarse siente aún más la magnitud de su cuerpo, su presencia granítica, una inmensa mole de músculos. En el cuello tiene tatuado el rostro de una mujer. La reconoce, es Olvido, su hermana.

La teniente se mueve lentamente. No deja de apuntarlo en ningún momento, se sitúa detrás de él, muy despacio, entonces guarda el arma, tira del brazo del sospechoso y lo lleva a la espalda para ponerle las esposas. Virgilio reacciona al contacto. No lo esperaba. No le gusta. No soporta que lo toquen. Todo ocurre muy rápido. Sorprendido, se voltea violentamente y sacude con su cuerpo a la mujer. Gloria pierde el equilibrio y cae de bruces al suelo.

El gigantón, confuso, la observa tendida sobre la piedra. Tiene los ojos cerrados, no se mueve. ¿Está bien? No quería hacerle daño.

—¡Alto ahí! ¡Alto o disparo! —Es la voz de Bermúdez.

75

Virgilio ve que un hombre se dirige corriendo hacia él. No se lo piensa. Echa a correr en dirección al bosque. No mira atrás. No sabe adónde va. No le importa. Solo quiere alejarse de todo, encerrarse en su mundo, volver a casa. Mientras tanto, corre, corre con todas sus fuerzas.

Bermúdez se agacha y atiende a su superiora. Sostiene su cabeza con cuidado, un hilo de sangre le recorre la nuca. Tiene una herida abierta en la zona occipital. Está inconsciente. Mira hacia el bosque. El sospechoso no le lleva mucha ventaja. Tiene que tomar una decisión.

—¡Sotillo, aquí, rápido! —grita hacia sus compañeros.

El sargento se incorpora y se adentra en el boque. ¿Ha hecho lo correcto? No lo sabe. A estas alturas le da igual. Ya ha hecho suficientes méritos para cabrear a su jefa por una buena temporada. Tiene poco que perder. Los servicios médicos están a punto de llegar. Ellos se encargarán. Él ya no puede hacer nada, ¿qué sentido tiene quedarse a su lado? Además, sus compañeros están llegando y se ocuparán de ella mientras tanto. En última instancia piensa que Gloria habría actuado igual, no habría perdido la oportunidad de dar caza a un sospechoso por atender a un compañero.

Corre a ciegas, a medida que se adentra en el bosque la oscuridad es mayor. Pasados unos metros, el sendero comienza a ascender, no es una cuesta muy pronunciada pero lo suficiente para obligarlo a ralentizar el ritmo. Bermúdez aprieta los dientes y sigue corriendo. No puede dejarlo escapar. Aún no tiene referencia visual, no le importa, sabe que está cerca, oye sus jadeos, las ramas apartándose a su paso, puede sentirlo.

Hay un tronco cruzado en mitad del camino, lo sortea de un salto y aterriza en un charco. Crack. Un intenso dolor en el tobillo. Ha caído mal. El barro le llega hasta las rodillas. Le cuesta salir de ahí. Maldice, grita. No importa, hay que seguir. En ese punto el sendero se desnivela y anuncia una pronunciada cuesta abajo. La pista se ensancha y la vegetación es menos espesa. En ese momento lo ve. No está a más de veinte metros de distancia. Virgilio desciende con torpeza, con los brazos en alto, moviéndolos de un lado a otro buscando el equilibrio en un baile frenético. Lo tiene.

—¡Alto, Guardia Civil, alto! —grita con todas sus fuerzas.

Virgilio sigue corriendo. Ni siquiera se ha girado para ver a su perseguidor.

—¡Alto o disparo!

Le cuesta correr. Con el tobillo en ese estado no puede seguir su ritmo. No se lo piensa, saca la pistola y dispara al aire.

Gloria oye el disparo. Velasco y Sotillo están a su lado.

—Sotillo, conmigo —dice la teniente mientras se incorpora con dificultad—. Velasco, tú te quedas aquí hasta que lleguen la jueza y los de la Científica.

—Teniente, tiene una herida en la cabeza, los sanitarios están a punto de llegar —responde el cabo.

—Es una orden —zanja Gloria.

¡PUM! Lo ha oído. Es un disparo, sí, no tiene ninguna duda, ha sido un disparo. Virgilio se detiene. Está agotado. Necesita recobrar el aliento. Se gira despacio. Lo ve. En lo alto del camino hay un hombre apuntándole con un arma. El hombre le está gritando, no logra oír lo que dice, no puede verle la cara, pero lo sabe. Los sonidos lejanos, la expresión de su cuerpo. Lo sabe. Piensa en Olvido. Estará preocupada, tiene que volver a casa. Abrazarla. Decirle que la quiere, que todo estará bien, que no se preocupe por él, que papá estaría orgulloso.

Virgilio da media vuelta y echa a andar. Necesita ubicarse. No sabe dónde está. Tiene que encontrar el camino que lo lleve de regreso a casa.

—¡Alto, alto ahí, no des un paso más! ¡No seas estúpido, no puedes escapar! ¡No te muevas! ¿Me oyes? ¡No te muevas!

Lo está desafiando. Bermúdez aprieta los dientes. Solo puede ser eso, lo está provocando. ¿Cómo se explica, si no, que haya echado a andar como si tal cosa? El tobillo le arde. Arrastra los pies. Corre hacia él. A trompicones. El sospechoso sale del camino y se adentra en el bosque. En la espesura será imposible seguirlo, la vegetación dificulta el avance, fuera del sendero. En cuanto eche a correr de nuevo lo va a perder. Con el pie en ese estado no hay manera de que pueda darle alcance.

—¡Alto, alto, alto!

Levanta el arma. Sabe que no puede hacerlo. Si lo hace, si dispara, sabe lo que le espera. No existe ninguna justificación posible ante un disparo por la espalda. Sería el fin de su carrera. A la mierda con todo. Respira profundo, apunta y dispara.

Virgilio siente una llamarada de fuego, se le doblan las rodillas y cae al suelo. Es como un animal abatido, la bala le ha atravesado la pantorrilla. Un impacto limpio, con orificio de entrada y salida. No grita. No se rinde. Tiene que volver. Tiene que verla. Se arrastra por el suelo. Las manos se hunden en el barro. Siente la sangre caliente brotando de su cuerpo.

El sargento se acerca despacio. Cojeando. Sabe que lo tiene. Ya no puede ir muy lejos. No deja de apuntarlo, no se fía.

—Me has obligado a hacerlo. No he tenido más remedio.

El hombretón continúa serpenteando. No quiere darse por vencido. Impera el instinto de supervivencia. Bermúdez lo ha visto muchas veces. Es cazador. Da igual lo acorralado que esté, el animal herido nunca se rinde. Siempre hay un atisbo de esperanza.

—Te pondrás bien. La ambulancia está en camino. No tienes por qué preocuparte.

Comienza a llover. Bermúdez mira al cielo. Pronto vendrá la tormenta. Cuando llega a la altura del sospechoso se detiene.

—Virgilio San José, queda detenido por el asesinato de Acher Lanuza.

Se deja caer sobre su cuerpo. Clava una rodilla en el suelo y la otra pierna sobre la tierra. Virgilio no dice nada, no se queja, no le insulta, no se declara inocente, no implora clemencia. El sargento enfunda su pistola, sostiene el brazo derecho del gigante y lo retuerce con fuerza tirando hacía sí.

—¡NOOOOOOOOOOOOO!

Es un grito desgarrador. A Bermúdez no le da tiempo a reaccionar. Siente un manotazo en su rostro. Cuando quiere darse cuenta, tiene al gigante sentado a horcajadas sobre él. Es como si le hubiese caído una plancha de hierro encima, le oprime el tórax, no puede respirar.

Virgilio lo coge de la pechera y lo sacude contra el suelo.

—¡NOOOOOOOOOOOOO! —continúa gritando.

El cuerpo del guardia impacta contra la tierra. Una vez, y otra, y otra, y otra. En esos instantes Virgilio no piensa, no siente, solo actúa. Sigue golpeando a su agresor, cada vez con más fuerza, no puede detenerse.

Un sonido agudo. Lo reconoce. Es otro disparo. No hay dolor. No le han dado. Gira la cabeza. En lo alto del camino ve la mujer a la que ha golpeado junto a otro hombre. Ella tiene el brazo en alto, vuelve a disparar al aire. Entiende el mensaje. Se alegra de que la señora esté bien.

Virgilio mira al hombre que descansa bajo su cuerpo. Está rígido, inmóvil. Lo aparta. Se tumba en el suelo, pone los brazos a su espalda y cierra los ojos.

76

—¿Qué va a ser de mi hermano?

Olvido San José, hundida, esconde las manos bajo el regazo, el cuerpo tenso, la mirada fija en el suelo.

La teniente, sentada frente a ella, lleva un aparatoso vendaje en la cabeza. Tuvieron que ponerle grapas para cerrar la herida. Gloria observa a la bibliotecaria en silencio. Se muerde la lengua. Lo que le sale del alma es responder que ojalá que su hermano se pudra en la cárcel. No puede hacerlo. Bastantes errores ha cometido ya. Respira. Echa mano a la cajetilla de tabaco y juguetea con ella.

—Eso dependerá de los jueces —dice serena—. Nosotros ya hemos hecho nuestro trabajo.

La mujer asiente en silencio. Gloria podría dejarlo ahí, no es necesario darle más información, pero no puede callarse, necesita decírselo.

—Ahora mismo se le acusa del asesinato de Acher Lanuza y del intento de homicidio del sargento Jaime Bermúdez. Mi compañero sigue en coma con pronóstico reservado. Traumatismo craneoencefálico. Los médicos no saben si saldrá con vida, y en caso de que lo consiga, en qué condiciones lo hará. Un hombre joven, veinticinco años.

Olvido no levanta la vista, calla. Gloria hace una pausa, ya ha dicho lo suficiente, sabe que no puede revelarle detalles del caso ni darle más información. Le importa una mierda. Aprieta el paquete de tabaco y continúa:

—Además, estamos reuniendo pruebas para acusarlo de las muertes de Martín Blasco y de Fito Garcés. Todo el cuartel está trabajando sin descanso. Tenemos la carta que encontramos en su domicilio en la que su propio hermano confiesa haber encontrado a los responsables de la supuesta muerte de su padre, tenemos imágenes de su coche subiendo al puente de los Peregrinos la mañana en que mataron a Blasco, hemos hablado con su vecino y afirma que la noche del veintiocho vio salir a Virgilio de madrugada, por autorización de la jueza hemos tomado muestras de su ADN y las estamos cotejando con todo el muestrario recogido en las escenas del crimen, le aseguro que no tardaremos mucho en hallar coincidencias.

Tres asesinatos y un intento de homicidio, por mucho que su abogado quiera jugar la baza de la discapacidad, veinte años en chirona no se los quita nadie, piensa Gloria. Ojalá que Bermúdez pueda estar en el juzgado el día que se dicte sentencia. Lo duda.

—Fue culpa mía... —Olvido se tapa el rostro con las manos—. Fue todo culpa mía...

La teniente fija su mirada en ella. Fría. Imperturbable. Si esa mujer espera algún gesto o alguna palabra de consuelo, va lista. Debería hacerlo, escucharla, empatizar con ella, ponerse en su piel, eso también es parte de su trabajo. Imposible fingir. Es superior a sus fuerzas. No puede, no le sale. Esas cosas las hacía siempre Bermúdez, él era el poli bueno, se le daba bien. Estruja el paquete de tabaco. Se da cuenta de que ha pensado en el sargento en pasado. No le gusta, Jaime está vivo, es un luchador, no va a rendirse fácilmente. Tampoco ella. No puede permitirse el lujo de caer en el victimismo.

—La noche que salí con Elvira y con su hermana —continúa diciendo Olvido—, la noche en que Fito me contó su secreto, y me confesó lo que él y sus amigotes le hicieron a mi padre, tenía que haberme callado. Tenía que habérmelo guardado para mí. Fui egoísta. Fui débil.

Suspira, pasa las yemas de los dedos por la cuenca de sus ojos, reprime un sollozo y sigue hablando con la vista fija en un punto perdido de la habitación.

—Volví a casa, estaba nerviosa. Me acababan de decir que mi padre, el hombre al que llevaba tanto tiempo odiando, no se quitó la vida. Tantos años tratando de olvidar a aquel miserable que nos había abandonado, al desgraciado que había huido renunciando a su familia, y resulta que estaba aquí, aquí mismo, a tan solo unos metros... y que igual no nos había olvidado, que igual quería sentirse cerca de nosotros, vernos... y que no se suicidó, que lo mataron, que unos chicos borrachos acabaron con su vida. Me metí en la cama y rompí a llorar. Sentía que lo había traicionado, que lo habíamos traicionado. Sufrí por él y sobre todo por mi madre, porque se fue a la tumba odiando al hombre que quiso, al padre de sus hijos, porque jamás pudo perdonarlo y nunca llegaría a saber lo que pasó en realidad. Lloré, lloré de rabia.

»Virgilio entró en la habitación. Él siempre cuida de mí. A ojos de todos, parece que fui yo quien protegió a mi hermano, el pobrecito, el grandullón tonto, el sordo..., todos daban por hecho que fui yo quien hizo de padre y de madre a la vez, que fui yo quien sacó adelante la familia..., y fue al revés. Virgilio siempre fue el pilar. Él nos cuidó a nosotras. Él dejó los estudios y empezó a trabajar para llevar un sueldo a casa. Él era el único que no albergaba rencor hacia papá. Era inocente, puro. Nos prestaba atención, nos consolaba, nos animaba cuando no podíamos disimular más y nos echábamos a llorar.

»Cuando murió mamá, fue él, el gigante, el retrasado, quien organizó todo, quien sacó adelante la casa... No tenía que haberle dicho nada. Tenía que habérmelo guardado para mí. No lo pensé. Solo quería desahogarme. Solo pensé en mí, en mi dolor... No pensé en mi hermano, en sus sentimientos... Como podía sospechar que..., debería haber pensado en él. Es culpa mía, todo es culpa mía.

No ha cambiado nada. No hay lástima, no hay comprensión. Da igual su dolor. Por mucho que haya sufrido esa mujer, no ha cambiado nada en Gloria. Bermúdez sigue postrado en una cama debatiéndose entre la vida y la muerte. Han muerto tres hombres. ¿Tendría que sentirse conmovida por esa pobre familia? No. De ninguna manera. Todos tienen su historia. Todos arrastran una mochila cargada de sufrimiento. Más en esta tierra en la que les ha tocado vivir. Tan hermosa como dura. La propia Gloria creció sin padre, ¿y? Está sola, lleva toda la vida sola. Esa mujer al menos tenía a su hermano. Se querían, se hacían compañía. No le da ninguna pena. Al revés. ¿Quién se ha creído que es para restregarle todas sus miserias?

—¿Qué pensará Elvira? —susurra Olvido—. ¿Cómo podré mirarla a los ojos?

—Ahora mismo ese es el menor de sus problemas.

Se hace un silencio espeso. Olvido entiende el mensaje.

—¿Cuándo podré hablar con él? —dice levantándose.

—Aún no le hemos tomado declaración. Hemos llamado a un abogado de oficio; si quiere puede contratar a alguno privado. —Olvido niega con la cabeza—. En ese caso, una vez haya declarado, el detenido tiene derecho a una llamada. Puede esperar despierta, si lo desea. Y ahora, si me disculpa... —Gloria hace un gesto con la mano señalando la puerta y desvía la mirada hacia la pantalla del ordenador.

Olvido sale del despacho de la teniente y cruza la zona común en dirección al pasillo central, donde están el ascensor y las escaleras. A pesar de la hora, son más de las once de la noche de un domingo y además festivo, la mayoría de las mesas están ocupadas. Nota las miradas inquisitivas de los guardias. Es ella, estarán pensando, la hermana del hombre que ha intentado matar a nuestro compañero.

Baja las escaleras de dos en dos. Necesita salir de ahí. Escapar. Esconderse. Refugiarse en sus libros. No pensar. No sentir.

Cruza la recepción sin levantar la vista del suelo y al llegar a la puerta de la calle se topa con un hombre. Es un hombre mayor. Viste de manera desaliñada, pantalón de pana y un plumífero envejecido, el pelo descuidado. Está empapado. El hombre no se aparta, fija la mirada en ella, tiene los ojos cansados, enrojecidos y tristes, sobre todo tristes. A Olvido no le gusta, da un rodeo para sortearlo, acelera el paso y se pierde entre la niebla.

Nieva con fuerza.

Santiago Blasco maldice para sus adentros, lanza un escupitajo al suelo y entra en el cuartel.

77

—Teniente, el panadero está fuera esperando, quiere hablar con usted, dice que es urgente.

—Hazlo pasar.

—A sus órdenes. —Antes de retirarse, Sotillo hace un gesto con la mano para indicar que tiene una pregunta breve—. ¿Se sabe algo de Bermúdez?

Gloria niega con la cabeza. El cabo saluda y sale del despacho. A continuación entra Santiago Blasco.

—Siéntese, por favor —dice Gloria señalando la silla situada al otro lado de la mesa.

El hombre se mantiene en pie.

—Quiero verlo.

Gloria resopla en señal de disgusto, saca un cigarrillo y se lo coloca entre sus dientes.

—¿Le importa que fume? —Blasco no responde. Enciende el pitillo, da una larga calada y se entretiene viendo cómo el humo se diluye con lentitud—. Entiendo su petición, pero las visitas dentro del cuartel están totalmente prohibidas. El único que tiene acceso al detenido es su abogado.

—No me toque los cojones.

—Una vez que salga del cuartel —responde Gloria haciendo caso omiso de la salida de tono del panadero— y lo envíen a prisión provisional en espera de juicio, podrá solicitar un encuentro siguiendo los trámites ordinarios.

—Me lo debe.

—¿Perdone? Yo cumplo con mi trabajo y no le debo nada ni a usted ni a nadie, ¿entiende?

—Si no llega a ser por mí, no lo habrían encontrado.

—Si hubiera dicho la verdad, Acher Lanuza seguiría con vida y no tendría a uno de mis hombres agonizando en un hospital.

Blasco calla. Cuando vuelve a hablar suaviza el tono.

—Cinco minutos. Es lo único que le pido.

—Vuelva a casa con su mujer, Santiago. Hágame caso, es lo mejor que puede hacer.

El hombre da un paso al frente. Saca las manos de los bolsillos y las cruza delante de sí. Levanta la cabeza buscando transmitir entereza. Carraspea. Se aclara la garganta y comienza a hablar con la voz quebrada.

—Señora, solo quiero olvidar. Quiero poder despertarme mañana sin desear la muerte de ese hombre. No quiero volver a saber nada más de él. Ni cuántos años le caen, ni adónde lo envían. Cuando salga de la cárcel, si alguna vez sale, yo ya estaré muerto. No busco su mal, ya no. Se lo juro. Solo quiero mirarlo a los ojos, ver el rostro del hombre que me arrebató a mi único hijo. Necesito verlo, puede que crea que estoy loco, pero es la única manera de cerrar la herida. No se me ocurre otra. Después de eso se acabó. Créame, se acabó. El dolor estará siempre aquí dentro —se señala el pecho—, hasta que muera, lo sé y así tiene que ser, porque mientras haya dolor habrá recuerdo. Ya ha visto lo que ese hombre le ha hecho a su compañero, sabe lo que se siente, imagínese si fuese su hijo... No le pido tanto, señora, solo quiero poder abrazar a mi mujer sin sentirme un miserable, vivir sin pesadillas, poner fin a la agonía.

Gloria aplasta el cigarrillo en la suela de la bota. Ha tomado una decisión. A Bermúdez no le habría gustado, piensa. Él siempre tan puntilloso, tan cumplidor de la normativa. De ahí que chocasen tanto. En eso y en otras muchas cosas. Era una cuestión de piel. Pero en el fondo se respetaban mutuamente, eran compañeros, hacían bien su trabajo. De eso se trata. Por eso le extrañó tanto que rompiese las reglas. Debió de sentir algo muy fuerte por esa mujer para arriesgarse a perjudicar su carrera. ¿Era solo sexo? ¿Había algo más? Igual se había enamorado. No llegó a preguntárselo. Al final, todo se reduce a eso. Es lo que nos mueve. El amor a tu pareja, a tu madre, a tu padre, a tu hijo...

—Un minuto —dice tajante.

Toman el ascensor. Descienden al sótano. Atraviesan un pasillo mal iluminado y llegan a una puerta custodiada por una guardia civil. La teniente ordena que se eche a un lado. La agente obedece.

—Lo espero aquí. No haga ninguna tontería. Un minuto.

Santiago Blasco traga saliva y entra. La habitación es austera, tan solo hay una mesa de metal y dos sillas, en una de ellas está sentado Virgilio, tiene las manos esposadas y la cabeza gacha.

El panadero toma asiento. Le sorprende la envergadura del asesino de su hijo, infunde temor. Se fija en el tatuaje que lleva en el cuello. También tiene tatuados la cabeza, los brazos, las manos; sin embargo, su mirada sigue fija en el cuello. La bestia no se inmuta. No siente curiosidad, no le importa sentirse observado.

Blasco mete la mano en el bolsillo del pantalón, saca el Zippo plateado y lo posa sobre la mesa. Abre la tapa, gira la rueda dentada y contempla el resplandor de la llama.

«Fui yo».

Virgilio lo ha visto. La llama le ha hecho levantar la mirada. El viejo no ha emitido ningún sonido, pero ha leído sus labios. «Fui yo». Vuelve a decir el hombre sin pronunciar las palabras.

¿Quién es ese hombre?, piensa Virgilio. No parece un policía. ¿Por qué ha encendido ese mechero? ¿Qué es lo que quiere? ¿Qué ha querido decirle? Ahora no habla, ¿por qué?

Virgilio levanta la vista. Lo mira a los ojos. Ve tristeza, dolor, rabia en ellos. La llama del mechero sigue viva. El hombre comienza a hablar. En voz muy baja. Imperceptible. Un suave murmullo. Da igual. Él lo entiende. Solo tiene que mirarle los labios.

—Aquella noche, cuando mi hijo volvió a casa me contó lo que había pasado. Tu padre le había quitado el mechero, este que ves aquí, era un regalo. Discutieron, tu padre tropezó y cayó a la fuente. Los chicos echaron a correr. Martín estaba muy alterado, en el fondo era un crío. Todos lo eran. Le prometí que yo me ocuparía. Acudí al bulevar y vi a tu padre. Apestaba a alcohol. Daba lástima. Le dije quién era y que quería. Me insultó. Sí, todavía estaba vivo. Cogí el mechero. Él trató de resistirse, tuve que cogerlo por la fuerza. No quería que pudiesen relacionarlo con mi hijo, quería protegerlo. Él maldijo, gritó lo que pudo, estaba tiritando. Tenía la cara amoratada. Me pidió que le ayudase a salir. No podía tenerse en pie. Así de borracho estaba. Yo podría haber llamado a la policía, podría haberlo ayudado. Pude salvarle la vida y no lo hice. Lo dejé ahí. Dejé que se congelase. Me he preguntado muchas veces por qué lo hice. Durante muchos años me torturé con ello. No tenía respuesta. En estos últimos días al fin lo he comprendido. Lo hice por mi hijo, para darle una lección de vida. Nunca le enseñé el mechero, no le dije que lo había recuperado, dejé que viviera con la incertidumbre. Quería que fuera fuerte, que aprendiese a ser responsable de sus actos, a asumir sus errores. Ahora veo que me equivoqué.

Santiago cierra la tapa, guarda el mechero y se levanta. Ha transcurrido el minuto. Antes de girarse mira por última vez a la bestia. Está llorando.

78

Santiago ordena los moldes con las rejillas y los capacillos. Coloca las brochas junto a las espátulas. Seca con un trapo específico los coladores y los guarda al lado del rallador. Todavía tiene que limpiar la maquinaria: la amasadora, los hornos y la pesadora, barrer y pasar la fregona.

Nada más cerrar al público, Sagrario se ha ido a casa. Los lunes le gusta ver un concurso en la tele. A Santiago no le importa, prefiere hacer las cosas a su manera, tomarse su tiempo. A su regreso tendrá la cena hecha, su mujer estará esperándolo con la mesa puesta frente al televisor. Tomarán la sopa a pequeños sorbos intentando responder las preguntas. Él nunca acierta ninguna, Sagrario todavía se sabe algunas, sobre todo si tienen que ver con programas de la tele, famosos y cosas por el estilo. Todavía está a tiempo de no amargarle la existencia, de vivir lo que les quede de vida en paz. No aspira a la felicidad, eso es para otros, lo único que desea es tranquilidad.

Llaman a la puerta. El panadero mira el reloj de pared con marco de madera envejecida que ocupa la parte superior del mostrador. Las nueve y cuarto. No es lo normal, pero a veces a algún cliente le da por pasarse a última hora a por una barra.

Nada más verla la reconoce. Es la mujer con la que se ha

cruzado en la puerta del cuartel. Después ha vuelto a verla. Tatuada en el cuello de la bestia.

—Hemos cerrado —dice de manera brusca.

—¿Podemos hablar? —responde Olvido, serena. Un halo de vaho sale de su boca.

—No tenemos nada de que hablar. ¡Lárguese!

Ella sonríe. Es una sonrisa amplia. Incómoda. El panadero la mira extrañado. No es una mujer hermosa, es casi tan alta como su hermano, tiene el pelo corto y los ojos grandes. Tampoco es fea. No sabe qué es, pero hay en ella algo que no le gusta, algo que no encaja.

—Usted tampoco lo ha entendido, ¿verdad?

Habla con dulzura. La sonrisa congelada.

—¿No me ha oído? —dice el panadero levantando la voz—. Le he dicho que se vaya.

La mujer da un paso al frente y se coloca delante de él. Cerca, muy cerca, demasiado. Permanecen en el umbral con la puerta abierta. Ella posa la mano sobre su hombro y lo mira fijamente. Ha dejado de sonreír.

—Ya veo que es como los demás. Me preocupaba la teniente, por eso fui a verla, fui a contarle lo que quería oír y se quedó satisfecha. Es fácil mentir cuando no se está dispuesto a escuchar, cuando lo único que esperan de ti es que los ayudes a reafirmarse en sus ideas preconcebidas. Pensé que usted era diferente. Tenía que serlo. Si llevaba tantos años guardando su secreto, si había jugado con todos, si había engañado a todos, le hacía más despierto. Mi hermano quedó muy impresionado, ¿sabe? Hoy le han dejado hacer una llamada y me lo ha contado todo. Le afectó mucho su visita y su, digámoslo así, confesión. Pero me equivocaba, ya veo que está igual de ciego que el resto. ¿De verdad que ni siquiera se le pasó por la cabeza?

Olvido hace una pausa. El hombre la mira extrañado. Ella

sabe que ha captado su atención, lo puede ver en sus ojos, por eso estira el silencio, disfruta con ello.

—Conducir a Guasillo en plena noche, calmar al mastín, entrar en la borda, llenar la bañera con agua fría, lograr que Fito confiese, que lo cuente todo, que delate a sus compañeros, que escriba una nota de perdón de su puño y letra. Esperar pacientemente. Llamar a Martín, citarlo en el puente de los Peregrinos, ver su arrepentimiento, ver cómo rogaba perdón, lanzarlo al vacío. Soportar la presión, escuchar a Elvira, sus lamentos, sus sospechas. Responder las preguntas de la Guardia Civil, manipularlos, no muy evidente, poquito a poco. Esperar a Lanuza en el garaje, abandonar su coche, llevarlo al lavadero, hacerlo sufrir, incluso más que a los demás. Y finalmente juzgar a los autores de la muerte de mi padre, condenarlos y hacerles cumplir la pena impuesta.

Un nuevo silencio. Cada segundo que pasa es una victoria. Puede ver la confusión en el rostro del hombre. Sonríe de nuevo. Es una sonrisa intrigante, lo mejor está aún por llegar.

—¿De verdad cree que mi hermano sería capaz de planear algo así? No, no me mire con esa cara de susto, Santiago. Por supuesto que fue él quien ejecutó las diligencias necesarias. ¿Quién, si no? No puso ninguna pega, no tuvo reparos morales, simplemente acató las órdenes. Y lo hizo muy bien, el plan funcionó, todo había salido según lo previsto hasta que llegó usted y sacó el conejo de la chistera. No pudo aguantarse, ¿verdad? Tenía que compartir con alguien su «pequeño secreto». Supongo que era una forma de redimirse a sí mismo. Contarle la verdad a mi hermano era la manera de engañarse a sí mismo, de perdonarse. Supongo que eso era lo que buscaba, indultarse a sí mismo. Porque en el fondo usted mató a su hijo, lo sabe, siempre lo ha sabido. Aquella noche, dejando morir a mi padre usted mató a su hijo, y por eso va a morir sin perdón.

Es como una llamarada. Una punzada. De repente siente una ola de calor.

Santiago se lleva la mano al pecho. Está sangrando.

¿Qué ha pasado?

Ella guarda el cuchillo en el bolso. Cierra la puerta. Sujeta al hombre por las axilas, lo mete en la panadería y lo deja caer en el suelo con la espalda apoyada en la pared, frente al reloj.

—Calculo que la incisión será de unos cinco centímetros. —Olvido rebusca en el mostrador y coge las llaves de la persiana metálica—. Tiene el bazo perforado. En estos momentos ya ha comenzado la hemorragia interna. Lenta pero continua. Notará cómo el abdomen se va encharcando de sangre, entre uno y dos litros. Es una muerte lenta y dolorosa, muy dolorosa. El cuerpo se contrae y por mucho que quiera no podrá moverse, se quedará ahí, inmovilizado. La agonía durará tres horas aproximadamente —mira el reloj de pared—, con suerte, a la medianoche ya habrá acabado todo. Tiene tiempo suficiente para pensar en lo que hizo. En lo que le hizo a mi padre, en lo que le hizo a su hijo.

Olvido apaga las luces, sale, baja la persiana metálica y cierra con llave.

El hombre no dice nada, no puede, aún está asimilando lo sucedido. Tiene la mano cubierta de sangre, el líquido viscoso recorre su cuerpo, puede olerlo, sentirlo. Piensa en Sagrario, le preocupa, ¿será capaz de reponerse de otra desgracia? Le duele dejarla así. ¿Qué va a ser de ella? ¿Qué será de la panadería? Mira el reloj. Dentro de poco podrá volver a ver su hijo. Tiene ganas de verlo, de abrazarlo, de hablar con él. Le dirá que hizo mal, que ahora lo sabe, que tendría que haberlo escuchado. Que tendría que haberlo comprendido. Que no entendió su dolor. No supo ser un buen padre, hizo lo que pensaba que era mejor para su hijo sin pararse en pensar en él, en cómo era, en cómo sentía. Ahora se da cuenta. Nunca llegó a conocer a su hijo. Le gustaría parar el tiempo, le gustaría encontrarse con el Martín de cinco años y darle lo que nunca le dio. Enseñarle a montar en bici, a pescar, pasear con él de la mano, contarle cuentos…, todas aquellas cosas que no hizo. Quizá ahora pueda arreglarlo, tiene tiempo, tiene todo el tiempo del mundo por delante.

Nada más entrar en casa, Olvido enciende el calefactor eléctrico del salón. Ha caído la niebla y el termómetro marca cinco grados bajo cero. Prepara un café, regresa al salón con un plato de galletas y se sienta a la mesa de trabajo. Abre el ordenador, las pilas de libros y los apuntes están desperdigados tal como los dejó. Abre el *Códice Calixtino*, se detiene en el *Liber Sancti Jacobi* y se sumerge en su lectura.

Pasadas las doce de la noche los reflejos de las sirenas se filtran por las ventanas del salón.

Olvido se frota los ojos y consulta su reloj de pulsera. Se le ha hecho tarde, los martes tiene turno de mañana y le toca abrir la biblioteca. Cierra el libro con cuidado y acaricia la piel del lomo.

En ese momento oye cómo derriban la puerta de un golpe, a continuación escucha con total claridad la voz de la teniente ordenando a sus hombres que entren.

79

Gloria apura el vaso de café, lo arruga y lo lanza a la papelera, el cartón da en el aro y cae fuera, ni siquiera se molesta en recogerlo. Ya no recuerda si es el séptimo o el octavo café del día. Las últimas veinticuatro horas han sido una locura, la última noche apenas pudo pegar ojo, está agotada y, aun así, sabe que hoy le costará conciliar el sueño. Lo único que quiere es salir de la maldita comisaría y desconectar.

La jueza Muñiz está que echa humo, han sido cuatro muertos en una semana, como para no estarlo. En los próximos días le caerán las reprimendas, cuenta con ello, pero eso será a partir de mañana, ahora mismo no le da la cabeza para preocuparse, ya habrá tiempo, ahora en lo único que piensa es en tomarse una cerveza donde Genaro y dejar la mente en blanco mientras le dure el trago. Luego vendrá una segunda, una tercera... y todas las que sean necesarias para anestesiar su conciencia al menos por unas horas.

Estira el brazo y coge de mala gana el pósit amarillo pegado a la pantalla del ordenador. Hay dos líneas garabateadas, dos cosas que ha de hacer antes de terminar el día. No tiene que rendir cuentas ante nadie, es algo que necesita hacer, se lo debe a sí misma.

Nieva con fuerza. Cuando sale a la calle la explanada del

parking está totalmente cubierta de un blanco inmaculado. Anda con dificultad hasta su coche, las botas se hunden a cada paso. Entra en su Seat Panda, enciende el motor, pone la calefacción, activa el limpiaparabrisas, enciende un cigarrillo y saca el móvil. Antes de arrancar quiere cumplir la primera de las tareas: llamar a María.

—¿Sí?

—Señora Elizalde, soy la teniente Maldonado del cuartel de Jaca.

—Vaya…, sinceramente, no esperaba volver a saber de usted. ¿En qué puedo ayudarla?

—Necesito contarle algo de manera extraoficial. ¿Tiene un par de minutos?

—Claro, ¿qué ocurre?

—Hemos detenido a un par de personas relacionadas con la muerte de Martín Blasco.

Se hace un silencio al otro lado de la línea. Gloria aguarda, paciente.

—¿Quiénes son? —pregunta María al cabo de unos segundos.

—Lo siento, no puedo darle más detalles, supongo que se hace cargo de la situación.

—Entiendo. Eso sí, por lo que me está diciendo, parece claro que no fue un suicidio, ¿verdad?

—Usted nunca creyó esa teoría, por eso he querido llamarla.

—¿Se sabe al menos por qué lo hicieron?

—Como ya le he dicho, no puedo compartir más información hasta que se celebre el juicio. Ya se irá enterando por la prensa.

—Claro, claro… Gracias, teniente, esto significa mucho para mí, se lo agradezco.

Gloria intuye una mezcla de resignación y alivio en el tono

de la mujer, como si la noticia la ayudase a cerrar las heridas abiertas.

—Hay otra cosa más, señora Elizalde. Durante la investigación descubrimos que su marido estuvo en Jaca la mañana del uno de enero. Por lo que hemos podido averiguar estuvo preguntando por Martín Blasco e intentó ponerse con contacto con él. No sabemos qué es lo que pretendía con ese acercamiento, pero... he creído conveniente que lo supiese.

—Ya le dije que Hugo era muy celoso, ¿recuerda?

—Tengo que preguntárselo, María. ¿Se siente usted segura?

—¿Es así como me ve?

—No sé a qué se refiere.

—Sí, sí que lo sabe. ¿Me ve usted como una víctima? —La pregunta queda suspendida en el aire, Gloria permanece en silencio—. Verá, teniente, según mi experiencia hay un tipo de hombres que necesita del otro para forjar su identidad, mi marido pertenece a ese grupo. Hugo me necesita, ¿sabe? No es solo el hecho de amar y sentirse amado, es algo más, tiene que ver con la percepción de sí mismo, con la construcción de su yo más íntimo. No sé si logro explicarme, tampoco espero que consiga entenderlo. Lo que quiero que le quede claro es que si sigo a su lado es porque le quiero, no hay ninguna otra razón. Así que, como ve, no hay motivo alguno para que se preocupe por mí.

—Desde luego. Me alegra que sean una pareja tan bien avenida —responde la teniente con ironía—. No la molesto más.

Gloria guarda el teléfono en su chaqueta y apura el cigarrillo mientras contempla cómo los copos de nieve estallan contra la luna delantera y son arrastrados por el limpiaparabrisas. Da la última calada, baja la ventanilla, tira la colilla al suelo y arranca. Todavía tiene que cumplir la segunda tarea: hablar con Bermúdez

A esa hora el hospital parece sumido en una especie de calma, una calma tensa, piensa Gloria. Odia los hospitales, la cercanía con la muerte siempre está presente en ellos. Ahora, sin embargo, tiene que mostrar su mejor cara.

Al llegar a la habitación se encuentra con la madre de Bermúdez dormitando frente al televisor. Ronda los setenta bien llevados. Viste pantalón ancho y un jersey de lana gruesa. La mujer no para de hablar, se nota que son muchas las horas de silencio junto a su hijo. Le dice que los médicos son optimistas, Jaime sigue en coma, el pronóstico continúa siendo reservado, pero con el tema de la cabeza nunca se sabe, según le cuentan, cualquier día puede despertarse como si tal cosa, y ella se agarra a eso. Gloria le da la razón y tira de los tópicos que se dicen en estos casos, que es joven y fuerte, que es un luchador, que seguro que gana esta batalla... Cuando se quedan sin conversación, Gloria propone a la mujer que aproveche para descansar un poco y bajar a la cafetería.

—Ay, hija, te lo agradezco, así estiro un poco las piernas, me tomo un café y me doy un paseíto, que luego la noche se me hace muy larga.

La mujer se despide con una sonrisa. Gloria admira la entereza con la que esa madre coraje afronta la situación de su hijo.

Ver a su compañero en ese estado, postrado en una cama de hospital, con la cabeza vendada, conectado a un respirador y alimentado por tubos y sondas, es duro.

Al quedarse sola junto a él, se le hace un nudo en la garganta. Trata de disimular, sabe que es ridículo, su sargento no puede verla, a pesar de ello no quiere mostrar debilidad. Desvía la mirada y echa un vistazo a la estancia, sobre una mesa hay dos ramos de flores, también se fija en una caja de bombones y una pila de revistas.

—Me tienes que perdonar, Bermúdez, no te he traído nada.

Ya me conoces... —Gloria acerca una butaca de cuero negro y se sienta junto a él—. Ahora que lo pienso, podría haberte mostrado el informe que acabo de enviar a la jueza. Ha sido todo un desastre, un completo desastre. No he sabido estar a la altura de las circunstancias. Me jode decirlo, pero es la verdad. No lo supe ver, no me di cuenta, lo tenía delante y... y ahora el panadero está muerto. Cuando llegó su mujer todavía estaba con vida, logró entrar en el quirófano, pero... no pudieron hacer nada. Ya, ya sé que no es culpa mía. Es lo que se dice en estos casos, ¿no? Y aun así no paro de repetirme a mí misma que en otro momento lo habría visto. He estado muy perdida, qué te voy a contar..., ya lo viste. Quizá si te hubiese escuchado, si no me hubiese cerrado, quién sabe... No te dejé hacer tu trabajo. Estaba furiosa. Me sentí traicionada. Tampoco te voy a justificar, lo que hiciste estuvo mal, no hace falta que te lo diga. Tus razones tendrías... ¿Estabas enamorado?, me gusta pensar que sí. Me gusta pensar que esa chica también te quería, que te quiere. Este trabajo ya es bastante jodido para además estar solo. Te lo digo por experiencia. No deberías haberme mentido. Igual si me lo hubieses contado... No sé... ¿habría cambiado algo? Quién sabe. No sé... Estoy muy cansada, cansada de todo esto... En fin, supongo que he venido a decirte que lo siento, que debería haber hecho las cosas de otra manera, que mi obligación era protegerte... No sabes cuánto lo siento, cuánto me arrepiento. ¿Por qué tuviste que ir solo detrás de aquel gigantón? ¿Por qué?

Gloria levanta la mirada, se pasa los dedos por los lagrimales y continúa hablando.

—También quería despedirme, sargento. He pedido una excedencia, necesito un cambio de aires, ¿sabes? Esto sí que no te lo esperabas, ¿eh? Ya ves, nunca dejo de sorprenderte. Con suerte, cuando despiertes ya no estaré aquí. Mira el lado bueno, ya no tendrás que aguantar mis desplantes, mis broncas, mis salidas de tono, se acabó el humo, el ordeno y mando, y de paso te evitas un expediente disciplinario. Todo son ventajas. Las investigaciones internas son un coñazo y no me apetece tener que venir a declarar. Cuanto antes olvidemos todo esto, mejor que mejor, no quiero recordar, no puedo. En fin…, hacía tiempo que no teníamos una charla así, ¿verdad? Me ha sentado bien hablar contigo. Creo que voy a echar de menos estos ratos. Claro que solo he rajado yo. La próxima vez será diferente, te lo prometo, la próxima te dejaré hablar.

Gloria apoya las manos en los reposabrazos y se levanta con dificultad. Echa a andar hacia la puerta. Antes de salir se gira para mirar por última vez a su compañero.

Epílogo

—Ahora sí, ¿verdad? Como vamos a casa..., ahora sí que te apetece caminar, jodido. Anda, que no sabes tú nada.

Gloria resopla y acelera el ritmo para acompasarlo con la marcha del perro. Es un animal común, sin raza, de patas cortas, pelo negro y orejas grandes, tirando a feo, no tiene nada especial, pero es su chucho.

Cuando fue a la perrera llevaba la idea de adoptar un perro grande. Su nuevo hogar estaba a tan solo unos metros de una zona de viñedos, caminos de tierra desiertos, apenas circulaba algún tractor, el lugar ideal para dar largos paseos. Ese lugar le ofrecía la oportunidad de cambiar de vida, bajar de peso, hacer algo de ejercicio, y sabía que solo con su fuerza de voluntad no sería suficiente, necesitaba un aliciente, y un perro le pareció la solución ideal. Tener la responsabilidad de sacar al animal tres veces al día era la mejor manera de, al menos, obligarse a caminar. Además, le haría compañía.

A Gloria le daba igual la raza, lo único que quería es que fuera grande, pero el tipo que la atendió fue inflexible, dado su perfil, mujer sola, madura (así se lo dijo) y sin experiencia en adopciones, la única opción era esa.

Deja atrás el último viñedo y entra en el camino asfaltado que lleva a la urbanización de chalets, ahora casi todos vacíos, sus propietarios son veraneantes, vascos la mayoría; al fondo de la calle hay un edificio de ladrillo de tres plantas, en él alquiló un apartamento de dos habitaciones y una terraza con vistas a la sierra. Aquellos picos no tienen nada que ver con los Pirineos, pero de alguna manera la hacen sentirse en casa.

A Gloria le cuesta reconocerlo, lleva ahí más de tres meses y le está costando aclimatarse. Le puede la inactividad, echa de menos el día a día, a los compañeros... Quién se lo iba a decir. Al menos tiene al chucho.

Se detiene un instante, algo le llama la atención. Frente a su portal hay un coche aparcado y un hombre apoyado en el capó. Solo puede verle la espalda, aun así, no tiene ninguna duda al respecto de quién se trata. Al llegar a su altura, él se gira y se sonríen con la mirada.

—¿Y este quién es?

—Se llama Arturo.

—Venga, ya. —Bermúdez está a la espera de una salida ingeniosa de la teniente. Gloria aguarda en silencio con gesto grave—. ¿En serio?

—No me digas que no tiene cara de llamarse Arturo.

Jaime contempla al animal, se ha tumbado a los pies de su dueña y dormita plácidamente.

—Hacéis buena pareja.

—Hay un bar en la esquina, ¿te apetece un café?

—No tengo tiempo, he de volver a Jaca.

—Claro. —Gloria mira de arriba abajo al que hasta hace bien poco fue su sargento—. Te veo muy bien.

—Apenas me han quedado secuelas. Me llevo de recuerdo, eso sí, un puñado de cicatrices.

—Lo sé, me lo contó tu madre.

—Me dijo que habías llamado. Te manda recuerdos.

—Jaime, sé que debía haber ido a verte, que tenía que haber

estado allí el día que despertaste, cuando saliste del hospital y lo siento. Lo siento mucho.

—No he venido a reprocharte nada, teniente. Al revés, soy yo quien tiene que agradecerte que no me abrieses expediente por lo que hice durante la investigación. Estuvo mal, soy el primero en reconocerlo. En fin... Eso ya pasó. En mi convalecencia he tenido mucho tiempo para pensar. Gloria, tú y yo nunca hemos sido amigos, esa es la verdad, pero eso no quita para que hayas sido una persona importante en mi vida, he aprendido mucho junto a ti y... no me parecía bien irme así sin más, me he dado cuenta de que tenía necesidad de verte, de despedirme..., de cerrar un ciclo.

—Me estás asustando, Bermúdez.

El sargento sonríe tímidamente, baja la mirada y hace un gesto con la mano para indicarle que no tiene nada de que preocuparse.

—Han aceptado mi solicitud en el Grupo de Reserva y Seguridad. El mes que viene me incorporo al GRS 1 de Madrid, a la comandancia de Valdemoro.

—Enhorabuena, sargento.

Gloria le ofrece la mano y él se la estrecha con fuerza. Se miran sin saber qué decirse.

—Solo quería comunicártelo en persona —responde al final el sargento rompiendo el silencio.

—Te lo agradezco. Me alegro por ti, de veras. Te lo mereces.

Jaime se arrodilla, acaricia al perro, luego abre la puerta del coche, se sienta al volante y arranca el motor. Gloria retrocede un paso, duda un instante, avanza de nuevo y se acerca a la ventanilla.

—Bermúdez, perdona, pero tengo que preguntártelo, ya me conoces. ¿Lo del traslado es por Candela?

El sargento, ahora sí, la mira a los ojos y sonríe abiertamente.

—Sí, claro, es por Candela, pero las cosas no son como

estás pensando. Mientras estuve hospitalizado vino a verme varias veces, ¿sabes? A mi madre le vino muy bien, le hacía compañía. Incluso se hicieron amigas. Luego, cuando salí del coma, hablé con ella por teléfono y quedamos en vernos. Sigue subiendo a Jaca a menudo, le gusta ir al cementerio a ver a sus padres, pero sobre todo lo hace por Elvira. Han hecho las paces y están tratando de recuperar el tiempo perdido. El caso es que nos vimos, nos dijimos todo lo que nos teníamos que decir y decidimos, más bien decidió ella, que lo mejor era quedar como amigos. Es lo que hay.

»En el fondo creo que tiene razón. Nuestros mundos no tienen nada que ver, además, yo ahora quiero centrarme en mi carrera y…, bueno, el que no se consuela es porque no quiere, ¿verdad? Nos seguiremos viendo, ahora está ensayando una obra de teatro y cuando me incorpore a mi puesto iré a verla. Es una gran mujer, estar con ella me dio fuerzas para luchar por lo que quería, por lo que siempre he querido. Lo que me pasó también ha tenido que ver, no digo que no, el hospital, el coma…, soy consciente de ello, pero creo que, si no llega a ser por Candela, no me habría atrevido a tomar la decisión. En fin… Espero estar la altura y dejar el pabellón bien alto. No te entretengo más, si me necesitas para cualquier cosa, ya sabes dónde encontrarme.

A Gloria le habría gustado abrir la puerta y darle un abrazo, un sentido abrazo, le habría gustado decirle que le desea lo mejor en la vida, que lo único que espera es que no cometa los errores que ella ha cometido, que no tenga nada de que arrepentirse, que encuentre a alguien con quien compartir su vida, que sea feliz, o que al menos lo intente, que el tiempo pasa muy rápido, que no se preocupe por ella, que en esa tierra se come muy bien y se bebe mejor, que estará bien, que ahora tiene a Arturo, que el chucho le ha cambiado la vida… Le habría gustado decirle esas y muchísimas cosas más, en vez de eso le da una palmada en el hombro y le dice: «Cuídate mucho, Bermúdez, cuídate mucho».

Agradecimientos

Si esta historia ha llegado a tus manos ha sido gracias a la participación de muchas personas. Mi abuela Mercedes solía decir aquello de que «Es de bien nacido ser agradecido», así que ahí va mi reconocimiento a todas ellas.

En primer lugar, agradezco a mis editores, Carmen Romero y Toni Hill, su confianza y su apuesta por esta historia, y, por supuesto, a todo el equipo de Grijalbo por su absoluta profesionalidad. Gracias a todos por mejorarme.

Gracias a Alicia González Sterling, mi agente; tardamos en encontrarnos, pero lo hicimos, y ha merecido la pena.

Mis amigos cercanos están siempre presentes y a menudo los bombardeo con ideas y preguntas, pero hay uno en concreto, Manu Ayala, que por su oficio se ha convertido en el objetivo principal de mis cuitas, y le llamo una y otra vez con todo tipo de dudas que él siempre resuelve. *Eskerrik asko*, Manu.

El Pirineo y Jaca vuelven a estar presentes en este misterio, y ahí mi cuñado Gonzalo, aragonés de pro, ha sido de gran ayuda para ubicar y recrear escenarios. En esta ocasión también viajamos a Euskadi; el mar y la costa de Vizcaya tienen un papel protagonista en esta historia, el surf, la pasión y la energía de la gente de Peñatxuri tienen mucho que ver con ello.

Mis hermanos Marta y Jorge fueron una vez más los primeros en recibir el manuscrito y, cada cual según su estilo, en opinar sobre él.

Gracias a mi colega Elia Barceló por su generosidad.

En último lugar, y más importante, a las verdaderas protagonistas de mi historia: a la *ragazza de'acqua*, mi apoyo incondicional, a ella acudo con recurrencia en busca de consejo y aliento; a Mela, mi fiel aliada canina, y, cómo no, a las locas del 3.º K, Mara y Adriana, mi centro, mi vida, mi todo.

No me olvido de ti, querido lector, gracias por acompañarme en este viaje y darme la oportunidad de compartir mis historias. Ojalá nos sigamos encontrando.

Hasta la próxima.

Bruselas, verano del 2024